Proposition malhonnête

Susan Johnson

Proposition malhonnête

*Traduit de l'américain
par Julie Huline-Guinard*

éditions J'ai lu

Titre original :

SINFUL
Published by Bantam Books, a division of
Bantam Doubleday Dell Publishing Group, Inc., New York

Copyright © Susan Johnson, 1992

Pour la traduction française :
© Éditions J'ai lu, 1993

1

Londres, mars 1787

Sinjin avait presque fini de s'habiller. D'un geste rapide et efficace, il noua son foulard de fine batiste. La piquante odeur de l'amour imprégnait la chambre surchauffée, éclipsant jusqu'au parfum capiteux de la duchesse de Buchan.

Étendue nue sur le lit en bataille, la duchesse envisagea brièvement de s'offusquer du brusque départ de son amant, de cette désinvolte indifférence. Mais elle savait bien, au fond, que ce serait ridicule. Non seulement sa colère n'effleurerait même pas le célibataire le plus libertin de Londres, mais de plus, Sinjin était l'homme le plus séduisant qu'elle eût jamais vu : grand, mince, musclé, il avait la peau dorée, et dans ses yeux bleu ciel étincelaient des invites audacieuses et effrontées. Comme si son corps sans défaut n'était pas suffisant... Il se révélait un amant parfait. Nul autre que lui n'avait jamais su faire frémir ainsi la duchesse, ni lui faire connaître des extases aussi intenses.

Elle poussa un soupir et se tourna à demi sur le lit. Dans cette attitude provocante, elle demanda :

— Quand reviens-tu ?

Sinjin était en train de chercher la redingote qu'il avait hâtivement jetée plusieurs heures auparavant quelque part entre la porte et le lit dans la précipitation du désir. Il leva les yeux vers la pose suggestive de la duchesse, la rondeur généreuse de ses seins, la courbe souple de ses hanches. Songeant l'espace d'un instant à la faculté qu'avait Cassandra de percer les moindres traits de son comportement, il lui dit la vérité :

— Dans cinq jours.
— Viens me voir.

Sinjin St. John, duc de Seth, marquis de Fowler, comte de Barton, vicomte de Carvernon, passait habituellement la saison des courses à Newmarket. Ce n'était un secret pour personne, sa passion pour les chevaux surpassait jusqu'à son intérêt, pourtant prodigieux, pour la gent féminine. Mais il devait effectuer un bref séjour à Londres cinq jours plus tard pour y venir chercher une jument irlandaise que son cousin lui envoyait de ses écuries de Waterford. Marquant une légère pause devant la douce prière de Cassandra, il sourit soudain. Son visage aux traits sévères s'illumina instantanément d'un charme juvénile.

— Ce serait avec grand plaisir... mais je ne resterai pas longtemps.
— Combien de temps ?
— Une heure.

Cassandra était la seconde épouse du duc de Buchan, ornement qu'il avait acquis après le décès fort opportun de la première, alors qu'il était encore assez vert pour apprécier une femme ayant la beauté voluptueuse de Cassandra.

— Combien de temps ? répéta-t-elle doucement en cambrant son corps souple.

La posture était si lascive que Sinjin changea immédiatement d'avis.

— Plus d'une heure, répondit-il avec un sourire gourmand.

Buchan avait près de soixante-dix ans, et Sinjin se demandait comment le vieux duc allait pouvoir continuer à satisfaire les désirs d'une femme aussi passionnée. Un jour, bientôt sans doute, Cassandra deviendrait une très riche et très jeune duchesse douairière.

— Tu n'oublieras pas... murmura-t-elle en passant un doigt sur sa cuisse offerte.

Sinjin prit une profonde inspiration, jeta un coup d'œil vers la pendule en porcelaine qui trônait sur le manteau de la cheminée et se demanda pendant une demi-seconde s'il était vraiment si important qu'il soit à Newmarket le soir même. Puis il soupira et saisit sa redingote bordeaux. Son isabelle courait dans la première course du lendemain contre le cheval gris d'Irlande de Stanhope, et même les acrobaties et les excentricités de Cassandra paraissaient ternes à côté de cette compétition.

Il haussa les épaules avant d'expliquer comme pour se justifier :

— Romulus affronte le favori de Stanhope demain.

— Eh bien, bonne chance, murmura-t-elle d'une voix caressante. Pense à moi.

Ce ne sera pas difficile, songea-t-il tandis que la vision érotique de la duchesse entraînait dans son corps puissant une réaction qu'il dissimula difficilement. Et si le duc de Seth n'avait pas été si féru de courses de chevaux, ni doté d'une volonté de fer, il aurait immédiatement comblé le désir de Cassandra.

2

— Méfie-toi d'Archer, conseilla Sinjin à son jockey tout en défaisant la boucle de la couverture qui protégeait son pur-sang des vents de mars. Il va essayer de vous donner des coups de cravache, à toi et à Romulus.

Il caressa l'encolure puissante de son cheval tant de fois champion et murmura à son oreille d'une voix basse et apaisante :

— Ne t'approche pas trop de lui, mon vieux, si tu veux éviter les ennuis.

L'animal tourna la tête pour se frotter doucement contre le cou de Sinjin.

— Le champ est peu fourni, poursuivit celui-ci à l'attention du jockey, qui réglait les étriers. Tu auras toute la place nécessaire pour manœuvrer. Romulus avait l'air en pleine forme ce matin à l'entraînement, ajouta-t-il en souriant. Il va t'emmener droit sur le poteau d'arrivée, tu n'auras rien à faire.

— Je sais bien, on n'a *jamais* rien à faire, avec lui ! Mais attention, notre étoile filante a horreur du froid. J'espère qu'ils vont bientôt donner le départ.

Fordham posa un pied sur les mains croisées d'un palefrenier et se hissa en selle.

— Vous avez pris mes paris ? demanda-t-il à son patron.

— Ils sont avec les miens, chez Randall. Nous serons tous les deux plus riches à la fin du Mille de Rowley.

Sinjin glissa un doigt sous le cuir de la bride et vérifia que le mors était lâche. Romulus n'aimait pas être tenu trop serré. Il courait pour le seul plaisir de courir, il n'avait quasiment pas besoin d'un jockey.

— Allez, emmène-le maintenant, dit doucement Sinjin en tapotant Romulus.

Il s'écarta pour que le jockey et sa monture puissent quitter le petit groupe de palefreniers et se diriger vers la ligne de départ. Il marqua une pause, le temps d'un dernier coup d'œil empli de fierté vers son cheval.

Un peu plus tard, Sinjin prit place sur le balcon de sa tribune. La vaste étendue verdoyante du terrain de Rowley se perdait à l'horizon, et un soleil radieux illuminait de sa gloire la splendeur de la scène. C'était le premier jour de la saison des courses, et le duc de Seth était saisi d'une exaltation familière. Il adorait Newmarket, ses bruits et ses odeurs, la beauté des chevaux, les frémissements de la foule, l'attrait provocant des paris, la puissante griserie du succès.

Depuis l'achat de son premier cheval de course, à l'âge de seize ans, Sinjin avait entrepris de se constituer le meilleur haras d'Angleterre... Du monde, même, grognaient ceux qui n'avaient pas les moyens de surenchérir sur les offres que faisait le duc de Seth pour acquérir les meilleures bêtes. Après avoir atteint sa majorité, donc le droit à disposer de ses propres fonds, il avait remporté la plupart des principales épreuves de la dernière décennie et, plus important peut-être, pulvérisé tous les records de gains sur les champs de courses.

Son amour de l'équitation lui avait été transmis par sa mère, dont la famille, originaire d'Irlande, avait élevé des champions, qu'il s'agisse de coureurs ou de chevaux de chasse. Elle avait appris à Sinjin à monter dès l'âge de deux ans, et l'avait toujours emmené avec elle aux courses de Newmarket. Né avec le sang de cavaliers irlandais dans les veines, il avait grandi dans l'agitation et les bousculades des champs de courses, qui étaient très vite devenus sa raison de vivre.

Sa tribune de brique rouge se dressait sur Abingdon Hill, près de la ligne d'arrivée. Le toit plat et le balcon étaient surchargés d'invités. Un somptueux buffet et du champagne à discrétion attestaient la réputation d'hospitalité qu'avait le duc de Seth, mais Sinjin et son ami, Nicholas Rose[1], se tenaient légèrement à l'écart de cette camaraderie festive. Leur attention était concentrée sur les chevaux au départ.

La ressemblance entre les deux hommes aux cheveux sombres était extraordinaire. Ils avaient la même stature haute et athlétique, les cheveux longs noués sur la nuque par un catogan de soie noir, et leurs traits aquilins révélaient une égale ascendance aristocratique. Seule la couleur de leur peau les distinguait. Sinjin, quoique hâlé par une vie

---

1. La Confédération des Iroquois (Oneida, Mohawk, Onondaga, Cayuga, Seneca) s'étendait jadis de l'État de New York jusqu'à l'Ohio. Vers le milieu du dix-huitième siècle, date à laquelle naquit l'ami de Sinjin, cent ans d'influences européennes avaient imprégné les tribus, et de nombreux Indiens possédaient des noms anglais ou français *(N.d.A.)*.

passée au grand air, gardait néanmoins le teint beaucoup plus clair que son compagnon seneca, et jamais on ne risquerait de le prendre pour un Indien, avec ses yeux d'un bleu éclatant.

Sinjin St. John avait en vérité des yeux d'une étonnante beauté... trop beaux, même, pour un homme, disaient certains. Ils étaient le don génétique de sa mère, dont le regard avait fait sensation lorsqu'elle était arrivée à Londres. L'éblouissante miss Bourke avait fait sur la ville l'effet d'un ouragan, mettant fin à tous les espoirs des mères ayant des filles en âge d'être mariées. La beauté blonde de Waterford avait eu à ses pieds tous les seigneurs du comté.

— Nous allons tout rafler, cette année, observa gaiement Sinjin, tout à sa passion.

Son sourire était franc et enthousiaste, et ses yeux scintillaient de plaisir.

— Comme d'habitude.

La voix de son ami et intendant reflétait le calme de son tempérament.

Car les deux hommes se distinguaient également par leur caractère. Sinjin exsudait une vitalité puissante, on aurait dit que le saphir de ses iris reflétait un feu intérieur. Les femmes y lisaient d'autres choses, une sensualité orageuse, des promesses à assouvir, une ardeur sans bornes.

Mais jamais le repos.

— Combien as-tu misé ? demanda Sinjin sur un ton professionnel.

Parier sur ses chevaux était un art, avec des règles bien définies. Cela dépassait le côté lucratif de l'entreprise.

— Une cinquantaine de livres sterling.
— Mets davantage. Je te couvrirai.

Ses calculs rapides étaient presque évidents dans sa diction concise.

— Tu as entendu Olim ce matin. Romulus est en pleine forme.

L'entraîneur de Sinjin avait parié cent livres sur cette course, signe indiscutable de sa confiance.

— Avec la qualité de ton écurie, j'empoche déjà un bénéfice extrêmement intéressant sans avoir à augmenter ma mise.

Nicholas Rose était partisan de la modération dans les enjeux. Il avait pour projet de retourner dans sa tribu; pour cela, il lui fallait une grosse somme d'argent, mais il n'avait pas l'intention de prendre de risques.

Sinjin secoua la tête.

— Comme tu voudras.

La modération était un concept qui le dépassait, qu'il s'agisse de paris ou d'autre chose.

— Bientôt, je posséderai assez pour m'installer comme un seigneur au cœur d'une contrée sauvage, remarqua Nicholas avec facétie.

— J'ai largement plus qu'il n'en faut pour nous deux, bon sang, Seneca, tu le sais très bien, grommela Sinjin, employant le surnom familier sous lequel Nicholas était connu.

Il avait mis sa fortune aux pieds de son ami depuis des années. L'argument n'était pas nouveau.

Nicholas Rose était revenu en Angleterre avec Sinjin après l'échec de la campagne de l'Armée du Nord dans la guerre coloniale qui avait divisé l'Amérique; il n'avait plus aucune famille, son village avait été massacré par les troupes révolutionnaires. Sinjin le comprenait comme un frère. Il respectait également ses scrupules, bien que ce fût là un mot que lui-même ignorait totalement.

— Stanhope a changé d'avis au dernier moment, en choisissant Archer pour jockey, déclara Seneca, coupant court à une vaine discussion.

— Je suis sûr qu'il a quelque chose derrière la tête, murmura Sinjin sans insister. J'espère que Fordham pourra rester à bonne distance de la célèbre cravache d'Archer.

Il se pencha sur la balustrade et chercha un meilleur angle de vue sur la ligne de départ. Fordham et Archer étaient tous deux des jockeys qui avaient fait leurs preuves, mais chacun à sa manière. Archer croyait à une course physique, tandis que Fordham préférait distraire le moins possible sa monture. Et le premier avait remporté bon nombre de compétitions en usant de tactiques douteuses.

Une bourrasque emmêla les cheveux de Sinjin tandis qu'il se penchait hors du porche protecteur. Des boucles rebelles s'échappèrent de son ruban et voletèrent sur le col en cuir de sa veste perlée. Il portait souvent une veste exotique indienne ; le discret raffinement des perles lui plaisait. Et il trouvait le cuir souple éminemment pratique pour travailler sur les champs de courses. Sa tenue hybride, avec sa veste à franges, son pantalon de daim, ses bottes à la Souvarov soigneusement cirées, sa chemise d'un blanc éclatant et son tour de cou, le distinguait de ses amis aristocrates. Mais il n'était pas conformiste et, du reste, nul n'aurait songé à essayer de le changer. Parmi ses pairs titrés, il était non seulement apprécié, mais il constituait également un modèle de canaillerie pour nombre de ses amis, et une source de jalousie pour ceux qui n'étaient pas si aventureux. Bien qu'il adorât l'Angleterre, Sinjin avait voyagé dans le monde entier, ce monde qui bougeait au-delà des limites de Brookes, Whites et Boodles. Au-delà de la saison anglaise. Et surtout, au-delà des devoirs et des contingences de son titre.

— Sacrebleu, Archer est parti avant le drapeau !

Les yeux de Sinjin se plissèrent face au soleil pour mieux repérer Fordham et Romulus au milieu de toutes les autres montures. Il y avait eu un faux départ, et les chevaux étaient à présent dispersés dans la confusion la plus totale. Quelques moments plus tard, tout rentra dans l'ordre.

Le drapeau rouge s'abaissa et les huit chevaux démarrèrent dans un chatoiement de soies colorées. Bien que ce fût la principale course de chevaux de deux ans, il y avait peu de partants : en effet, de nombreux propriétaires qui auraient pu prendre le départ préféraient s'abstenir, sachant Seth ou Stanhope certains de gagner.

L'isabelle de Sinjin, Romulus, se détacha rapidement et mena le peloton pendant les cinquante premiers mètres. Puis Fordham stabilisa sa course, et le cheval gris de Stanhope galopa en tête à une allure record. Trois autres chevaux les talonnaient de près, tandis que celui du comte de Sutherland était loin sur la droite. Les deux derniers étaient déjà en difficulté.

Au moment de descendre la colline d'Abingdon, à la consternation de ceux qui le suivaient, Romulus ralentit l'allure. Fordham sembla l'exhorter sans succès et, sur les six chevaux du peloton, quatre le dépassèrent. Tandis que le groupe approchait le bas de la déclivité, Romulus reprit de la vitesse. Mais qu'avait-il de bizarre au garrot ? Fordham semblait secouer sauvagement le puissant poulain.

— Cinquante contre un sur Romulus ! cria l'un des bookmakers.

Sinjin, qui avait vu courir son cheval le matin même, prit les nouvelles cotes avec complaisance. Un murmure réprobateur s'éleva dans la foule, en contrebas. Avec des paris aussi insensés, le jeune duc de Seth pourrait perdre une fortune si Romulus ne gagnait pas.

— Fordham attend la colline, constata simplement Nicholas.

— Et il n'a pas encore demandé à Romulus de donner toute sa vitesse, répondit tranquillement Sinjin. Mais ça va être serré.

La fin de sa phrase se perdit presque dans les clameurs, et il concentra son regard sur son poulain et celui de Stanhope, trois longueurs devant. Le jockey de Stanhope cravachait sa monture, la pressait d'accélérer. Fordham n'avait pas encore touché à sa cravache ; couché sur l'encolure de Romulus, il lui parlait, les rênes presque lâches. Sinjin se surprit à retenir son souffle, guettant la réponse habituelle du jeune pur-sang, attendant que ce grand cheval qu'il suivait de près depuis sa naissance reconnaisse la supplication dans la voix de Fordham.

Là. Enfin. Sinjin relâcha son souffle. La foulée de Romulus s'était allongée, les muscles de ses longues jambes se dessinaient avec une précision anatomique sous sa robe lustrée. Ses oreilles étaient légèrement en arrière, ses jambes puissantes entreprirent la montée sans le moindre effort. Le corps délié, il vola en haut de la colline comme s'il était sur terrain plat et, sous les rugissements de la foule, il rattrapa le cheval gris de Stanhope. Les deux bêtes galopèrent quelques instants à la même allure.

Trop près d'Archer, songea Sinjin, *trop près d'Archer*. Puis, alors que les deux chevaux étaient déjà en train de sprinter vers la ligne d'arrivée, Romulus se détacha, laissant sur ses talons le cheval gris irlandais.

— Il a réussi, souffla Sinjin. Quelle merveille...

— Une récompense de mille guinées et la haine éternelle de Stanhope, commenta Nicholas Rose avec un sourire radieux tandis que Romulus franchissait la ligne avec six longueurs d'avance.

— Cinquante mille guinées, corrigea Sinjin, ajoutant ses paris à la récompense du lauréat. Quant à la haine de Stanhope, elle n'a rien à voir avec une course de chevaux.

— Avec une femme, alors, fit le grand Seneca.

— Un pari sur Mrs Robinson qui remonte à des années. Stanhope est mauvais perdant.

Même un Seneca des colonies américaines connaissait la célèbre et ravissante Mrs Robinson, bien qu'elle se fût coupée du monde plusieurs années plus tôt par amour pour le colonel Tarleton. Et *tout* le comté savait que l'enjeu de cinq mille guinées, inscrit à l'époque dans le carnet de paris de chez Brookes, entre Sinjin et Stanhope serait pour celui qui séduirait la belle Perdita, alors éprise du prince de Galles. On racontait que Stanhope, en état d'ébriété, avait accosté Sinjin le lendemain matin au moment où le jeune duc de Seth quittait le domicile de la dame à Berkeley Square. Sinjin avait refusé le duel parce que Stanhope était ivre et que, dans ces conditions, il aurait eu le sentiment de commettre un meurtre, et Stanhope avait eu une raison de plus, lorsqu'il avait dessaoulé, de se sentir humilié.

Sinjin accueillit avec un large sourire les acclamations et les félicitations de ses hôtes tout en se frayant rapidement un passage vers l'escalier. Sans cesser de hocher la tête et de sourire, recevant les accolades familières avec la modestie qui lui était propre, il s'approcha du terrain.

A six mètres de lui, Romulus reconnut son odeur et hennit. Ignorant les personnalités officielles et lord Bunbury, qui se tenaient à côté avec la médaille du vainqueur, Sinjin alla d'abord féliciter Fordham de sa course superbe, puis, glissant les mains dans sa poche, il en sortit quelques morceaux de sucre pour Romulus.

— Bien joué, mon beau, murmura-t-il en lui tendant les sucres sur sa paume ouverte. Tu les as tous laissés mordre la poussière, ajouta-t-il en caressant son long naseau.

Comme le légendaire Eclipse, Romulus remportait toutes ses courses de la même manière : lui devant, les autres loin derrière[1].

Le reste de la journée s'écoula rapidement. L'après-midi, les chevaux de Sinjin remportèrent toutes les courses. Sinjin y participa activement, remplissant souvent les fonctions de palefrenier sans se soucier des conséquences, aidant à seller les bêtes, donnant des instructions aux jockeys, étrillant et pansant les montures après leur course. A la fin de la journée, il soigna lui-même son cheval noir, qui s'était blessé au genou lors du dernier furlong*. Au

---

1. Eclipse vécut glorieusement de 1764 à 1789. Jamais battu, il brilla aussi bien sur les champs de courses qu'au haras. On peut dire qu'il devint le père du pur-sang moderne *(N.d.A.)*.

* Course de 220 yards, soit 1/8 de mile, soit 201 m *(N.d.T.)*.

début, il avait craint que sa patte ne soit cassée, mais, après l'application d'un cataplasme chaud, le petit-fils d'Hérode pouvait déjà s'appuyer sur sa jambe blessée.

Sinjin laissa les deux palefreniers à l'écurie et s'en alla. Le soleil venait de se coucher, il faisait frais au crépuscule, mais le vent était tombé.

La fatigue de Sinjin se trahissait par sa démarche balancée et ses paupières, frangées de longs cils sombres, qui avaient tendance à tomber. Il s'était levé à l'aube pour accompagner ses jockeys à l'échauffement matinal sur les Downs, ces hautes plaines crayeuses et accidentées. L'après-midi avait été frénétique, exaltant et victorieux, mais harassant. Et avec sa maison pleine d'amis et un essaim de jeunes femmes venues de Londres pour les distraire tous, il n'avait dormi que quelques heures la nuit précédente.

En bordure du champ de courses, son attelage l'attendait ; le cocher somnolait sur son banc, les rênes entre les mains. Sinjin lui prit la cheville pour le réveiller et lui dit :

— Nous rentrons enfin, Jed.

Le jeune garçon dégingandé émergea du sommeil avec un grognement qui fit sourire Sinjin, et ce dernier ajouta :

— Roule lentement, je suis fatigué.

3

Ses doigts étaient encore sur la poignée de la voiture lorsqu'il remarqua une silhouette à l'intérieur.

— On dit que vous... couchez avec tout ce qui porte une jupe.

La voix douce de la femme provenait de l'ombre du véhicule.

Intrigué, il esquissa un sourire, plaça une botte sur le marchepied de fer forgé et pénétra dans sa luxueuse berline laquée de noir. Il referma la porte derrière lui et s'adossa aux coussins moelleux en face de l'inconnue, tandis qu'ils démarraient lentement.

C'était faux, naturellement. Il ne forniquait pas sans discrimination. Il avait même des critères très sélectifs. Mais il connaissait la réputation de libertin qui l'auréolait. La femme qui lui faisait face était aussi jeune que ravissante, remarqua-t-il tandis que son regard s'accoutumait à la pénombre.

En réponse à son accueil provocant, il demanda tranquillement :

— Et alors ?

— Je veux que vous couchiez avec moi.

Cela avait le mérite d'être clair, bien qu'on ne l'ait jamais proposé en ces termes à Sinjin, car les dames qu'il séduisait étaient généralement plus raffinées. Ou peut-être simplement plus polies, se dit-il en se rappelant les nombreuses femmes de basse extraction qui avaient partagé son lit.

— Votre invitation me ravit, certes, dit-il, amusé. Mais je suis déjà en retard pour la réception que je donne ce soir.

Il lui adressa son célèbre sourire d'excuses, courtois et poli.

— Ce ne sera pas long, répliqua-t-elle.

Ses yeux d'azur se plissèrent sous l'effet de la curiosité. La jeune fille avait des cheveux dorés, elle était assise bien droite sur la banquette, les mains croisées sur ses genoux. De toute évidence, ce n'était pas une femme alanguie avide d'assouvir son désir auprès du premier venu.

Son regard s'attarda un instant sur sa généreuse poitrine. Il lui trouvait l'air désespéré. S'il n'avait pas été si tard, et si Sinjin n'avait pas été attendu chez lui par une maisonnée de courtisanes et d'amis, peut-être aurait-il accepté sa proposition.

Car, malgré son attitude guindée, cette jeune personne était fort séduisante. Et la renommée de don Juan qu'avait Sinjin n'était pas usurpée. Cette bouche charnue et boudeuse et ces immenses yeux noirs lui plaisaient particulièrement. L'ensemble lui rappelait les meilleurs portraits de Romney. Elle était sensuelle, sans qu'il sût trop pourquoi, malgré sa jeunesse candide.

— Je regrette, ma chère, mais je dois décliner votre offre.

Tandis qu'il prononçait ces paroles, une petite voix lui soufflait au contraire d'accepter.

— Non ! Vous ne pouvez pas ! s'écria la jeune fille.

Les paroles restaient comme suspendues dans la courte distance qui les séparait.

Là, répétait la petite voix avec une égale insistance, *tu vois bien*.

Mais il était parfaitement sobre, et sa journée l'avait fatigué.

— Est-ce que je vous connais ? dit-il en frottant, songeur, l'ombre qui commençait à obscurcir ses mâchoires.

Pourquoi une telle insistance ? s'étonnait-il.

— Nous n'avons pas été officiellement présentés, bien que moi je vous connaisse.

Le Saint... Ce surnom ironique, compte tenu de la propension de Sinjin pour le péché de chair, était célèbre à travers tout le pays. C'était la raison pour laquelle Chelsea l'avait choisi pour la déflorer. Il était le plus grand séducteur d'Angleterre. De plus, elle l'avait là, sous la main, à Newmarket.

— Je m'appelle Chelsea Amity Fergusson.

— Vous êtes la sœur de Duncan ?

Sinjin fronça les sourcils, qu'il avait épais et noirs. C'était donc une vraie demoiselle qui se jetait ainsi à sa tête. Ou n'avait-elle pas dans l'idée... Son regard se fit plus perçant. A vingt-huit ans, il avait échappé de nombreuses fois au piège du mariage, et il était désormais doué d'une suspicion naturelle.

— Oui. Il n'est pas au courant.

Bien sûr, se dit Sinjin, sachant ce que leur ferait Duncan s'il les surprenait ensemble. Elle semblait d'une sincérité absolue. Et si ingénue.

— Vous devriez être chez vous, fit-il d'un ton bourru en s'enfonçant dans son siège.

Mais la petite voix au fond de son esprit lui soufflait qu'il n'avait pas ordonné expressément : « Rentrez chez vous. »

— Vous voulez sans doute des explications.

Elle parlait sans émotion, comme si elle avait discuté de l'état des routes. Tout à fait accoutumé à la pénombre, à présent, il remarqua que ses yeux, d'un violet profond, étaient très directs. Comme sa voix.

« Non » fut sa première réaction, rapide et masculine. Si elle était vraiment la sœur de Duncan. Non, il ne voulait pas savoir, bien que ce fût une jeune fille exquise. L'œil exercé de Sinjin avait pleinement enregistré l'exacte mesure de sa beauté. Les longues jambes qu'il devinait sous son habit de cheval en serge marron. Le charme évanescent de ses cheveux blonds et bouclés, retenus partiellement seulement par son petit chapeau ; et une bouche rouge cerise faite pour le baiser.

— Racontez-moi cela, dit-il.

Il se sentit soudain moins fatigué, son attention captée par l'éclat hypnotique de la bouche de miss Fergusson.

— Ils veulent me marier à l'évêque de Hatfield — qui est un ignoble individu, la disgrâce de l'Église, même si c'est l'Église d'Angleterre et qu'il n'y a pas plus impie — sous prétexte d'acquitter des dettes qu'ils ont contractées sur les champs de courses.

Elle parlait avec précipitation, manifestement très émue.

— Mon père et mes frères, surtout mon père, précisa-t-elle en voyant que le duc était devenu soudainement attentif. Et ce pourceau immonde refusera de m'épouser si je ne suis pas vierge. Le pieux et vertueux salopard.

Les derniers mots explosèrent dans les confins de la voiture avec une intensité paradoxale.

En contemplant la ravissante créature assise en face de lui, sa poitrine opulente encore soulevée par l'agitation, Sinjin pensait plutôt que l'évêque de Hatfield l'épouserait sous n'importe quelles conditions.

Elle était tout simplement merveilleuse.

Et George Prine, troisième vicomte de Rutledge, évêque de Hatfield, était un débauché de la pire espèce, dépravé et machiavélique.

— Où diable George vous a-t-il rencontrée ?

— Dans la maison que nous avons louée.

En réalité il voulait dire : « Pourquoi moi ne vous ai-je jamais vue ? »

— Ce reptile était venu voir un cheval de chasse que nous vendions.

— Vous n'allez pas encore dans le monde...

C'était donc pour cela qu'il ne lui avait jamais été présenté. Une perle rare comme miss Fergusson ne pouvait pas passer inaperçue.

— Pas avant un an.

Seigneur Dieu, elle avait dix-sept ans ! Non que son âge fût un tel choc ; les filles de la campagne et les domestiques avec lesquelles il couchait n'étaient probablement guère plus âgées.

— Je vous en prie, prenez ma virginité, l'implora-t-elle doucement. Je vous en serai éternellement reconnaissante.

Une fille aussi ravissante n'avait pas à supplier, songea Sinjin. Il sentait déjà son corps réagir à la perspective qu'elle évoquait.

Si l'on disait que le duc de Seth avait le sang chaud et était fort séduisant, les commérages n'avaient pas préparé Chelsea à un charme aussi irrésistible. Et les rumeurs les plus scandaleuses ne parlaient pas de ses yeux, profonds comme l'océan, de sa silhouette, élancée et musclée, de la grâce particulière de ses mains fines et longues, les mains d'un cavalier. Et le mot « séduisant » était une injure à la perfection de ses traits : ses sourcils sombres, ses yeux où l'on aurait voulu se perdre, ses pommettes modelées par la main même de Dieu, son nez fin et droit, légèrement dédaigneux, comme maintenant. A quoi pensait-il ? Et sa bouche qu'elle avait soudain envie de toucher pour voir si elle était chaude ou froide. Quel goût pouvait avoir une bouche aussi attirante ? se demanda-t-elle en souriant.

En la voyant sourire ainsi, Sinjin se sentit attiré par elle, littéralement envoûté.

— Duncan est mon ami, dit-il comme si ces paroles pouvaient faire disparaître ses sentiments.

Tout, jusqu'au parfum de la jeune fille lui plaisait... Un bouquet de roses enivrant, sucré, sensuel.

— Il n'en saura rien. Avec votre expérience, ce devrait être extrêmement rapide, non ? Regardez, je vais vous aider.

Elle commença à déboutonner les soutaches tressées qui fermaient la jaquette de son habit.

— Non !

Il tendit une main pour l'interrompre, et se trouva beaucoup plus près qu'il n'aurait fallu de ces yeux adorables, violets et lumineux.

— Je ne vous plais pas assez ? murmura-t-elle. Vous préférez les brunes, comme la duchesse de Buchan ?

Seigneur, toute la nation devait être au courant de ses activités amoureuses, si cette jeune fille du Nord parlait de Cassandra avec une telle désinvolture. Il aurait voulu répondre que non, qu'il préférait cent fois une adorable jeune fille de la campagne aux joues rosies et aux cheveux dorés, comme elle, qui était absolument à croquer. Il répondit simplement :

— Vous êtes charmante, chère miss Fergusson. Mais beaucoup trop jeune.

Voilà qui était bien tourné et vertueux. Il laissa retomber sa main, s'adossa de nouveau à la banquette et fit de son mieux pour maîtriser son émoi.

— J'ai dix-sept ans trois quarts, je suis plus âgée que ma mère lorsqu'elle s'est mariée, protesta Chelsea.

Le mot « mariée » fut suffisant pour dissuader le duc de Seth de toute impulsion licencieuse.

— Je vous raccompagne chez vous, déclara-t-il, son désir atténué par le mot tabou. Où habitez-vous ?

— Priory Cottage, sur les terres du duc de Sutherland, mais je ne partirai pas.

Sur ces paroles, elle se jeta sur lui, le renversant par la surprise de son assaut ; elle atterrit sur son corps presque allongé avec une douceur délicieuse, le clouant sur le siège de la voiture.

Bien sûr, il aurait pu la repousser aisément, mais Sinjin resta un moment allongé là, appréciant la sensation due à ce corps charmant pressé intimement contre le sien, sensible à la soie parfumée de sa chevelure, à la proximité de sa bouche en bouton de rose, et se demandant égoïstement, une seconde plus tard, en quelle estime il tenait l'amitié de Duncan.

Diabolique dilemme.

A cet instant, Chelsea l'embrassa. Un baiser chaste, léger, naïf. Mais aussi inquisiteur, remarqua-t-il non sans confusion avant de se rappeler qu'il pouvait satisfaire son besoin charnel avec n'importe laquelle des femmes qui l'attendaient dans son rendez-vous de chasse. La vertu offerte de

Chelsea Fergusson, si tentante fût-elle, pouvait s'avérer d'un prix prohibitif.

Pourtant, son corps réagissait en parfaite harmonie avec celui de la femme qu'il avait contre lui, ce que dut comprendre immédiatement la jeune personne en question.

— Eh bien, vous voyez, vous n'avez pas envie de refuser, malgré vos belles paroles, murmura-t-elle, son souffle chaud contre les lèvres de Sinjin.

Forte de son succès, elle testa le pouvoir de son attirance en ondulant des hanches contre lui... ce qui ne fit qu'accroître le désir de Sinjin.

— Je vous promets que je ne pleurerai pas, même si ça me fait très mal, quoi que vous fassiez. Je vous le promets...

Elle avançait déjà la main vers la partie vulnérable de son être, mais il l'en empêcha en lui saisissant le poignet avec fermeté.

— Non, lâcha-t-il à bout de souffle.

Il pressentait que cette demoiselle innocente occasionnerait un désastre imminent, et de terrifiantes images d'épousailles vinrent doucher quelque peu son désir.

— Non, non.

Il inspira pour se donner de la force et répéta :
— Non.

Il la repoussa délibérément, se redressa et, la soulevant dans ses bras, déposa l'adorable, l'exquise, la sensuelle Chelsea Amity Fergusson sur la banquette opposée.

— Trouvez quelqu'un d'autre pour vous déflorer et tenez-vous à l'écart de George Prine, ordonna-t-il sèchement. Je ne suis pas intéressé.

La frustration teintait sa voix d'une colère contenue.

— Je suis désolée, murmura Chelsea, les larmes au bord de ses deux lacs violets. Pardonnez-moi...

Elle se redressait de nouveau, très droite, comme un enfant que l'on a réprimandé pour sa mauvaise conduite, et les larmes dessinèrent deux sillons sur ses joues rougies.

— Ô mon Dieu. Ne pleurez pas... murmura Sinjin, mal à l'aise et étrangement décomposé lui-même.

Pour un homme qui avait la repartie facile, il était momentanément à court de paroles. Peut-être l'innocence et la chaleur de cette jeune fille touchaient-elles ses cordes sensibles. Peut-être, plus vraisemblablement, était-il ému par cet exquis tableau de la beauté féminine.

Il sortit son mouchoir et essuya presque tendrement les larmes de son visage.

— On ne peut pas vous forcer à épouser George... n'est-ce pas ?

Mais il savait, bien sûr, qu'un père pouvait commettre ce genre de forfait en toute impunité.

— Si ce n'est qu'une question d'argent... commença-t-il, sans savoir exactement comment lui proposer une issue financière. Je pourrais peut-être parler à votre père, s'entendit-il dire, horrifié de s'impliquer dans une controverse familiale auprès de gens qu'il ne connaissait pas.

Il avait passé sa vie entière à protéger son indépendance, non seulement vis-à-vis de sa propre famille, mais de tout risque d'engagement. Il évitait toute attache, quelle qu'elle fût. Il avait beaucoup voyagé depuis sa majorité, et il appréciait cette existence insouciante.

Après la mort de son père, lorsqu'il avait hérité du titre, il avait gardé le même mode de vie, sachant son jeune frère parfaitement capable de gérer le duché si quelque chose devait lui arriver. En fait, Damien aurait probablement fait un duc plus distingué que lui. Il tenait parfaitement son rang, était raisonnable; marié, il avait déjà deux héritiers, avec la certitude que beaucoup d'autres suivraient. A plusieurs reprises, Sinjin avait sincèrement envisagé de lui transmettre toutes les obligations ducales. Comme maintenant, sacrebleu... Lorsqu'il se trouvait contraint d'agir en homme responsable, bien éduqué et attentionné. Comment diable avait-il pu se fourrer dans une situation pareille ?

Grâce à ta réputation pour les plaisirs charnels, puisque tu tiens tant à connaître la vérité, lui soufflait sa petite voix.

— Il n'accepterait pas d'argent de vous, monseigneur, murmura Chelsea. Vous ne faites pas partie de la famille.

Délivré de sa promesse impulsive, Sinjin éprouva malgré lui un indicible soulagement en entendant ces paroles.

— Je suis sûr que si vous lui faites comprendre l'intensité de votre aversion à l'égard de George Prine, il réfléchira davantage à sa décision...

Il termina d'une voix presque inaudible, conscient, comme la jeune femme, de la lâcheté de son commentaire.

— Oui, Votre Grâce.

Sur le moment, cette hypocrisie convenait parfaitement à Sinjin. La seule chose qui comptait était qu'il soit dégagé de toute autre obligation.

Il n'aurait pas ressenti un tel soulagement s'il avait su que Chelsea Amity Fergusson était plus que jamais déterminée à remplir sa mission. Elle avait la ferme intention de lui livrer sa virginité afin de s'épargner le mariage avec un homme immensément riche, certes, mais néanmoins répugnant. Et maintenant qu'elle avait fait connaissance avec le duc de Seth, sa notoriété n'était plus le seul intérêt qu'elle lui trouvait.

Quitte à renoncer à sa fleur pour obtenir son indépendance, autant le faire de manière agréable. Or elle ne pourrait trouver bourreau plus charmant que Sinjin St. John, ce véritable Adonis.

— Compte tenu de ma... hem... ma réputation, suggéra-t-il, mieux vaut que l'on ne vous voie pas en ma compagnie. Je vais dire à Jed de vous déposer à la grille.

— Être seule avec vous pourrait bien être suffisamment compromettant, déclara-t-elle gaiement, soudain ravie à l'idée d'avoir atteint son but sans autre difficulté. Il me suffit de dire à ma famille et à l'évêque que nous sommes restés seuls dans votre voiture pendant un assez long moment.

— Je le nierai, rétorqua-t-il sèchement, furieux à l'idée de servir de bouc émissaire. Je ne vous ai pas touchée.

— Mmmm, murmura Chelsea, songeuse.

Son expression rendit soudain Sinjin extrêmement nerveux.

— Je ne veux pas être mêlé à cela, bon sang de bois !

Comment faire taire cette ravissante oie blanche ?

— Non, bien sûr que non, Votre Grâce, vous avez absolument raison, admit-elle d'une voix douce qui aurait dû le mettre immédiatement sur ses gardes.

— Parfait. Je vois que nous nous comprenons, conclut-il, trompé par son innocence.

Il ne connaissait absolument rien aux jeunes pucelles : elles ne l'intéressaient guère en effet dans la mesure où elles ne possédaient aucune des qualités qu'il appréciait chez les femmes, la disponibilité et l'expérience.

— Merci infiniment de m'avoir raccompagnée chez moi, déclara aimablement Chelsea comme ils arrivaient devant la grille de Oatlands.

Il aurait aimé en faire davantage pour elle, satisfaire ses désirs ainsi que les siens. Mais il n'était pas inconscient au point de sauter à pieds joints dans un tel piège, même si l'appât était délicieux. Sinjin St. John avait une réputation de séducteur, mais il l'avait acquise auprès de femmes mûres et averties. Il n'avait aucune intention de se marier, et il se protégeait de ce risque en évitant les jeunes filles innocentes.

Leurs adieux furent mondains et polis.

Et, Dieu merci, définitifs, songea Sinjin en s'adossant quelques instants plus tard contre le délicat velours de sa voiture. Dieu merci.

4

Le crépuscule conférait une paix reposante au paysage bucolique, plongeant l'allée bordée d'arbres dans la pénombre et offrant à Chelsea la discrétion dont elle avait besoin pour rentrer inaperçue à Priory Cottage.

Seule Mrs Macaulay, la cuisinière et gouvernante de la famille, la remarqua se glissant par la porte de la cuisine ; elle lui adressa un sourire de conspiratrice. Elles étaient amies depuis que Chelsea avait sauvé son chat tigré de Macbeth, le grand lévrier d'Écosse appartenant à Duncan, qui tuait le temps d'une chasse à l'autre en terrorisant des créatures plus petites que lui. Il le faisait pour s'amuser, mais ses immenses pattes étaient capables d'assommer un vieux matou gâté comme celui-là.

D'un signe de sa tête grise en direction des écuries, Mrs Macaulay lui indiqua que son père et ses frères n'étaient pas encore rentrés. Ouf !

Chelsea emprunta l'étroit escalier de service d'un pied rapide et sûr et regagna sa chambre, en sécurité. Là, elle ôta l'habit qu'elle avait choisi pour aller à Newmarket. Si on la voyait approcher la voiture du duc, elle voulait qu'on puisse la prendre pour l'une des femmes avec lesquelles il était venu assister aux courses. En fait, elle avait parcouru à pied les quelques miles qui la séparaient des Downs, certaine que le duc serait assez galant pour la reconduire chez elle après leurs ébats. Qui aurait cru qu'un individu à la réputation aussi sulfureuse aurait l'honneur d'un gentilhomme ?

Après avoir enfilé une simple robe de basin à petites fleurs, elle redescendit par le grand escalier et s'installa devant le feu, un livre sur ses genoux. C'est dans cette posture qu'elle accueillit son père et ses frères lorsqu'ils revinrent, quelques instants plus tard.

— Red Dougal est arrivé second ! annonça son plus jeune frère, Colin, avec jubilation. Et papa a gagné cinq cents guinées en misant sur lui !

Colin avait élevé l'immense cheval marron et, à quatorze ans, il était encore assez petit pour être son jockey.

— Seul l'Irlandais noir du Saint nous a battus, compléta Duncan.

— Ce satané scélérat a tout remporté, aujourd'hui, grogna son père en s'effondrant dans le fauteuil le plus proche de son eau-de-vie maison.

Il saisit un flacon de cristal, le déboucha prestement et se versa un bon demi-verre du liquide transparent.

— Celui-là, on peut dire qu'il élève ses coureurs pour qu'ils gagnent, ajouta-t-il après avoir rangé la bouteille. Je bois à demain et à un nouveau gain de cinq cents guinées.

Il leva son verre, puis le vida d'un trait.

Duncan et Neil s'étaient assis en face de Chelsea. Ses deux frères aînés, eux, étaient devenus des hommes bien bâtis aux cheveux auburn comme les avait jadis leur père. Colin, comme elle, avait hérité du blond vénitien de leur mère, qui était morte après la naissance de Colin.

— Tu aurais dû venir, Chel, dit Duncan. Tu as manqué à Glen Vale, il piaffait avec nervosité avant le départ.

Chelsea savait calmer les nerfs toujours à vif de Glen Vale, un poulain bai magnifique. Il avait horreur de la foule, mais il courait mieux qu'aucun des chevaux qu'ils avaient élevés.

— Je viendrai demain, déclara-t-elle. Mrs Macaulay avait besoin d'aide pour les comptes, aujourd'hui.

— Tu sais, Chel, si tu avais le droit de monter Glen, fit Neil avec un soupir maussade, nous l'emporterions même sur l'Irlandais noir du Saint.

— Qu'est-ce qui m'en empêche ?

— Pas question ! rugit son père.

Ce n'était pas la première fois qu'ils s'affrontaient sur ce sujet, depuis que leurs finances étaient si catastrophiques.

Lorsqu'elle était à cheval, Chelsea ne faisait qu'un avec sa monture. Elle tenait les rênes d'une main si légère que les animaux semblaient vouloir gagner uniquement pour lui faire plaisir. Elle était meilleure que tous les mâles de sa famille, ce qui était un sujet de fierté pour tous. Hélas, les contraintes sociales empêchaient son exhibition en public dans toutes les grandes courses et compromettaient la restauration du capital familial.

Ayant eu la loyauté et le courage de soutenir Bonnie Prince Charlie en 1745, et le malheur d'avoir choisi le mauvais camp, lorsque la rébellion fut matée, les Fergusson de Dumfries, comtes depuis le treizième siècle, se virent confisquer leurs terres et leur titre. Le grand-père de Chelsea se retira avec son clan sur les terres de sa femme dans l'Ayrshire, où Chelsea était née et avait été élevée. Leur titre leur avait été restitué depuis, mais leur ancienne fortune avait sérieusement diminué.

— Nous aurions aussi pu vendre des chevaux, aujourd'hui, intervint Colin, toujours prompt à apaiser les esprits.

— A l'évêque de Hatfield, précisa Neil. Il a demandé de tes nouvelles, ajouta-t-il avec une grimace, connaissant les sentiments de sa sœur pour le mielleux évêque.

Chelsea fronça le nez.

— Tu lui as dit que j'avais chopé la syphilis, j'espère.

— Chelsea, surveille ton langage, la gronda son

père. Tu parles comme un garçon d'écurie. De plus, cet homme est plutôt correct pour un Anglais.

— Tu veux dire *riche*, papa, siffla-t-elle avec une dérision mordante.

— Sans dot, ma fille, tu ne peux pas te permettre de dédaigner les bons partis, souligna son père.

Malgré sa réprimande, ses yeux gris trahissaient la tolérance. Chelsea était le portrait de l'épouse qu'il avait perdue de longues années auparavant, et il l'aimait de la même manière inconditionnelle qu'il avait aimé sa mère.

— Je préfère rester vieille fille, merci, déclara sèchement sa rebelle de fille.

Duncan et Neil sourirent. Cette discussion-là aussi était familière. Personnellement, ils auraient préféré que Chelsea reste dans la famille. Elle veillait à ce que leurs existences soient confortables, et ils s'entendaient tous très bien. A vingt-deux et vingt-cinq ans, ni l'un ni l'autre n'envisageaient le mariage, aussi préféraient-ils ce qui pour eux était un arrangement satisfaisant.

— Bon sang, Chelsea, Rutledge est disposé à t'offrir une petite fortune, lui rappela son père.

— Qui servira à rembourser *tes* dettes, papa. Je préfère perdre ma réputation aux courses. Je n'ai aucune envie de me marier.

En vérité, Chelsea était parfaitement heureuse de la vie qu'elle menait. Non seulement elle et ses frères étaient très proches, mais ils étaient de véritables partenaires dans l'élevage des chevaux de course. Ses journées étaient fort occupées. Elle adorait entraîner les chevaux. Et n'ayant jamais connu la compagnie d'autres femmes, les amitiés féminines ne lui manquaient pas.

— Je l'ai invité à dîner demain soir.

— Oh, papa, non ! Je déteste cet individu ! Sa simple vue me hérisse !

— Ma chérie, fit doucement son père, sincèrement soucieux de l'avenir de sa fille.

Sans l'argent nécessaire pour lui permettre de faire une brillante entrée dans le monde, les seules demandes en mariage qu'elle recevrait émaneraient des gentilshommes de la campagne. Or elle était la fille d'un comte et, même ruiné, il désirait mieux que cela pour elle.

— Contente-toi d'être polie... au moins. Cet homme te veut.

— Que Duncan et Neil épousent les filles d'un riche marchand, papa, et qu'on me laisse tranquille.

— C'est probablement ce que nous ferons, Chel, en temps et en heure, lui rappela Duncan. Il se trouve que Rutledge a repéré ton charmant petit minois en premier.

— C'est bien ma veine ! Mais je te préviens, papa, je ne me laisserai pas faire. Je ne serai pas gentille avec lui. Je refuse d'envisager le mariage avec cet individu qui se promène poudré comme une femme. Que Duncan et Neil aillent séduire une riche jeune fille à la face pâle et alanguie. Je promets de la traiter comme une princesse royale quand elle entrera dans la famille. Je ne sourirai même pas quand son nabab de père viendra dîner en gilet violet avec une chaîne de montre de deux pieds de long.

Son père ne comprit manifestement pas son humour, car, l'œil gris comme l'acier, il lui intima :

— Le jeune vicomte vient dîner demain. Tu es ma fille et tu seras aimable avec lui, c'est mon dernier mot.

Fergusson avait parlé avec une voix de châtelain et de chef de clan; cinq siècles de commandement transparaissaient dans son injonction.

— Oui, papa, dit calmement Chelsea, sachant reconnaître quand son père était à bout de patience.

Cela ne lui laissait que vingt-quatre heures pour perdre sa virginité.

Elle espéra que le duc de Seth dormait dans son lit, ce soir-là.

5

Le disque satiné de la lune baignait sa chambre d'une lumière argentée. Allongée tout habillée sur son lit, Chelsea jetait de fréquents regards vers la pendule, dont les aiguilles brillaient au clair de lune. Elle devrait attendre que toute sa famille dorme afin que son départ passe inaperçu. Par chance, ils devaient se lever de bonne heure le lendemain matin pour l'échauffement des chevaux, et au moins son père et Colin se coucheraient tôt. Duncan était déjà parti à la soirée donnée par le duc de Seth.

Dix heures trente. Elle s'accorda une dernière demi-heure avant de s'en aller. Même si Neil était encore dans le petit salon, elle n'aurait qu'à passer par l'escalier de service et il ne l'entendrait pas. Pourtant, malgré la ferme résolution qui animait Chelsea pour faire face au problème posé par l'évêque de Hatfield, des émotions moins rationnelles continuaient à troubler la paix de son esprit. Son entreprise était audacieuse, insensée, totalement indigne d'une demoiselle de bonne famille. Elle sourit. Elle n'avait jamais été une demoiselle de bonne famille. Élevée dans une maisonnée de garçons, totalement absorbée par les courses et l'élevage des chevaux, elle ne possédait aucun de ces atouts féminins propres aux autres jeunes filles de son âge. Elle ne savait ni broder ni converser sur les mérites de telle corde de luth ou du taffetas changeant. Elle ne savait pas s'asseoir sagement dans un coin ni s'effacer pour mieux se mettre en valeur. Quand son père était en colère, il lui rappelait que les jeunes filles étaient supposées posséder ces qualités, comme il les appelait. Chelsea, quant à elle, trouvait qu'il s'agissait plutôt d'artifices.

Elle était toutefois fort habile à la peinture, bien qu'elle n'utilisât pas les délicates aquarelles jugées acceptables de la part d'une demoiselle. Elle peignait remarquablement bien, car elle adorait les chevaux depuis son enfance. Ses premières esquisses de chevaux, dessinées à l'âge de cinq ans, avaient été si réussies qu'elle était très vite passée de l'aquarelle à l'huile. Elle peignait l'anatomie de ses animaux avec une précision sans égale. Des portraits de tous leurs pur-sang et coureurs couvraient les murs de leur maison.

Elle savait jouer du luth avec une grâce inimitable, talent qu'elle avait hérité de sa mère et qu'avait encouragé son père. Lorsqu'elle jouait pour lui, ce qui était fréquent, elle lui rappelait sa défunte femme.

Mis à part le souci de se comporter ou non en jeune fille de bonne famille, elle se demandait comment elle allait bien pouvoir se glisser dans le lit de Sinjin St. John. Avec la présence de Duncan dans son pavillon, elle ne pourrait pas l'approcher directement. Et d'après les plaisanteries qu'avaient échangées Neil et Duncan avant le départ de ce dernier pour le souper, Chelsea avait compris que le duc avait fait venir de la compagnie de Londres. Des femmes *expérimentées*.

Comment pouvait-on rivaliser avec cela ?

La séduction était résolument hors de ses compétences. Elle rougit en se rappelant la sensation délicieuse de la bouche du duc sur la sienne, son corps chaud et musclé contre le sien. Ce soir-là, malgré son hésitation sur la stratégie à adopter, et son inexpérience, l'image du superbe duc de Seth bousculait sa réserve. Elle ne se laisserait pas passivement offrir à George Prine avec sa sale peau blanche et ses mains glacées : au contraire, elle disposerait comme elle l'entendait de sa virginité, cet unique élément si avidement échangé contre de l'argent et un titre sur le marché matrimonial.

Et l'infâme et séduisant duc de Seth l'y aiderait. Elle aimait bien le terme « aider ». Il rendait son entreprise moins scandaleuse, presque anodine. Elle se rendrait disponible pour son plaisir, et de son côté il l'aiderait à duper l'odieux évêque de Hatfield.

Sur ces pensées généreuses, elle se leva posément. Parée de sa plus belle robe pour ne rien laisser au hasard, espérant que son allure compenserait son innocence, Chelsea se dirigea vers l'armoire, éclairée par la lune. Elle en sortit une cape sombre qui sentait bon les sachets de rose qu'elle préparait elle-même, la jeta sur ses épaules et sortit sans un regard en arrière.

Elle réussit à quitter la maison sans incident. Elle contourna de loin les écuries pour ne pas réveiller les palefreniers et entra dans le vaste pré qui bordait la propriété du duc de Sutherland. A travers champs, il n'y avait que quelques miles pour Six-Mile-Bottom, la résidence du duc de Seth pendant toute la saison des courses.

Elle foula l'herbe humide, humant son odeur fraîche et piquante. Le vent était tombé et il faisait presque doux en ce début de printemps ; la lune brillait, magnifique. Idéale pour les brigands. Chelsea sourit de l'analogie qui lui était spontanément venue à l'esprit : elle rendait une visite inattendue au duc de Seth, comme ses ancêtres venaient piller jadis les pays limitrophes. Elle venait prendre une chose qu'elle convoitait : le corps mince et séduisant de Sinjin St. John.

Avant même de distinguer le pavillon à travers les arbres, elle entendit les bruits, les rires argentins et enjôleurs des femmes, les voix plus graves des hommes qui s'amusaient, les notes délicates d'un violon et d'un clavecin égrenées au milieu de toute cette gaieté. Et les lumières des fenêtres à fronton lui apparurent à travers le pâle brouillard qui enveloppait la vallée, telle une étrange phosphorescence. La résidence du duc était resplendissante ; elle était plus grande que la plupart des maisons de campagne familiales qu'elle connaissait, y compris la leur dans le comté d'Ayrshire.

Elle demeura un moment dans l'ombre d'un treillis qui ceignait le jardin en terrasse, réfléchissant à la meilleure manière de s'introduire, épiant la multitude d'invités que l'on distinguait à travers les larges fenêtres allumées. Les femmes étaient toutes ravissantes... et échevelées. Elles semblaient animées, vives, enjouées, prêtes à tous les degrés d'intimité avec ces jeunes mâles aristocrates. Après un examen attentif des chambres, à l'étage, elle aperçut Duncan engagé dans une danse langoureuse avec une jolie rousse ; ni l'un ni l'autre ne semblait suivre le rythme de la musique. Le duc se trouvait dans l'un des salons, en train de jouer aux cartes, une charmante courtisane sur ses genoux. Son attention était fréquemment perturbée par ses murmures et ses baisers, mais il ne semblait nullement s'en formaliser. Il se contentait de sourire de temps à autre lorsqu'elle parlait à son oreille, puis de l'embrasser, parfois longuement, tandis que ses adversaires attendaient patiemment qu'il revienne à la partie. Sa désinvolture ne semblait pas nuire à sa réussite : une pile de guinées était accumulée devant lui sur le tapis de jeu. Par moments, il jetait un coup d'œil alentour, comme pour s'assurer que les nombreux domestiques veillaient au bien-être de ses hôtes, et il fit signe à l'un d'eux de leur apporter une nouvelle bouteille et des verres. Du champagne.

Serait-il possible, s'inquiétait Chelsea avec un léger pincement au cœur, de détacher le duc de la ravissante brune qui s'accrochait à lui ? Devrait-elle encore rentrer bredouille ? Était-elle condamnée à se laisser faire par l'immonde George Prine ?

Non, se dit-elle farouchement. *Pas sans avoir fait tout mon possible !* Elle parviendrait bien à le surprendre seul quelques instants d'ici le lever du jour. Il était temps de songer à pénétrer dans cette magnifique demeure tout illuminée.

Elle trouva au rez-de-chaussée une entrée de service, en retrait, qu'elle emprunta. Un petit escalier menait à l'étage, manifestement pour la domesticité. Elle grimpa les marches une à une, le cœur battant, le souffle court. Sa capeline masquait sa chevelure dorée et plongeait son visage dans l'ombre et, si elle tombait sur quelqu'un, eh bien elle prétendrait être l'une de ces femmes venues de Londres. Ce ne serait pas si facile de donner le change, songeait-elle, consciente de ses limites en tant que courtisane, mais elle s'en sortirait sûrement.

Elle gravit les dernières marches, soulagée, et ne croisa personne dans le long couloir lambrissé menant à l'escalier principal. Là, elle se cacha derrière les tentures d'une petite alcôve, dans le renfoncement d'une fenêtre donnant sur l'allée circulaire. Ignorant quels étaient les appartements du duc, elle en était réduite à attendre qu'il lui montre le chemin.

Puis elle le suivrait discrètement dans sa chambre.

Et là... elle le convaincrait, la chance aidant, de coucher avec elle. Bien qu'il eût refusé de le faire dans la voiture, il avait clairement réagi à son assaut ou, du moins, son corps l'avait trahi. Dans l'intimité de sa chambre à coucher, elle devrait être capable de faire taire les scrupules qui lui restaient encore. Surtout... après une nuit d'ivresse. Un petit sourire entendu se dessina sur ses lèvres.

Peut-être même ne se souviendrait-il plus d'elle ?
Et si elle lui cachait son identité ?

Mais que faire de la brune, en bas ? songea soudain Chelsea, balayant ses rêves les plus fous. Avec le nombre de femmes qu'il y avait dans les pièces du bas, le duc remonterait sûrement accompagné, même si ce n'était pas de la jolie brune. Était-il possible de convaincre une courtisane londonienne de renoncer à son plaisir ? Connaissant le pouvoir de séduction du Saint et sa réputation d'amant, c'était peu probable, se dit-elle avec morosité. Enfer et damnation. Qui eût cru que perdre sa virginité serait une épreuve aussi insurmontable ?

La notoriété du duc de Seth et sa disponibilité à Newmarket faisaient pourtant de lui le candidat idéal. Il suffirait à Chelsea d'un peu de persuasion... sous réserve de parvenir à écarter tous ces importuns qui gravitaient autour de lui.

Elle poussa un soupir de frustration. Si elle n'avait pas été pressée par l'ultimatum que lui posait la venue de George Prine à dîner, elle aurait pu choisir un lieu et une heure moins risqués pour cet effort de persuasion.

Quelque divinité écossaise dut prendre pitié de Chelsea, car, lorsque Sinjin monta, quelque temps plus tard, il était *seul* ! L'optimisme de la jeune fille réapparut immédiatement, mais fut tout aussi rapidement douché lorsque le duc ouvrit la large double porte lambrissée au milieu du palier. Une blonde voluptueuse se jeta sur lui et, après une fraction de seconde de surprise, il referma les bras autour de son corps mince. Il l'embrassa là, sur le seuil, et leur long baiser se termina sur un murmure souriant, auquel la femme répondit en déboutonnant son gilet. Il la poussa doucement dans la chambre et referma la porte.

Ce libertin avait des maîtresses partout ! A supposer que Chelsea parvienne à se trouver en tête à tête avec lui, il serait peut-être trop fatigué pour elle !

Momentanément désemparée, la jeune fille réfléchit. Si elle avait mieux connu le duc, peut-être aurait-elle osé s'introduire dans sa chambre malgré son invitée et convaincre la blonde lascive de s'en aller. Si elle n'avait pas été la sœur de Duncan, elle aurait pu faire fi de la politesse car Sinjin St. John l'aurait spontanément invitée à entrer. Et si elle avait entendu davantage de commérages sur la propension au plaisir du Saint, elle n'aurait plus hésité. Depuis son dix-septième anniversaire, Sinjin avait remporté tous les paris portant sur ses performances sexuelles : durée, répétition et nombre de partenaires. Il aurait été heureux de les satisfaire toutes les deux.

Elle se mordilla un ongle, en proie à des sentiments contradictoires. Que faire ?

Au milieu de ses réflexions, Chelsea se rendit compte soudain qu'un couple entrait dans l'alcôve. Elle fut plus déconcertée encore en constatant que les deux jeunes gens s'y jugeaient suffisamment tranquilles pour s'y installer et batifoler. Si le duc sortait de la chambre pendant qu'elle était encore prisonnière de ces draperies de velours, elle manquerait l'occasion d'être seule à seul avec lui.

Zut, zut et zut !

Chelsea n'était pas de nature à se laisser décourager, sans quoi elle aurait sans doute renoncé à une entreprise pour laquelle les auspices étaient manifestement si peu favorables. Toutefois, élevée selon la devise des Fergusson qui proclamait : « Heureux celui qui triomphe de l'obstacle », elle ne succomba pas au désespoir. Il restait encore plusieurs heures avant l'aube, avant qu'elle ne doive regagner sa chambre. Et elle était prête à attendre dans l'antichambre de l'enfer si cela pouvait la libérer d'individus comme George Prine.

Loin de l'antichambre de l'enfer, la petite alcôve devint un nid d'amour tandis que le jeune couple s'adonnait à sa passion. Plaquée contre le mur, osant à peine respirer, Chelsea fut le témoin involontaire de leur rendez-vous galant.

— Je devrais te faire attendre puisque tu m'as ignorée pendant toute ta partie de cartes, vilain, grondait gentiment une voix féminine terriblement proche d'elle.

— Je gagnais, ma chérie, et même tes... (elle entendit le froissement du tissu) tes charmes délicieux ne pouvaient pas me distraire de cinq mille guinées.

Il y eut un petit silence, puis le bruit d'un baiser.

— Jusqu'à maintenant...
— T'ai-je porté bonheur ?

La voix de la femme était basse et enrouée.

— Hummm. Oh oui.

Le doux bruissement d'un vêtement tombé à terre accompagna le murmure masculin.

— Oooh, en effet, Will, je vois que tu es en forme...

— Mille guinées pour toi aussi, mon trésor, et merci d'avoir gardé la Fortune à mes côtés.

Le petit cri de joie de la courtisane transperça la chaude pénombre de l'alcôve et, pour la première fois, Chelsea prit conscience de l'intérêt lucratif de l'amour. Avec mille guinées, elle pouvait entretenir les écuries pendant six mois. Si elle faisait taire ses scrupules, elle pourrait aisément aider son père à rembourser ses dettes. Tout le monde savait que le duc de Seth était l'homme le plus riche d'Angleterre. Puis elle se souvint qu'elle n'avait pas encore acquis l'avantage de sa compagnie, ce qui rendait l'offre de mille guinées plus qu'improbable, en dehors de toute considération d'ordre moral.

Il y eut alors des respirations haletantes et des gémissements assourdis. A un moment, la dame gronda gentiment son partenaire :

— Doucement, mon chéri.

Chelsea distingua ensuite le bruit des mules et des bottes que l'on jetait. Après un long intervalle durant lequel elle contrôla soigneusement sa respiration pour ne pas trahir sa présence, elle entendit vibrer sous ses pieds le plancher comme sous l'effet de coups de boutoir, puis plus rien, et enfin :

— Ô mon Dieu, Liz, Ô... mon Dieu...

Et la voix de l'homme se perdit dans un grand soupir de satisfaction.

Suivit un bref silence durant lequel Chelsea retint inconsciemment son souffle. Quand allaient-ils enfin partir ? Elle pria les dieux pour que les deux amoureux ne décident pas d'admirer le clair de lune par la fenêtre.

— C'est la pleine lune, Will chéri, regarde !

Décidément, les dieux étaient en vacances. Chelsea hésita. Devait-elle s'échapper dans le couloir ? Enjamber leurs corps prostrés et courir vers l'escalier ? Se fondre dans les boiseries ? La panique l'envahissait, et l'intrépidité qui l'avait amenée jusque-là disparaissait à la vitesse du champagne du duc, au rez-de-chaussée.

— Un seul mot de toi et je décrocherais la lune, Liz mon adorée, pour te la mettre dans cette petite maison de Harley Street.

— Puis-je plutôt avoir un buggy, mon cœur ? répondit doucement la Liz adorée.

Et Chelsea prit note du bon sens expéditif et pragmatique de la jeune femme. Will pouffa.

— Deux même, mon pigeon gourmand, avec des tentures assorties si tu le désires. Sommes-nous d'accord ?

— Et le personnel, mon chéri ?

Sa voix n'était que le plus tendre des murmures.

— Tous les laquais que tu désireras... Plus un compte à la Barclays et cinq cents guinées par mois en guise d'argent de poche. M'aimes-tu assez, maintenant, ma Liz adorée ? Jure-moi que ton cœur est à moi.

Il plaisantait, mais sa voix était empreinte d'affection et de chaleur.

Le gloussement qui lui répondit était très jeune, dépourvu d'affectation.

— Il est à toi, Will, murmura doucement la jeune femme. Et mon corps aussi. Et toi, dis-moi que tu m'aimes.

A cet instant, une porte se ferma violemment tout à côté, et Chelsea entendit des bruits de pas sur le tapis. Une seconde plus tard, une riche voix de contralto déclarait :

— Je vois que nos jeunes amants se sont réconciliés.

Le sourire était évident dans la voix de la femme qui venait de parler.

— Le beau St. John s'est endormi, poursuivit-elle, et la nuit ne fait que commencer. Viens, Liz, allons chanter en bas pour tous ces beaux mâles. St. John dit qu'il doit se lever tôt avec ses chevaux, et nous aurons toute la journée pour dormir. Will, soyez mignon, laissez-la redescendre, j'ai envie de chanter.

Et, comme si les dieux s'étaient interposés, Chelsea fut enfin seule.

Avec le duc de Seth endormi dans la pièce voisine. Et pas une âme en vue.

6

Lorsque Chelsea se glissa dans la chambre de Sinjin, son cœur battait si fort qu'elle le couvrit de sa main, craignant de réveiller le duc.

Au même moment cependant, elle se demandait précisément comment elle allait pouvoir le réveiller, question qui la plongeait dans une égale anxiété. Peut-être ne dormait-il pas ? Peut-être avait-il sombré dans le coma, après avoir abusé du champagne ou du vin. Que ferait-elle alors ?

Elle resta un moment au pied du lit, tremblante d'appréhension.

Ne serait-il pas plus simple d'épouser ce crapaud d'évêque ? Peut-être sa profession le dissuaderait-elle de toute impulsion sexuelle ? Peut-être suffirait-il à Chelsea de dîner à ses côtés, de recevoir des visiteurs et de servir le thé à sa mère ? Mais elle se rappela comment il avait essayé de la toucher la semaine précédente dans les écuries, alors que son père s'était éloigné pour parler au palefrenier ; elle revit ses yeux concupiscents, ses doigts glacés qui tentaient de la retenir.

Non, George Prine ferait le plus odieux des maris, et elle repoussa avec dégoût l'idée d'être sienne jusqu'à sa mort.

Son père répétait qu'elle devait épouser une fortune et un nom, mais, à y bien réfléchir, lui-même s'était marié par amour, non ? Alors que déjà leur fortune était sensiblement effritée. Il avait beau jeu à la sermonner sur les mérites des mariages de raison. Eh bien, sa décision était prise : premièrement, elle ne tomberait pas entre les mains glacées de l'évêque de Hatfield. Deuxièmement, elle veillerait à ce que sa virginité ne constitue plus un sujet de marchandage. Et troisièmement, elle essaierait de convaincre son père, lorsqu'il serait remis de sa rage et que sa réputation à elle serait déjà ternie de toute manière, de la laisser refaire leur fortune en montant leurs coureurs aux rencontres hippiques.

Elle se sentait mieux, à présent qu'elle s'était fixé des objectifs aussi précis. Son action de ce soir n'était qu'une étape dans un projet raisonnable visant à restaurer les ressources de sa famille. Comme la feinte initiale lors d'un combat, une diversion nécessaire en vue d'accomplir un plan de plus grande envergure.

Chelsea éteignit le seul chandelier allumé sur la table de nuit. Si le duc pensait que sa courtisane était revenue, elle pourrait parvenir à garder son identité secrète. Il n'était pas nécessaire, dans son plan, que son partenaire fût cité. Il lui suffisait d'être déflorée. Elle refuserait, par honneur, de divulguer le nom du coupable. Elle se demanda même si elle ne devrait pas éteindre le feu qui crépitait doucement dans l'âtre, mais décida que sa lueur tremblante ne suffisait pas à illuminer le lit, et que l'odeur des cendres froides risquait de susciter des questions auxquelles elle n'aurait nulle envie de répondre. Elle se dévêtit silencieusement dans un coin sombre de la pièce.

Le duc était allongé sur le ventre en travers du lit. Les draps gisaient par terre, en tas, et Chelsea s'étendit précautionneusement à côté du duc, puis attendit que les battements frénétiques de son cœur cessent. Là, allongée *nue* à côté du fameux duc de Seth, dans toute la splendeur de sa nudité endormie, elle eut du mal à se rappeler toutes ses belles théories métaphoriques. Ses nerfs étaient soumis à rude épreuve.

Le plus terrible était peut-être le fait qu'une fois aventurée jusqu'à ce stade avancé de l'énormité, elle ne savait que faire ensuite.

Comme s'il avait perçu son dilemme, ou plus vraisemblablement, perçu son parfum subtil à l'essence de roses, le duc souleva lentement un bras somnolent, lui toucha — ce qui la choqua profondément — le creux de la hanche, et la rapprocha de lui.

A demi assoupi, Sinjin sentit la douceur familière d'un corps féminin, poussa un soupir de béatitude, la blottit contre lui et se rendormit.

Son souffle faisait danser quelques cheveux légers de Chelsea. Il avait la tête tournée vers elle, un bras en travers de son ventre et de ses hanches. Sa présence était chaude contre elle, la chaleur de son corps réconfortante dans la grande chambre fraîche, l'odeur de ses longs cheveux en désordre sur la blancheur de l'oreiller lui chatouillait les narines. Elle était légèrement boisée, comme une branche de fougère ou un ravin à l'aube.

A cet instant, troublant ces images poétiques, Sinjin remua une jambe qui retomba de tout son poids en travers des cuisses de Chelsea, la clouant au lit.

Puis, cette partie de lui-même pour laquelle il était si connu, et à laquelle elle avait l'intention de sacrifier sa virginité, remua, grossit contre la courbe de sa cuisse.

Chelsea avait suffisamment travaillé avec les chevaux pour ne rien ignorer des processus fondamentaux de la procréation... et le duc de Seth était manifestement en train d'entamer un tel processus.

Ce fut l'odorat de Sinjin qui le fit passer du sommeil à la veille. Le doux parfum des roses lui chatouilla distinctement les narines.

— Mmmm, murmura-t-il. Quel parfum voluptueux, Polly.

Ses doigts minces caressèrent doucement le creux de la taille de Chelsea.

— L'odeur de l'été...

— Merci, Votre Grâce, répondit Chelsea, ne sachant trop si une réponse était attendue d'elle dans ces circonstances.

L'homme et la femme entretenaient-ils une conversation mondaine ?

— Sinjin, mon chou, Sinjin...

Sa voix était rauque et basse, ses yeux encore clos.

— Pas de cérémonie entre nous... quand nous sommes au lit.

Sa paume remonta le long de la gorge de Chelsea, s'arrêta un moment devant la courbe de ses seins, se repaissant de leurs rondeurs généreuses, comme s'il en mesurait le volume.

— Parfait... murmura-t-il avec satisfaction.

Et elle sentit le désir du duc s'accroître encore contre sa cuisse.

Devait-elle le remercier de nouveau ? Son bref commentaire était-il un compliment ou une affirmation ? Attendait-il une réponse ? Mais les doigts délicats effleurèrent alors la pointe de ses seins, et un éclair de chaleur lui irradia jusqu'au creux du ventre, lui faisant instantanément oublier ses questions sur l'étiquette amoureuse. Il la pinça doucement, la caressa, massa son mamelon, l'étirant jusqu'à ce qu'il soit dressé entre son pouce et son index.

Un infime frisson incontrôlable et curieusement agréable parcourut Chelsea. Ses sens étaient en feu.

— Tu es réveillée, maintenant, mon chou, chuchota Sinjin en souriant et en ouvrant enfin les yeux. Tu as dormi ? demanda-t-il dans la pénombre grise. Je crois que j'ai somnolé un peu.

— Un peu, répondit Chelsea dans un souffle, heureuse de pouvoir répondre à une question directe.

Mais la main redescendait à présent sur son ventre, puis plus bas, et toute pensée rationnelle échappa de nouveau à la jeune fille. Elle se sentait dévorée par un feu délicieux, qui semblait curieusement affecter sa respiration. Et lorsque les doigts de Sinjin se glissèrent entre sa pâle et soyeuse toison, ils y trouvèrent une humidité accueillante. Elle poussa un petit soupir tremblant.

— Tu es toujours prête, ma Polly chérie, constata doucement Sinjin en la recouvrant de son corps avec une grâce féline.

Il sourit, et elle distingua ses dents blanches dans l'obscurité. Il s'installa confortablement entre ses jambes, son membre en érection effleurant le cœur moite et offert du désir inconnu et enchanteur que découvrait Chelsea.

Il se glissa dans l'antre hospitalier... Et se trouva vite arrêté.

Il rajusta sa posture et retourna dans le corps chaud de Chelsea.

Cette fois, il sentit distinctement la barrière de sa virginité.

Parfaitement réveillé, à présent, il dit avec confusion :

— Tu n'es pas Polly.

— Non, monsieur, reconnut Chelsea.

Le poids léger du corps de Sinjin était agréablement chaud sur le sien, et la sensation de son membre arrêté par son hymen lui plaisait.

— Harriet ne m'a pas dit qu'elle m'envoyait une pucelle, s'étonna-t-il. Serais-tu un petit cadeau-surprise ?

La voix de Sinjin était moqueuse et blasée. Son esprit s'ajustait rapidement aux circonstances, à cette femme inconnue dans son lit. Harriet lui avait pris une fortune, cette fois, avait mentionné son intendant, Seneca. Peut-être cette vierge était-elle pour quelque chose dans le prix exorbitant demandé par Harriet. Non que cela lui fût important. Ses rapports avec Harriet avaient toujours été parfaitement amicaux.

— Tu as peur ? demanda-t-il soudain, conscient de l'immobilité de la jeune femme.

— Non.

C'était vrai. La peur ne figurait pas parmi toutes les émotions qui traversaient le corps et l'âme de Chelsea. Elle semblait flotter à mi-chemin entre ciel et terre.

— Eh bien, ma chérie, allons-y, murmura doucement Sinjin, décidé à soulager son désir. Il n'y a qu'une seule entrée.

— Je comprends, monsieur, dit tranquillement Chelsea.

Elle avait à présent l'étrange sentiment que les

conséquences de son acte n'avaient plus d'importance, que seules comptaient les sensations et la fièvre ensorcelante qui lui enflammaient le cœur et le corps.

— J'espère qu'Harriet te paie bien. C'est un peu déconcertant, ajouta-t-il, empli de désir et d'empressement, mais troublé par la nouveauté de la situation.

Il n'était pas sûr de ce qu'elle ressentait. Il comprenait les femmes expérimentées. Comme ses propres passions, les leurs suivaient un cours sophistiqué et prévisible. Devait-il s'excuser maintenant ou après ? Devait-il d'ailleurs s'excuser ? Harriet avait dû prévenir la jeune fille, lui expliquer à quoi s'attendre. A moins que ses clients habituels qui appréciaient les pucelles ne les préfèrent terrifiées et en larmes ?

— Tu es sûre que tu veux continuer ? demanda-t-il.

— Oh, oui.

Au moins, il n'y avait aucune hésitation là-dessus, constata sa libido avec reconnaissance.

— Embrasse-moi, ordonna-t-il avec douceur, espérant soulager la douleur physique par une autre sensation.

Et lorsque les douces lèvres de Chelsea touchèrent les siennes, un lointain sentiment de familiarité évoqua un bref souvenir quelque part dans sa mémoire, immédiatement effacé par une vague de passion. Elle était douce comme le paradis lui-même, tendre et chaude et sucrée ; son corps menu était parfaitement proportionné, ses jambes écartées et offertes, sa bouche adorable ouverte sous la pression de la sienne, accueillante et lascive.

Pouvait-on mourir de tant d'extase ? se demandait Chelsea en comprenant soudain pourquoi le duc de Seth poursuivait les plaisirs charnels avec une telle avidité. Si c'était chaque fois aussi enivrant, aussi magnifique et passionné, sûrement on ne pouvait qu'aspirer à renouveler des embrasements si ardents.

— Pardon, murmura inconsciemment Sinjin juste avant le moment crucial.

Il s'enfonça en elle et les bras de Chelsea se raidirent sur ses épaules ; elle ravala un léger cri de douleur.

— Cela ne te fera plus mal, maintenant, soufflat-il en caressant du doigt la courbe de sa joue.

— Je n'ai pas mal, dit-elle avec un petit soupir d'aise.

Quoi ? C'était donc si peu de chose, la virginité ? Elle se demanda si toutes les femmes éprouvaient la même chose qu'elle, une vague de désir si puissante qu'elle aurait voulu s'accrocher pour toujours à cet enchantement magique. Ses mains chaudes sur les épaules de Sinjin, une boucle de ses cheveux entre les doigts, la force puissante de son corps mince et souple qui était sien, maintenant...

Il n'avait pas remué, se contentant d'embrasser sa bouche et ses paupières, ses sourcils délicats, la courbe de son nez, la douceur exquise de ses oreilles, et Chelsea se demanda brièvement, émergeant des brumes de son ravissement, s'il y avait autre chose.

Puis il bougea, se souleva légèrement, et elle eut un courte inspiration d'extase, le retenant en elle, mue par un désir qui la faisait frissonner. Longtemps plus tard, lorsqu'il se retira, elle gémit... un petit son de déception qu'il trouva immensément provocant.

Jouait-elle la comédie ? se demanda-t-il, un peu surpris de sa réaction passionnée. Les vierges n'étaient-elles pas censées être froides tant qu'on ne leur avait pas convenablement enseigné l'amour ? Mais il testa l'ampleur de ses talents de comédienne en la pénétrant de nouveau et, si ses ongles plantés dans ses épaules étaient une comédie, cette jeune personne avait été à bonne école.

Il l'emmena dans un rythme qu'il avait perfectionné au cours des années, éveillant son plaisir jusqu'à son point culminant. Dans ses bras, l'inconnue réagissait exactement à ses émotions, s'accrochait à lui avec une soif impudique qui accrut le propre désir de Sinjin.

Elle semblait le retenir prisonnier de son corps, désespérément, craignant qu'il ne s'en aille. C'était la première fois qu'il éprouvait de tels sentiments, lui qui jouait avec l'amour depuis dix ans avec une sophistication tranquille et blasée. Et lorsqu'il la sentit monter, il répondit à son plaisir et connut dans ses bras une extase qu'il n'avait pas éprouvée depuis des années.

Il se sentit soudain redevenu adolescent. Son orgasme fut fiévreux, son esprit s'était dissous, le monde entier s'était évanoui ; un long grognement de plaisir jaillit droit de son cœur. Chelsea gémit, elle aussi, inconsciente de son cri qui remplit l'obscurité de la chambre. Qui remplit l'esprit de Sinjin, aussi, d'un plaisir inattendu. Et, lorsqu'elle retomba, haletante, entre ses bras, il couvrit ses lèvres humides d'une bouche tremblante.

Ils restèrent immobiles, comme s'ils avaient été

55

balayés par un typhon tropical, le souffle court, leurs corps humides de sueur, épuisés par cette fatigue merveilleuse et sans égale.

Mais la réalité fit irruption dans leur idylle, et Chelsea esquissa un léger mouvement de retrait.

— Non, dit seulement Sinjin d'une voix quasi inaudible, resserrant ses bras autour de ses épaules.

— Il faut que j'y aille, murmura Chelsea à regret.
— Où ? s'étonna-t-il.

Les courtisanes d'Harriet étaient là pour la quinzaine. Il le savait bien, c'était lui qui payait les frais... et il en était ravi, après le bonheur qu'il venait de connaître.

La jeune femme avait-elle l'intention de partager sa passion débridée avec un autre de ses invités ? Peu probable, songea-t-il, se sentant en cet instant très farouchement le maître tout-puissant des lieux.

— Seneca m'a dit qu'Harriet avait encore augmenté ses tarifs de mille guinées. Si c'est ta virginité que je paie, ma tendre enfant, j'aimerais autant en avoir pour mon argent.

Sa voix était douce, mais ses mains fermement ancrées sur les épaules de Chelsea, et le poids de son corps, bien qu'il fût soutenu par ses coudes, serait difficile à déplacer.

— J'ai envie d'un dessert, ma précieuse, murmura-t-il en embrassant sa lèvre supérieure parfaite. J'aime le goût que tu as.

Il fut instantanément rigide en elle, éveillant de nouveau son désir et son besoin, immédiatement.

— Dis-moi que tu as envie de moi, ordonna-t-il doucement, surpris de sa requête mais poussé par une force qui le dépassait.

Devenait-on possessif avec les vierges, comme si on les désirait uniquement pour le prix de leur soumission ? Il l'ignorait, mais il savait quelle réponse il voulait entendre.

— J'ai envie de vous... désespérément... Sinjin, chuchota Chelsea d'une petite voix brisée.

Et d'entendre son nom sur ses lèvres délicieuses amena un sourire dans l'âme blasée du duc de Seth.

— Comment t'appelles-tu ? demanda-t-il en fermant les yeux sous la douceur de son corps exquis.

— Flora, répondit Chelsea dans un murmure, incapable de trouver le souffle nécessaire pour parler, tant sa béatitude était profonde.

Le nom de sa mère lui était venu spontanément à l'esprit.

— J'aurais dû m'en douter, murmura Sinjin en souriant. Douce, parfumée, fertile et passionnée. Je ne te laisserai pas partir. Je veux t'emmener, ajouta-t-il d'une voix rauque, dans les jardins parfumés du paradis...

Il le fit, tendre et expert, éperdument reconnaissant à Harriet de lui avoir envoyé cette fleur pure et délectable. Ensemble, ils explorèrent avec passion non seulement les jardins du paradis, mais tout un univers de jeux et de partage. Plusieurs heures plus tard, avec des promesses encore à tenir, ils s'endormirent dans les bras l'un de l'autre, satisfaits, souriants, béats.

Échec à l'évêque de Hatfield.

7

La soirée se poursuivait gaiement sans son hôte, lorsque soudain l'un des invités saturés de champagne proposa une course de chevaux derrière la maison. Tous convinrent chaleureusement que Warwick venait d'avoir une brillante idée, et quelqu'un dit immédiatement :

— Faites descendre Sinjin. Il est toujours prêt à relever un défi.

— Laisse-le, suggéra un autre, légèrement plus sobre que les autres. Il a dit qu'il voulait se lever à l'aube.

— Tu ne me feras pas croire que le Saint est là-haut en train de *dormir* !

— Eh bien si, mon cher, et je suis bien placée pour le savoir, car j'ai laissé son corps chaud entre les draps ducaux.

La superbe voix de contralto n'avait rien perdu de sa beauté, malgré l'heure tardive.

— Qu'on aille le chercher. Il adore courir autant qu'il adore gagner.

— Je parie cinquante guinées qu'il sera furieux d'être réveillé. Il prend ses chevaux au sérieux, et les épreuves du matin commencent de bonne heure.

— Et moi je parie cinquante guinées qu'il sera ravi de voir l'un de ses chers coureurs coiffer les autres au poteau d'arrivée. Réveillons-le !

— J'y vais, déclara Duncan. Il s'est assez reposé.

Le champagne était pour lui un breuvage léger, après l'eau-de-vie écossaise que lui et sa famille distillaient.

— Il n'a dormi que quelques heures, laissez-le.

— Qu'on nous l'amène, ronronna une jolie blonde vêtue de soie pêche. J'aime le voir les yeux embrumés de sommeil.

— Et moi je dis que ses prunelles sont capables de tuer, quand il est en colère, grogna quelqu'un.

— C'est presque l'aube, remarqua Duncan. Regardez le ciel.

Chacun s'exécuta, avec des degrés divers de vivacité. En effet, le noir de la nuit avait fait place à la lueur grisée qui précédait l'aube. Et il fut décidé, tandis que Sinjin et Chelsea dormaient paisiblement à l'étage, que l'on pouvait réveiller le maître de maison.

Duncan monta l'escalier.

Sinjin avait l'impression de ne s'être assoupi que quelques minutes lorsqu'on lui remua brutalement l'épaule. Des profondeurs de son agréable rêve, il émergea suffisamment pour grogner :

— Qu'on me fiche la paix.

Mais l'autre le serrait d'une main de fer et gronda en retour :

— Réveille-toi ou tu mourras dans ton sommeil !

Même à demi inconscient, l'esprit de Sinjin sentit une inhabituelle animosité. Il ouvrit brusquement les paupières.

Duncan se dressait au-dessus de lui, un chandelier entre les mains, le visage empourpré par la rage. Sinjin cligna des yeux, essayant de comprendre.

— Mais qu'est-ce qui te prend ? fit-il avec irritation.

C'était sa maison, sa soirée, et s'il voulait dormir, il en avait bien le droit, non ?

— Bienvenue dans la famille, Sinjin, grinça Duncan avec sarcasme. A moins que tu ne préfères une balle dans la tête ?

Le bruit réveilla Chelsea, et la voix de Duncan lui annonça le désastre. Elle se demanda brièvement si elle allait retenir sa respiration jusqu'à ce qu'elle meure sur place, puis elle décida qu'à dix-sept ans trois quarts, la vie lui réservait encore des surprises agréables, bien qu'en l'occurrence, la situation soit franchement déplaisante. Aussi, elle ouvrit les yeux, contempla son frère, gênée par sa totale nudité, et lui dit :

— Ce n'est pas sa faute, Duncan. Sois gentil, baisse le ton.

La tête de Sinjin pivota vivement. La voix de Chelsea avait déjà causé un profond malaise dans son cerveau. Il la considéra un moment avec raideur.

— Vous ! explosa-t-il.

Puis il leva de nouveau les yeux vers Duncan, qui se tenait devant lui, tel un guerrier Thor.

— Oh, non, murmura-t-il.

Mais d'où diable était-elle venue ? Diane... Ellen... oh, comment donc s'appelait la dernière femme qui avait partagé son lit ? Quelle importance, de toutes les manières, puisque la catastrophe était là, menaçante. Puis un soupçon lui traversa l'esprit :

Était-ce un piège ?

Tout cela avait-il été mis au point ?

Représentait-il le salut financier pour les fortunes perdues des Fergusson de la basse Écosse ? Il s'efforça de rassembler un semblant de sobriété après une longue nuit passée à fêter le succès de ses chevaux à Newmarket.

— Je suis désolée, murmura Chelsea.

— *Désolée ?* rugit-il en la contemplant comme si elle avait été une apparition.

— Bon Dieu, Sinjin, c'est ma sœur ! intervint Duncan.

— Ne te mêle pas de cela, Duncan, répliqua Sinjin sans tourner la tête.

Puis, d'une voix glaciale, il demanda à Chelsea :

— S'agit-il d'un complot ?

— Non, Duncan n'était pas au courant... Personne. Ce n'est pas un guet-apens. Je veux dire... pas comme vous le croyez.

La jeune fille parlait rapidement, essayant d'apaiser la rage explosive qu'elle lisait dans le regard de Sinjin.

— De quoi n'étais-je pas au courant ? voulut savoir Duncan. Maudit sois-tu, Sinjin. Que diable se passe-t-il, ici ?

— Est-ce un bon comédien, lui aussi ? demanda Sinjin avec un signe de tête en direction de Duncan.

Sa voix était glaciale, ses yeux rivés à ceux de Chelsea.

— Non, murmura-t-elle. Personne ne joue la comédie. Je vais m'en aller, maintenant, et vous ne me reverrez jamais.

— J'y compte bien, grogna Duncan, ne sachant pas très bien quel était le rôle qu'il devait tenir.

Il n'était certain que d'une chose : Sinjin St. John et sa sœur étaient tous deux parfaitement nus dans le même lit et, si cette image ne signifiait pas un mariage dans les plus brefs délais, alors il ne s'appelait pas Duncan Fergusson de Dumfries.

— Tu vas l'épouser, Sinjin, sinon appelle les témoins !

— Je ne vais épouser personne, cracha l'intéressé.

— Et moi non plus ! s'écria Chelsea, furieuse d'être placée dans la situation même qu'elle essayait d'éviter avec l'immonde évêque de Hatfield.

Elle se redressa dans une envolée de cheveux d'or et cria :

— Tu n'as pas l'air de comprendre, Duncan. Tu n'es pas maître de ma vie. Personne ne me dictera ma conduite. Je n'épouserai ni George Prine, ni le duc de Seth, ni personne. Et maintenant, sors d'ici immédiatement avant que je n'ameute toute la maisonnée. Je suis sûre que les invités seront ravis d'accourir voir ce qui se passe.

Après que Duncan fut sorti, Sinjin donna un tour de clef et retourna s'allonger.

— L'auriez-vous fait ? demanda-t-il négligemment. Auriez-vous ameuté toute la maison ?

Il se redressa contre la tête du lit, nu, détendu. La lueur des bougies qu'avait allumées Duncan modelait sa musculature d'un or subtil.

— Peut-être, répondit Chelsea sur le même ton, en se levant.

— Attendez, ordonna-t-il avec calme en lui saisissant le poignet.

— Pourquoi ?

Elle plongea son regard violet dans le sien. Sinjin haussa les épaules mais ne la laissa pas aller.

— Envisagez-vous de me demander en mariage ? demanda-t-elle avec sarcasme.

Il la félicita intérieurement de son audace et se rappela qu'audacieuse, elle l'était aussi au lit.

— Et si j'ai envie de vous revoir ? dit-il.

— De coucher avec moi, vous voulez dire ?
— Oui, fit-il sans hésiter.
— Écoutez, répondit Chelsea en poussant un petit soupir, je suis venue ici cette nuit par désespoir. Je ne voulais pas que l'on me force à épouser George Prine, même s'il était disposé à mettre tout l'or de la terre à mes pieds. Une fois résolu le problème de ma virginité et cet individu éloigné de moi à jamais, mon entreprise prend fin. Mon but n'est en aucune façon de débuter une carrière de courtisane. Je ne pourrais pas faire cela à ma famille.

Elle grimaça un sourire.

— Ils me connaissent assez bien pour accepter cet acte irrationnel, qui ne se reproduira plus. D'ailleurs, vous n'avez pas besoin de moi, ajouta-t-elle en secouant la tête avec grâce. Votre maison est remplie de jolies femmes qui ne demandent qu'à vous tenir compagnie. Alors... Je vous remercie.

Elle lui tendit la main comme l'aurait fait un homme pour conclure une affaire. Sinjin la prit dans les siennes, songea l'espace d'un instant à ce que signifierait le mot « mariage » avec Chelsea Amity Fergusson avant que les principes égoïstes de toute une vie ne s'imposent à lui.

— Je vous remercie, moi aussi, dit-il. J'ai apprécié votre compagnie.
— Nous nous reverrons aux courses.
— C'est cela... aux courses.

Elle dégagea sa main, sourit poliment et quitta le lit.

Il la regarda se déplacer dans la chambre obscure. La lueur du feu enluminait sa mince silhouette, satinait la courbe délicate de sa taille, la perfection de ses longues jambes, rehaussait la rondeur de ses seins adorables. Le nuage de ses cheveux dorés prit une singulière beauté ; il éprouva l'irrésistible besoin de le toucher et se souvint avec acuité de la sensation que lui avait procurée cette chevelure sous ses doigts. On aurait dit d'arachnéens rayons de soleil. Ils étaient chauds, comme sa peau.

Un curieux sentiment de possession le submergea tandis qu'il la regardait, comme s'il avait voulu s'enfermer à clef et la garder là auprès de lui. Comme si ses invités étaient soudain devenus indésirables. Comme si la seule chose qui comptait pour lui à présent était de rester seul avec cette jeune femme, cette étrange créature de la nuit. Pensant que son imagination s'était emballée, il éprouva le besoin de parler.

— Je suppose que vous ne pouvez pas rester ?

Elle ne répondit pas et, l'espace d'un instant, il crut à ses rêves et à la magie. Mais elle sourit, et il l'entendit répondre :

— Je suppose que Duncan ne serait pas d'accord.

Elle avait un sourire gentiment moqueur.

C'était extraordinaire, songeait-il. Pas de vapeurs ni de larmes. Et surtout, pas d'exigences menaçantes. Au lieu de cela, cet adorable sourire fait pour être embrassé. Par lui, se dit-il.

— Duncan ne se laissera pas facilement endormir, reconnut-il, tandis qu'il réfléchissait à toute allure à un moyen de satisfaire l'affront fait à Duncan. Et votre père non plus, ajouta-t-il avec embarras.

Bien que Chelsea fût décidée à endosser l'entière responsabilité de son acte, il savait comment la société considérerait l'incident.

— Mon père non plus, admit-elle doucement en

enfilant sa chemise. Mais j'en assume toute la responsabilité, poursuivit-elle avec calme. Ne vous faites pas de soucis. Vous m'avez été nécessaire, et je veillerai à ce que mon père comprenne cela.

Étrange phrase aux oreilles d'un homme courtisé et recherché, mais il fut soulagé d'apprendre qu'elle essaierait d'apaiser la soif de vengeance du comte. Car celui-ci exigerait de lui une réparation. Duncan en était la preuve vivante, debout devant sa porte à attendre Chelsea. Et quoi d'autre encore ? Il ne s'inquiétait pas trop, toutefois, car il était un « prince » d'Angleterre. La famille du comte de Dumfries avait choisi le mauvais camp à Culloden, et Sinjin était parfaitement capable de se défendre.

Mais ses pensées furent soudain distraites, car Chelsea se penchait pour ramasser son jupon, et il retint malgré lui sa respiration. Sa chemise était encore partiellement déboutonnée, le renflement de ses seins frissonnait à la lueur des bûches, elle était l'image même de la séduction. Pendant un très bref instant, ainsi penchée en avant, elle offrait en une gracieuse juxtaposition la courbe sensuelle de ses seins et de son postérieur. Sinjin aurait voulu figer le temps et la garder là, ainsi, dans cette pose.

Inconsciente de l'image qu'elle projetait et de l'état d'esprit inhabituel de Sinjin, la ravissante miss Fergusson souleva son jupon, le glissa autour de sa tête et se tortilla légèrement pour que le tissu retenu sur son épaule retombe à sa taille.

Au prix d'un suprême effort, Sinjin se retint de bondir jusqu'à elle et de serrer dans ses bras la voluptueuse demoiselle.

— Le tissu est coincé, murmura-t-elle avec une nouvelle secousse.

Elle s'approcha innocemment du lit pour qu'il l'aide, et Sinjin en eut le souffle coupé. Depuis des années, il n'avait pas eu à réfréner ses envies, et il n'était pas sûr d'y parvenir.

Elle se tourna dos à lui, lui souriant par-dessus son épaule, semblant oublier sa semi-nudité. Un petit frisson parcourut l'échine de Sinjin, et sa main s'immobilisa à quelques centimètres de la peau lisse et claire. Puis elle se referma sur son épaule. Il la fit tomber sur le lit, la couvrit de son corps mince et dur et l'embrassa doucement.

— Cinq minutes, murmura-t-il contre ses lèvres. Restez encore cinq petites minutes...

Il remua légèrement et caressa la douce courbe de ses cuisses d'une main sûre et habile.

— Ce serait avec plaisir... fit Chelsea d'une voix hésitante, tandis que le poids du corps de Sinjin éveillait déjà en elle les sens qu'elle venait de découvrir.

— Parfait, murmura-t-il avec un sourire.

Il lui embrassait la joue, et sa main remontait lentement le long de sa cuisse. Chelsea sentait son désir, et le sien lui parut étrangement exaltant. Comme un nouveau jouet, un plaisir infiniment parfait lui était proposé. Elle prit une profonde inspiration pour maîtriser ses émotions et déclara :

— Mais c'est impossible.

Elle s'attendait qu'il proteste, use de la force, peut-être, mais Sinjin murmura simplement :

— Allons donc !

Et il atteignit le noyau de sensations qui palpitait au cœur de son être.

Le désir irradia Chelsea. Le contact délicat de ses doigts était si léger. Comment pouvait-elle le ressentir avec une telle intensité ? Pourtant, le duc semblait savoir exactement quoi faire. Un gémissement de plaisir lui échappa.

Comme elle était parfaite, comme elle était douce et chaude, charmante, aussi, dans le fouillis parfumé de son jupon et de sa chemise. Il pencha la tête et embrassa l'arc duveteux de son sourcil.

— Reste un mois, murmura-t-il, ou un an...

Il fit glisser le jupon au-dessus de sa tête et le jeta par terre, et lorsqu'il effleura son triangle doré de ses doigts délicats, elle lui sourit :

— Ou au moins jusqu'à la fin de la saison des courses ? fit-elle.

Le sourire que lui rendit Sinjin était irrésistible, on aurait dit celui d'un petit garçon qui s'apprêtait à commettre une bêtise, mais il répondit galamment, d'une voix très douce :

— Je le pensais sincèrement.

En homme d'expérience, il fut au-dessus d'elle avant même qu'elle ne s'en rende compte et la pénétra tandis que les bras de Chelsea se refermaient autour de son cou.

Je ne devrais pas, se dit-elle, mais ses sens étaient déjà inondés. Rien d'autre ne comptait que de sentir cet homme en elle, loin, si loin qu'elle en poussa un petit cri. Sa force et sa puissance semblaient l'emplir tout entière, l'envahir. La chaleur de sa peau sous ses mains, ses cheveux soyeux. Il était puissant et plein de vie, comme les héros de ses rêves d'enfance... Mais plus bouleversant encore, parce que, dans ses rêves, Chelsea ne connaissait pas le duc de Seth et sa virtuosité.

Sinjin, lui, n'avait jamais rêvé d'aucune héroïne. Il était ancré dans la réalité, et avait toujours préféré la satisfaction immédiate offerte par des femmes consentantes. C'était un sport, pour lui, dans lequel l'adresse était indispensable.

Une nouvelle bénéficiaire des extraordinaires talents sexuels du Saint était en train de laisser sur ses larges épaules des marques en demi-lune, et d'exhaler des soupirs de plaisir. Il sourit de son abandon. Il se retira une fraction de seconde, attendit le temps d'un battement de cils la pression hystérique de ses doigts avant de revenir avec une infinie lenteur. Elle gémit, tremblante.

Il prit entre ses mains son adorable visage et murmura :

— Bientôt.

Les muscles de son dos et de ses bras puissants soutenaient sa progression délicatement mesurée.

— Maintenant, l'implora-t-elle presque dans un sanglot.

— Tout à l'heure, fit-il en déposant un baiser sur sa lèvre pleine. Embrasse-moi...

Et lorsque la bouche de Chelsea s'avança, soumise, vers la sienne, il lui donna ce que tout son être réclamait, et sentit son soupir mourir dans sa propre bouche. Il la rejoignit en un paroxysme étrangement fiévreux. Puis il la tint contre lui un long moment, rendant un hommage reconnaissant à sa majestueuse splendeur.

— Vous êtes à la hauteur de votre réputation, chuchota-t-elle dans le silence qui avait empli la chambre.

— Merci, fit-il sans fausse modestie en levant la tête pour plonger ses yeux dans les siens. Et vous êtes à la hauteur de votre provocante beauté.

— Merci, milord, répondit-elle comme une jeune fille de la campagne.

— Êtes-vous réellement la sœur de Duncan ? demanda-t-il, incrédule.

Il espérait de toute évidence une réponse négative. Et, si Duncan n'avait pas attendu derrière la porte, Chelsea aurait menti avec plaisir.

— Je regrette, murmura-t-elle.

L'évocation de son frère lui rappela sa situation peu orthodoxe, et elle repoussa doucement la poitrine du duc de Seth.

— Il faut vraiment que je parte.

Il la considéra un moment, luttant contre le chaos qui s'était emparé de ses sens. Que se passerait-il s'il la gardait prisonnière ? La réputation de Chelsea serait définitivement ruinée si l'on apprenait ce qui s'était passé. Et ayant eu la courtoisie de refuser ses premières avances, avait-il encore besoin de se montrer chevaleresque ? Sa famille était démunie, or le pouvoir étant directement lié à l'argent, c'était lui qui possédait l'avantage.

— Et si je ne vous laissais pas partir ? demanda-t-il avec calme.

— Pourquoi diable ?

Une sincère surprise teintait la question.

— Pour des raisons déshonorantes, bien sûr, répondit-il avec un sourire en coin.

— Oh !

Un sourire radieux illumina le ravissant visage de Chelsea.

— Je suis flattée, Votre Grâce, plaisanta-t-elle. Et si nous pouvions vivre comme les sauvages de Rousseau, je resterais avec plaisir. Mais c'est impossible, et vous ne pouvez pas me retenir.

— Je le pourrais.

Les yeux de Sinjin brillèrent soudain. Il parlait d'une voix basse aux chaudes modulations.
— Pas longtemps.
Elle aussi, parlait très bas, mais une nouvelle fermeté l'animait. Il se rappela leur première rencontre, lorsqu'elle s'était tout bonnement offerte à lui. Miss Fergusson était extraordinairement sûre d'elle. Mais elle n'en demeurait pas moins une femme, donc un être du sexe faible, se dit-il avec le poids de toute sa culture. Il pouvait fort bien la retenir. Peut-être pas ici, si près de sa famille, mais ailleurs. Elle enflammait sa passion, son imagination. Elle touchait en lui un inexplicable besoin de possession.
— Si je crie, Duncan vous entendra.
— Oui, mais la porte est fermée à clef.
— Il finirait par entrer, tôt ou tard.
— Tard signifierait *trop* tard, ma belle. Mon grand-père usait parfois d'un escalier secret. Nous disparaîtrions purement et simplement.
Allongée à côté de son compagnon, aussi calme que lui, Chelsea répondit :
— Vous ne parlez pas sérieusement, et je vous prie de bien vouloir me laisser partir.
— Qu'en savez-vous ?
— Parce que, milord, vous vous lasseriez de moi au bout de quelques jours.
Cette fille avait raison, se dit-il avec ressentiment. Elle avait parfaitement deviné son seuil de tolérance.
— Je saurais peut-être vous convaincre de me faire oublier mon ennui, suggéra-t-il avec une moue séductrice.
— Après avoir connu le plaisir de votre couche... Si ce n'était ma famille, j'accepterais volontiers.

Les profondeurs de ses yeux violets étaient rieuses.

Sa franchise le stupéfia... et lui donna une raison de plus d'être séduit.

— Venez me rendre visite, alors. Je sais être discret.

Comme elle haussait un sourcil sceptique, il ajouta :

— Je n'ai pas eu à le faire jusqu'à présent. Voilà. C'est une invitation ouverte. Où vous voulez, quand vous voudrez. Et si vous vous trouvez à plus de deux jours de cheval, accordez-moi seulement le temps nécessaire pour vous rejoindre, bien que mes montures soient les plus rapides d'Angleterre.

— Après les miennes.

Ce fut au tour du duc de froncer les sourcils d'un air dubitatif.

— Si je pouvais les monter comme je le veux, nous gagnerions à chaque fois.

— Vous montez ? Dans des courses ? Je le saurais.

— Incognito, bien sûr, et jamais à Newmarket.

— Vous êtes une jeune personne extrêmement fascinante.

Elle eut un sourire très féminin et plein d'assurance.

— Je sais.

— Comment me résoudre à vous laisser partir ainsi ?

Tout en lui la séduisait, sa beauté, son sourire, son ton traînant.

— En vous disant que vous me verrez monter Thune contre votre Mameluke demain, au Prix d'Arcadia.

Il roula sur le côté comme si son contact l'avait soudain brûlé et, négligemment appuyé sur un bras, il proposa avec un sourire irrésistible :

— Peut-être un petit pari vous intéressera-t-il ?
— Je ne peux pas me permettre de parier.
— Ha ! je savais que votre cheval ne pouvait gagner.

Il la narguait volontairement, elle s'en rendait bien compte, mais il mettait en doute la valeur de ses bêtes et, pour elle aussi, la course était sa vie. Elle se redressa brusquement et examina l'homme allongé à côté d'elle, l'image de la séduction masculine, de la virilité, du pouvoir.

— Que voulez-vous parier ? dit-elle.
— Vous, bien sûr.
— Soyez plus précis.
— J'aimerais dire pour toujours, mais vous m'avez rappelé au bon sens pratique, et il ne s'agit que d'une course...

Son petit sourire disparut et sa voix acquit l'autorité mordante avec laquelle il prenait tous ses paris.

— Une semaine avec vous dans le courant de ce mois. Vous choisirez le lieu et moi les plaisirs.
— Et si vous perdez ?
— A vous de décider, naturellement.
— Je préfère de l'argent sonnant et trébuchant.
— Comme vous voudrez, dit-il en inclinant légèrement la tête. Annoncez votre prix.
— Cinquante mille guinées.

C'était une somme énorme. Il pouvait refuser et l'honneur de Chelsea serait sauf. Ou bien accepter et l'argent rembourserait toutes les dettes de son père.

— Marché conclu, dit-il doucement en souriant.
— Puis-je partir, à présent ?
— Jusqu'à demain. J'ai hâte d'être à la course.
— Nul ne doit savoir...
— N'ayez crainte, je ne révélerai à personne votre identité de jockey, vous avez ma parole.

Cette fois, il la regarda s'habiller avec un plaisir satisfait, confiant d'avoir bientôt le plaisir de sa compagnie. En l'aidant à fermer une rangée de boutons à la nuque, il fut frappé par le contraste qu'elle présentait avec ses invitées habituelles et s'étonna une fois encore de l'effet qu'elle avait sur lui. Généralement, à ce stade des événements, il débitait son petit discours d'adieu poli plutôt que de se réjouir à l'idée de la prochaine rencontre.

Lorsque tous les rubans furent en place, il l'embrassa tendrement :

— A demain aux courses.
— Je vais gagner, déclara-t-elle gaiement.
— Nous verrons, répondit-il avec calme sans se départir de sa courtoisie.

Elle n'avait pas une chance contre Mameluke monté par Fordham. Le grand cheval bai n'avait pas perdu une seule course en un an.

— Préparez vos guinées, se contenta-t-elle de répondre en souriant.

Puis elle lui envoya un baiser, tourna la clef dans la serrure et ouvrit la porte.

8

— Que diable étais-tu en train de faire là-dedans ? explosa Duncan dès qu'elle fut sortie de la chambre.

— D'échapper à un odieux mariage avec George Prine, répondit sèchement Chelsea. Et maintenant je rentre à la maison. Viens avec moi ou reste, comme tu préfères.

Suivant son pas rapide le long du corridor obscur, Duncan s'emporta :

— Sinjin va me le payer !

— Attends que je raconte à père ce que j'ai fait. Et n'oublie pas ce que pense du mariage le charmant duc de Seth. Je ne crois pas qu'il soit le genre d'homme à se laisser mener à l'autel contre son gré. De toutes les manières, je n'ai absolument aucune envie de me marier.

Elle s'exprimait avec véhémence, et refusa d'ajouter un mot sur ce sujet jusqu'à ce qu'elle affronte son père, une demi-heure plus tard.

Il rugit et menaça. Duncan et Neil tempérèrent le conflit par des arguments raisonnables ou déraisonnables, et Chelsea tint bon, échevelée, sa robe tachée de boue à l'ourlet, le dos raide.

— Tu ne *peux* pas forcer St. John à m'épouser. A moins de le traîner pieds et poings liés à la cérémonie, et il faudra aussi me ficeler parce que je n'ai aucune intention de l'épouser. Et tu auras beau crier et invoquer tous les saints du paradis, tu ne changeras rien à ma décision.

— Il t'a déshonorée, ma fille, cria son père, et je ne laisserai pas un Anglais s'en tirer comme ça !

— Il ne savait même pas qui j'étais, répéta

patiemment Chelsea pour la dixième fois. Il m'a prise pour l'une des courtisanes venues de Londres. Je lui ai expliqué que mon seul but était de contrecarrer les plans de George Prine, et tout cela est *ta* faute, papa, non celle de St. John. Je refuse d'être vendue à un homme pour payer tes fichues dettes et, si tu ne préviens pas l'évêque de manière diplomatique que sa cour est terminée, je le lui expliquerai avec force détails.

Depuis dix minutes, elle était soumise à des affronts masculins, une rage masculine, un point de vue masculin de l'honneur et des aspects pratiques du mariage. Elle était fatiguée, irritée et se sentait meurtrie à son tour.

— Je sais que certaines femmes se laissent marier contre leur gré, eh bien, pas moi, poursuivit-elle en maîtrisant difficilement sa voix. Je pense avoir été assez claire.

Son père soutint son regard pendant un long moment, comme s'il venait enfin de comprendre la portée de ses paroles. Il se souvenait soudain de sa jeune épouse dans toute sa fierté et sa candeur.

— Pardonne-moi pour mon égoïsme, murmura-t-il, contrit et attristé par ce souvenir.

Il se tourna vers la fenêtre et poursuivit d'une voix grave :

— Je suis désolé que les choses en soient arrivées là... que tu aies dû... faire... ce que tu as fait à cause de mon entêtement.

— Ce n'est pas si terrible, papa, répondit doucement Chelsea. Personne n'est au courant et St. John saura tenir sa langue.

— Il ne dira rien, père, renchérit Duncan. Je lui parlerai.

— Tu n'as pas à lui parler pour moi, s'écria Chelsea. Je suis parfaitement capable de tenir la maison, les écuries et les livres de comptes, et l'on s'imagine que je ne saurai pas parler à un homme alors qu'il s'agit de ma propre réputation.

— C'est sa réputation à lui qui m'inquiète, dit calmement son père en se tournant de nouveau vers elle. Ses scandales amoureux sont un sujet de commérages permanents.

— C'est un homme de confiance, papa.

Elle omit de préciser que l'intérêt qu'il lui portait l'inciterait à la discrétion.

— J'aimerais m'assurer personnellement de son silence, grogna le comte.

— Je préférerais que tu adresses tes menaces à l'évêque de Hatfield et que tu laisses le duc de Seth tranquille. Mon escapade n'est qu'une anecdote dans l'existence de libertin qu'il mène, et moins il en sera dit, mieux cela vaudra.

Elle espérait éviter un défi masculin contre lequel Sinjin se sentirait obligé de se défendre.

— Si tu le menaces, papa, alors mon nom sera l'objet de ragots. Je t'en prie... A son réveil, il ne se souviendra même pas de moi. Sa maison est pleine de... hem, d'invitées.

— Duncan, tu lui parleras, trancha Fergus Fergusson. Je désire seulement avoir l'assurance qu'il se taira.

Chelsea dut se contenter de cela. Son père ne se laisserait pas dissuader. Il lui promit cependant de transmettre à George Prine ses regrets d'annuler le dîner de ce soir-là, et lui assura qu'il ferait comprendre à l'évêque que sa demande en mariage était déclinée.

— Merci, papa, répondit Chelsea avec gratitude. Et maintenant, si vous m'excusez, j'aimerais aller dormir.

Elle rougit, les raisons de sa fatigue n'étant que trop évidentes, et, grommelant quelque chose à propos de l'échauffement matinal qu'elle laissait à Colin, elle battit en retraite dans sa chambre.

Malgré son embarras, un agréable épanouissement et des souvenirs merveilleux emplissaient son esprit. La réputation du duc de Seth n'était pas usurpée en termes de savoir-faire, mais il y avait plus que cela. C'était un homme charmant et amusant. Et pour cette raison même, se dit-elle, il était extrêmement dangereux. Pour sa tranquillité d'esprit.

Elle s'attendait à chercher le sommeil, après une nuit aussi sensationnelle et agitée, mais elle s'endormit à peine la tête posée sur l'oreiller, recrue de fatigue, toute à la béatitude qu'elle venait de découvrir.

Au lieu de se rendormir, le duc de Seth s'habilla, sachant qu'il recevrait bientôt des visiteurs de la famille Fergusson. Il ne s'en offusquait pas, il aurait fait la même chose.

Il appela son secrétaire et alla avec lui jusqu'à la bibliothèque, où ils prirent le petit déjeuner en attendant les messagers des Fergusson.

Ce qui s'était passé était malheureux, mais pas irréparable, il était prêt à tous les amendements que l'on voudrait, hormis le mariage. Son secrétaire était là pour rédiger la proposition de réparation. Les Fergusson demanderaient au moins une compensation financière.

Son pari avec Chelsea était autre chose. Et il sourit en songeant à la course de l'après-midi.

Peu après, on annonça Duncan. Son humeur était moins souriante que celle du duc et, sur sa demande, le secrétaire fut renvoyé. Les deux hommes s'assirent.

— Nous sommes amis depuis Cambridge, commença Duncan d'un ton bourru, c'est pourquoi je suis venu essayer de régler cette affaire de manière raisonnable. Chelsea affirme que tu n'es pas à blâmer, ajouta-t-il en fronçant les sourcils.

— J'ignorais qui elle était. Il faisait sombre et... tu connais le nombre de femmes que nous a envoyées Harriet. Je ne cherche pas d'excuses pour ce qui s'est passé. Mais il faut bien admettre que ta sœur... (il s'éclaircit la gorge, gêné) est une demoiselle extrêmement déterminée.

Duncan connaissait assez bien l'histoire pour grommeler d'un air maussade :

— C'est vrai... hélas !

— Dis-moi ce que tu attends de moi, dit Sinjin.

Son amitié envers Duncan était assez profonde pour lui avoir fait refuser les avances de Chelsea, dans sa voiture.

— Si j'avais su qui elle était, ajouta-t-il prudemment, je l'aurais renvoyée chez elle. Tu sais que je n'ai pas pour habitude de déshonorer les demoiselles de bonne famille.

C'était vrai, et quelques scrupules le chatouillaient car, en cet instant précis, il avait encore envie de Chelsea.

— Je l'ai dit à mon père. Mais tout le monde jase autour de tes histoires de cœur, et il veut l'assurance que tu ne souffleras mot à personne de cette affaire.

— Naturellement. Je t'en donne ma parole.

— Il est furieux, tu sais. Et bon sang ! Sinjin, moi aussi. Mais Chel est têtue comme une mule et... Oh, si seulement ce Prine n'était jamais venu rôder autour d'elle !

— Peut-être a-t-elle mal compris l'intérêt qu'avait ton père à voir ce mariage aboutir ?

— Je crois plutôt que c'est mon père qui a mal compris sa satanée détermination à ne pas l'épouser.

— Ainsi, Prine est débouté ?

— Il le sera aujourd'hui, officiellement.

Pourquoi devrait-il se soucier de savoir si l'immonde évêque de Hatfield était repoussé ? Il devrait s'en moquer. Pourtant, cette nouvelle l'inonda de satisfaction. Il se convainquit qu'il aurait été aussi heureux s'il s'était agi de n'importe quelle autre jeune fille, mais pour être honnête envers lui-même, il devait reconnaître que son soulagement n'avait rien d'altruiste. Il préférait ne pas partager la délicieuse miss Fergusson. Pour apaiser sa conscience, il dit à Duncan :

— Laisse-moi vous octroyer une réparation financière pour les infortunés événements de la nuit dernière. Puisque j'ai été l'instrument du renvoi de George Prine, permets que je couvre au moins une partie de cette perte.

— Seigneur, non ! Sinjin, tu n'as pas à payer pour l'effronterie de Chelsea.

Sinjin pouvait difficilement insister sans plonger Duncan dans l'embarras, aussi demanda-t-il :

— Seneca a remarqué ton rouan roux hier, aux courses. Il m'a dit que c'était une sacrément belle bête. Est-il à vendre ?

— Thune ? Non, pas pour l'instant, je crois, c'est

le préféré de Chelsea. Mais passe voir nos écuries à l'occasion. Tu seras peut-être intéressé par le petit-fils d'Eclipse. Il irait bien avec ces juments que tu as achetées à Tattersall l'automne dernier.

Leur conversation s'orienta alors vers le sujet familier qu'étaient les chevaux et les courses. Duncan avait rempli son devoir, le silence de Sinjin était acquis, la réputation de la ravissante miss Fergusson était intacte.

9

Dès midi, il régnait déjà une agitation fébrile à Newmarket. Les spectateurs s'assemblaient, les voitures stationnées sur le périmètre du champ de courses étaient entourées d'hommes qui buvaient en discutant des mérites de leurs favoris, tandis que, de temps à autre, un landau ou une calèche amenant d'élégantes dames suffisamment intéressées par les exploits hippiques pour braver les intempéries du mois de mars ajoutaient une note de couleur à la scène. Des garçons d'écurie vaquaient à leurs occupations, tandis que les jockeys écoutaient solennellement les instructions des entraîneurs tout en réservant leur jugement jusqu'au moment de la course ; alors seulement ils décideraient de les suivre ou non. Les bookmakers étaient à leur poste depuis le milieu de la matinée pour assister aux essais, leurs cotes constamment changeantes communiquées dans une cacophonie de cris inintelligibles que seuls les initiés pouvaient déchiffrer.

Sinjin était arrivé sur le terrain à sept heures. Il avait observé l'échauffement et les premiers essais, puis avait aidé à préparer les chevaux pour le Prix d'Arcadia qui se déroulait l'après-midi. Seneca et lui s'étaient brièvement reposés sur le foin frais et parfumé, mais il aurait même pu se passer de ce petit somme. Il se sentait d'une vitalité irrépressible, les pensées de la ravissante miss Fergusson agissaient en lui comme une poussée d'adrénaline. L'anticipation de l'épreuve dans laquelle s'affronteraient Thune et Mameluke focalisait toute son attention.

Il avait parié gros sur cette course ; il avait l'intention de gagner. Et il avait mis au point sa stratégie dans les moindres détails avec Fordham. Il n'avait rien dit sur l'identité du jockey de Thune, mais Fordham la découvrirait rapidement. La beauté délicate de miss Fergusson, même sans fard et dissimulée sous une tenue masculine, serait impossible à cacher, de près.

Les deux premières épreuves de la journée furent des victoires faciles pour les écuries de Sinjin, ses rivaux étant essentiellement des chevaux de province. Avec des cotes très faibles, le duc ne remporta pas beaucoup d'argent, mais il gagna suffisamment pour satisfaire son sens de la compétition. Les Fergusson n'avaient pas engagé de chevaux dans ces premières courses, bien que Sinjin eût remarqué leur arrivée une heure plus tôt. Il ne put s'empêcher de les observer à la dérobée. Chelsea n'était pas avec eux.

Son plus jeune frère, Colin, portait leur casaque de soie bleue. Avait-elle renoncé à leur pari ? Son père lui avait-il refusé l'autorisation de monter à Newmarket ? On voyait occasionnellement des dames courir dans des épreuves de moindre envergure, pour le caprice personnel de quelque seigneur, mais une femme jockey aurait fait sensation à Newmarket. Pas de miss Fergusson en vue, cependant.

Comme pour accroître sa déception, les nuages qui s'amoncelaient dans le ciel prirent une teinte gris sombre, le vent se leva et la menace de la pluie plana sur Newmarket. Olim, son entraîneur, le regarda de travers sans répondre lorsque Sinjin lui demanda avec une sécheresse inhabituelle quelles instructions il avait données à Fordham sur le départ, et le jockey le rassura d'une voix apaisante :

— Mameluke court quoi qu'il arrive, avec ou sans jockey, patron. Ne vous faites pas de souci.

Sinjin s'excusa de sa brusquerie avec un sourire contrit.

— Je suis fatigué, pardonnez-moi.

Ces paroles ne firent que lui remémorer de nouvelles images de l'inoubliable Chelsea, sapant davantage encore sa sérénité. Il se mit à la tâche avec ardeur en se répétant que les jolies jeunes filles de la campagne ne manquaient pas, et il y en avait même qui avaient les cheveux dorés et savaient monter à cheval. Celle-ci avait simplement décidé de changer d'avis.

Il n'en était plus aux affres de l'écolier, avec les femmes. Elles étaient un plaisir, pas une nécessité.

Pourtant, quand on appela les chevaux dix minutes plus tard et qu'il jeta un coup d'œil vers la ligne de départ, le reflet éphémère d'une boucle blonde attira son attention. Il examina soigneusement le jockey de Thune, et un lent sourire de satisfaction se dessina sur son visage, restaurant immédiatement sa bonne humeur.

— Lorsque la rencontre sera terminée, dit-il à Seneca, je partirai une semaine. Pourrais-tu aller à Londres à ma place chercher cette jument irlandaise que m'envoie Bobby Waterford ? Il lui faut un traitement spécial et je ne veux pas en charger un simple palefrenier.

— Certainement. Mais pourquoi modifier tes projets ? Hier encore, tu projetais d'y aller. Le mot récent de Cassandra, croyais-je, ajoutait à ta motivation.

— Cassandra devra attendre. Damien m'a écrit il y a quelque temps à propos de certaines affaires relatives au domaine pour lesquelles il a besoin de ma signature. Si cela ne t'ennuie pas d'aller à Londres, je préfère partir voir Damien.

Pour la première fois depuis qu'il connaissait Seneca, Sinjin ne pouvait partager entièrement une confidence avec lui. Il tenait à respecter la promesse de discrétion qu'il avait faite à Chelsea. Et une semaine de passion avec l'exceptionnelle miss Fergusson méritait bien cette petite cachotterie.

— Cela va faire plaisir à ton frère, remarqua Seneca en regardant les chevaux s'aligner. Tu as misé gros sur cette course, n'est-ce pas ?

— Mameluke est invaincu depuis un an. Tant qu'à faire, autant prévoir large, puisque les cotes sont partagées entre lui et ce rouan des Fergusson que je ne sais quel espion à l'affût des tuyaux a secrètement vu galoper à un train d'enfer il y a une semaine.

— Peut-il gagner ?
— Il n'a pas intérêt.

Seneca se tourna à demi.
— A ce point ?
— J'ai aussi en jeu un petit pari personnel sur cette course, expliqua Sinjin en souriant.
— Combien ?
— Cela dépend.
— De quoi ?
— De quel point de vue on se place.
— Que de mystères !
Sinjin sourit sans rien dire.
— Elle doit avoir un mari très jaloux.
— Elle n'est pas mariée.
— Tu t'embarques dans quelque chose de dangereux, on dirait.
— Cette pensée m'a traversé l'esprit...
— Mais ?
— Mais je l'ai aussitôt balayée.
Sinjin ne quittait pas des yeux la ligne de départ.
— Je ne te croyais pas si fou, avec toutes les charmantes jeunes femmes d'Angleterre qui donneraient père et mère pour ton nom et ton titre.
— Moi non plus, je ne me croyais pas si fou. Je ne vois aucune explication. Crois-moi, ce n'est pas faute d'en avoir cherché.
— Je m'attends à entendre bientôt parler d'un mariage dans la plus stricte intimité.
— Eh bien non. Nous sommes d'accord sur ce point.
— Dans ce cas, elle est diaboliquement rusée.
— Ne parle pas de malheur. Je ne suis pas sur le marché du mariage, point final !
Le drapeau se leva à cet instant et leur conversation fut brusquement interrompue.

Les deux benjamins de la famille, Chelsea et Colin, étaient très proches et, quand la jeune fille annonça à son frère qu'elle avait une chance de gagner cinquante mille guinées si elle montait Thune à sa place, il coopéra immédiatement.

Colin et Chelsea avaient tous deux revêtu la casaque bleue du comte de Dumfries. Chelsea était arrivée un peu plus tard à Newmarket, couverte de sa cape, et avait pris la place de Colin sur la selle juste avant que l'on n'appelle les chevaux au départ. Son père et ses frères étaient partis inscrire leurs paris au guichet, et seul leur palefrenier, Ross, était au courant de la supercherie. Il avait dix-huit ans, était amoureux de Chelsea et avait accédé à son caprice avec joie.

— Vous montez mieux que votre frère, de toutes les manières, avait-il dit avec un sourire timide en aidant Chelsea à grimper en selle. Mais quand votre papa commencera à hurler, je n'y serai pour rien.

C'était lui qui l'avait emmenée à travers les spectateurs assemblés autour de la ligne de départ et il était resté jusqu'au dernier moment pour l'aider à apaiser Thune.

Puis Chelsea s'était retrouvée seule au milieu des autres concurrents, le cœur battant, ajustant les rênes pour la dernière fois afin qu'elles glissent entre ses doigts comme de la soie, vérifiant encore ses éperons, relaxant les muscles de ses cuisses afin que Thune ne sente pas sa tension.

Elle avait une occasion inespérée de gagner de quoi rembourser tous les créanciers de son père. Une chance aussi pour elle de s'acheter sa propre liberté matrimoniale. Mais quelque chose lui soufflait qu'une perte éventuelle ne serait pas vraiment cruelle. Pas avec le séduisant Sinjin St. John comme lot de consolation.

Fordham jeta un coup d'œil vers le jockey de Thune et commença à comprendre pourquoi le duc tenait tant à gagner. C'était une jeune demoiselle ou un éphèbe de toute beauté et, connaissant les préférences amoureuses de Sinjin, le premier cas était plus probable. Elle gardait sa monture légèrement en retrait de la foule sans effort apparent. Soit le cheval était extraordinairement calme, soit elle était une cavalière émérite. Or, d'après la rumeur, l'immense rouan était de nature très fougueuse.

Lorsque le drapeau fut abaissé, Fordham prit immédiatement la tête, Mameluke n'aimant pas suivre le peloton.

Chelsea, bousculée au départ par le jockey du duc de Beaufort, crut à un choc involontaire mais, trois longueurs plus tard, Thune était de nouveau heurté. Elle jeta un coup d'œil sur sa gauche, vit le sourire mauvais du jockey et sa cravache levée, et elle dut s'écarter pour esquiver le coup.

— On veut pas de filles sur la course, cria-t-il en la dépassant.

Sur sa tribune, Sinjin était agrippé à la balustrade, impuissant.

— Cette ordure de Sully a failli l'atteindre, grogna-t-il.

Chelsea rattrapa le cheval du duc de Beaufort et, faisant un crochet juste devant lui, elle le força à ralentir.

— Je ne suis pas une fille, dit-elle au moment où le jockey faisait faire un écart à son cheval.

Elle était à une trentaine de centimètres de lui et lui adressa son sourire le plus mielleux, un sourire extrêmement féminin.

Thune avait enfin pris sa pleine foulée, il soulevait des mottes de terre dans sa vitesse. Sans cravache ni éperons, Chelsea regagna du terrain sur le puissant Mameluke. Le cheval du duc était en tête, à quelques longueurs ; il y en avait trois autres entre eux. Alors elle parla à Thune, de cette voix qu'il connaissait si bien... Un murmure cajolant, presque hypnotique.

C'était elle qui l'avait entraîné, et il courait mieux pour Chelsea que pour quiconque. Ses oreilles se rabattirent légèrement en arrière et elle sentit sa foulée s'allonger encore. Thune doubla le premier cheval sur l'extérieur et le laissa sur place, puis, l'encolure projetée, il dépassa les deux autres au pied de la colline. Mais Mameluke amorçait la remontée comme s'il était doté d'une énergie sans bornes.

— Bon Dieu, jura Chelsea. Il ne va tout de même pas remporter toutes les courses. Allez, Thune, mon beau, tu peux le faire...

Le cheval de Chelsea volait littéralement.

— Ça alors ! souffla Sinjin.

Elle est juste derrière toi, Fordham, fit-il silencieusement. *Bon Dieu, avance !* La fille du comte de Dumfries montait comme un ange... ou comme le diable en personne, corrigea-t-il en riant et songeant au jockey du duc de Beaufort. Sully avait essayé de l'éliminer de la course, mais il avait trouvé à qui parler. Cette femme avait du répondant.

— Fordham a la course parfaitement en main, dit doucement Seneca en regardant Thune rattraper lentement Mameluke.

— Je crois qu'il vient de s'en rendre compte, murmura Sinjin en piaffant d'impatience.

Les deux coureurs galopaient l'un à côté de l'autre, à présent, dans la dernière ligne droite. Aucun n'utilisait sa cravache ni ses éperons, et ils fonçaient tous deux dans un tonnerre de sabots vers le poteau d'arrivée.

C'était la personnalité du cheval qui ferait gagner l'un ou l'autre... or Mameluke aimait être le premier à rentrer « à la maison ».

Et il le fit, avec quelques centimètres d'avance sur Thune.

Le rugissement de la foule s'éleva dans le ciel gris de Newmarket, et la masse des spectateurs afflua vers le vainqueur.

L'attention de tous étant accaparée par Mameluke, Chelsea put aisément s'esquiver vers l'endroit où Colin et Ross l'attendaient.

— Bien couru, Chel ! s'écria Colin, radieux.
— Bravo, miss Chelsea ! fit Ross avec un large sourire.

Il lui tendit la main et l'aida à mettre pied à terre. Elle s'enveloppa dans la cape que lui tendait Colin. Une seconde plus tard, Ross emmenait Thune.

Chelsea retira sa casquette et s'effondra par terre derrière le vestiaire. Elle était encore sous l'effet de l'exaltation procurée par la course, le souffle court, le sang parcouru d'une fièvre familière. Elle avait failli gagner... contre le célèbre jockey de Sinjin, Fordham. Elle avait *failli* gagner ! Ce qui signifiait que Thune *pouvait* vaincre les meilleurs, s'il était monté par un jockey expérimenté. Elle avait perdu un temps précieux à repousser les assauts du jockey du duc de Beaufort, peut-être même aurait-elle remporté la course, sans lui. Une sensation de succès personnel l'envahit et elle sourit.

— Vous êtes diablement bonne.

La voix était chaude et familière, et très proche. Elle leva vivement ses yeux violets, qui se posèrent sur le sourire tranquille de l'homme qui monopolisait ses pensées depuis le matin. Il était décidément trop beau pour qu'aucune femme lui résiste, se dit-elle.

— Mais vous avez perdu, ajouta-t-il doucement.

Il se pencha, glissa ses mains sous les bras de Chelsea, la releva et la maintint contre lui.

— Je suis venu prendre la mise que j'ai gagnée.

— Accordez-moi un peu de temps, murmura-t-elle.

Si elle haletait, à présent, c'était pour d'autres raisons que la fatigue. C'était merveilleux de sentir le corps de cet homme contre le sien, d'entendre sa voix et de se plonger dans ses yeux moqueurs.

— On va nous voir, fit-elle avec nervosité.

— Personne ne risque de nous surprendre ici, répondit-il calmement.

Il avait déjà pris soin d'examiner les alentours avant de suivre Chelsea jusque-là.

— Alors, dites-moi, douce Chelsea, quand et où ?

— Il faut que je réfléchisse, fit-elle, cherchant une fuite possible.

— Je vous donne jusqu'à lundi après-midi selon les règles du Jockey Club pour honorer votre pari, annonça Sinjin avec calme, comme s'il avait lu dans ses pensées. Je suis tout disposé à patienter jusque-là.

Cependant, son ton indiquait clairement qu'il n'attendrait pas davantage.

On n'était que mardi, il restait presque une

semaine à Chelsea pour trouver une solution à son pari impulsif.

— Comment saurai-je où vous trouver, lundi ? Je ne suis pas autorisée à entrer au Jockey Club.

— Ne vous inquiétez pas, ma chérie, murmura-t-il en effleurant délicatement ses lèvres. C'est moi qui vous retrouverai...

Sur ces paroles, il s'éloigna, la laissant frémissante et désireuse d'une chose qu'elle aurait dû bannir de ses pensées.

10

Ce soir-là, Chelsea dut subir de sévères remontrances de la part de son père, mais la colère de ce dernier était émoussée par l'argent que lui avait rapporté Thune. De plus, elle avait eu le temps de retomber car plusieurs heures s'étaient écoulées entre la course et le retour du comte à la maison.

— J'apprécie ton talent, ma fille, mais je ne te quitterai plus jamais des yeux les jours de course. Si tu avais gagné, tout le monde aurait su que c'était toi qui montais Thune.

Il poussa un soupir plus résigné que furieux et se servit une généreuse rasade d'eau-de-vie. Il contempla sa fille au-dessus du verre et lui dit, l'œil pétillant :

— C'est bien dommage que tu ne puisses pas monter pour nous, petite, parce que tu as chevauché cette grande bête comme un ouragan.

— Mais, papa, pourquoi pas ? répondit instamment Chelsea, profitant de l'humeur bénigne de son père. Tu as vu comme c'était facile, aujourd'hui, même après l'arrivée. Je me couperai les cheveux. Je peux parler comme Colin, sa voix n'a pas encore complètement mué. Oh, papa, ajouta-t-elle d'un ton pressant en voyant une infime hésitation traverser l'expression de son père. Je peux le faire, papa, je le peux !

— Seigneur, ma chérie, si seulement c'était possible, dit-il en s'installant dans un fauteuil confortable. Mais ta maman ne me le pardonnerait jamais. Elle n'approuverait déjà probablement pas toutes les tâches que tu remplis avec les chevaux.

— Si, elle serait fière, parce que grand-père disait qu'elle était la meilleure cavalière de la famille !

— Mais, pas à Newmarket, Chel, intervint Duncan. Cela ne se fait pas, c'est tout. Je sais que tu te moques éperdument de ta réputation, mais, hélas, le monde n'est pas de cet avis.

— Je suis parfaitement d'accord, s'empressa d'affirmer son père.

Malgré sa tentation, il redressa les épaules. Le devoir paternel l'emportait sur l'appât du gain.

— J'aimerais pouvoir dire oui, ma chérie, mais quel homme voudrait d'un garçon manqué qui court à Newmarket ? Et puis il faut que tu songes à ton avenir. Tante Georgina doit s'occuper de ton entrée dans le monde, à la saison prochaine. Elle aurait dû le faire cette saison, si je n'étais pas si égoïste et n'avais pas souhaité te garder près de moi encore un an.

— Papa, je ne veux pas me marier, tu le sais bien. Je suis heureuse avec toi et les garçons et les animaux. Il y a des tas de filles qui ne sortent pas dans le monde.

— Mais pas la fille d'un comte, Chel, dit doucement Duncan.

— De toute façon, personne ne voudra de moi sans dot. Et je vais devoir être polie avec des jeunes gens stupides qui ne connaîtront probablement rien aux chevaux.

— Tu n'es pas censée parler chevaux, Chel, intervint Colin avec un sourire espiègle. C'est indigne d'une dame !

— Que le diable emporte les dames et leur dignité ! rétorqua Chelsea avec irritation. Je resterai vieille fille et je porterai des bottes boueuses et fumerai la pipe avec les garçons d'écurie. Et au moins, on ne me privera pas de mes bêtes.

Moins naïf que sa fille, Fergus Fergusson avait gardé celle-ci près de lui cette année encore parce qu'il savait très bien que dot ou non, son charme et sa beauté mettraient tout Londres à ses pieds. Et il n'était pas pressé de renoncer à elle.

Toutefois, l'évêque de Hatfield lui avait fait sa demande en mariage avec une déférence et une humilité propres à plaire à un père, et avait également offert un contrat de mariage époustouflant. Peut-être Chelsea aurait-elle pu trouver mieux à Londres, mais tout ce que son père lui avait demandé, c'était d'accepter de dîner avec cet homme. Il ne s'était pas encore engagé. Cependant, le treizième comte de Dumfries avait été désargenté pendant trop longtemps, et il aspirait au mieux pour son unique fille. La restitution de ses titres et de ses biens avait été votée par le Parlement en 1782, mais nombre de ses propriétés avaient été prises par des tories de la noblesse en 1746, après

Culloden, et, loi ou non, ils n'avaient aucune intention d'y renoncer.

Peut-être avait-il eu tort de songer à la demande de l'évêque en termes financiers. Mais c'était ainsi que la société envisageait le mariage : comme le meilleur arrangement possible. L'amour n'était pas tout.

Chelsea pouvait donc continuer à haïr l'idée du mariage et dédaigner les propositions avantageuses, il ne la laisserait pas faire. L'épisode avec le duc de Seth, qui avait failli causer sa ruine, renforçait son jugement.

— Trouve-toi un châtelain qui possède une écurie, Chel, suggéra Colin, ainsi tu auras à la fois le mariage et les chevaux.

— Elle n'est pas pressée, intervint son père, elle peut attendre la saison prochaine.

— St. John a la meilleure écurie du pays, poursuivit Colin avec un enthousiasme juvénile. Tu pourrais t'intéresser à lui, Chel, et tous tes problèmes seraient résolus.

Un silence soudain s'abattit sur la pièce, on n'entendait que le feu crépiter.

— Qu'est-ce que j'ai dit ?

Colin considérait d'un regard curieux tous les membres de la famille.

— St. John est un coureur de jupons, dit enfin son père. Ce n'est pas un parti convenable.

— Et puis, c'est un célibataire invétéré, marmonna Duncan.

Mais il n'en demeurait pas moins le châtelain le plus prisé de ces dames à travers toute l'Angleterre, se dit Chelsea. Et elle savait à présent pourquoi. Elle repoussa avec effort l'image du sourire moqueur et des baisers passionnés, le souvenir de l'extase qu'elle avait découverte dans ses bras puissants et chauds. Un léger frisson lui parcourut l'échine.

— Et Bonham, alors ? suggéra Colin. Il possède une belle collection de coureurs et habite avec sa maman. Et il va à l'église, même pendant les courses.

Chelsea gloussa, s'imaginant mariée au doux Billy Bonham. C'était un garçon charmant et honorable, attentif à sa mère et à sa jeune sœur, un véritable saint à la paroisse locale, mais absolument dépourvu de personnalité.

— Il divorcerait dans la quinzaine, répondit-elle gaiement. Sur ordre de sa maman.

— Il est possible qu'il réfléchisse exceptionnellement à deux fois avant d'obéir à sa maman, dit Duncan en souriant, mais je crois qu'il finirait par le faire.

— De sorte que je serais tout de même plongée dans la disgrâce, conclut Chelsea. Tu vois, papa, je ne suis pas faite pour suivre un itinéraire conventionnel. Je ne me marierai pas pour de l'argent, je ne serai pas une épouse docile et je crains que l'idée de changer de robe quatre fois par jour ne me soit totalement insupportable. Je préfère rester avec toi pour tenir les comptes et te rendre la vie agréable.

— Nous resterons tous avec toi, papa, s'écria Colin avec enthousiasme. Duncan proclame qu'il ne peut se résoudre à épouser la fille d'un brasseur. Neil n'aime pas la bière et, quant à moi, je n'ai pas l'intention de me marier parce que Chel s'occupe très bien de nous, alors qu'ai-je besoin de m'encombrer d'une femme ?

— On en reparlera dans un an ou deux, petit, le taquina Duncan. Bien qu'en termes de mariage, tu aies absolument raison.

— Vous voulez-dire que je vais devoir vous subir tous les quatre toute ma vie ? demanda le comte, facétieux.

— Disons que notre famille est très unie, plaisanta Chelsea.

— A ce propos, où est Neil ? interrogea soudain Duncan.

— Il administre sa petite tisane à Thune, répondit Colin.

La sagesse traditionnelle voulait qu'en période de courses, les chevaux aient droit à un régime particulier et à de généreuses rations de brandy.

— Tu le fais courir demain, alors, remarqua Chelsea.

— C'est Chiffey qui le montera. Il a des chances de gagner.

— Combien te manque-t-il encore, papa, pour t'acquitter de toutes tes dettes ? demanda Chelsea.

C'était elle qui tenait les livres de comptes de la maison, mais les paris de son père aux courses étaient à part. Il ne répondit pas tout de suite, et Duncan finit par déclarer :

— Dis-le-lui. Si Thune tient ses promesses cette saison, tu pourras te décharger d'une grande partie de ce que tu dois.

— Quatre-vingt mille.

Chelsea sentit le sang quitter son visage et, malgré tous ses efforts, ce fut d'une voix légèrement tremblante qu'elle demanda :

— Peux-tu gagner assez à Newmarket pour calmer les créanciers ?

— Si Thune remporte quelques courses, oui. Et si c'est le cas, il se vendra une petite fortune. O'Donnell a obtenu trente mille livres pour Ormond le mois dernier.

— J'ignorais que tu envisageais de vendre Thune. Cette année, il n'a que trois ans.

— S'il court bien, ce sera le moment ou jamais.

Chelsea admettait les règles du jeu, tous leurs chevaux étaient à vendre ; mais elle avait toujours eu des préférés parmi les poulains, et Thune avait été l'un d'entre eux. Il s'était relevé quelques minutes seulement après être né, et Chelsea avait compris qu'il avait du tempérament. Il semblait toujours la comprendre lorsqu'elle lui parlait. Et à présent, malgré sa taille monumentale, il trottait aussi gracieusement qu'une délicate petite jument.

— Il va falloir attacher des rubans bleus à sa crinière pour le faire beau, dans ce cas, soupira-t-elle. Je me lèverai plus tôt.

— Tu as chevauché comme un cosaque, aujourd'hui, ma fille, et je suis l'homme le plus fier de la terre.

Elle se leva en s'étirant.

— Quand les courses de Newmarket seront terminées, nous continuerons à gagner de l'argent dans celles du nord du pays. Et si tu ne vends pas Thune, je le monterai avec plaisir à York et Doncaster.

Elle souriait avec assurance et, lorsqu'elle quitta la pièce, sans sa longue chevelure dorée, on aurait pu la prendre pour un garçon d'écurie. Mais un chiffre tourbillonnait dans son cerveau en une incessante litanie. Quatre-vingt mille, quatre-vingt mille, quatre-vingt mille... Jamais elle n'aurait cru que son père s'était endetté à ce point.

Était-il possible de gagner une somme pareille aux courses ?

Son magnifique rouan, Thune, se vendrait facilement trente mille, se dit-elle. Il restait cinquante mille à trouver.

L'énorme somme trottait dans son esprit. Une semaine plus tôt, elle n'aurait même pas su comment se procurer cinquante mille guinées. Ni même deux jours plus tôt.

Mais maintenant, elle le savait. Et même si elle ne valait pas tout à fait cette somme, puisque Mameluke avait distancé Thune, elle préférait se dire qu'elle était peut-être capable de trouver un arrangement qui conviendrait à la fois à elle-même et à Sinjin St. John.

11

Lorsqu'elle ouvrit la porte de sa chambre, Chelsea remarqua immédiatement l'odeur des fleurs : ce n'était pas encore la saison des roses en ce jour précoce de mars. Une main sur la poignée, elle leva les yeux : un petit bouquet de roses blanches piquées au cœur d'un lit de mousse, sur sa table de chevet, attira son attention dans la pénombre de la pièce.

En s'approchant, elle eut le sentiment que les fleurs lui apportaient un peu de la présence de celui qui les avait envoyées. Elle prit la carte fichée dans le bouquet, bien qu'elle n'en eût pas besoin.

« *J'attends lundi en comptant les jours.* »

Nulle signature n'accompagnait le bref message, mais la couronne ducale sur le bord en était une suffisante.

Comme c'était agréable, songea Chelsea en souriant, d'intéresser le séduisant Sinjin St. John. Elle n'était pourtant pas de nature futile. En réalité, elle avait même toujours mené une existence fort austère, mais la perspective de pouvoir aider son père de manière si plaisante comportait un charme certain. Si elle avait été élevée davantage dans le monde, si on lui avait appris à maîtriser sa sensualité, si elle avait compris que les rêves charnels de jeune fille n'étaient pas censés exister dans l'univers guindé des demoiselles de la noblesse, elle aurait peut-être envisagé son entreprise avec moins de joie.

Heureusement, ce n'était pas le cas, et elle s'endormit le sourire aux lèvres.

Au même moment, on s'amusait chez le jeune duc de Seth, bien que celui-ci fût plongé dans l'évocation rêveuse de la ravissante fille du comte de Dumfries. Il était en fort galante — et abondante — compagnie.

— Êtes-vous fatigué ? demanda la jeune personne assise sur ses genoux.

Il avait été étrangement absent toute la soirée.

Il regarda un moment la jeune fille comme s'il ne la voyait pas, tout à sa rêverie. Mais il sourit lorsqu'il enregistra sa question et répondit :

— Oui. Très fatigué.

— Voulez-vous que nous montions au lit ? suggéra-t-elle d'une voix caressante.

Elle resserra les bras autour du cou de Sinjin et

avança ses lèvres boudeuses pour cueillir un baiser.

Instinctivement, il se pencha pour l'embrasser, mais le goût de sa bouche le dérangea soudain. Il leva la tête, considéra Molly un instant d'un air surpris, comme s'il s'attendait à trouver quelqu'un d'autre à sa place.

— Je suis *vraiment* fatigué, murmura-t-il en secouant légèrement la tête. Pardonne-moi, ma belle, ajouta-t-il avec un sourire gracieux, mais ce soir, je vais me coucher tout seul.

— Je vous tiendrai chaud, souffla-t-elle doucement.

— Peut-être plus tard, Molly chérie... dit Sinjin en l'écartant. Pour l'instant, je préfère être seul.

Il se leva de son fauteuil, félicita Lucy pour sa danse érotique et souhaita le bonsoir à ses invités.

— Comment ! protesta son cousin Rupert. Mais il n'est que minuit !

— J'aimerais rattraper un peu de sommeil en retard, fit Sinjin plaisamment.

— Rattraper plutôt quelque donzelle égarée, corrigea son cousin en souriant.

— La fête ne fait que commencer, protesta un autre jeune homme tandis que Sinjin se dirigeait vers l'escalier.

— Amusez-vous bien, répliqua gaiement Sinjin. Mais sans moi.

Et il monta dans sa chambre d'un pas ferme.

— Mais que lui arrive-t-il ? s'étonna Warwick, les yeux sur la porte refermée de Sinjin. Le Saint ne dort jamais seul.

— Il est fatigué, voilà tout, répondit la demoiselle dont il venait de repousser les avances. Il ne dort jamais, pendant les courses de Newmarket.

— C'est bien là leur intérêt, dit doucement le duc de Warwick.

— Le Saint serait-il devenu impuissant ? demanda quelqu'un d'une voix traînante.

Tous les regards convergèrent vers la silhouette assise dans la semi-pénombre de la fenêtre en rotonde. L'évêque de Hatfield inclina légèrement la tête, un énigmatique sourire aux lèvres.

— C'est peu probable, Rutledge, s'offusqua l'un des invités.

— Voilà qui va défrayer la chronique, déclara l'une des demoiselles de Harriet en souriant. Depuis son seizième anniversaire, St. John a remporté tous vos paris, messieurs, chez Brookes ou ailleurs.

— Qui aurait cru cela possible ? murmura un jeune homme, impressionné.

La célébrité de Sinjin auprès des femmes en faisait un héros adulé de tous les jeunes célibataires.

— Laissez-le tranquille, intervint Molly. Un homme n'a donc pas le droit d'être fatigué ?

Pour être fatigué, il l'était. Sinjin s'en rendit compte en se couchant. Fatigué et las de tous ces divertissements lascifs. Et intrigué, aussi, d'avoir vu George Prine, le sinistre vicomte de Rutledge, faire son apparition chez lui ce soir-là.

Sans être ennemis, ils n'avaient jamais sympathisé. Ils se connaissaient, bien sûr, car le monde aristocratique des pairs titrés était un cercle fermé. Mais tout de même... Pourquoi était-il venu ?

Il s'endormit sur cette question, et l'odieux personnage vint perturber les rêves agréables qu'il faisait de Chelsea. Un pli soucieux se creusa sur son front pendant son sommeil, et il se réveilla à l'aube en sursautant. L'immonde évêque de Hatfield se tenait là, devant lui, avec des cornes et une queue flamboyante, et il riait aux éclats.

12

C'était une matinée radieuse et fraîche. Devant l'écurie, les flaques d'eau étaient couvertes d'une fine couche de glace. Le soleil réchaufferait bientôt l'atmosphère, et Chelsea étrillait Thune avec vigueur.

— C'est peut-être ton jour de gloire, aujourd'hui, mon beau, murmura-t-elle à son petit préféré en passant la brosse sur la robe soyeuse du rouan. Je vais nouer des jolis nœuds dans ta crinière, et tu vas tous les voir se précipiter sur toi avec des yeux avides.

Thune fit frémir ses naseaux, comme s'il avait compris.

— Si tu l'emportes contre l'écurie du séduisant duc de Seth, ça signifiera que de l'or tombera dans les poches des créanciers de papa...

Mais pouvait-il gagner ? Fordham se méfierait davantage de lui, aujourd'hui. Elle fronça les sourcils. Les quatre-vingt mille livres lui martelaient la tête.

En supposant que Thune en rapporte trente, comment pourrait-elle décemment parler au duc d'une somme aussi énorme ? Quel était le prix habituel pour une semaine de... d'intimité, et devait-on envoyer une facture ou négocier à l'avance ? Serait-il offensé par sa requête ? Le pair le plus riche d'Angleterre considérerait-il que cinquante mille livres représenteraient simplement l'argent de poche qu'il aurait donné à n'importe quelle autre femme ? Elle l'espérait de tout cœur, bien qu'elle doutât que quiconque, même à la tête d'une fortune colossale, fût capable de dépenser une somme pareille avec une telle désinvolture. D'ailleurs, elle avait perdu le pari, c'était elle qui lui était d'ores et déjà redevable.

Toute à ses pensées, elle ne remarqua pas l'évêque de Hatfield qui pénétrait dans l'écurie. Elle sursauta en le voyant à côté d'elle. L'homme avait le don de vous surprendre.

— Je pensais bien vous trouver avec... vos chevaux, dit-il.

Son infime hésitation soulignait au contraire le fait qu'ils se trouvaient seuls.

Elle s'était levée avant le reste de la famille, avait sorti Thune pour le préparer à son échauffement matinal, et elle était effectivement seule, même si ses frères et les garçons d'écurie allaient bientôt arriver. Et sans avoir réellement peur de George Prine, elle se sentait mal à l'aise en sa présence. On aurait dit un chat qui tournait autour d'une souris. Ses yeux gris étaient froids et calculateurs, dénués de la moindre étincelle de chaleur. Pourquoi un homme comme lui voulait-il d'une femme ? Pourquoi était-il prêt à offrir sa fortune pour l'épouser, alors que son regard n'exprimait ni affection ni amitié ? Et que faisait-il là, à cette heure-ci, alors que sa demande en mariage avait été officiellement déclinée ?

— Vous êtes bien matinal, lâcha-t-elle. Ou peut-être rentrez-vous seulement vous coucher ?

— J'ai pensé faire un petit détour en revenant de chez St. John à Six-Mile-Bottom, pour vous dire bonjour.

— Eh bien, bonjour.

Elle se tenait, hésitante, une main sur la longe de Thune. Les oreilles du rouan s'étaient couchées à l'approche de Hatfield, comme s'il avait pressenti un danger. Cet homme était donc un ami de St. John ? s'étonna Chelsea.

— Sinjin vous transmet ses amitiés, dit-il à cet instant.

Il parlait d'une voix très douce. Par un hasard extraordinaire, il les avait vus tous les deux, la veille, derrière les vestiaires. Il avait surpris leur étreinte, leurs paroles échangées, leur baiser furtif mais empreint de tendresse.

— Sinjin ? répéta Chelsea, évasive.

— Je vous ai vus ensemble aux courses.

Rusé, perfide, prédateur, son sourire frappa Chelsea en pleine figure.

— Vous devez faire erreur.

Elle réussit à parler d'un ton ferme.

— Vous portiez une cape bordeaux, il me semble.

— Ce devait être quelqu'un d'autre, répliqua Chelsea d'une voix glaciale.

Son cœur battait à l'idée que cet homme avait pu surprendre leur conversation. Était-il au courant de leur pari ? Les avait-il entendus en discuter ?

— Ah...

Il la considéra un instant, puis répondit avec une fausse cordialité :

— Toutes mes excuses, lady Chelsea, pour mon erreur. Le duc de Seth n'est donc pas l'un de vos amis ?

— J'ai seulement entendu parler de lui.
— Comme tout un chacun.

L'irritation de Chelsea devait avoir transparu dans ses mots, car l'évêque parlait d'une voix de plus en plus mielleuse.

— Oui, murmura-t-elle. Si vous désirez voir mes frères et mon père, poursuivit-elle, déterminée à en finir avec cette conversation déplaisante, ils devraient bientôt revenir. Mrs Macaulay vous servira du thé ou du café avec plaisir, mais je crains que Thune ne soit las de rester inactif. Pardonnez-moi.

Ses devoirs d'hôtesse accomplis, elle se dirigea vers le pré, tenant la longe de son cheval.

— Vous êtes tout à fait charmante, miss Fergusson.

L'infime menace qu'elle perçut dans sa voix lui parut incongrue sous le clair soleil matinal, mais elle jeta sur la scène une note d'autant plus tangible qu'elle était discordante. Elle tourna le dos à l'évêque, décidée à masquer son trouble. Quelle perversité pouvait bien exister derrière les yeux fureteurs de Rutledge pour la hérisser à ces simples mots, alors que prononcés par Sinjin...

— Votre père me dit que vous ne désirez pas vous marier pour l'instant.

— Mon père a décidé d'attendre encore une saison avant que je ne fasse mon entrée dans le monde.

— Quel dommage... St. John est-il au courant ? demanda-t-il presque dans un murmure.

Elle eut soudain envie de fuir cet homme qui lui donnait l'impression d'être souillée. Ses traits anguleux étaient sinistres, sa peau encore plus blême en plein soleil.

— Vous êtes impertinent, monsieur, répliqua-t-elle, refusant de montrer qu'elle avait peur d'un sale Anglais apprêté et vicieux.

— Et vous avez du tempérament, ma belle. Vous êtes vive, provocante...

Il fit un pas en avant.

— Fascinante.

Lorsqu'il avança la main vers elle, Chelsea recula, jeta un rapide coup d'œil vers le pâturage, cherchant s'il n'y avait personne en vue pour l'aider, et, voyant que non, elle enfourcha prestement son cheval.

Thune fit un écart en sentant ce poids inattendu puis, répondant à son coup de talons pressant, il pivota sur les graviers et galopa vers le pré, plantant là l'évêque de Hatfield.

Elle n'aurait pas dû fuir, se reprocha-t-elle. Elle aurait dû se défendre. Mais il allait la toucher avec ses mains de glace.

— Ho, fit-elle à Thune. Tu l'as senti, toi aussi, hein ? Cet homme est froid et sec comme un cadavre.

Et, lorsque l'animal secoua la tête en signe d'assentiment, elle éclata de rire, soulagée d'être loin, heureuse de profiter du soleil et d'être à califourchon sur son cheval préféré. Elle montait à cru. Thune était parfaitement dressé et la moindre pression sur son encolure suffisait à le guider. Grâce à lui, elle oublia la visite désagréable de l'évêque de Hatfield.

Après Newmarket, toute la famille se rendrait aux courses d'York.

Chelsea sourit, heureuse de vivre.

C'était une époque d'importantes transformations sociales. Les philosophies de Rousseau, de Locke et de Burke imprégnaient la culture et l'imagination collective... ce qui expliquait en partie le libéralisme effronté de Chelsea. Les tories étaient contraints de défendre une politique conservatrice, les doctrines révolutionnaires de la démocratie ayant arraché un empire colonial des mains de l'Angleterre. Les temps étaient au culte de l'individu, et la notion de liberté personnelle affectait tous les secteurs de la société.

Le père de Chelsea avait été élevé en France, comme de nombreux nobles écossais depuis des siècles. Lorsque sa femme était morte en donnant naissance à Colin, il avait emmené ses enfants à l'étranger pour échapper à ce poignant souvenir. Ils avaient passé quatre années en France avant que le comte ne trouve le courage de regagner son pays. Les tuteurs étaient revenus avec eux, certains Français, d'autres Écossais, un médecin italien, aussi. Chelsea n'ignorait rien des classiques, ni des écrivains modernes.

Elle était un produit de son âge, mais aussi une anomalie, intensément consciente du souffle nouveau de la liberté. Toutefois, elle n'en demeurait pas moins une femme élevée dans un univers masculin, avec un esprit d'indépendance traditionnellement concédé aux hommes, et ses aspirations aussi étaient souvent masculines. Il lui était donc naturel de mépriser les restrictions auxquelles étaient soumises les femmes n'ayant pas une personnalité aussi prononcée que la sienne.

— Il est si beau, mon Thune, il me fait penser à un valeureux guerrier, murmura-t-elle doucement, comme si son cheval était son confesseur. Avec des yeux bleus comme le ciel. Et il me fait rire.

Bientôt, ils seraient loin de Newmarket et de la déplaisante familiarité du vicomte de Rutledge. Thune promettait des gains lucratifs, cet après-midi-là. Le duc de Seth serait sûrement assez serviable pour l'aider à régler ses problèmes financiers, même s'il n'allait sans doute pas lui donner cinquante mille livres. Dans l'ensemble, l'avenir s'annonçait radieux.

Elle poussa un petit soupir d'aise en se remémorant les agréables souvenirs de la nuit. En rouvrant les paupières, elle distingua un cavalier en bas de la colline. Lorsqu'il s'approcha, elle reconnut le cheval.

Et elle attendit, parce qu'elle avait quelque chose à demander à ce cavalier.

Dès qu'il aperçut au loin l'éclair doré de ses cheveux, Sinjin éperonna sa monture et la pressa d'accélérer, de crainte que la jeune fille ne disparaisse.

Mais elle ne bougeait pas. Voyant cela, il comprit qu'elle s'était décidée sur les conditions de leur marché. En homme réaliste, il se demanda quel serait son prix, car il savait que toutes les jeunes femmes ont un prix. En fait, elle avait même fixé le sien avant la course, se rappela-t-il en souriant à l'évocation de la somme astronomique qu'elle avait établie.

Lorsqu'il arrêta Mameluke à côté d'elle, elle lui dit sans préambule :

— Est-ce que la semaine prochaine vous convient ?

Il aurait été jusqu'à renoncer à la fin des courses si elle lui avait dit : « Demain », et son propre empressement le surprit. Mais il répondit sans s'émouvoir :

— La semaine prochaine, très bien.
— Votre maison de Six-Mile-Bottom sera parfaite.

Elle n'y allait pas par quatre chemins, mais il préférait un endroit plus éloigné de la famille Fergusson. Il se méfiait des représailles de trois frères et d'un père au sang chaud.

— J'ai un petit pavillon de chasse à Oakham qui serait peut-être plus... discret.

— Ma famille sera partie à York pour les courses, Six-Mile-Bottom conviendra donc parfaitement. J'aimerais mieux ne pas avoir à voyager et courir le risque d'être vue.

— Que leur direz-vous ? demanda-t-il.

— Que je rends visite à une cousine à Uppingham.

— Dans ce cas, pourquoi pas Oakham ? Nous pourrons voyager de nuit.

Chelsea se mordit la lèvre, et il crut qu'elle réfléchissait à sa proposition. Mais elle avait autre chose en tête. Cinquante mille livres, pour être exact.

Puis elle se souvint de la douzaine de jeunes femmes à Six-Mile-Bottom, qui étaient montées tout spécialement de Londres, et elle décida que le duc avait l'habitude des dépenses qu'il consacrait au plaisir. Cependant, ce fut d'une voix hésitante qu'elle commença :

— Si vous préférez votre... pavillon de chasse... à votre guise, mais... je me demandais...

Elle prit une profonde inspiration, tourna la tête vers la vallée, puis regarda Sinjin avant de poursuivre précipitamment pendant qu'elle en avait encore le cran :

— Serait-il possible d'envisager cela comme un accord commercial ?

— Combien ? demanda-t-il avec un petit sourire, devinant immédiatement l'objet de sa soudaine agitation.

Comme elle était charmante, rougissante, à cru, dans sa vieille veste d'homme, ses jambes bottées exposées avec sa jupe relevée.

Elle retint un moment son souffle tandis qu'il admirait la perfection de sa poitrine comprimée sous le drap de velours vert. Enfin, elle avoua :

— Je ne peux le dire.

— Cinquante mille ? suggéra-t-il gracieusement.

Elle leva un œil scrutateur.

— Comment le saviez-vous ?

— Votre enjeu, ma mie. Manifestement, vous avez besoin de cinquante mille livres.

— Pas moi, précisa-t-elle rapidement. C'est mon père, vous comprenez...

Puis tout lui échappa en vrac, les quatre-vingt mille qu'il devait à ses créanciers, ses espoirs de vendre Thune s'il gagnait ce jour-là, le reste de la somme qu'elle espérait obtenir auprès de lui grâce à cette...

— Transaction commerciale, conclut gentiment Sinjin tandis qu'elle hésitait sur la formulation.

— Je vous en serais tellement reconnaissante, ajouta-t-elle.

Elle était si émouvante que, pendant quelques instants, Sinjin envisagea de lui donner l'argent, en véritable gentilhomme, sans exiger sa compagnie pendant une semaine. Il en était là de ses réflexions lorsque des motifs plus égoïstes s'imposèrent à lui. Une irrésistible jeune femme se tenait à portée de main, les joues rosies, les cheveux emmêlés par le vent. Sa beauté irréelle et son tempérament de feu l'ensorcelaient.

Il l'aurait. A n'importe quel prix.

— Aimeriez-vous un acompte maintenant ? proposa-t-il.

— Oh, non, je vous fais confiance, protesta-t-elle vivement.

Ses paroles étaient si naïves qu'il éprouva un brusque remords... bien vite effacé de son esprit.

— Dans ce cas, considérez que les cinquante mille livres seront à vous à la fin de la semaine prochaine.

— Merci infiniment, Votre Grâce, dit-elle d'une voix mélodieuse.

Son sourire était angélique et éblouissant, typique de cette faculté étonnante qu'elle possédait d'incarner à la fois l'innocence la plus pure et la sensualité la plus désarmante.

A cet instant, il dut déployer un effort surhumain pour ne pas se précipiter sur elle et la trousser sur place.

— Tout le plaisir est pour moi, dit-il doucement en lui rendant son sourire.

Devait-elle lui dire qu'elle était flattée ? se demandait Chelsea, consciente du désir du duc, consciente aussi de l'étincelle qui animait ses prunelles, de toute la séduction qui se dégageait de son corps.

— Quelle virilité ! observa-t-elle avec un sourire tandis que son regard s'abaissait de manière suggestive. Croyez-vous que vous pourrez attendre une semaine ?

— Je suis même certain que non, répliqua-t-il, amusé. Y suis-je obligé ?

Elle recula le buste et fit mine de réfléchir. Sur l'immense rouan, elle semblait toute menue.

— Je suis très tentée, fit-elle d'un ton moqueur tandis que ses yeux mauves examinaient lentement l'anatomie de Sinjin.

— Comme c'est opportun, murmura-t-il en souriant. Figurez-vous que je suis moi-même plus que tenté. Le mot « affamé » s'appliquerait mieux. Je dirais même... avide.

Il fit avancer Mameluke de quelques pas pour pouvoir toucher ce genou rose et tendre d'une main caressante.

Son contact doux et léger fit vibrer Chelsea d'un délicieux frisson.

— Il nous a vus, dit-elle soudain en se rappelant l'homme qu'elle venait de fuir. Hatfield, ajouta-t-elle.

La main de Sinjin interrompit immédiatement sa progression, et il plissa les yeux en demandant très doucement :

— Où ?

— Aux courses, derrière les vestiaires. J'ai tout nié.

— Il est venu vous voir ?

— Ce matin. Tout à l'heure.

— Vous a-t-il blessée ?

Sa voix était tendue.

— Je me suis enfuie ici alors qu'il allait me toucher. Pourquoi ? Serait-il capable de cruauté ?

Elle n'avait pas vraiment réalisé que son instinct était bel et bien fondé.

— Est-ce que Thune risque de s'en aller ? demanda Sinjin.

Comme elle faisait signe que non, il passa une

jambe par-dessus la tête de Mameluke, glissa à terre et souleva Chelsea de sa monture. Il observa attentivement l'horizon avant de lui prendre la main et de l'emmener vers un immense rocher plat.

— Est-il si mauvais ? insista-t-elle tandis qu'il lui caressait les mains d'un air absent.

Sinjin connaissait George depuis Eton, et il n'en savait que trop sur les perversions dont était capable l'évêque de Hatfield.

— Il n'a jamais été un enfant normal, répondit-il enfin. Je crois que sa nounou le battait, ou son frère aîné, je ne sais plus.

— Père n'était pas au courant...

— Non, sans doute pas.

Il leva les yeux et soutint longuement son regard.

— Il prend plaisir à blesser autrui.

— Autrui ?

— Les animaux, les gens qui sont plus faibles que lui.

— Comment peut-il être évêque ?

— C'est une nomination fictive, seul l'intéresse l'argent que lui procure cette fonction. George ne verse pas dans le spirituel.

— Il quittera Newmarket à la fin de la semaine.

— Je veillerai sur vous quand je le pourrai. Aux courses. Mais... vous devriez dire à votre père et à vos frères qu'il est venu alors que vous étiez seule. J'avertirai Duncan et lui raconterai certaines anecdotes.

— Dites-les-moi.

— Elles ne sont pas faites pour les oreilles d'une dame.

— Ai-je l'air d'une dame ? répliqua Chelsea, piquée d'être traitée comme une enfant.

Sinjin l'observa un long moment.

— Oh, oui, dit-il d'une voix rauque et basse. Absolument. Sans la moindre hésitation.

Sa voix la toucha comme un rayon de soleil, réchauffa sa peau, son sang. Il lui serra les mains et demanda dans un murmure :

— Toutes les jeunes filles sont-elles comme vous, en Écosse ?

— Tous les Anglais sont-ils comme vous ? répondit-elle en levant la tête.

Sa bouche souriait lorsqu'il l'embrassa, et il murmura contre la douceur de ses lèvres :

— Les honnêtes mères de famille espèrent bien que non.

Chelsea se fondit dans son baiser, désireuse de prendre ce qui lui était offert. Il la serra contre lui, puis :

— C'est ainsi que vous chevauchez... à corps perdu.

— Et je suis très rapide, vous savez, ajouta-t-elle doucement en cherchant les boutons de son pantalon.

— Et sauvage...

Il fit sauter ceux de sa veste verte. Ils étaient mus tous deux par le même désir impérieux, la même urgence charnelle. Il la souleva pour la déposer sur l'herbe douce, au pied du large monolithe de pierre. Sinjin scruta l'horizon avant de retourner son attention à Chelsea.

— Il n'y a personne, murmura-t-elle.

Il reconnut dans son regard cette expression passionnée des femmes qui faisaient fi des maris ou des domestiques curieux, qui jugeaient un abri de jardin suffisamment intime. Qui exigeaient d'être prises contre la porte d'un boudoir, tandis qu'il la gardait d'un pied... autant de prouesses pour lesquelles il était éminemment efficace. Il sourit au lieu de souligner que quelqu'un risquait d'arriver à tout moment à l'horizon, et lui ôta sa veste.

— Vous n'avez pas froid, remarqua-t-il avec l'ombre d'un sourire.

— Au contraire, murmura Chelsea.

Elle avait si chaud que la brise matinale soulageait sa peau en feu. Le désir embrasait tout son être. Cet homme n'avait qu'à s'approcher, et elle le voulait. Il n'avait qu'à sourire, et elle fondait.

— Êtes-vous pressée ?

Sa question était ambiguë, et déjà Chelsea était égarée.

— Oui, murmura-t-elle. Non...

Avec un petit sourire, elle ajouta :

— J'espère que mes réponses vous satisfont.

— Absolument, répondit-il. Et je commencerai par le oui. Je suis à votre service...

Il déboutonna le reste de son pantalon de daim et apparut dans toute sa virilité, souriant, chaleureux, et si séduisant. Elle éprouva à sa vue un sursaut de désir, libérée cette fois de toute retenue. Sans préliminaires, obéissant à l'empressement de Chelsea, il repoussa sa jupe et la pénétra là, immédiatement.

Elle avait rêvé de lui la nuit précédente, réalisat-elle soudain tandis qu'il entrait en elle avec une lenteur provocante. Elle trembla de désir.

Sinjin ne croyait ni au surnaturel ni au spirituel, mais le degré d'extase absolue qui inondait ses sens le stupéfia. Comment pouvait-elle lui procurer de telles sensations ? Comment pouvait-elle enflammer ainsi tout son corps ? Était-elle une nymphe, une sorcière dotée de pouvoirs magiques ? Mais elle souleva ses hanches, et il oublia tout le reste. Il voulait cette fille, il voulait cette extase incompréhensible et extraordinaire.

Enfin, ils crièrent ensemble, avec une intensité, une ardeur, une férocité qui les laissa pantelants.

Cette femme, se dit Sinjin, était un danger pour sa tranquillité d'esprit. La sexualité de Chelsea était pour lui comme un rite païen du printemps.

Et à cet instant, sa tranquillité d'esprit pouvait bien aller au diable.

Je devrais me lever immédiatement, se dit Chelsea avec un sentiment de culpabilité. *Je devrais repousser l'irrésistible duc de Seth, remettre de l'ordre dans mes vêtements et fuir cet homme qui sait si bien exercer les qualités pour lesquelles il est célèbre.*

Sa propre conduite éhontée la choquait soudain. Qu'allait-il penser d'elle ? Non seulement elle s'était jetée à sa tête dans son propre lit, bien qu'alors elle eût une excuse parfaitement raisonnable... Mais succomber ainsi avec tant d'empressement au premier regard que lui adressaient ces yeux bleus... Elle ne comprenait pas la hâte inexplicable avec laquelle elle s'était renversée sous lui comme une catin. Les paupières soigneusement fermées, elle essaya de penser à quelque commentaire désinvolte. Comme rien ne lui venait à l'esprit et qu'il était encore plus troublant d'être allongée sous cet homme en prétendant qu'il n'était pas là, elle dut se résoudre à ouvrir les yeux, timidement.

— Je pensais que vous vous étiez endormie, dit-il

avec une grâce charmante et ce sourire juvénile qu'elle trouvait si adorable.

De toute évidence, il mentait pour la mettre à l'aise.

— Vous devez avoir l'habitude de cela, dit Chelsea.

Il était si gentil, si amical, si différent de ce que laissait supposer sa réputation. Sinjin réprima son envie de rire et répondit avec une étrange sincérité :

— Eh bien, en fait, pas du tout. Vous êtes quelqu'un de très inhabituel, ajouta-t-il en fronçant les sourcils.

Il roula sur le dos, mit les mains derrière la tête et contempla le clair ciel matinal, apparemment inconscient de sa quasi-nudité. Le silence se prolongea et, comme il ne disait toujours rien, Chelsea lui jeta un coup d'œil à la dérobée tout en abaissant légèrement sa jupe pour couvrir ses cuisses. Il était puissamment musclé sous sa peau bronzée.

— Vous êtes en colère ? demanda-t-elle d'une voix hésitante en le voyant si fermé.

Il tourna la tête et la contempla avant de répondre lentement :

— Je ne sais pas trop.

Elle s'assit et recouvrit ses jambes.

— Est-ce que j'ai fait quelque chose ? demanda-t-elle avec un sourire timide. Ou dit quelque chose ?

Il prit un temps infini pour répondre, puis :

— Je dirais que vous avez fait quelque chose.

Il parlait très lentement, comme s'il était encore en train de songer au sens de ses paroles au moment même où il les prononçait.

— Voulez-vous que je m'en aille ?

— Non, répondit-il si vivement que sa voix sembla la clouer au sol.

Elle sourit, rassurée au moins que sa compagnie ne lui soit pas désagréable.

— Qu'ai-je donc fait ? Quelque chose de pardonnable, j'espère.

Elle passa la langue sur sa lèvre inférieure, inconscient signe d'excuse.

— Oh, et puis zut ! s'exclama Sinjin avec un sourire éblouissant.

Il se tourna, la prit par la taille et l'attira contre lui.

— Ce n'est pas votre faute. C'est mon problème, pas le vôtre, et je viens de décider que ce n'était plus le mien non plus. Il fait un temps splendide, vous êtes la plus ravissante créature que Dieu ait mise sur terre et je referai le monde quand j'aurai quatre-vingt-dix ans.

— Si vous vivez jusque-là, monsieur le débauché.

— Au moins, je mourrai le sourire aux lèvres.

Il serait temps de songer plus tard à l'attrait dangereux exercé sur lui par la provocante miss Fergusson. De son côté, Chelsea avait soulagé sa conscience en plaçant une limite arbitraire au singulier plaisir que dispensait Sinjin St. John. Elle en savourerait chaque seconde, elle apprécierait le moindre de ses sourires, chaque nouvel éveil à la sensualité — et ils furent nombreux ce matin-là — chaque impudence du séduisant jeune duc, jusqu'à la fin de la semaine suivante.

Puis elle essaierait de l'oublier, tout comme lui l'oublierait certainement.

Lorsqu'ils se séparèrent, bien plus tard, Chelsea l'avertit :

— Ne m'approchez pas, aux courses. Je vous

assure, je ne réponds de rien avec mon père et Duncan.

Sinjin enfourcha Mameluke avec grâce, et lui dit en souriant :

— J'essaierai. Je resterai loin de vous dans ma tribune, bien en sécurité. Je vous souhaite bonne chance avec Thune. Allez-vous le monter ?

Chelsea émit un petit reniflement désarmant par son absence de prétention.

— Hélas, il faudrait pour cela que je ligote la moitié de ma famille. Non, c'est Chiffey qui montera Thune aujourd'hui.

— Il est excellent. Peut-être n'aurez-vous pas besoin de mes vœux de chance.

— Je les accepte tout de même, dit-elle avec un calme soudain. Vous avez l'habitude de gagner. Pas nous.

— Dans ce cas, vous m'êtes débitrice, si je puis dire.

Son ton était léger, mais ses yeux, derrière l'ombre de leurs longs cils, étaient pensifs.

13

Sinjin vint les voir après la première course, l'air angélique.

— Je ne pouvais pas rester dans mon coin sans venir vous féliciter, lord Dumfries, pour la victoire extraordinaire de Thune, dit-il immédiatement, et Chelsea retint son souffle en prévision de la catastrophe.

Il connaissait le risque qu'il courait en venant, mais il fallait qu'il voie Chelsea. Il se sentait comme un amoureux transi et béat.

— J'espère qu'un jour vous envisagerez de vendre cette merveille, ajouta-t-il, toujours intéressé à l'idée d'améliorer ses écuries.

— Peut-être, répondit le comte dans un grognement.

Il aurait bien voulu se fâcher, mais il était tout à la joie de son succès.

Sinjin se tourna vers Chelsea et s'inclina gracieusement. Elle fut frappée par l'idée étrange que, malgré l'intimité de leurs relations, ils ne s'étaient jamais rencontrés en public. Cette fois, il portait une redingote vert forêt à la coupe impeccable, il avait troqué son pantalon de daim taché d'herbe contre un autre, et ses bottes luisantes complétaient sa tenue élégante. Le vent fit voler une de ses mèches, rappelant à Chelsea la caresse de ses cheveux noirs sur son visage. Elle se sentit rougir.

— Votre Thune, lui dit-il en souriant, est un animal remarquable.

— Merci, répondit-elle en s'efforçant d'effacer les souvenirs de leurs ébats matinaux, dont Thune avait précisément été témoin. Je suis désolée que votre bai n'ait pas gagné. J'espère que vous n'aviez pas misé trop gros.

Son père surveillait attentivement Sinjin. Duncan et Neil s'étaient tous deux rapprochés comme des gardes du corps lorsqu'il était arrivé. Seul Colin contemplait le duc avec une franche cordialité.

— En l'occurrence, si. Mais j'ai eu plus de chance avec d'autres.

Duncan surprit l'imperceptible étincelle d'intimité entre les deux jeunes gens et son regard scruta alternativement l'un et l'autre.

Des amis de son père vinrent alors les rejoindre, deux éleveurs du Yorkshire, un autre du Lincolnshire et, après des échanges de félicitations, la discussion porta sur la course suivante. Les caractéristiques de chaque cheval au départ furent chaudement débattues, et le comte et Duncan se plongèrent dans l'analyse des handicaps et des performances des divers concurrents.

— Les fleurs vous ont-elles fait plaisir ? demanda Sinjin en prenant garde à parler d'une voix calme, et gardant un œil sur le groupe d'hommes engagés dans leur discussion.

— Vous n'auriez pas dû, répondit-elle doucement. Mais je vous remercie.

— Aimez-vous les violettes ?

— Oh non, pas question !

— Mrs Macaulay semble avoir un petit faible pour l'un de mes palefreniers. Il est d'Écosse, d'Aberdeen, je crois. Aimez-vous les violettes, ou non ?

— Vous n'êtes qu'un enfant gâté, murmura-t-elle, mais son regard démentait ses propos.

— La réponse est donc affirmative.

— Chel, Dungannon a bien battu Plutus à Doncaster en 85 au Prix de Saint-Léger, non ?

Le visage de son père avait pris cette teinte rosée qui lui était habituelle lorsqu'il s'échauffait dans ce genre de polémiques.

— Oui, dit-elle. Sur un deux miles, en trois minutes et quarante-cinq secondes, Plutus en trois minutes cinquante-cinq, Mayfly troisième à quatre minutes deux, suivis de Javelin et Dorimant.

— Je vous le disais bien, Ballard, fit le comte d'un air triomphant en retournant à son débat.

— Très impressionnant, commenta tranquillement Sinjin.

— Il a été élevé chez nous, expliqua-t-elle laconiquement en haussant les épaules. Nous ne respirons et ne vivons que par les chevaux.

— Vous allez manquer à votre père lorsque vous... le quitterez.

Le terme de « mariage » était quelque peu gênant dans ces circonstances.

— Je n'ai aucune intention de le *quitter*, répondit Chelsea avant de lui sourire. Rassurez-vous, Votre Grâce, toutes les femmes ne sont pas en quête d'un mari.

Elle portait un habit de cavalière en velours rouge vif qui mettait admirablement en valeur sa parfaite silhouette et ses cheveux blond vénitien, coiffés, cette fois, et surmontés d'un petit chapeau à plume. Elle avait des boucles d'oreilles en perle, et ses lèvres étaient encore rosies des baisers qu'ils avaient échangés quelques heures plus tôt. La fille du comte de Dumfries verrait sûrement les choses d'un autre œil, se dit Sinjin, lorsqu'elle viendrait à Londres la saison suivante et que tous les hommes de la capitale, célibataires ou non, l'assailliraient de leurs faveurs.

Pensées qui l'ennuyèrent immédiatement.

— Je suis certain que vous changerez d'avis à Londres, remarqua-t-il avec dans la voix une imperceptible amertume.

— Si les choses se passent comme je l'espère, je n'irai pas à Londres. Je resterai avec ma famille dans l'Ayrshire et je m'occuperai de mes chevaux.

— Votre père ne l'entendra peut-être pas de cette oreille...

— Mon père aura peut-être compris l'enseignement de ce printemps, répliqua-t-elle.

— Chel, viens voir! l'appela Duncan. Répète à Hart ce que tu me disais hier à propos de ce tonique pour Thune, celui que tu lui donnes après les courses.

— Excusez-moi, dit-elle au duc avec un sourire poli.

Il la regarda s'immiscer dans le groupe d'hommes avec une familiarité empreinte de simplicité; tous l'écoutèrent avec attention. Quel étonnant personnage, se dit-il. Jamais il n'avait vu une femme déployer autant de compétences. Tout, en elle, le fascinait. Un petit sourire se dessina sur ses lèvres.

Les chevaux du comte de Dumfries remportèrent les quatre courses qui se déroulèrent cet après-midi-là, et l'écurie du duc de Seth dut se contenter de la deuxième place. Sinjin eut droit à de nombreuses remarques, qu'il accueillit d'un sourire.

— On ne peut pas toujours gagner, dit-il plaisamment.

Mais comme c'était la première fois qu'il était distancé, les cotes étaient très favorables aux chevaux des Fergusson.

Chelsea lui envoya discrètement un baiser du bout des doigts en quittant le terrain, consciente du rôle qu'il avait joué dans leurs victoires. Fordham grogna un peu, mais Sinjin le félicita d'avoir si bien su garder la deuxième place dans chaque épreuve.

— Et ce n'est pas pour longtemps, promit Sinjin. Seulement jusqu'à la fin de la semaine.

Seneca avait compris vers qui se dirigeait l'attention de son ami après la première course, et il lui dit tandis qu'ils regagnaient Six-Mile-Bottom :

— Quand tu partiras à Oakham la semaine prochaine, choisis Jed comme chauffeur. On peut avoir confiance en lui.

— Comment sais-tu... s'étonna Sinjin.

— Tu as envoyé des domestiques pour préparer ton pavillon de chasse, or la saison de la chasse est terminée, tu es comme un bœuf en rut et tu n'as jamais retenu Fordham ni aucun de tes jockeys dans une course. Tu en as perdu quatre en un seul après-midi.

— Elle en vaut la peine, fit-il avec un sourire satisfait.

— J'espère que tu ne finiras pas avec une balle en plein cœur.

— Je suis assez grand pour veiller sur moi.

— Veux-tu un garde ?

Sinjin secoua la tête.

— Sa famille part aux courses d'York la semaine prochaine. Elle prétendra qu'elle va rendre visite à une cousine à Uppingham. Ce n'est que pour une semaine. Tout se passera bien.

Seneca fit une moue, ouvrit la bouche et la referma. Puis, changeant une nouvelle fois d'avis, il déclara d'une voix douce :

— Je ne t'ai jamais vu si... irresponsable. Toutes sortes de choses peuvent mal tourner avec une jeune fille non mariée. Tu vas te retrouver enfermé dans le piège matrimonial, méfie-toi. T'obstines-tu à juger qu'elle en vaut la peine ?

— Aie confiance. Il n'y a aucun risque. Je ne peux pas t'expliquer pourquoi.

— A ta place, j'emmènerais un garde.

Après s'être battu pendant deux ans dans la guerre du roi George, les deux hommes savaient ce que c'était que la survie, mais Seneca avait perdu toute sa famille et se tenait en permanence sur la défensive.

— Non, non, je ne veux personne. Je renverrai même Jed pour la semaine.

— C'est toi qui vas faire la cuisine ? s'exclama Seneca, incrédule.

— Oh, zut, je n'avais pas songé à cela. Eh bien, j'emporterai toutes les provisions nécessaires.

— Comment peut-elle être si exceptionnelle ? murmura Seneca, connaissant les goûts de Sinjin pour les plaisirs charnels.

Un large sourire de son ami lui répondit.

— Je ne sais pas... Elle aime les chevaux.

— Et ?

Sinjin sourit de nouveau. Il était d'une humeur incroyablement joyeuse pour un homme qui venait de perdre quatre courses importantes, les seules courses consécutives qu'il eût perdues depuis qu'il avait ouvert ses écuries, dix ans plus tôt.

— Et pour tout te dire, ça me serait égal si elle ne savait pas reconnaître un cheval d'un blaireau.

— Je vois que tu es irrécupérable, soupira Seneca avec résignation.

— Sans doute, acquiesça Sinjin d'un air épanoui.

14

Le reste de la semaine se déroula dans la même euphorie. Les chevaux de Sinjin perdaient de si peu que nul ne se douta de rien. Le comte de Dumfries gagna. De l'argent.

Sinjin aussi trouvait les courses de Newmarket extrêmement lucratives. En termes de gratitude à venir...

Quand Thune fut proposé à la vente le vendredi, Sinjin se l'appropria par l'intermédiaire d'un agent, se demandant si le comte de Dumfries l'aurait accepté comme acheteur. Et il donna ordre que l'on envoie le rouan dans l'une de ses propriétés, au nord du pays.

Des fleurs furent livrées quotidiennement aux bons soins de Mrs Macaulay, à des heures où le comte et les frères de Chelsea étaient aux courses. Des violettes le mercredi, avec un petit mot romantique qui fit sourire la jeune fille, des orchidées rares le jeudi, des tulipes le vendredi dans un vase en porcelaine chinoise de la précieuse collection du duc. Et le samedi, après la clôture des courses de Newmarket, en regagnant sa chambre, Chelsea trouva un énorme bouquet de délicates roses-thé.

Une petite pochette de soie blanche, à peine plus grosse qu'une de ces roses fragiles, était nouée par un cordon au ravissant vase de Sèvres. A l'intérieur, Chelsea découvrit un diamant violet naturel monté au cœur d'une broche représentant un chardon. De l'autre côté, une inscription était gravée sur l'or poli :

« *Saura-t-il égaler les yeux d'une beauté écossaise...* »

Et sur une carte, Sinjin avait écrit :
« *Mes invités seront repartis dimanche matin. Venez à Six-Mile-Bottom dès que vous le pourrez.* »

Ce fut au prix d'un effort considérable que Sinjin parvint à renvoyer tous ses amis le dimanche matin. Un effort sans précédent, du reste, car les divertissements se poursuivaient habituellement chez lui longtemps après la clôture des courses. Parfois même, pendant plusieurs semaines.

Aussi, lorsqu'il annonça le samedi soir après le dîner que toutes les voitures seraient prêtes dans l'allée à neuf heures le lendemain, il eut droit à un concert de protestations.

Assis dans son fauteuil en tête de la tablée, caressant nonchalamment le pied de son verre, Sinjin attendit patiemment que le silence retombe.

— Pour ceux d'entre vous à qui il déplaît de se lever de bonne heure, reprit-il doucement, mon personnel a réservé des chambres au Lion Rouge et à l'Auberge du Cerf pour ce soir. Je vous présente toutes mes excuses pour ce changement de programme.

— Tu n'as pas perdu un parent, au moins ? s'enquit Freddie Arbruster, les sourcils encore froncés par la surprise.

— Pas que je sache, répondit Sinjin avec un sourire cordial.

— Que se passe-t-il, alors ? s'étonna Warwick. Tu n'es pas malade, j'espère ?

Il n'était pas le seul des invités à avoir remarqué que Sinjin s'était retiré tôt ces derniers soirs, et toujours seul.

— Non, je me porte comme un charme.

— Tu as le cafard à cause de toutes ces courses perdues, peut-être.

— Pas le moins du monde, répondit-il gaiement.

— On se fait vieux, alors ? intervint l'un des hôtes les plus jeunes.

— Puisque vous voulez tout savoir, je m'en vais demain matin, expliqua enfin Sinjin.

— Eh bien, nous nous passerons de toi, nous pouvons rester quand même, fit Freddie.

— Non, répliqua Sinjin d'une voix aimable, mais ferme.

— Pourquoi cela ?

Ils étaient amis depuis l'enfance.

— J'ai mes raisons, déclara tranquillement Sinjin.

— Il doit s'agir d'une dame, bien que ce ne soit pas le genre de motifs que l'on ait à cacher.

De toute évidence, Freddie était sincèrement choqué.

— Je n'ajouterai pas un mot à ce sujet. Je vous remercie tous pour votre agréable compagnie durant cette quinzaine. Trinquons à nos adieux...

Chelsea avait commencé à évoquer sa visite à sa cousine Elizabeth plusieurs jours plus tôt : elle avait rappelé la veille son désir de la revoir, et elle choisit un moment opportun après la célébration en famille du samedi soir, autour d'un verre d'eau-de-vie, pour annoncer :

— Puisque le voyage vers le nord avec les chevaux prendra un certain temps, j'ai décidé d'aller passer quelques jours chez Elizabeth à Uppingham. Je vous retrouverai à York lundi en huit.

Chelsea connaissait le temps nécessaire pour le

transport des chevaux et le repos dont ils auraient besoin ensuite à l'écurie. Si elle était à York le lundi suivant, il lui resterait largement le temps d'aider à les mettre en forme pour les courses.

— Il me semblait, remarqua Neil, que tu traitais généralement Liz d'écervelée...

— Uppingham est pratiquement sur mon chemin. Quand j'aurai fini d'aider Mrs Macaulay à tout ranger après votre départ, demain, je ne resterai qu'un jour ou deux chez tante Georgina. Tu sais bien qu'elle insiste depuis deux ans pour que je vienne lui rendre visite.

— Invitations que tu as toujours réussi à décliner.

En voyant le sourire mi-figue, mi-raisin de Duncan, elle se demanda soudain s'il n'avait pas percé à jour son subterfuge.

— Justement, je ne peux pas continuer à refuser indéfiniment. Liz est tout de même ma seule cousine germaine du côté de maman. Je peux bien supporter son charabia frivole un jour ou deux.

— Ta sœur a travaillé dur ces dernières semaines, Duncan, intervint son père. Elle a bien le droit de se changer les idées. Restes-y donc plus longtemps, ma chérie, ajouta-t-il en se tournant vers sa fille. Enfin, si tu peux souffrir Elizabeth et ta tante Georgina !

Un petit pincement de culpabilité frappa Chelsea. La gentillesse de son père rendait plus pénible sa trahison. Mais en songeant aux cinquante mille livres qui débarrasseraient définitivement sa famille de ses créanciers, elle trouva que le motif était suffisant. Elle refusait d'admettre que la perspective d'être seule avec Sinjin St. John l'emportait largement sur l'appât des guinées en or. Cependant, elle répondit :

— Je ne pense pas pouvoir les supporter plus longtemps, papa. Tante Georgina est résolue à faire de moi une dame convenable, tu sais, par égard pour la mémoire de maman... mais elle s'y prend bien trop tard ! Allons, ne te sens pas coupable, papa, ajouta-t-elle devant la mine inquiète de son père. Mon existence me plaît infiniment.

— Emmène deux palefreniers et Mrs Macaulay, et prends le vieil Andrew comme chauffeur. Et ne voyage pas de nuit. Je sais que tu n'es pas bête, mais deux femmes sur les routes sont vulnérables.

— Nous ne circulerons que de jour, papa, c'est promis.

Le cœur de Chelsea battait si vite qu'elle craignit de se trahir, et elle se mit à évoquer les aspects pratiques de son voyage et autres détails à régler. La conversation dériva ensuite inévitablement sur les chevaux et elle put se laisser aller à ne prêter qu'une oreille distraite tout en se plongeant dans ses rêveries.

Dimanche matin, avait dit Sinjin.

Impossible de lui envoyer une réponse pour l'instant. Son père, ses frères, les garçons d'écurie et les chevaux ne partiraient vraisemblablement pas avant dix heures. Ensuite, elle devrait faire les bagages avec Mrs Macaulay, puis passer encore deux bonnes heures à donner des instructions précises aux palefreniers qui resteraient derrière. Après quoi, il lui faudrait préparer ses propres effets pour sa semaine avec Sinjin. Elle avait l'intention de dire à Mrs Macaulay que tante Georgina avait contracté la petite vérole. La gouvernante resterait encore quelques jours avec les palefreniers à Priory Cottage pendant qu'elle-même partirait aider Elizabeth à soigner sa tante. Chelsea était immunisée, ayant eu la maladie petite, mais elle savait sa vieille cuisinière terrifiée par la variole. Elle lui dirait que tante Georgina ferait envoyer une voiture et un valet pour l'escorter, et que Mrs Macaulay pouvait donc garder les siens. Le dimanche, Chelsea les retrouverait à Grantham, d'où ils se rendraient ensemble à York.

Restait à trouver comment faire avancer une voiture « de la part de tante Georgina ». Elle chargerait un enfant du village de transmettre un mot au duc le lendemain matin.

Chelsea fit envoyer son message à Sinjin lors de sa chevauchée matinale à travers le village, puis elle rentra préparer les chevaux pour leur voyage vers le Nord. Il était près de onze heures lorsque tous les coureurs des Fergusson disparurent au coin de la route, et un peu de sa tension se relâcha. Il lui faudrait donner des explications aux domestiques quand se présenterait la « voiture de tante Georgina », mais ils connaissaient bien la famille et avaient l'habitude de ces brusques changements de programme. Ils n'étaient jamais surpris non plus par l'esprit indépendant de Chelsea, et la mentalité écossaise allait de pair avec un certain bon sens.

Lorsqu'il reçut le mot de Chelsea, Sinjin avait déjà renvoyé les demoiselles d'Harriet et les quelques invités qui avaient décidé de rester dormir chez lui malgré le réveil matinal, qu'il avait encore avancé de près d'une heure, dans sa hâte. Cela n'avait pas été chose facile, mais son aimable détermination avait eu raison de ses hôtes les plus récalcitrants.

Il prit l'enveloppe, s'enferma dans la bibliothèque et l'ouvrit avec empressement. Les instructions de Chelsea étaient longues mais cohérentes, et il sourit de son souci du détail. Il devait envoyer une voiture, deux valets, un chauffeur et un mot « de sa cousine Elizabeth » à midi, en ayant d'abord consciencieusement prévenu ses domestiques du rôle qu'ils auraient à jouer, bien qu'il fût risqué, précisait-elle, de se fier à des serviteurs. « Dites-leur de parler le moins possible. » Les gens de Sinjin étant extrêmement bien rémunérés, il ne craignait aucune indiscrétion de leur part.

Il envoya l'un de ses domestiques chercher une voiture adéquate en ville, donna ses consignes avec une fébrilité impatiente, puis il resta quelque temps assis, amusé. Il se rendait compte que son intérêt pour Chelsea dépassait tout ce qu'il avait connu. Peut-être était-ce la tentation du fruit défendu, se dit-il. Et après tout, zut, qu'importait du moment qu'il l'avait !

Un peu plus tard, il demanda à son majordome :

— Prévenez-moi dès que l'attelage arrivera de Newmarket. Les livrées ont-elles été modifiées ?

— Oui, monsieur.

— Bien. Et j'aimerais que l'on aère toutes les chambres et que l'on mette partout des fleurs fraîches. Mon habit de voyage est-il prêt ? A-t-on fait envoyer devant cette cargaison de vin ?

— Oui, Votre Grâce.

— Parfait. J'espère que tout le monde a bien compris que si un seul mot sort d'ici à propos de ma jeune invitée, à côté de mes représailles, l'enfer sera un paradis.

— C'est parfaitement compris, Votre Grâce.
— Bien. Merci, Somerset.

Puis un large sourire éclaira son visage.

— Quel temps radieux, n'est-ce pas, Somerset ?
— En effet, monsieur le duc.

Somerset omit de préciser que les seules fois où il voyait son maître debout à une heure si matinale, c'était lorsque les festivités s'étaient prolongées toute la nuit et, ces fois-là, Sinjin accueillait rarement l'astre du jour avec un enthousiasme aussi débridé. Cette nouvelle dame avait décidément apporté bien des changements dans la vie de son maître.

— Quelle heure est-il ?
— Presque neuf heures, monsieur.
— Oui, il est encore bien tôt.

Sinjin regarda de nouveau en direction de Newmarket.

— Voulez-vous que j'envoie Tom s'occuper de cette voiture, Votre Grâce ?
— Non, non... Je peux attendre. Écoutez, je vais faire quelques pas. Qu'on m'appelle dès que la voiture sera là !

Quelques instants plus tard, à l'office, assis devant une tasse de thé, avec la gouvernante, Somerset spéculait sur l'identité de la personne qui avait le pouvoir de bouleverser ainsi l'existence du duc.

— Il n'emmène aucun domestique, commenta malicieusement Mrs Abbeton, les yeux pétillants de curiosité. Ce ne doit donc pas être une dame. Une dame ne peut pas se passer d'une camériste.

La gouvernante de Sinjin à Six-Mile-Bottom, qu'il avait héritée de son père, avait l'habitude de cataloguer les femmes qu'elle voyait défiler chez son maître. Certaines des courtisanes les plus célèbres de l'époque avaient été invitées à Six-Mile-Bottom.

Mrs Abbeton était quelque peu impressionnée par le jeune châtelain, qu'elle tenait en haute estime. Il était l'opposé de son père, qui, sans être exactement misanthrope, avait une vision particulière de son prestige ducal. Par contraste, Sinjin était d'une simplicité chaleureuse qui charmait tous âges, tous sexes et toutes catégories sociales.

— Que ce soit une dame ou non, observa Somerset, nos ordres sont clairs. Elle doit être traitée comme la reine d'Angleterre en personne. Les lys que Sa Grâce a fait envoyer de Kingsway ont-ils été installés dans le petit salon qui lui sera réservé ?

— Oui, dans les vases en argent. Le duc y a veillé lui-même. Il y en a des centaines !

La maison de Sinjin ressemblait à un véritable jardin. Dans chaque pièce, on avait disposé de larges bouquets de fleurs ; l'air printanier et les senteurs puissantes se mêlaient agréablement.

Enfin, la voiture tant attendue arriva de Newmarket. Les valets dans leur nouvelle livrée répétèrent leur rôle, et l'on remit au cocher la précieuse lettre de la cousine Elizabeth.

Sinjin attendit dans le petit pavillon d'été, arpentant le sol en marbre comme un animal en cage. Il consulta sa montre française une douzaine de fois avant de se contraindre à s'asseoir, pour mieux bondir sur ses pieds un instant plus tard. L'attente lui était insupportable.

Il avait longuement réfléchi cette nuit-là sur son

mode de vie ; il en était arrivé à le juger superficiel et vain, ses invités bruyants, et les courtisanes lassantes. Certes, Chelsea était autrement séduisante, avec sa simplicité, son charme et sa séduction. Il évitait cependant de songer que, naguère s'il s'intéressait vivement aux attraits de ses compagnes, sa libido n'en demeurait pas moins prioritaire. Et que l'idée d'une abstinence sexuelle, fût-elle de quelques jours, lui aurait paru incompréhensible encore peu de temps auparavant.

Pendant ce temps, Chelsea éprouvait les mêmes égarements enivrants lorsqu'elle songeait à Sinjin St. John, bien qu'elle fût obligée de réprimer ses sentiments tandis qu'elle rangeait la maison avec Mrs Macaulay. Enfin, la brave femme lui dit avec un sourire :
— Je vois bien que vous avez l'esprit tout à vos chevaux, mon petit. Allez, filez faire un tour, cela vous fera du bien.
Après quelques protestations inutiles, Chelsea descendit donc le long de l'allée, la broche de Sinjin agrafée à sa poche intérieure de telle manière qu'elle pouvait la toucher à l'insu de tous. C'était un cadeau extravagant, elle savait bien qu'elle aurait dû le renvoyer. Une demoiselle ne devait pas accepter d'un homme des bijoux de valeur, ce n'était pas convenable. Mais qu'y avait-il de convenable dans leur relation ? s'était-elle dit en souriant. C'est pourquoi elle avait décidé de conserver la ravissante broche, en souvenir.

Soudain, elle se demanda si elle ne devrait pas emporter de la lecture. Dans la juxtaposition de ses rêves et d'une idylle romanesque, elle songea à ce que signifiaient sept jours avec Sinjin. Malgré l'exceptionnelle réputation du duc, il y aurait bien des moments durant lesquels il n'exigerait pas sa présence immédiate. Et un pavillon de chasse dans le Leicestershire ne devait pas offrir beaucoup de distractions.

Elle retourna au cottage, choisit quelques livres de ses auteurs favoris et les mit dans ses bagages. Elle redescendait l'escalier lorsqu'elle entendit les épagneuls aboyer. Un moment plus tard, une berline bleue arrivait à vive allure.

Un frisson d'exaltation lui parcourut le corps. Il régna un certain chaos lorsque la voiture s'arrêta dans la cour, dans une envolée de gravier. Les palefreniers accoururent de l'écurie pour s'enquérir de l'événement. Chelsea resta un instant sur le seuil pour rassembler son courage, désirant soudain ardemment que cette comédie lui fût épargnée, mais en songeant aux cinquante mille livres, elle se ressaisit.

— Je vais voir ce qu'ils veulent, Mrs Macaulay, annonça-t-elle en s'avançant.

Elle fit preuve d'une surprise appropriée lorsque le cocher lui remit une lettre de sa cousine Elizabeth. Elle la lut consciencieusement, tous les yeux rivés sur elle, puis résuma le contenu du message avec la gravité qui s'imposait. Mrs Macaulay recula immédiatement comme si la seule missive eût été contagieuse.

— Je vais finir mes bagages, déclara Chelsea.

Mrs Macaulay, voulez-vous me préparer un panier de provisions pour le voyage ?

Les valets apportèrent sa valise, relayés par les domestiques de Sinjin, qui attachèrent la petite malle à l'arrière de la voiture et aidèrent la jeune fille à y prendre place. Chelsea avait discuté de leurs retrouvailles à Grantham avec Mrs Macaulay dans la cuisine.

— Vous attendrez ici, et je vous enverrai un message pour vous indiquer précisément quand nous nous retrouverons.

— Et si la pauvre femme a besoin de vous au-delà d'une semaine, miss Chelsea ? Ou si... votre tante venait à mourir ?

— Allons, cousine Elizabeth dit que la crise est déjà passée, qu'elle a simplement besoin d'un coup de main pour soigner sa mère.

— Très bien, miss Chelsea, nous attendrons votre message.

Comme je joue bien la comédie, se dit Chelsea, rongée de remords.

Pourtant, tandis que la voiture démarrait, elle s'enfonça dans les sièges matelassés en poussant un soupir et dut reconnaître qu'elle attendait maintenant avec une immense impatience de revoir le séduisant duc de Seth.

Elle ne s'autorisa cependant pas à sourire, cela eût été indécent compte tenu des circonstances, mais sous son bustier blanc, son cœur battait la chamade.

15

Le soleil étincelait sur la voiture laquée qui apparaissait au loin. Sinjin rentra précipitamment à la maison pour rassembler sa domesticité, et lorsque

Chelsea descendit du véhicule, prenant la main tendue d'un Sinjin radieux, elle se sentit accueillie comme une invitée d'honneur.

Elle fut d'abord surprise, puis touchée, tandis qu'il la présentait à ses gens alignés devant la maison, menant le cérémonial en parfait châtelain. Il aurait pu la traiter comme sa maîtresse. Il n'en fit rien.

— Lady Chelsea aura besoin de se rafraîchir, dit-il à sa gouvernante, qui réagit à sa remarque avec une vivacité étonnante chez une personne aussi petite et rondelette.

— Vous les battez, ma parole ! chuchota Chelsea, ses yeux violets pétillant.

Chez les Fergusson, les domestiques faisaient pratiquement partie de la famille et étaient plus prompts à donner des conseils qu'à obéir à des ordres.

— Jamais devant les invités, répondit-il sur le même ton. Veuillez emmener lady Chelsea dans son salon, Mrs Abbeton, ajouta-t-il à voix haute.

— Dois-je y aller seule ? demanda Chelsea à voix basse, intimidée.

— N'avez-vous pas besoin d'un peu d'intimité ? s'étonna Sinjin.

— Mon chéri, répondit Chelsea de sa voix normale (et le terme employé sembla choquer jusqu'à Somerset, car Sinjin et les femmes qu'il recevait manifestaient rarement leur affection devant les domestiques), je n'ai parcouru que trois miles pour venir ici. Je serais ravie de rester en votre compagnie.

Et elle ajouta dans un murmure :

— Mais j'entends bien profiter d'une certaine intimité... un peu plus tard.

Sinjin sourit et l'embrassa devant tous ses gens, stupéfaits mais souriants. Lorsqu'il releva la tête, il déclara :

— Merci, Somerset. Que chacun retourne à ses occupations. Mrs Abbeton, nous déjeunerons bientôt.

La main dans celle du duc, Chelsea eut soudain l'impression que l'univers tout entier était un arc-en-ciel.

— Aimez-vous les lys ? lui demandait Sinjin.
— J'adore les lys.
— Eh bien, nous déjeunerons au milieu des lys, annonça Sinjin à Somerset.

Lorsqu'il ouvrit la porte du salon réservé à Chelsea, elle poussa un petit cri. La pièce, pourtant majestueuse avec son haut plafond, ses portraits aux murs et ses précieux tapis, était éclipsée par une spectaculaire profusion de lys de toutes teintes, du crème au safran en passant par le jaune pâle.

— C'est magnifique ! s'exclama Chelsea.
— J'ai seulement dit que je voulais des lys, fit Sinjin avec légèreté.
— En braquant un pistolet sur tout le monde ?

Il éclata de rire.

— Attendez de voir le reste. On a dû dépouiller tous les jardins du comté.

Chelsea fut touchée de découvrir le soin qu'avait mis Sinjin à son accueil. La maison entière était un odorant bouquet.

— Merci, dit-elle avec un adorable sourire. Je suis sincèrement impressionnée.
— Dans ce cas, cela en valait la peine, répondit-il en plaisantant, car j'ai la ferme intention de vous impressionner.

— Vous le faites fort efficacement sans autre artifice que votre seule personne.

Son franc-parler le ravit. Une semaine, songea-t-il avec enthousiasme. Sept jours, cent soixante-huit heures, dix mille et quelques minutes... Son sourire aurait pu charmer tous les anges des cieux.

— Je suis très heureux de vous avoir rencontrée, dit-il d'une voix très douce.

— Je sais que ce n'est guère convenable de le dire, murmura Chelsea les yeux rivés aux siens, mais moi aussi.

Elle se hissa sur la pointe des pieds pour lui effleurer le menton de ses lèvres.

Le déjeuner était composé de saumon, d'asperges, d'une salade verte, d'une tarte à l'abricot et de sorbet à l'ananas. Quelque chose qu'une dame aimerait, avait réclamé Sinjin. L'odeur des lys planait autour d'eux comme l'anticipation qui se devinait derrière leur conversation paisible. Ni l'un ni l'autre ne mangea beaucoup, se satisfaisant du goût de l'attente.

Chelsea éveillait le désir du duc en toutes circonstances, mais là, dans la solitude de sa maison, au milieu des lys odorants, il émanait de tout son être une fraîcheur irrésistible. Elle portait un simple chemisier de batiste, fermé par la broche en chardon qu'il avait fait sertir tout spécialement pour elle. Ses cheveux dorés étaient retenus en arrière par un ruban vert. Si les dieux pouvaient concevoir un modèle de beauté naturelle pour éblouir le monde, ils le feraient à son image.

En lisant la passion dans ses pensées, ou plus exactement dans son regard, elle demanda presque timidement :

— Allons-nous simplement rester ici ?
— Non, je peux attendre.
— Il est vrai, dit-elle, que vous avez plus d'expérience que moi.

Elle ressemblait à une jeune sorcière païenne, exquise et ingénue. Il ne voulut pas la détromper mais, en vérité, il n'avait jamais eu à « attendre », jusqu'à ce qu'elle surgisse dans son univers. Elle lui révélait un trait de son caractère qu'il ignorait posséder.

— Mangez quelque chose, suggéra-t-il avec un sourire. Nous sommes trop près de Priory Cottage à mon goût. Nous partirons pour Oakham dès que les routes seront moins fréquentées.

Elle fit une petite moue.
— Dans ce cas, distrayez-moi.
— Bach vous conviendrait-il ?
— Vous jouez ? interrogea-t-elle avec un coup d'œil vers le clavecin.
— A l'occasion, en amateur.
— Connaissez-vous des airs écossais ?
— Quelques-uns.
— Jouez « L'air des Corbeaux Noirs ».

Il s'exécuta, puis passa de son répertoire de chansons écossaises à Bach et Haydn, ses longs doigts minces glissant habilement sur le clavier. Il était vêtu simplement comme un gentilhomme de la campagne, ses cheveux luisants noués à la nuque par un catogan noir, ses bottes bien lustrées mais usées, et Chelsea oublia un instant la somptuosité de la pièce et l'imposante splendeur de son titre et de sa fortune. Elle oublia tout, écoutant la musique et se repaissant de son sourire, du motif qui l'avait amenée aujourd'hui en ce lieu.

Cet homme était capable de cela. De lui faire tout oublier, hormis leur plaisir à tous les deux. Elle s'endormit comme un jeune chiot, bercée par le parfum des lys, le champagne et la musique, en se demandant comment il avait acquis cet extraordinaire talent. Et il continua à jouer pour ne pas rompre le charme.

Somerset ouvrit discrètement la porte, mais Sinjin posa un doigt sur ses lèvres et secoua la tête. Il serait bien temps de prendre la route lorsqu'elle se réveillerait. La seule proximité des joues roses de miss Fergusson le ravissait. Il était heureux.

Ils partirent ce soir-là pour Oakham. Le crépuscule était reposant, glorieux et silencieux. Chelsea demanda au duc s'il avait lui-même commandé aux Muses ce lyrique prélude à la semaine qu'ils allaient passer ensemble.

— Puisque nous devons voyager de nuit, j'ai pensé qu'un croissant argenté de dimension correcte s'imposait.

— Êtes-vous toujours aussi charmant ?

— Non, répondit-il avec honnêteté. Mais vous êtes si ravissante...

— *Donec gratus eram tibi*, murmura-t-elle avant de traduire avec ironie : « Tant que j'ai vos faveurs. »

Elle s'adossa à la banquette, composée, sereine, confiante en sa beauté.

— Où avez-vous appris le latin ?

Il l'avait lui-même appris à Eton, mais elle le maîtrisait mieux que lui.

— A la maison, grâce à mon précepteur.

— Quel homme heureux. Mais pourquoi le latin ?

— Il était très âgé. Et pourquoi pas le latin, s'il vous plaît ?

— Pardonnez-moi. Pourquoi pas ? en effet, opina-t-il gracieusement, bien qu'elle fût la seule femme de sa connaissance à savoir cette langue.

En homme de son temps, il considérait que les personnes du sexe faible étaient d'agréables objets, décoratifs et utiles, et que leur beauté faisait pardonner leur absence d'intelligence.

Mais Chelsea n'entrait pas dans ce tableau.

— Pourquoi les hommes devraient-ils être les seuls à étudier le latin et le grec ?

— Vous connaissez aussi le grec ?

— Oui. Est-ce si étrange ? Mon esprit fonctionne aussi bien que le vôtre.

— C'est rare, chez les femmes, voilà tout, dit-il simplement.

— Pas chez *toutes* les femmes.

— Chez la plupart.

— C'est regrettable, répliqua-t-elle sèchement.

Il la contemplait à la lueur de la petite lampe. Il avait déjà rencontré des bas-bleus, bien sûr, mais il trouvait ces femmes trop sérieuses. Tout en manifestant une remarquable indépendance, Chelsea n'appartenait pas non plus à cette catégorie. Elle était décidément déroutante.

— Vous élevez des chevaux, vous montez aux courses — et fort bien, ajouterai-je, vous avez failli battre mon meilleur jockey —, vous connaissez les langues classiques... Dites-moi, possédez-vous également les qualités que l'on attend d'une femme ?

— Que voulez-vous dire ? demanda-t-elle avec une réelle curiosité.

— La broderie, par exemple.

— Cassandra de Buchan brode-t-elle ?

Il resta un moment sans voix devant sa candeur.

— Vous n'en savez rien, dit-elle après un petit silence. Ce qui prouve, ajouta-t-elle avec un sourire éblouissant, l'importance que l'on peut accorder à la broderie.

— Touché, admit-il en éclatant de rire.

Ils bavardèrent de sujets qui les passionnaient tous deux, leurs chevaux, les courses, la chasse, la pêche au saumon en Écosse. Le duc possédait une propriété terrienne héritée de son grand-père, dans laquelle il résidait lorsqu'il allait pêcher. Chelsea, apprit-il, jouait du luth. Il en ferait venir un, et ils interpréteraient ensemble du Mozart. Elle peignait, et avait même disséqué le cadavre d'un cheval, suivant la méthode de Stubb, afin d'améliorer sa technique.

Quelle femme étonnante, se répéta Sinjin tandis qu'ils devisaient amicalement. De son côté, Chelsea se rendait compte qu'il était totalement dépourvu de prétention, bien qu'accompli dans nombre de domaines. Il expérimentait sur ses terres le principe de la rotation des cultures. Il avait longuement voyagé sur le continent. Il était en train de draguer un canal reliant trois de ses propriétés afin que ses chevaux puissent voyager plus facilement entre les différents champs de courses. Il avait passé près de deux ans dans les colonies et avait sillonné l'Afrique du Nord et du Nord-Est pour y chercher des étalons.

— J'ai l'intention de retourner à Tunis, peut-être dans le courant de l'automne. Un ami m'a parlé d'un barbe* phénoménal qui appartient à l'un des chefs

---

* Cheval d'Afrique du Nord *(N.d.T.)*.

du désert. Peut-être pourrai-je le convaincre de me vendre l'animal, bien que nul n'y soit jusqu'à présent parvenu.

— Quel âge a ce barbe ? Y êtes-vous souvent allé ? Y a-t-il des lions, et des harems pour les femmes ? Les chefs du désert ressemblent-ils aux illustrations que l'on trouve dans les livres de voyage ?

Il répondit à toutes ses questions avec force anecdotes et détails pittoresques qui firent vivre le désert nord-africain dans l'imagination de Chelsea. Quand il se tut, elle poussa un soupir.

— Je vous envie vos voyages, dit-elle.

Elle n'avait jamais eu les moyens de partir.

— Peut-être un jour... murmura-t-elle avec mélancolie.

Il lui raconta alors d'autres expéditions, d'autres contrées. Lorsqu'ils arrivèrent au pavillon de Sinjin, ils avaient l'impression de se connaître depuis très très longtemps.

La voiture s'arrêta devant une vaste maison élisabéthaine en brique rouge, avec de hauts pignons et des douzaines de cheminées. Le soleil matinal étincelait sur les fenêtres à meneaux et les douces collines du Leicestershire s'étendaient vers le sud. Sinjin sauta à terre.

— Vite, dit-il en se retournant pour admirer la scène.

Lorsque Chelsea apparut à la porte de la voiture, il ouvrit les bras, sourit et lui dit :

— Sautez.

Elle obéit dans une gracieuse envolée de plaid et de parfum de rose. Il la souleva dans ses bras et l'embrassa doucement.

— Vous êtes parfaite, murmura-t-il avec une

émotion contenue. Je crois que vous allez aimer cet endroit, ajouta-t-il en souriant.

— Je l'aime déjà, répondit-elle avec un sourire aussi radieux que cette aurore nimbée de gloire.

16

Le pavillon de chasse de Sinjin était comme sa résidence de Six-Mile-Bottom : plus vaste, plus somptueux, plus ravissant que les autres. Il était empli de meubles et d'objets d'art exotiques ramenés au fil des siècles par les ancêtres des St. John. Mais cette maison possédait aussi des pièces petites et confortables, aux plafonds bas et aux meubles chaleureux. Cependant, une sensation de richesse et de profusion imprégnait l'atmosphère.

Lorsqu'ils eurent fait le tour du propriétaire, Chelsea remarqua :

— Cet endroit n'a pas toujours été un pavillon de chasse.

Ils étaient assis dans un petit salon d'où l'on avait une vue imprenable sur la verte vallée déployée à l'horizon, et buvaient un thé fumant, souriants et heureux.

— Autrefois, il a accueilli le premier St. John à avoir voyagé en Russie pour la reine. Devenu riche, il s'est alors fait construire une résidence plus majestueuse à Stamford. Personnellement, je préfère infiniment cette vieille maison, quand je suis dans le Leicestershire.

Le sentant réticent à évoquer sa famille, Chelsea

n'insista pas. Elle le félicita pour son thé, et il expliqua :

— Steely, ma nounou, me laissait traîner dans la cuisine lorsque j'étais enfant. Je crois qu'elle avait un faible pour le majordome. Je crois aussi que ledit majordome était marié. Ce qui prouve, ajouta-t-il avec l'ombre d'un sourire espiègle, que les liaisons amoureuses ne sont pas l'apanage du *beau monde**.

— Et vous avez appris à préparer le thé, le taquina Chelsea, peu désireuse de poursuivre le sujet des amours illicites.

— Entre autres choses. La cuisinière m'aimait bien, et mon père et ma mère considéraient leurs devoirs parentaux terminés dès lors qu'ils laissaient aux domestiques le soin de s'occuper de leurs enfants.

Il eut un petit sourire un peu triste, puis sa bonne humeur reprit le dessus.

— Il va nous falloir de l'aide. J'ai fait venir des provisions, mais personne n'a osé me parler de la vaisselle ni du ménage.

— Je peux aider.

Il la considéra avec surprise. Aucune des femmes qu'il connaissait n'avait jamais lavé un plat ni touché un balai.

— Merci, répondit-il gracieusement, mais pour être parfaitement honnête, je n'ai aucune envie de perdre du temps...

Sa voix était devenue basse et enrouée par le désir, et Chelsea reconnut immédiatement l'invitation sans équivoque de son regard.

— Nous pourrions faire venir des gens du coin

---

* En français dans le texte *(N.d.T.)*.

quelques heures par jour. Connaissez-vous quelqu'un ?

— En temps normal il y a du personnel de maison, fit-il avec un sourire. Mais... je vous désirais pour moi tout seul.

Chelsea reposa sa tasse et prit une inspiration.

— Je ne voulais pas paraître trop... éhontée, dit-elle, mais je... eh bien... C'était une cruelle tentation de passer tant d'heures à vos côtés dans la promiscuité de la voiture...

Elle s'interrompit, embarrassée. Ses cils sombres se baissèrent un instant ; elle était loin de chez elle, seule sous le toit d'un homme pour la première fois de sa vie.

— Continuez, la pria doucement le duc, charmé par ses manières, sa beauté fraîche et naturelle, son désir sans fard.

Elle releva les yeux et s'exprima de la façon la plus simple possible.

— J'ai envie d'être dans vos bras depuis la dernière fois que vous m'y avez tenue. S'il vous plaît, serrez-moi contre vous...

Jamais depuis Catherine, des années auparavant, on ne lui avait fait proposition plus adorable. Il refoula le douloureux souvenir et dit doucement :

— Laissez-moi vous montrer la vue que l'on a de ma chambre.

Le magnifique lit à baldaquin remplissait presque toute la pièce, et deux marches dorées offraient accès à son immensité.

Une armoire, deux commodes et une table de la plus fine marqueterie française avaient été achetées par un ancêtre à l'atelier des Gobelins de Pierre Golle, le premier fabricant de meubles de Louis

XIV. Leur élégance complétait le lit d'apparat, conférait une richesse supplémentaire à la petite pièce, embellissait son intérieur, en faisant un véritable joyau.

— Comme c'est beau et chaleureux, murmura Chelsea, surprise de son émotion.

C'était plus une alcôve qu'une véritable chambre. Elle était merveilleuse, avec le lit qui ressemblait à quelque fleur soyeuse, et les meubles à des objets d'art. Elle se retourna vers Sinjin qui la contemplait, resté sur le seuil.

— Je suis de cet avis, dit-il en souriant.

Il avait choisi cette chambre des années auparavant pour ses couleurs et ses dimensions humaines.

— Je vous conseille d'essayer le lit, dit-il avec un calme étrange. Ce fut celui de la reine Elizabeth lorsqu'elle a séjourné ici.

— Oh...

Chelsea arrondit les lèvres et le calme de son hôte se trouva subitement ébranlé. Puis elle demanda d'une petite voix :

— Allez-vous me serrer dans vos bras, maintenant ?

Elle avait essayé d'être plus blasée, aussi composée que Sinjin, mais tout cela était trop nouveau pour elle.

— Oh, oui, répondit-il d'une voix curieusement voilée.

Il s'approcha d'elle, silencieux comme un félin, et la souleva dans ses bras. Souriant aux profondeurs violettes de ses yeux, il murmura :

— J'aimerais t'enfermer loin des autres, te garder pour moi seul. Et je dois être complètement fou, pour dire des choses pareilles.

— Voyez comme je tremble, tant j'ai envie de vous. Je dois être folle aussi, je ne devrais pas être ici.

— Et pourtant tu es là, dit-il avec un curieux sentiment de possession.

Un frisson d'anticipation et de désir parcourut l'échine de Chelsea. La force et la puissance de Sinjin la subjuguaient.

— Et même si ma vie en dépendait, répondit-elle, je serais incapable de partir...

Leurs regards se croisèrent, et dans leurs yeux se lisait un message de désir partagé et pressant. Sinjin s'approcha du lit en se demandant s'il pouvait réellement la retenir auprès de lui, stupéfait de la violence de ses sentiments. En proie à un subit accès de fièvre, il l'avertit :

— Je ne sais pas si je pourrai être tendre.

Elle lui répondit par un baiser passionné qui lui dévora la bouche, ardent et exigeant. Et, lorsqu'elle s'écarta, elle murmura :

— Je sais que moi je ne le pourrai pas, je vous préviens.

Ils furent comme deux jeunes animaux sauvages au cœur de la chambre. Frénétiques, insatiables.

Beaucoup plus tard, lorsque Sinjin quitta le lit pour aller ouvrir la fenêtre et laisser entrer l'air du soir, il se tint dans l'embrasure, son corps humide de sueur brillant à la lueur du crépuscule, le souffle court, l'esprit tourmenté.

Alanguie mais encore frémissante, Chelsea contemplait la haute silhouette de Sinjin qui se découpait contre le ciel lavande et comprit le sens du mot « enchantement ». Avant lui, elle ignorait que le désir pouvait commander le corps et l'âme d'un individu, le faire brûler d'un besoin tel que le monde entier disparaissait. Jusqu'à ce jour, elle ignorait à quel point elle pouvait avoir besoin de Sinjin St. John.

— Revenez, demanda-t-elle doucement.

Non, se dit-il. Il ne faut pas. Il était irrité de la désirer avec un tel élan, encore maintenant, alors qu'ils s'étaient aimés tout l'après-midi. Il ne maîtrisait pas ce sentiment, et ce n'était pas pour lui plaire.

— Revenez dans le lit, répéta Chelsea en remuant les jambes contre les draps satinés, ses longues jambes minces et pâles qui sentaient l'eau de rose et la passion.

Il demeura encore un moment immobile, sachant qu'il devrait se détacher d'elle. Aucune femme ne pouvait être si importante.

— S'il vous plaît ? murmura-t-elle.

Et il relégua la raison loin de son esprit, chassant son malaise et ses interrogations. Il alla vers elle comme un adolescent attiré par la luxure, la prit dans ses bras et la serra contre lui jusqu'à ce que ses mains cessent de trembler.

— Est-ce que cela aura une fin ? demanda-t-il dans un souffle, incertain de tout, hormis de son obsession pour elle.

— Demandez-le-moi plus tard, répondit-elle, déjà offerte. Je suis incapable de penser pour l'instant, tout ce que je sais, c'est que mon corps est en feu et a besoin de vous...

Ils ne surent plus cette nuit-là lequel des deux avait le plus besoin de l'autre, mais, au petit matin, ils étaient pleinement conscients de l'incroyable et merveilleuse passion qu'ils partageaient.

Quand le soleil colora le ciel, ils enfilèrent une chemise et Sinjin porta Chelsea à travers les corridors silencieux, en bas de l'escalier, puis il traversa la cuisine et arriva aux écuries.

— J'ai un cadeau pour vous, dit-il en s'arrêtant devant la barrière du pâturage.

— Pour moi ?

— Vous le méritez.

En vérité, elle méritait les trésors de l'antre d'Aladin, tout l'or du Pérou et les perles de l'Orient, pour son extraordinaire et exquise sensualité. Il lui sourit, du sourire heureux de l'homme qui a cessé de se poser des questions. Il se tourna légèrement pour que Chelsea puisse voir les champs verdoyants où paissait tranquillement Thune.

— Il est à vous, dit-il simplement.

— C'est trop ! s'exclama-t-elle.

Mais son visage rayonnait d'une telle joie qu'il ne regrettait rien.

— Peut-être un jour pourrai-je vous rembourser.

— Peut-être... répondit-il d'un ton équivoque.

— Je ne voulais pas dire cela.

Son sourire était contagieux et elle ne put s'empêcher de le lui rendre.

— Vous ne pensez donc qu'aux plaisirs de la chair ?

— Cette semaine, oui.

Malgré sa réputation, les femmes avaient toujours joué un rôle relativement mineur dans sa vie, ou tout du moins dans ses pensées. Mais son désir ardent pour Chelsea était insatiable, son image le hantait, l'obsédait nuit et jour.

— Si j'en crois la rumeur, c'est plutôt chaque

jour que le bon Dieu fait, corrigea-t-elle. Vos largesses sont sans limites, dit-on.

Il fronça un sourcil devant la soudaine distance qu'il lut dans ses yeux.

— Ne croyez pas tout ce que vous entendez, dit-il avec calme.

Il était las des commérages des gens bienpensants.

— Écoutez, dit-il avec un petit soupir, je ne sais pas pourquoi ma vie passionne les gens à ce point. Je ne leurre personne, je ne fais semblant de rien. Mes amitiés avec les femmes sont mutuellement agréables, cordiales, et... non exclusives. Je suis stupéfait que ma vie amoureuse puisse présenter un tel intérêt pour toutes les vieilles chipies de la capitale.

C'est pourtant normal, se dit Chelsea. Il ne se rendait pas compte que même ces vieilles chipies se confondraient en minauderies si Sinjin posait un œil sur elles.

— Allons, pardonnez-moi, reprit-elle. C'est votre vie et je n'ai absolument aucun commentaire à faire. Sommes-nous amis ? demanda-t-elle en souriant.

Sa sincérité le sidérait. Il connaissait trop le *beau monde* londonien, où l'hypocrisie régnait en maître.

— Résolument, affirma-t-il. Et maintenant, si nous allions faire un tour à cheval ?

Dans cette simple phrase, il lui offrait un plaisir que seul dépassait celui qu'elle trouvait dans ses bras. Les chevaux étaient sa vie, et Thune son favori. Monter aux côtés de Sinjin St. John serait un véritable bonheur.

Ils firent de nombreuses promenades à cheval, cette semaine-là, galopant parfois dans la pâle brume du matin, allant d'autres fois au pas dans la chaleur de l'après-midi, ou même au milieu de la nuit, pour rafraîchir leurs corps des gloires de leur passion. Ils firent la course, aussi, Thune contre le magnifique Mameluke, exaltés et le cœur battant. Ils avaient la victoire généreuse et la défaite joyeuse.

Sinjin avait catégoriquement refusé que l'un ou l'autre ait à s'occuper de soucis domestiques, et il avait fait revenir tout son personnel dès le premier matin.

— J'espère que cela ne vous dérange pas, avait-il dit devant une tasse fumante. Je n'aurais pas cru que la luxure puisse être surpassée par une bonne tasse de café et un bain chaud.

Le dernier jour, Chelsea se réveilla à l'aube, comme si une voix intérieure l'avait tirée du sommeil, l'avertissant que le temps filait. Et comme tant d'autres fois durant ces douces journées partagées, elle regarda Sinjin endormi à côté d'elle.

Il lui avait donné les cinquante mille livres la veille parce qu'il n'aimait pas les adieux. Elle le comprenait aisément. Quelle femme l'aurait laissé partir le cœur léger ? Car, derrière son charme, Sinjin savait offrir un monde de plaisirs, de rires et d'amitié.

Le soleil matinal baignait son corps nu d'une lumière éclatante. Il avait des ancêtres vikings, avait-il dit. Large et puissant, il lui faisait penser à un guerrier d'une autre époque, égaré dans ce monde de dandys. Mais élégant lorsqu'il le fallait, malgré tout, songea-t-elle avec un lent sourire, et aussi raffiné dans ses manières que dans ses traits parfaits.

Elle le toucha, incapable de résister à tant de beauté, et il se réveilla en sursaut, déjà souriant à sa vue.

— Bonjour, murmura-t-elle, le cœur affligé à l'idée de ne jamais plus le revoir ainsi.

Il releva les paupières, encore somnolent.

— Bonjour. Quelle heure est-il ?

— Tôt. Rendormez-vous, pardonnez-moi de vous avoir réveillé.

— Mais non, viens plutôt là.

Il l'attira contre lui et murmura :

— Là, voilà comme j'aime te sentir.

La chaleur de son corps la ravit encore une fois. Dépourvue d'autre expérience, elle ignorait si tous les hommes étaient aussi gracieux, mais elle soupçonnait que si les femmes prisaient tant les « services » de Sinjin, ce devait être en grande partie pour sa générosité.

— Hummm, murmura-t-il. Réveille-moi d'un baiser...

Certaines parties de son corps étaient déjà réveillées, constata Chelsea. Et lorsqu'elle l'embrassa doucement, elle ne put s'empêcher de songer avec tristesse que c'était la dernière fois.

— Ne pars pas, dit-il lorsqu'elle releva la tête.

Il avait les yeux bien ouverts, à présent, et très proches des siens. Sa voix était moqueuse, comme d'habitude, et elle répondit sur le même ton, comme si la plaisanterie les isolait des réalités.

— Jamais.

— Tant mieux, je suis bien, ici.

Mais ce matin-là, ils firent l'amour avec une tendresse particulière, ayant tous deux en tête les minutes qui défilaient. Chelsea devait être à Grantham dans l'après-midi.

Leur séjour s'achevait.

Chaque sensation semblait exacerbée, l'effleurement d'un doigt, un baiser, la fièvre qui courait dans leur sang, leur plaisir, aussi, qui se prolongea infiniment. Et le renouvellement immédiat de leur passion, comme si leurs corps conspiraient pour les garder à Oakham.

— Il faut que je parte, dit enfin Chelsea en caressant les cheveux de Sinjin d'un geste intime, possessif.

Il prit sa main dans la sienne, porta ses doigts à sa bouche et embrassa chacune de ses articulations. L'idée de son départ lui était odieuse. Mais il savait qu'elle n'était pas disponible. Une jeune fille de bonne famille, non mariée, était inaccessible. Il le savait. Tout le monde le savait. Et en l'amenant à Oakham, il avait déjà dépassé les bornes.

— Vous êtes absolument charmante, dit-il presque instinctivement. Et... ravissante.

Un autre mot lui était venu à l'esprit, un mot sensuel et amoureux, mais qu'il n'avait plus le droit de prononcer. La semaine était écoulée.

— Merci, répondit doucement Chelsea en rougissant comme une écolière. Et merci pour... tout.

Sa voix tremblait et il lui fallut un moment pour se ressaisir. Elle savait qu'elle n'oublierait jamais Sinjin ni ces journées enchanteresses, mais les gens raisonnables devaient se comporter en gens raisonnables. Elle s'était accordé une semaine avec lui, au terme de laquelle elle ne pouvait continuer à le voir.

D'ailleurs, il ne le lui avait pas demandé.

Ils étaient debout à côté de Thune, Chelsea s'apprêtait à monter en selle. Sur la suggestion de Sinjin, elle emmènerait Thune jusqu'à Grantham, où elle devait retrouver Mrs Macaulay.

— Merci beaucoup pour ces agréables vacances, dit Chelsea pour combler le silence qui s'était instauré.

— Tout le plaisir fut pour moi. Et lorsque vous aurez trouvé une manière plausible d'expliquer le retour de Thune à votre famille, faites-le-moi savoir, je vous l'expédierai.

Pourquoi sa gorge était-elle nouée ? Habituellement, il était impatient de se débarrasser d'une femme. Il n'avait jamais eu à prendre sur lui pour ne pas prononcer des mots d'adieu plus tendres. Mais puisqu'il n'avait pas l'intention de se marier, et que c'était la seule option honorable s'il désirait continuer à voir Chelsea, il se retenait d'exprimer son affection. Elle eut un petit sourire.

— Cela risque de prendre un certain temps, bien que je sois assez égoïste pour vouloir retrouver Thune.

— Il est à vous. C'est pour vous que je l'ai acheté. Disons que cela remplace un bijou, ajouta-t-il en haussant les épaules.

Ses paroles rappelèrent à Chelsea les cadeaux désinvoltes coutumiers de son mode de vie. Un frisson la parcourut à la pensée de toutes ces femmes et, armée d'une résolution nouvelle, elle s'interdit toute émotion. Il était imprudent de s'attacher à un homme tel que Sinjin. Extrêmement imprudent.

— Dans ce cas, dit-elle avec une politesse froide, dès que j'aurai mis au point une histoire crédible, je vous écrirai pour vous dire où l'envoyer. Merci infiniment pour lui, ajouta-t-elle avec un sourire sincère, cette fois.

Ils avaient tous deux fait preuve de la politesse requise par la situation. Il n'y avait rien à ajouter, hormis la vérité.

Ce qui, bien sûr, était impensable.

Sinjin l'aida à monter en selle. *C'est terminé*, se dit-elle.

— Vous pouvez avoir confiance en Jed. Demandez-lui tout ce que vous voudrez.

Elle ressemblait à un ange, songeait Sinjin. Le soleil illuminait sa chevelure dorée, son petit chapeau rond était gracieusement perché sur sa tête. Sa beauté aurait mérité d'être parée de rubis, ou d'émeraudes. Mais il ne les lui offrirait pas. Il ne la reverrait pas. Hors des liens du mariage, elle n'était pas pour lui. Et il n'était pas question de revenir là-dessus.

— Vous devriez être à Grantham dans deux heures. Adieu.

Il aurait aimé l'embrasser une dernière fois. Mais il fit simplement un signe de tête à Jed, et dit à la jeune femme :

— Bon voyage.

— Adieu, répondit-elle.

Sinjin ne regarda pas Chelsea disparaître au bout de l'allée. D'un pas nerveux, il rentra se servir un verre d'eau-de-vie. Il n'était pas encore midi, mais il évita de s'attarder sur cette pensée. Il n'aurait pas admis qu'il espérait oublier dans la boisson l'image de la seule femme qui, depuis Catherine, avait su affecter ses émotions.

Chelsea fut à Grantham assez tôt pour réserver une chambre au Relais du Roi avant l'arrivée de Mrs Macaulay. Elle renvoya Jed à Oakham avec Thune et s'allongea pour attendre la gouvernante. Plus fatiguée qu'elle ne l'imaginait, elle s'endormit immédiatement.

Les coups frappés à la porte et la voix aiguë de Mrs Macaulay la réveillèrent dans un sursaut, et le premier de ses mensonges commença. Elle évita cependant le plus possible d'évoquer sa tante Georgina. Et les bavardages incessants de la brave femme lui épargnèrent le poids d'une véritable conversation. Sa présence familière aida aussi Chelsea à quitter le monde du rêve et atténua la sensation de perte qui lui transperçait le cœur.

Le lendemain soir, lorsqu'ils arrivèrent à York, Chelsea avait presque l'impression que sa semaine passée avec Sinjin n'avait été qu'un songe. L'accueil chaleureux de son père et de ses frères dans la petite maison qu'ils avaient louée près du champ de courses effaça toutes les images sentimentales qui marquaient encore son âme.

Toutefois, les jours suivants, elle n'osa pas rester seule, car Sinjin l'obsédait à un tel point qu'elle le voyait partout. Et alors, regret et désir la rongeaient avec cruauté. Combien de fois dut-elle se répéter que leur histoire était terminée ? Mille fois par jour. A chaque minute, presque. Elle s'adonnait au travail avec une énergie appliquée, s'efforçant de ne plus songer qu'aux courses. Heureusement, le labeur était dur et sans fin : elle se levait tôt, s'occupait de l'échauffement, de l'entraînement, et veillait aux soins des chevaux.

Elle aurait dû mieux dormir, l'épuisement aidant, mais souvent, le sommeil la fuyait car les pensées de Sinjin l'emportaient, hélas, sur sa fatigue.

La veille du jour où débutaient les courses, son père sortit soudain une enveloppe de sa poche.

— J'ai complètement oublié de te donner cela. La duchesse de Hampton te transmet toutes ses amitiés.

Chelsea prit l'enveloppe froissée et salie en demandant à son père :

— Depuis combien de temps l'as-tu dans ta poche ?

— Oh, un jour ou deux, trois tout au plus.

Chelsea brisa le cachet, intriguée de recevoir un message de la célèbre duchesse de Hampton. Elle survola rapidement l'invitation et constata avec un petit froncement de sourcils consterné que le petit déjeuner auquel elle était conviée avait eu lieu le jour même.

— Il faudra que je lui envoie mes excuses. Et la prochaine fois, papa, si tu ne veux pas offenser la duchesse, tu devrais me transmettre ses invitations à temps.

— Hem... oui, j'ai oublié, comme tu le vois. Dis à Betsy que c'est entièrement ma faute.

— Je n'y manquerai pas, fais-moi confiance. Quoique, de toute manière, je ne sois pas sûre d'avoir une robe correcte pour être reçue chez la duchesse.

— Eh bien, achète-t'en, ma fille. Tu sais que Newmarket a considérablement redressé nos finances.

Ce commentaire lui fournit l'occasion qu'elle attendait depuis son arrivée.

— As-tu l'intention de parier gros, cette semaine, papa ?

Il hésita brièvement, connaissant les sentiments de Chelsea sur son endettement.

— Assez. Mais rien de très risqué, s'empressa-t-il d'ajouter.

— J'avais envie de mettre quelques guinées sur Minto, papa. En ce moment, il court comme s'il avait le diable aux trousses. Hier, il m'a emmenée encore sur deux miles avant de ralentir.

— Comme tu voudras, mon petit, du moment que tu ne paries pas ton honneur comme certaines dames de Londres.

Chelsea rougit imperceptiblement.

— Je serai prudente, papa.

Le premier jour des courses revêtait la promesse d'un printemps idyllique, l'air était doux, les pommiers en fleur parfumaient la brise matinale. Chelsea avait dormi d'un sommeil agité, mais une telle perfection balaya son engourdissement et elle assista à l'entraînement du matin avec bonne humeur. Minto avait de grandes chances de gagner, cet après-midi-là, ainsi que Bally et, si on la voyait miser sur les deux, son subterfuge avec les cinquante mille livres serait bientôt découvert.

Elle se vêtit avec plus de soin qu'à l'accoutumée, prenant le temps de nouer des rubans dans ses cheveux. Elle sortit les perles de sa mère ; le collier et les boucles d'oreilles complétaient parfaitement sa robe bleue. La broche de Sinjin au revers, elle sourit de contentement.

Les regards convergèrent vers elle lorsqu'elle apparut sur le champ de courses avec sa famille, chacun s'accordant à répéter que la fille du duc de Dumfries était absolument éblouissante ce jour-là.

Peut-être son plaisir à l'idée de bientôt blanchir l'argent de Sinjin se lisait-il sur son visage. Peut-être avait-elle enfin cessé de ruminer les pensées de son intermède à Oakham, les reléguant là où elles devaient être dans sa mémoire. Ou peut-être était-ce cette merveilleuse journée de printemps qui illuminait son visage d'un éclat intérieur.

Les courtisans s'affairaient autour de leur reine comme un essaim d'abeilles, et elle répondait plaisamment à leurs assiduités. Sa beauté était si fraîche qu'un petit air enfantin flottait encore sur son visage, mais elle les aguichait d'une coquetterie qu'on ne lui connaissait pas auparavant, les taquinant avec une assurance éhontée. Elle savait exactement comment abaisser ses longs cils noirs et, lorsqu'elle riait de quelque plaisanterie, sa lèvre inférieure se courbait avec une sensualité fascinante.

Quand les chevaux des Fergusson gagnèrent, cet après-midi-là, battant chacun des records, sa jubilation n'eut d'égale que la beauté de son sourire. L'eau-de-vie coula avec abondance. Enfin, Chelsea s'excusa ; ses frères et son père remarquèrent à peine son départ, tout à leur célébration. Elle rentra seule dans le petit tilbury, le sourire encore aux lèvres.

Mrs Macaulay fondit en larmes en apprenant les résultats de la journée.

— Cela fait longtemps que nous n'avons pas eu de nouvelle aussi heureuse, renifla la brave femme en s'essuyant les yeux avec le coin de son tablier.

Maintenant, les chevaux vont se vendre à prix d'or !

— Et papa pourra enfin vous payer des gages.

— Bah, je me moque bien de cela. Mais votre papa va recommencer à sourire, pour sûr.

Son propre bonheur était une récompense de plus, songea Chelsea. Mrs Macaulay faisait partie de la famille.

— Les palefreniers sont tous à l'auberge du Cœur Blanc, si vous êtes d'humeur à festoyer. J'ai laissé papa et les garçons en train de faire un sort à quelques bouteilles...

— Ma foi, je vais peut-être aller prendre un petit verre pour fêter cela, fit Mrs Macaulay en dénouant son tablier, les yeux brillants.

Quelques minutes plus tard, Chelsea était seule.

18

Chelsea avait été trop occupée pour songer à manger, mais la faim se rappela brusquement à son estomac. Elle posa sur un plateau une assiette de figues, de pain et de beurre, et s'installa dans le salon. Le crépuscule marbrait le ciel de traînées mauves et dorées. Scène paisible achevant une glorieuse journée.

Elle mangea lentement, savourant la quiétude, le silence, le bien-être. Les dettes de son père seraient bientôt remboursées. Elle pourrait même « racheter » Thune avec ses « gains ». Quel dommage, se dit-elle avec un petit sourire, qu'elle ne puisse pas acheter le séduisant Sinjin St. John aussi facilement.

Elle se laissa aller quelques instants à rêver, puis fronça les sourcils. Le fringant duc de Seth ne saurait limiter ses appétits à une seule femme, avec toutes celles qui se jetaient si volontiers à ses pieds. Il l'avait désirée suffisamment pour la payer cinquante mille livres... mais leur histoire s'arrêtait là. Plus vite elle l'oublierait, mieux cela vaudrait.

Elle ramassa les miettes avec une méticulosité assidue, comme pour chasser l'image des journées exquises qu'ils avaient partagées, et s'exhorta à songer plutôt aux courses du lendemain.

Quelques moments plus tard, Chelsea regagna sa chambre et s'installa devant sa coiffeuse. Elle dénoua la lourde masse de ses cheveux, rangea ses épingles dans une boîte en argent qui avait appartenu à sa mère et se donna les cent coups de brosse rituels. Elle ôta ensuite la broche, les perles, et déposa le tout dans son coffret à bijoux. Ses mouvements étaient langoureux, comme empreints de lassitude.

Elle déboutonna sa robe, la laissa glisser à terre et, avec une paresse qu'elle attribua aux deux verres de whisky qu'elle avait bus et à une longue et active journée, elle ramassa le vêtement et le jeta sur une chaise en se promettant de le suspendre dès le lendemain matin. Elle s'étira lentement, vidée soudain de l'excitation de la journée.

— Vous avez négligé la réception de Betsy, aujourd'hui, dit une voix douce et familière.

Chelsea fit volte-face et plissa les yeux dans la pénombre de la pièce.

Sinjin était assis sur une chaise contre le mur opposé, ses longues jambes nonchalamment étendues, croisées aux chevilles, les mains reposant sur les accoudoirs.

— Et toutes mes félicitations pour vos gains.

Il parlait avec la même désinvolture que s'ils s'étaient rencontrés dans le parc, d'une voix soigneusement neutre.

— Ah, la duchesse est *votre* amie, accusa doucement Chelsea, ignorant sa plaisanterie.

Elle avait été surprise de recevoir une invitation aussi mondaine de la duchesse de Hampton, bien que celle-ci fût une amie de son père.

— Vous nous avez manqué.
— Ainsi, vous y étiez.

Bien sûr, c'était son milieu. Là où il y avait des jolies femmes, il était à sa place.

— Si l'on peut dire...
— Comment cela, si l'on peut dire ?

Elle n'aurait pas dû poser la question, et certainement pas sur ce ton acerbe, mais elle se sentait soudain incapable de maîtriser cet éclair de jalousie.

— Je vous attendais en haut.

Il l'attendait, *elle* ! Un concert de voix angéliques, de douces clochettes et de chants d'oiseaux berça ses oreilles l'espace d'un instant, puis elle se morigéna. Sinjin St. John n'avait que faire de tels fantasmes romantiques.

— La duchesse joue-t-elle souvent les entremetteuses pour vous ?

Malgré tous ses efforts, son ton n'était pas aussi léger qu'elle l'aurait voulu.

— C'est une amie de ma mère et elle a accepté de me faire cette faveur.
— De votre mère ? Vraiment ?
— Vraiment.
— Pourquoi tout ce mal ?
— Parce que je voulais vous voir, répondit Sinjin,

comprenant le sens de ses interrogations ambiguës.

Ce qu'il refusait de comprendre, cependant, c'étaient les raisons qu'il avait, *lui*, de se trouver en ce lieu.

— Depuis combien de temps êtes-vous à York ?
— Trois jours.
— Et où séjournez-vous ?
— En ville.
— Quelle réponse bien vague.
— Êtes-vous fâchée ?
— Répondez à ma question.
— A Hampton Manor.
— Bien sûr.
— Vous vous méprenez.

Elle le connaissait. Elle connaissait les rumeurs.

— Me suis-je méprise depuis le début ?

Il lui fit la grâce d'hésiter.

— Dois-je déménager ? demanda-t-il avec le plus grand sérieux.

— Ne faites pas cela pour moi.
— Vous êtes la seule pour qui je le ferais.
— Pourquoi moi ?

Si elle n'avait pas passé la moitié de la semaine à se convaincre qu'elle était capable de vivre sans Sinjin St. John, peut-être n'aurait-elle pas été aussi hardie. Elle serait tombée dans ses bras depuis le début, elle aurait accepté sa présence sans une question, sans songer au lendemain.

Il remua, mal à l'aise, troublé lui-même par les complexités de sa présence à York, à des miles de là où il aurait dû être. Lorsqu'il répondit, sa voix était privée de son charme habituel.

— Si vous tenez à le savoir, fit-il à contrecœur,

parce que vous hantez mes pensées. Surtout, ajouta-t-il d'une voix assourdie, la nuit.

— Je comprends.

Ils se turent pendant un moment, se contemplant, comme hypnotisés, puis Sinjin sourit, de ce sourire paresseux qui la faisait fondre.

— Eh bien... êtes-vous contente que je sois là ?
— Non.
— Dites-moi la vérité, dit-il doucement en se levant.
— Non.

Elle recula d'un pas. Il demeura immobile, comme s'il savait qu'il n'avait pas besoin de remuer, comme s'il savait très bien ce que signifiait son « non ».

— Je vous ai vue aux courses, aujourd'hui, remarqua-t-il d'une voix basse. Vous étiez charmante, ainsi vêtue de bleu.

Elle ne répondit pas, incapable de songer à autre chose qu'à leurs baisers et à leurs étreintes. Soudain effrayée, elle raffermit sa voix.

— Vous ne pouvez pas rester ici.

Il sortit de l'ombre et s'approcha d'elle.

— Ma famille va bientôt rentrer.
— Je ne ferai pas de bruit.
— Ils vont monter se coucher, je vous en prie, allez-vous-en.
— Ils ne sauront pas que je suis là.
— Mon père dort dans la chambre voisine.
— Nous fermerons la porte à clef.

C'est impossible, songeait-elle. *C'est de la folie. Je ne devrais même pas discuter avec ce débauché arrogant qui pénètre dans ma chambre tout à son aise.*

— Vous n'avez pas peur ? demanda-t-elle.

— Le devrais-je ?

— Cette situation est très dangereuse, insista-t-elle.

— Vraiment ?

— Vraiment, répliqua Chelsea, soudain irritée par le calme et l'assurance de Sinjin. Et maintenant, j'ignore comment vous êtes entré, fit-elle d'un ton pincé, mais j'apprécierais que vous ressortiez par le même chemin.

— Par la porte.

Elle sursauta. Elle pensait qu'il avait escaladé le porche, ou s'était aidé de l'un des immenses arbres devant sa fenêtre.

— Vous êtes fou ! s'exclama-t-elle.

— Oui. Fou de vous. Et j'ai traversé une bonne partie de l'Angleterre dans le seul but de vous revoir.

Son expression était angélique et ouverte, dénuée de la moindre trace de politesse cultivée ou de faux-semblant. Il couvrit d'un pas la courte distance qui les séparait encore et passa doucement un doigt sur la joue de Chelsea. Elle l'avait attendu, inconsciemment, et elle continua à attendre, le souffle court.

Elle leva la tête pour le regarder dans les yeux et murmura avec un petit sourire contrit :

— Si je le pouvais, je vous ferais partir...

— Si je pouvais partir, je le ferais, répondit-il doucement.

Et pendant un instant encore, luttant tous deux contre des sentiments qui les dépassaient, ils se regardèrent sans se toucher. Puis Chelsea oscilla imperceptiblement. Et ce fut tout.

Sinjin referma ses bras sur elle et la serra contre lui avant de tendre sa bouche vers la sienne.

Il se sentait redevenu adolescent, son cœur cognait dans sa poitrine. Il jubilait de la tenir dans ses bras, inconscient du reste, hormis de son désir farouche de la posséder. Il aurait voulu affronter des bataillons d'adversaires pour mieux la mériter, parcourir des miles en territoire ennemi... Ce sentiment était nouveau, étrange, et si puissant qu'il s'en sentit presque oppressé.

Déjà, il la poussait contre le lit, la caressait, la dévorait.

Il faut fermer la porte, fermer la porte, criait l'esprit de Chelsea, mais elle voulait Sinjin avec la même fureur, elle voulait s'ouvrir à lui, maintenant, tout de suite, le sentir en elle, qu'il comble son monstrueux désir.

Sans fausse honte, elle déchira sa redingote et sa chemise, avide de sentir son corps nu contre le sien. Il se débarrassa de ses vêtements avec la même hâte fébrile.

— Retire ton jupon, ordonna-t-il d'une voix enrouée en dégrafant les boutons sans la quitter des yeux.

Enfin, ils furent tous les deux nus et tremblants.

— Ne bouge pas, ordonna Sinjin.

Ils se contemplèrent, muets, les prunelles dilatées, et soudain, ils s'accrochèrent l'un à l'autre, incapables d'attendre une seconde de plus. Ils roulèrent sur le lit, et il la pénétra avec une force qui leur coupa le souffle. Enfin, lorsqu'elle parvint à parler, Chelsea murmura frénétiquement :

— La porte...

Sinjin jeta un coup d'œil vers la porte, mais il ne pouvait pas plus quitter son corps chaud et délicieux qu'il n'aurait pu faire cesser les battements de son cœur, sa vie en eût-elle dépendu.

— La porte... je t'en prie, supplia Chelsea, terrifiée à l'idée que son père pût les surprendre.
— Chut, ma chérie, murmura Sinjin en lui couvrant la bouche de la sienne.

Leurs sens leur firent alors oublier tout vestige de raison, et le monde entier s'évanouit. Seul un désir ardent et passionné les animait, et ils se fondirent l'un dans l'autre, frissonnant, gémissant, haletant à l'unisson.

Ils étaient tous deux prostrés, le visage de Sinjin enfoui dans l'oreiller tout contre Chelsea. Lorsqu'ils revinrent enfin du vertige qui les avait laissés sans voix, la réalité vint brouiller leur béatitude.

— Ferme la porte, maintenant, chuchota Chelsea, sachant qu'elle ne pouvait le laisser partir, quel que fût le danger.

— *Maintenant*, oui.

Il leva la tête, lui sourit et dit :

— J'ai cru mourir.

Il embrassa tendrement le renflement de sa lèvre et ajouta :

— Je resterai cette nuit.

Comme elle était incapable de résister, il l'embrassa de nouveau, moins doucement, plus passionnément. Elle dut lui rappeler deux fois d'aller fermer la porte à clef, et il finit par obéir. Quand son père et ses frères revinrent, une heure plus tard, Sinjin et Chelsea étaient protégés par la barrière de la porte en bois.

Le corps de Chelsea se raidit lorsqu'elle entendit les bruits de pas dans l'escalier. Elle repoussa la poitrine de Sinjin, mais il posa un doigt sur ses lèvres en regardant la porte.

— Chelsea ! Tu es réveillée ? cria son père en arrivant sur le palier.

Elle s'immobilisa. La voix de son père, si proche, la terrifiait.

— Hé, Chel ! cria Duncan. Minto va encore courir, demain.

— Chelsea, insista son père, debout ma fille, viens fêter une dernière fois notre succès. Nous avons gagné huit mille guinées, aujourd'hui !

— Réponds, murmura Sinjin.

— Je dors, papa, dit Chelsea sans conviction.

Avec une grimace amusée, Sinjin lui fit signe de parler plus haut.

— Que dis-tu, mon petit ? Je n'entends rien.

Elle s'éclaircit la voix et réussit à croasser :

— Je dors, papa.

— Mais non ! protesta le comte.

Sinjin entra en elle, et Chelsea réprima un gémissement d'aise.

— Papa, tu es ivre, va te coucher.

Sinjin courba la tête en souriant et lui chatouilla l'oreille.

— Débarrasse-toi d'eux, murmura-t-il.

Déjà enflammée dans les bras de son amant, Chelsea perdait la tête.

— Que dois-je leur...

A cet instant, elle ne put retenir un petit cri de bonheur tandis que Sinjin remuait doucement.

— Chelsea ! Tu ne te sens pas bien ? s'écria le comte en frappant à la porte.

— A demain matin... murmura Sinjin.

— Non ! fit-elle en s'accrochant à lui plus étroitement, affolée à l'idée de le perdre.

— C'est ce que tu vas leur dire, fit-il en souriant.

Il était trop désinvolte, songea-t-elle avec un fugace ressentiment, trop blasé, trop habitué à prendre son plaisir dans la maison d'autres hommes. Et si elle n'avait pas désespérément voulu ce qu'il avait tant envie de lui donner, ce qu'il donnait si volontiers à d'autres femmes, si elle n'avait pas perdu la raison, elle ne l'aurait pas supporté.

Mais, submergée par la passion, elle cria d'une voix raffermie par sa vexation :

— Papa, il est tard ! A demain matin.

Elle entendit des murmures, des bruits de pas. Ils s'éloignaient dans le corridor.

— Je vous déteste, murmura-t-elle.

— Je vois cela, remarqua-t-il, amusé. Mais n'oublie pas que j'ai traversé la moitié de l'Angleterre pour te voir.

— Eh bien, merci d'être venu, dit-elle avec sincérité.

Dans cet état de bienheureuse langueur, elle était facilement apaisée.

— Je crois que tu es trop désirable pour ton bien.

— Ou le vôtre.

— Ou le mien, reconnut-il doucement.

— Mais vous n'auriez pas dû venir ici. C'est très risqué.

Elle ne parvenait pas toutefois à cacher son plaisir.

— Demain matin, cela me paraîtra peut-être une entreprise hasardeuse. Mais, pour l'instant, je la trouve infiniment séduisante.

Et il se pencha de nouveau au-dessus d'elle. Elle allait mourir de bonheur, ce soir, se dit-elle brièvement.

Sinjin s'en alla peu avant l'aube, s'attardant trop longtemps au gré de Chelsea, inquiète à l'idée que les domestiques ou les palefreniers puissent être déjà debout.

Il l'embrassa longuement.

Mais il ne prononça aucun mot d'amour ni d'engagement.

Elle savait, bien sûr, qu'il ne le ferait jamais.

19

La semaine suivante, Sinjin retourna à Londres, où débutait la saison. Les familles revenaient de la campagne, y compris la sienne. Dans le tourbillon d'activités, Cassandra réclama sa présence exclusive.

Aussi, bien que Sinjin n'oubliât pas la délicieuse Chelsea Fergusson, le souvenir de leurs plaisants passe-temps tendit à s'affaiblir sous le nombre des engagements mondains qui constituaient la saison londonienne. Lorsqu'une chevelure dorée apparaissait parmi les autres, il se souvenait d'elle avec un pincement de nostalgie rapidement oublié, car il était très sollicité.

Il escortait sa mère partout où elle le désirait, en fils obéissant. La femme de son frère organisait de grandes réceptions à Seth House, qui exigeaient aussi parfois sa présence. Cassandra lui demandait fréquemment de l'accompagner à de petites soirées privées. Et il passait la plupart de ses journées son jeune fils, Beauclerk St. Jules, profitant de la présence de l'enfant en ville.

La famille de Chelsea était retournée dans l'Ayrshire une fois les courses d'York terminées, et la jeune fille passa le mois d'avril à goûter les plaisirs de la campagne. Le printemps était sa saison préférée, et elle se promenait de longues heures durant dans les bois.

Les courses de Doncaster commençaient en mai. Ils devraient alors y emmener Minto et Thune. D'ici là, les coureurs se reposaient. Chelsea avait fait revenir le grand rouan deux semaines plus tôt. Thune ayant été acheté par l'intermédiaire d'un agent, personne ne la questionna sur l'acheteur anonyme quand elle expliqua qu'il avait accepté de revendre le rouan parce qu'il s'était endetté. Tout le monde félicita Chelsea de sa chance phénoménale.

20

— Papa, dépêche-toi, on va être en retard à la vente aux enchères.

Sinjin noua son foulard devant le trumeau.

— Tattersall nous a vus hier, il nous le mettra de côté, ne t'inquiète pas. Mais nous serons à l'heure.

Son fils lui rendit son sourire, rassuré d'apprendre que le grand sauteur irlandais ne serait pas mis en vente avant leur arrivée.

— Aujourd'hui, je vais monter Mameluke. Jed a dit que je le pouvais.

— Et qu'en pense Mameluke ? le taquina Sinjin.

— Il m'aime bien, p'pa. Je lui donne des carottes tous les matins et il se souvient de moi.

— Prends aussi des morceaux de sucre, lui conseilla Sinjin. Mameluke adore ça.

Beau courait déjà vers la porte.

— Allez, papa ! Tu es bien assez élégant pour les gens qu'on va voir chez Tattersall. Il n'y a jamais de dames, là-bas.

— Dans ce cas, fit Sinjin avec un sourire ironique, j'ai passé bien trop de temps sur ce foulard.

— Quand je serai grand, je ne m'intéresserai pas aux dames comme toi, papa, affirma Beau. Et je n'aurai pas à me soucier de cravates ou de tous ces accessoires. Sahar prétend que, de toute façon, les femmes distraient le guerrier de ses devoirs. Pas grand-mère ni tante Viv, bien sûr. Sahar dit que les femmes de la famille, il faut les traiter avec respect.

Sinjin sourit.

— Les conseils de Sahar sont excellents, mais il existe certaines amies avec lesquelles il ne faut pas se montrer impoli. Sahar t'expliquera mieux tout cela un jour. Quant à ses opinions sur les chevaux, elles sont très bonnes à suivre. Écoute-le bien et tu finiras par devenir un vrai *mekhazeni*.

— J'en suis déjà un, d'après lui, répondit fièrement Beau.

Le sourire de Sinjin reflétait sa fierté. Grâce à Sahar, leur palefrenier bédouin, qu'avait connu Sinjin lors de son premier voyage à Tunis des années plus tôt, Beau montait déjà comme un cavalier du désert. Sa mère choisissait les précepteurs de son fils, et la famille de Damien, le frère de Sinjin, lui procurait la compagnie de cousins et camarades. Beau était aimé de tous, mais surtout de son père, qui l'avait publiquement reconnu à une époque où peu d'hommes le faisaient. Et si Beau ne pouvait prétendre légalement au duché de Sinjin, il était déjà l'héritier de sa fortune.

— Sommes-nous prêts ? demanda Sinjin.
— Je suis prêt depuis sept heures, papa, ce qui est l'heure à laquelle tu es rentré, d'après ce que m'a dit Steely. Elle t'a vu par la fenêtre.
— A-t-elle prié pour le salut de mon âme ? demanda-t-il avec une petite grimace amusée en songeant à sa vieille nounou.
— Sûrement, p'pa.
Le jeune visage de Beau s'éclaira d'un sourire timide.
— Steely prétend qu'elle doit rester en vie parce qu'il faut que quelqu'un prie pour ton âme de... débauché, et pour toutes tes prostituées. C'est quoi une prostituée, papa ? Sahar n'a pas voulu me le dire.
— Et tant mieux, déclara Sinjin en réprimant un éclat de rire. Je t'expliquerai ça quand tu seras plus grand. Et maintenant, allons voir ce sauteur irlandais.

Les journées de Sinjin se déroulaient sur le même rythme, rendu propice par la saison londonienne et sa profusion de loisirs. Il passait la plupart de ses nuits avec Cassandra, mais cela ne les empêchait ni l'un ni l'autre d'avoir des aventures chacun de son côté. Ils étaient deux créatures faites pour le plaisir, recherchant l'inhabituel, diverties par le changement.

— J'aimerais bien savoir ce que tu peux trouver à Jane Bentwin, dit Cassandra une nuit, lovée au creux de ses bras.

— Et toi à Willie Chenowith, dont on affirme qu'il a la finesse d'un lapin.

— Qui donc t'a dit cela ?

— Sally Stanley, répondit-il en souriant.

— Sally ne sait peut-être pas charmer Willie correctement.

Les yeux azur de Cassandra se plongèrent dans ceux du duc.

— Et tu ne m'as toujours pas répondu.

— Un gentleman ne peut pas évoquer ces choses-là, ma chère, tu le sais bien.

Cassandra eut un petit rire de gorge.

— Tu devrais écrire tes Mémoires, un jour.

— Et pourquoi diable ?

— Pour distraire la populace. Tu es une mine d'or, tu sais.

21

Pendant que Sinjin s'amusait au milieu des pairs du royaume, Chelsea passait son temps dans la solitude. Elle se sentait étrangement léthargique et travaillait beaucoup moins qu'à l'accoutumée aux écuries. Son père s'en réjouissait. Peut-être avait-elle enfin mûri, atteint l'âge d'être une femme, se disait-il, et cessé de jouer les garçons manqués.

En fait, Chelsea passait le plus clair de son temps à dormir. Et elle dévorait d'un appétit décuplé. Son malaise étrange devint public un matin de mai quand, inquiet de ne pas la voir au petit déjeuner, son père entra dans sa chambre et la trouva en train de vomir dans une bassine.

— J'ai dû manger quelque chose qui n'est pas passé, dit-elle plus tard, allongée dans son lit, un linge humide sur le front.

Son père se tenait au pied du lit, très raide.

— Je vais aller voir Mrs Macaulay pour qu'elle te prépare un petit déjeuner léger, dit-il doucement.

Sa fille était si jeune et si innocente dans sa chemise de nuit blanche, avec ses cheveux pâles déployés sur l'oreiller. Et c'était sa faute à lui, se dit-il, assailli par la culpabilité. Que Dieu lui pardonne, il était le seul coupable. A cause de l'insistance dont il avait fait preuve à propos de l'évêque de Hatfield, sa fille s'était compromise.

Et maintenant elle attendait un enfant. De ce libertin éhonté, Seth.

Il s'éloigna, ruminant l'amère conclusion : Sinjin St. John allait devenir son gendre.

Fergus Fergusson attendit l'après-midi pour parler à sa fille, après un déjeuner auquel elle avait rendu abondamment justice. Ils étaient assis dans la roseraie.

— Tu te sens mieux, maintenant ? s'enquit doucement le comte.

Chelsea détacha son regard des collines qui bordaient la vallée et sourit.

— Je me sens merveilleusement bien. Ne me

traite pas comme une invalide, papa, je t'assure que je suis en pleine forme.

— Mrs Macaulay me dit que tu as beaucoup dormi pendant la journée, ces dernières semaines.

— C'est l'air printanier qui me rend dolente.

— Ou quelque chose d'autre, répliqua-t-il tranquillement.

— Quoi donc ? demanda Chelsea en fronçant ingénument les sourcils.

— Crois-tu... Crois-tu que tu pourrais être enceinte ? demanda-t-il enfin.

L'estomac de Chelsea sembla avoir entendu la question, lui aussi, car elle ressentit un léger haut-le-cœur.

— Je n'y avais pas songé, dit-elle dans un murmure.

Le visage de son père rougit sous son hâle, et il regretta de devoir lui parler lui-même de ces choses féminines.

— Mrs Macaulay me dit que... hem, que... tu n'as pas eu de menstruation depuis Newmarket.

— Cela ne fait que six semaines, papa, répondit rapidement Chelsea, rouge de confusion.

Elle n'avait jamais eu de conversation de cette nature avec son père.

— Ton malaise ce matin... et ta fatigue...

— Papa, s'il te plaît ! Tu dois te tromper !

Il le fallait, songea-t-elle avec frénésie, bien que cette révélation expliquât fort bien le changement qui s'était produit en elle. Elle-même, du reste, avait été surprise de constater à quelle vitesse sa nausée matinale s'était transformée en une faim de loup.

Et après une semaine à Oakham, le risque de conception n'était certes pas négligeable. Sinjin n'avait pas toujours été prudent. Ni elle, en toute honnêteté, bien qu'il lui eût appris la fonction préservatrice des éponges grecques. Et ils n'y avaient même pas songé cette nuit-là à York, lorsqu'il était venu jusque dans sa chambre.

— Peut-être nous affolons-nous un peu vite, papa, reprit-elle. Six semaines, c'est peu.

— Nous attendrons encore quinze jours, concéda-t-il avec calme. Mais si d'ici là il n'y a eu... aucun changement... (Ses sourcils sombres se froncèrent.) Alors tu devras épouser St. John.

— Non ! s'écria-t-elle en bondissant sur ses pieds, outrée. Je refuse que l'on me négocie de cette manière. D'ailleurs, St. John ne m'épousera pas. Il est contre le mariage.

— Je sais bien. Après tout, il a déjà un héritier.

Elle arrondit les yeux.

— Il a un fils ?

— Je pensais que tu étais au courant. Il a reconnu ouvertement le garçon. Le petit a neuf ans. Cela a fait tout un scandale dans la bonne société, à l'époque.

— Qui est la mère ?

— Personne ne le sait. Mais St. John s'est fâché avec son père à cause de cette histoire et ne lui a plus jamais reparlé.

— A quoi ressemble cet enfant ?

— C'est le portrait de son père. Il vit à Kingsway avec la duchesse douairière. St. John ne veut pas qu'il aille à Eton, dit-on, parce qu'il désire protéger son fils. Il y a assez de précepteurs à Kingsway pour enseigner à une école entière.

Mais Sinjin ne vivait pas à Kingsway, se rappela Chelsea. Pourquoi ? Son père était mort, à présent, rien ne l'en empêchait ? Faisait-il venir son fils à Oakham ? L'enfant avait-il vécu dans cette maison où elle avait été si heureuse ?

— Comment s'appelle-t-il ?
— Beauclerk St. Jules.

Chelsea se rassit en poussant un petit soupir. Une autre facette de Sinjin lui était révélée, une autre explication de son refus du mariage. Il avait déjà un héritier pour sa fortune, et son frère pour le duché au cas où il mourrait.

— Papa, si... enfin, si je devais être enceinte, tu sais ce que je pense à l'idée d'épouser un parfait étranger. D'ailleurs, tu ne le convaincras pas non plus. Laisse-moi aller dans notre ferme. Je ne serais pas la seule femme à avoir un enfant en dehors des liens du mariage. Ça ne me dérange pas, papa. Ma vie est au sein de ma famille.

— Je ne veux pas que tu sois en butte au mépris du monde. Quelles que soient les circonstances, tu es ma fille et il doit t'épouser.

— Je m'y oppose, dit Chelsea d'une voix douce, mais obstinée. Ne comprends-tu pas à quel point je méprise les mariages de raison aristocratiques ? Comment peux-tu me forcer à offrir ma vie à un homme que je connais à peine, un homme qui ne veut même pas de moi ? Allons, rassure-toi, peut-être sommes-nous en train de nous faire du mauvais sang pour rien.

— Je l'espère, soupira son père sans conviction.

Deux semaines s'écoulèrent, durant lesquelles tous partageaient la même inquiétude. Et la certitude de la grossesse croissait à mesure que passaient les journées. Les malaises de Chelsea s'intensifièrent, et son état ne fit bientôt plus aucun doute.

Elle avait tenté de convaincre son père de la laisser avoir le bébé dans l'une de leurs petites propriétés retirées, mais aucun argument n'avait pu ébranler les principes masculins de l'honneur selon le comte de Dumfries. Un jour, elle avait fini par s'écrier :

— Si j'étais une vulgaire fille de ferme, l'argent suffirait à tout régler. Mais je suis la fille d'un comte, et l'honneur des Écossais exige réparation ! Que le diable emporte cet honneur ! C'est de ma vie qu'il s'agit !

— Il t'épousera. Je ne veux pas que ton enfant naisse dans la honte.

— Pense à moi, papa ! Grands dieux, quel genre d'union serait-ce ?

Les discussions se terminaient toujours de la même manière. Chelsea tenta de se rallier le soutien de Duncan et de Neil, mais ils approuvaient les stricts principes de leur père. Seul Colin la comprenait. Mais Colin était presque un enfant.

Chelsea n'était pas insensible aux charmes de Sinjin St. John, certes, mais elle ne supportait pas l'idée d'être mariée contre son gré, et ne désirait pas épouser un homme qui non seulement était hostile par principe à toute idée matrimoniale, mais, de plus, continuerait à mener la même existence débauchée de célibataire libertin.

Un matin, après l'ultimatum des deux semaines, on envoya Colin dans le Nord, chargé d'un message pour les hommes du clan des Fergusson, les avertissant que l'on avait besoin d'eux. Puis, le comte et ses deux fils aînés partirent pour Londres. Chelsea resta seule avec Mrs Macaulay et les domestiques.

— Ils sont partis, soupira-t-elle.

— Oui, mon petit, partis chercher votre fiancé.

— J'espère qu'ils le ramèneront vivant, répondit-elle avec morosité.

— Il lui restera assez de souffle pour prononcer ses vœux, mon enfant, faites confiance à votre papa. Et maintenant, dites-moi ce que vous voulez manger, vous allez avoir besoin de prendre des forces.

— Il va me détester, fit Chelsea, livide.

— Il changera d'avis quand il vous connaîtra, mon petit, répondit Mrs Macaulay d'une voix apaisante.

— Non, murmura Chelsea, impuissante. Non, rien ne le fera changer d'avis.

22

La saison battait son plein. Eu égard à leur longue amitié et à l'insistance particulière de Cassandra, Sinjin avait accepté de la seconder dans son rôle d'hôtesse à l'occasion du bal d'entrée dans le monde de sa nièce, Lavinia Wroxley. Le duc de Buchan préférait la pêche au saumon aux réceptions mondaines.

La liaison de Sinjin et de Cassandra n'était un secret pour personne dans le petit monde de la capitale, et ils avaient même la bénédiction du duc de Buchan en personne.

— Ton mari est étonnamment accommodant, observa Sinjin un soir.

— C'est surtout une question d'âge, mon cher, remarqua Cassandra en se brossant les cheveux. Un homme de soixante-dix ans n'a pas les mêmes intérêts que toi.

— Reconnais tout de même qu'il est d'une tolérance inouïe. Ou devrais-je dire d'une incroyable générosité ?

— Tu te trompes, Sinjin. Il est en réalité l'homme le plus égoïste qui soit.

— Ah... fit Sinjin, comprenant de quoi il retournait. Et quels sont ses fantasmes préférés ?

— Je ne devrais pas te le dire... fit Cassandra en souriant.

— Allons, pas de cela entre nous, ma chère. Quel prix as-tu payé pour avoir le privilège de me voir trôner à tes côtés à Buchan House ?

Elle hésita une fraction de seconde.

— Promets-moi que cela restera entre nous.

Il hocha la tête et sourit.

— La curiosité me ronge.

— Buchan a un jeune majordome, annonça-t-elle en grimpant dans le lit à côté de lui.

— Oui ?

— Et nous effectuons pour mon époux une performance particulière.

— Il vous regarde.

— Naturellement.

— D'autres que lui ?

— Sinjin !

Il soupçonnait qu'il y en avait d'autres. Il connaissait la réputation du vieux Buchan.

— Et ce jeune homme t'aime-t-il ?

— Il en donne l'impression, répondit-elle en souriant.

— Je n'ai jamais été majordome, murmura Sinjin en souriant. Te montres-tu une maîtresse exigeante pour lui ?

— Tu es un coquin, Sinjin, répondit plaisamment Cassandra.

— Je suppose que je ne suis pas assez humble.

— Mon cher et prétentieux ami, tu ignores jusqu'à la signification de ce mot.

— Dis-moi comment se comporte avec toi ce jeune majordome.

C'était la première fois qu'il la voyait rougir.

— Sinjin... protesta-t-elle.

Mais il remarqua que sa peau était plus chaude, sa voix plus rauque.

— Dis-le-moi, murmura-t-il en lui mordillant le lobe de l'oreille, et je verrai ce que je peux faire...

Le lendemain soir, Sinjin trônait en haut de l'escalier au bras de Cassandra, et Lavinia faisait son entrée dans le monde. Même le prince de Galles était là, et la soirée fut un réel succès.

Plusieurs heures plus tard, après que d'innombrables et inutiles commentaires eurent été prononcés, des milliers de danses dansées, de coupes bues et de canapés dévorés, Sinjin et Cassandra regagnèrent la chambre de cette dernière. Le soleil se levait à l'horizon.

— Charmante soirée, s'exclama Sinjin d'un ton moqueur en se jetant sur le lit.

— Le but est atteint, mon cher, remarqua Cassandra avec pertinence. Le jeune Tremaine et Georgie Cecil se sont vivement intéressés à Lavinia.

— Ainsi, tout cela fut productif, conclut placidement Sinjin. Tremaine ou Cecil seront livrés pieds et poings liés à cette petite oie blanche qu'est ta nièce, et pire, l'un ou l'autre deviendra le gendre de l'ennuyeuse et vertueuse lady Wroxley.

— Chut, Sinjin. J'ai fait mon devoir.

— Et que le diable emporte Tremaine ou Georgie.

— Bien sûr, mon chéri, s'ils sont assez...

— Sots ?

— Je cherchais un qualificatif plus tendre, assez crédules... Mais, si cela peut te soulager, tu n'as qu'à les avertir du sort qui les attend. La dot dont j'ai pourvu Lavinia lui procurera un mari quoi qu'il arrive. Si cela t'afflige tant que l'élu soit l'un de tes amis, mets-les en garde.

— Tu es vraiment unique, Cassandra, murmura Sinjin d'une voix caressante. Oublions tout cela, ajouta-t-il en souriant. Viens ici...

Le soleil était déjà haut dans le ciel lorsque Sinjin et Cassandra s'endormirent dans les bras l'un de l'autre.

Ils furent réveillés au milieu de l'après-midi par une altercation qui se déroulait sous leurs fenêtres ouvertes.

Une porte claqua. Dans la torpeur qui embrumait encore son cerveau, Sinjin reconnut quelques mots d'écossais. Mais peu après, le silence revint et il replongea dans le sommeil. Quelques instants plus tard, il s'éveilla en sursaut. Les voix étaient plus proches, cette fois, bien qu'encore assourdies. Il s'appuya sur un coude et tourna la tête vers la porte. Des bruits de pas résonnaient, déterminés, dans leur direction, et il reconnut le frottement métallique distinct d'une épée que l'on tirait de son fourreau. Plusieurs épées !

Il bondit à bas du lit et enfila à la hâte ses chausses de satin noir. A cet instant, la porte s'ouvrit avec violence.

Le comte de Dumfries, flanqué de ses deux fils aînés, tous armés d'épées et de pistolets, se dressait sur le seuil.

— Nous sommes venus vous chercher ! s'écria Fergus Fergusson.

— Pour quel motif ? demanda Sinjin d'une voix cassante.

— Vous pouvez vous habiller si vous le désirez, ou rester nu. Peu m'importe.

— Puis-je faire quelque chose ? demanda tranquillement Cassandra en se redressant sur le lit.

Elle avait reconnu Duncan. Qui pouvait être la dame ? Car il s'agissait indubitablement d'une dame...

— Préviens Seneca, répondit Sinjin en enfilant sa chemise. Et Sahar.

— Vous pouvez leur dire que St. John va retrouver sa fiancée, grogna le comte, et qu'il ne rentrera pas de sitôt.

Sinjin avait fait volte-face en entendant le mot « fiancée », et il demeura pétrifié, son gilet à demi enfilé.

— Vous êtes fou, dit-il d'une voix glaciale.

— Vous l'avez dit, St. John, cria Fergus Fergusson. Fou de rage. A présent, faites vos adieux à lady Buchan, car vous ne reviendrez pas réchauffer sa couche.

— Comme c'est pittoresque, murmura Cassandra, mais ses paroles traversèrent le silence de la pièce, et le comte fronça davantage les sourcils.

— Cela peut paraître pittoresque et suranné dans

le *beau monde* londonien, mais le mariage ne tolère pas l'infidélité chez les Fergusson, milady, aussi devrez-vous désormais trouver un autre étalon pour vous distraire.

Mariage ou non, Cassandra doutait que l'on pût ainsi juguler la propension au vice de Sinjin, mais elle garda ses observations pour elle.

— Vous dépassez les bornes, Dumfries, grinça Sinjin entre ses dents. De quel droit faites-vous irruption ici ? Quant à me marier, si vous croyez pouvoir m'y forcer...

— Vous vous marierez, comptez sur moi, menaça le comte, son pistolet fermement braqué sur la poitrine de Sinjin. Ligotez-le, ordonna-t-il à ses fils.

— Bon Dieu, tout cela est médiéval ! s'écria Sinjin tandis que Duncan et Neil s'approchaient.

Mais il se demandait ce qu'ils savaient exactement. Chelsea avait-elle tout avoué ?

— Peut-être, répondit sèchement Duncan, mais c'est ma sœur.

Et face à cette irrévocable affirmation, peu importait la culpabilité ou le blâme. L'honneur de la famille exigeait que justice fût rendue. Neil tira une corde de sa ceinture.

Mais Sinjin n'allait pas se laisser faire comme l'agneau que l'on mène à l'abattoir. Il assena un coup de poing dans le visage surpris de Neil, repoussa Duncan avec une force décuplée par la fureur et se précipita vers la fenêtre ouverte.

Une balle le rata de peu et Sinjin avait une jambe sur le rebord de la fenêtre lorsque la voix du comte lui parvint :

— La prochaine est pour votre maîtresse.

Il hésita l'espace d'une fraction de seconde, puis se retourna.

— Vous ne protégez que les femmes de votre famille, à ce que je vois, constata-t-il avec sarcasme.

— Disons que j'obéis à certaines priorités. Votre présence à l'autel l'emporte en ce moment sur la bonne santé de la duchesse de Buchan.

— La galanterie a un prix, apparemment.

— Peut-être n'en étiez-vous pas conscient lorsque vous avez fait le beau avec ma fille.

Sa fille ! Qui diantre était cette fille ? Tout danger étant écarté pour sa personne, l'esprit de Cassandra recommençait à fonctionner à toute allure. Pourquoi n'avait-elle jamais entendu parler de la fille du comte de Dumfries ? Sinjin avait vraiment le chic pour découvrir de jolies petites demoiselles que nul n'avait jamais vues. Pourtant, elle le plaignait plutôt en l'occurrence, car le comte n'avait nullement l'air de plaisanter.

— Votre fille n'a jamais mentionné ce prix particulier, déclara Sinjin avec insolence.

— Nous aurons le temps d'en discuter pendant notre voyage vers le nord du pays.

— Vous croyez réellement que vous allez vous en sortir de la sorte ?

— Je le peux. Regardez par la fenêtre, vous ne seriez pas allé bien loin.

Sinjin jeta un coup d'œil dehors. Une armée d'Écossais vêtus du kilt bleu et vert du clan des Fergusson, armes en main, entouraient l'entrée du jardin et en gardaient la grille.

— Vous n'auriez donc pas tiré sur Cassandra.

— Probablement pas. Mais ne commettez pas l'erreur de croire que ma courtoisie s'étend à vous, car je n'hésiterai pas à faire feu. En fait, je me retiens difficilement.

— Mais alors, votre fille serait privée du mari que vous poursuivez avec tant d'assiduité, remarqua nonchalamment Sinjin.

— Qui a dit que je vous tuerais ?

Sinjin était fait. Nulle issue n'était possible.

— Votre fille se repentira peut-être de votre décision, dit-il tranquillement. Avez-vous songé à cela ?

— Cette pensée m'habite, répondit brusquement Fergusson. A présent, en route.

23

Cassandra envoya chercher Seneca dès que l'arrière-garde écossaise eut quitté la maison, mais les Fergusson avaient emmené Sinjin plusieurs heures auparavant, ce qui leur conférait une confortable avance. Elle conduisit l'Indien dans la bibliothèque.

— Ce sont les Dumfries qui l'ont enlevé ? En êtes-vous certaine ?

— Absolument, je connais Duncan.

Cassandra arpentait la pièce avec agitation, tel un animal en cage.

— Et vous pensez qu'ils vont vers le nord ? demanda succinctement Seneca, allant droit au but comme à son habitude.

— C'est ce qu'ils ont dit, je pense qu'ils faisaient allusion à leur propriété dans l'Ayrshire.

— Une troupe aussi importante attire l'attention, il devrait être facile de les suivre.

— Ils sont partis depuis plus de six heures...

— Nous nous mettrons en route immédiatement. Sahar est en train de préparer les chevaux et les hommes.

— Il vous faudra plus que quelques valets contre l'armée des hommes du clan. Dumfries a la ferme intention de marier Sinjin à sa fille. Et vite.

— J'emmène les Bédouins, répondit tranquillement Seneca, et ce seul mot suffit à rassurer Cassandra. D'ailleurs, peut-être la cérémonie n'aura-t-elle pas lieu dès leur arrivée là-bas.

— Si vous emmenez ces coupe-jarrets en burnous, Sinjin n'a plus rien à redouter, mais je crains que vous ne puissiez les rejoindre à temps. Dumfries s'est ménagé six heures d'avance et je suppose qu'il vous attend de pied ferme. La cérémonie sera probablement expéditive.

Seneca haussa les épaules.

— Eh bien, il pourra toujours divorcer.

— Si la fille du comte est une jeune pucelle vertueuse, les tribunaux et le Parlement ne voudront pas en entendre parler. Sinjin n'aura jamais gain de cause si elle est pure. Vous savez bien comment cela se passe.

Elle poussa un soupir, frustrée de se voir ainsi privée de Sinjin.

— Notre ami a commis une erreur en se compromettant avec cette fille, dit-elle.

— J'en étais sûr, gronda Seneca. Je l'avais mis en garde...

Cassandra s'arrêta soudain.

— Est-elle donc si belle ?

Seneca hésita, ayant remarqué la vague jalousie qui ponctuait l'interrogation.

— Elle est différente, répondit-il gentiment.
— Il faut qu'elle le soit, pour arriver à mettre Sinjin à genoux.
— Elle aime les chevaux.
— Que diable est-ce censé signifier ? s'écria Cassandra en fronçant les sourcils. Êtes-vous en train de me parler de quelque dépravation ?

Seneca secoua la tête en souriant imperceptiblement.

— J'en serais fort surpris. Je me contente de répéter ce que m'a dit Sinjin. Mais vous n'aurez qu'à l'interroger vous-même.
— Je le ferai, croyez-moi, lorsqu'il reviendra en ville avec sa femme.

Seneca et Sahar se mirent en route immédiatement avec leurs hommes. C'étaient des Barbares, des guerriers des tribus du désert, ils étaient entraînés depuis le berceau aux deux seules activités jugées dignes d'un homme : les chevaux et le combat.

Le système de clan des Écossais, théoriquement brisé quarante années plus tôt après Culloden, préservait encore dans toute leur puissance les liens des obligations familiales. Le comte de Dumfries avait pour lui les hommes du clan dont il était le chef, qui constituaient une formidable armée.

Il était en effet facile de suivre une troupe aussi imposante. Les Écossais chevauchaient vite, peu soucieux de cacher leurs traces. Ils ne s'arrêtèrent pas pour se restaurer ou se reposer, uniquement pour changer les chevaux aux relais. Seneca et Sahar, de leur côté, chevauchaient des barbes de l'écurie de Sinjin, réputés pour leur endurance et leur vitesse. C'étaient les chevaux les plus rapides du monde, capables de galoper des jours durant sans s'épuiser[1].

Pendant ce temps, encadré par les Fergusson, les poignets liés devant lui, Sinjin continuait à avancer vers le nord, l'esprit obnubilé par l'idée de la fuite. Il ne se laisserait pas passer la bague au doigt sans combattre.

Il restait alerte, guettant l'occasion propice. Vers le soir, ils atteignirent un petit pont trop étroit pour y passer à plus de deux de front. La route était bordée par un bosquet. Son heure était venue. Trois paires de cavaliers le précédèrent. Escorté d'un membre du clan, il s'engagea à son tour sur le pont. Au moment où ils atteignaient l'autre rive, il talonna sa monture et s'enfuit, courbant la tête et chargeant vers le bois.

— Arrêtez-le! cria le comte de Dumfries, encore sur la rive opposée.

Des branches lui giflaient le visage, mais Sinjin galopait sans relâche vers la liberté. Il entendit des coups de feu, mais, à cette allure, ses poursuivants ne pouvaient guère viser. Le bosquet céda la place à une vaste plaine dégagée. Sinjin examina rapidement le paysage. A sa gauche, la rivière. A droite, la flèche d'une église. Il fonça vers le village. S'il pouvait l'atteindre avant ses poursuivants, il trouverait asile dans l'église ou dans quelque taverne.

---

1. Pour les Arabes du Sahara, un cheval est parfait s'il peut porter un homme, ses armes, des affaires de rechange, des vivres pour tous les deux, et un drapeau, même en cas de vent violent; s'il peut traîner un cadavre et galoper toute une journée sans avoir besoin de boire ni de manger. (N.d.A.)

Les autres le poursuivaient en criant et, lorsqu'il émergea du bosquet, ils recommencèrent à tirer tandis qu'il galopait de plus belle.

Plus vite, plus vite...

Bientôt. Encore deux cents mètres...

Il ressentit une brûlure fulgurante à l'épaule, entendit un cri inhumain qui, semblait-il, sortait de sa gorge, et fut renversé de sa selle.

Ces hommes étaient des tireurs d'élite, eut-il le courage de se dire avec humour. Une blessure à l'épaule n'était pas fatale. Et Chelsea Amity Fergusson ne serait pas privée de mari.

Ils portèrent son corps sanglant chez l'apothicaire du village.

— Accident de chasse, commenta brièvement le comte pour couper court à toute question. J'aimerais que vous nettoyiez cette plaie et bandiez cet homme. Bien serré. Nous avons encore de la route.

L'apothicaire s'affaira sur Sinjin, heureux que son patient fût inconscient car l'extraction de la balle était laborieuse.

— Il lui faudrait une bonne nuit de sommeil, déclara-t-il prudemment. La blessure pourrait s'infecter.

— Il se reposera demain, répliqua le comte. Réveillez-le.

Et quand on plaça l'esprit de corne de cerf sous les narines de Sinjin, il émergea en sursautant de sa bienheureuse inconscience.

La chevauchée de nuit fut presque intolérable ; le galop rapide lui causait une torture qui, Sinjin en était certain, réjouissait le comte. Il serra les dents, reconnaissant à l'apothicaire pour la dose de laudanum qu'il lui avait administrée et qui l'empêchait de succomber entièrement.

Sinjin n'avait jamais été un homme assoiffé de vengeance mais, pendant cet interminable trajet vers le nord, il s'étonna de constater qu'il était capable de haïr un individu avec une telle violence.

Regrettable détail, l'homme en question était son futur beau-père.

Ils arrivèrent à Holybow, dans l'Ayrshire, le lendemain en fin d'après-midi. Sans cérémonie, Sinjin fut emmené dans une chambre du premier étage, où l'attendaient un repas, un bain chaud et des vêtements propres.

Lorsqu'il fut lavé, pansé et habillé, Neil entra dans la chambre, le visage encore meurtri par le coup de poing, et lui annonça :

— Vous avez cinq minutes avec ma sœur pour régler les choses entre vous.

La porte se referma et le bruit de la clef dans la serrure lui rappela qu'il était captif. Il attendit l'acte suivant du drame qui bousculait sa vie. La colère et le dégoût étaient maîtres de son cerveau. Pour un homme du rang de Sinjin, un tel traitement était inconcevable. Même devant son père, il n'avait pas cédé.

Et à présent, il se retrouvait prisonnier. Pis, on allait le marier de force.

Tout cela à cause d'une maudite Écossaise aux cheveux blonds.

24

Sinjin était debout au milieu de la pièce, les poings serrés, en proie à une rage violente et incoercible. Le comte lui avait annoncé sèchement que Chelsea était enceinte et, passé le choc de la surprise, sa colère avait repris le dessus.

Elle entra dans la chambre, très pâle dans son tartan bleu et vert jeté sur ses épaules. L'espace d'un instant, il éprouva un pincement de compassion pour elle, tant était tragique son expression. Mais le bruit de la clef dans la serrure ranima sa colère.

— Petite garce, grogna-t-il. C'était cela que vous vouliez depuis le début, n'est-ce pas ? Les cinquante mille livres ne vous ont pas suffi, il vous fallait aussi mon titre.

Deux touches de couleur rosirent les joues de Chelsea sous ces paroles brutales et, si sa détresse n'avait pas été si profonde, elle se serait défendue avec fougue. Mais elle était prisonnière, comme lui.

— Je suis désolée pour tout ce qui s'est passé. Pour votre épaule et... la rage de mon père. Contrairement à ce que vous croyez, tout cela se produit contre mon gré. Je comprends votre colère, je suis moi-même offensée par les méthodes de mon père, mais vous ne pouvez nier votre rôle... du moins, votre responsabilité partielle. C'est aussi votre enfant.

— Peut-être, dit-il d'une voix douce mais menaçante. Si mes souvenirs sont bons, les éponges que je vous ai données à Oakham ont bien été utilisées.

— Cela a pu se produire avant ou après Oakham. Bien qu'en fait, ajouta-t-elle avec sarcasme, si *mes* souvenirs sont bons, en de nombreuses occasions à Oakham, vous étiez trop impatient pour me laisser le temps de les employer.

— Vous avez fort bien pu coucher avec un autre, déclara-t-il sans ambages. De quel droit me choisissez-vous pour être le père de votre enfant ?

— Votre rang ne vous dispense pas d'assumer vos actes, répliqua-t-elle d'une voix blanche, ses yeux violets assombris par le ressentiment. C'est peut-être une notion que vous ignorez.

Elle poussa un soupir.

— Écoutez, poursuivit-elle avec calme. Je ne discute pas de qui est responsable. J'endosse pleinement mon rôle dans la conception de cet enfant. Et si je n'étais, comme vous, soumise à la force par mon père et mes frères, je me cacherais quelque part en attendant la naissance de notre bébé. Sans rien exiger de vous, sans même vous avoir averti de l'événement. Je continue à ne rien vouloir de vous, mais ma famille ne l'entend pas de cette oreille et je suis hélas impuissante pour m'opposer à eux.

Elle releva imperceptiblement le menton et le considéra d'un œil légèrement critique qu'il ne lui connaissait pas.

— Mais certains hommes assument pleinement leur paternité... vous êtes sûrement au courant, dans le monde que vous fréquentez.

— Comme Devonshire, vous voulez dire, qui garde femme et maîtresse sous le même toit. Ou nos illustres ducs royaux qui ont des enfants de plusieurs femmes mais n'en épousent aucune. N'oubliez pas que je suis duc de Seth, je n'ai pas à répondre de ce genre de responsabilités.

Il avait raison, bien sûr. Lasse de semaines de vai-

nes discussions avec son père, Chelsea murmura :
— Si je le pouvais, je m'enfuirais. Je ne veux pas plus de vous pour époux que vous ne voulez de moi pour femme.

Elle n'avait jamais voulu d'un mari. C'était précisément pour échapper au mariage qu'elle s'était mise dans cette atroce situation. Elle s'assit soudain sur une chaise, prise d'un vertige.

Sinjin ne bougea pas, soupçonneux, connaissant les artifices féminins. Le tartan de Chelsea traînait par terre, symbolique pour lui d'un monde qui vivait encore sous le joug de coutumes médiévales. Cependant, devant sa pâleur croissante, il s'apprêtait à lui demander si elle avait besoin d'aide lorsqu'elle réclama d'une voix tremblante :

— La cuvette.

Elle porta les mains à la bouche. Il bondit, attrapa la cuvette sur la coiffeuse et glissa le bol de porcelaine sous son menton juste à temps. Elle semblait si mal en point qu'il en oublia presque son amertume.

— Êtes-vous souvent malade ? demanda-t-il en lui tendant son mouchoir.

Elle hocha la tête, encore sous l'empire de la nausée. Sinjin s'accroupit, lui essuya doucement les yeux et la bouche, puis se rassit sur les talons et la regarda. Elle frissonna.

— Avez-vous froid ?

Elle fit signe que non, alors qu'un nouveau spasme secouait son corps.

— Pauvre petite chose, murmura-t-il.

Il se leva, alla prendre le couvre-pied et l'enveloppa autour d'elle. Il lui sourit alors, pour la première fois.

— Devrai-je jouer les infirmières, à partir d'aujourd'hui ?

— Nous ne serons pas ensemble.

Il fronça les sourcils, surpris.

— Ils vous emmènent plus au nord, dans un pavillon de pêche.

— Pourquoi ?

— Ils craignent que vous ne me fassiez du mal...

Un éclair de rage traversa son regard, mais il recouvra son calme et demanda :

— Pendant combien de temps ?

— Jusqu'à la naissance du bébé.

— Impossible ! explosa-t-il en se relevant d'un bond.

Il marcha jusqu'à la fenêtre, en proie à une fureur meurtrière. Six mois ! calcula-t-il rapidement. Non, sept mois ! Est-ce que ces brigands d'Écossais se rendaient seulement compte qu'ils vivaient au dix-huitième siècle ? Il fit volte-face et demanda sèchement :

— Et si je refuse ?

— Vous n'avez pas le choix. Papa a fait venir d'autres membres du clan, une trentaine, je crois, pour vous dissuader de toute velléité d'évasion.

— J'aurais voulu ne jamais vous connaître, lâcha Sinjin d'une voix glaciale et impitoyable.

Elle se sentit rapetissée sous sa haine sauvage et n'eut pas la force d'y répondre.

— Moi aussi, murmura-t-elle, les yeux cernés par la fatigue.

Et elle ajouta avec ferveur :

— Comme c'est commode, pour les hommes, de pouvoir simplement fuir ce qui les embarrasse.

— Comme c'est commode, pour les femmes, de pouvoir si aisément nous piéger.

Quelques minutes plus tard, le comte de Dumfries leur demanda s'il devait les enchaîner ou non pour la cérémonie.

— A quoi bon faire semblant, père, alors que je suis contrainte d'obéir, comme du bétail ? dit Chelsea d'une voix sans timbre.

Mais la patience du comte l'avait déserté deux semaines plus tôt. Son entêtée de fille ne mettrait pas au monde un bâtard, quoi qu'elle en dise. Il était le châtelain, et on lui obéirait comme on avait toujours obéi aux Fergusson.

Peu après, le prêtre de la famille arriva et la cérémonie commença, avec cinquante membres du clan des Fergusson comme témoins.

Vêtu d'un costume emprunté à sa future belle-famille, Sinjin, très raide, laissait les paroles du prêtre couler sur lui comme de l'eau sur les ailes d'un canard. Il ne se penchait pas souvent sur l'importance de son rang et de son nom, mais il fut soudain frappé d'une certaine solennité malgré les circonstances qui présidaient à son mariage. La prochaine duchesse de Seth se tenait à côté de lui, une nouvelle épouse St. John dans la longue lignée qui remontait aux premières baronnies Normandie. Des St. John étaient venus en Angleterre avec Guillaume le Conquérant. Ils avaient soutenu leur roi à travers les siècles. Son enfant, un garçon, peut-être, hériterait de son titre.

Il jeta un coup d'œil vers la jeune mariée, ficelée comme un poulet, et éprouva, pour la première fois, l'irrésistible envie de pouffer de rire. Quelles que puissent être leurs différences, et elles étaient nombreuses, quelles que puissent être les iniquités de ce mariage forcé, la fille du comte de Dumfries n'allait certainement pas apporter un sang docile dans la famille de Seth.

Elle dut sentir son regard sur elle, car elle leva les yeux à cet instant et, voyant le sourire qu'il réprimait, elle fronça les sourcils.

— Puis-je savoir ce que cette situation a de si comique ? siffla-t-elle avec indignation.

— Je trouve les voies du Seigneur rustiques, ma chère duchesse.

— Je ne suis pas votre satanée duchesse. Pas encore, chuchota-t-elle, ignorant les froncement de sourcils de son père et du prêtre.

— Lady Chelsea Amity Fergusson de Dumfries, déclara ce dernier, acceptez-vous de prendre pour époux Sinjin St. John, duc de Seth, marquis de Fowler, comte de Barton, vicomte de Carvernon, devant Dieu et devant la loi ?

— Non, répondit-elle.

— Elle veut dire oui, interrompit son père. Continuez.

Le prêtre scruta précautionneusement les visages, mais il n'avait guère le choix.

— Sinjin St. John, duc de Seth, acceptez-vous de prendre pour épouse Chelsea Amity Fergusson, devant Dieu et devant la loi ?

Sinjin regarda le mince visage de Chelsea, puis l'armée de guerriers qui les encadraient, et répondit d'une voix claire :

— Oui.

Il retira maladroitement sa chevalière avec sa main gauche, grimaçant sous la douleur que lui causait son épaule blessée, et glissa la large bague à l'annulaire de Chelsea, avant de refermer doucement le poing de la jeune femme sur le bijou qui avait été celui de ses aïeux. C'était le don du roi Richard à l'un de ses ancêtres St. John lors de son retour de Terre sainte.

— *Vous le portez en vous*, ma duchesse, murmura Sinjin en songeant sans ironie que la devise des St. John était particulièrement appropriée en la circonstance.

Il était marié.

C'est fini, se dit Chelsea. La chevalière de Sinjin était au creux de sa main, comme l'enfant qui grandissait en son sein.

Elle était mariée.

Comme dans tous les arrangements nuptiaux, aucun des jeunes époux ne fut consulté. Immédiatement après la courte cérémonie, on fit entrer Sinjin dans une voiture fermée en compagnie de deux hommes aux couleurs des Fergusson. Son voyage vers le nord commença.

On délia Chelsea, qui fut raccompagnée jusqu'à sa chambre et enfermée.

Leur nuit de noces fut sans sommeil pour l'un comme pour l'autre.

Tous deux étaient en train de préparer leur fuite.

25

Chelsea avait été laissée sous la surveillance de deux gardiens à Holybow, tandis que le reste des Écossais, ainsi que le comte et ses fils, avaient accompagné Sinjin plus au nord.

Les écuries étaient quasiment désertes, et seules quelques fenêtres de la maison étaient éclairées lorsque Seneca arriva avec ses hommes. Il s'étonna de trouver la jeune mariée seule et sous surveillance. Apparemment, conclut-il, le dissentiment régnait dans la famille. Il dut attendre que les domestiques soient couchés, et reconnaître la routine des patrouilles de la sentinelle, avant d'intervenir.

Chelsea n'entendit pas les trois hommes entrer silencieusement par la fenêtre. Son choc initial fit place immédiatement au soulagement quand elle reconnut Seneca.

— Je sais où ils l'ont emmené, chuchota-t-elle.
— Où ?
— Je vais vous montrer le chemin.
— Non, dites-le-moi. Vous nous ralentiriez. Mes hommes n'ont pas l'habitude de chevaucher avec une femme, rectifia-t-il en se souvenant des exploits de Chelsea aux côtés de Fordham.
— Eh bien, il y a un commencement à tout, déclara-t-elle doucement avec un petit sourire. Vous ignorez où est Sinjin, moi je le sais. Et je ne vous dirai rien tant que vous ne m'aurez pas enlevée d'ici.

Seneca hésita une fraction de seconde. La jeune femme semblait déterminée.

— Sinjin vous a-t-il épousée ? demanda-t-il.
— Oui.
— De son plein gré ?
— Bien sûr que non.
— Et vous ?

La question était d'une impolitesse totale, mais essentielle.

— J'étais ligotée pendant la cérémonie.

C'était clair. Devait-il l'emmener ?

— Les gardes sont donc là pour vous tenir prisonnière.

— Et vous, pour les en empêcher, répliqua-t-elle avec aplomb.

Devant son sourire, Seneca comprit comment elle avait pu éblouir un homme aussi blasé que Sinjin.

— Habillez-vous en conséquence, dit-il. Les haltes seront rares.

— Accordez-moi cinq minutes, répondit Chelsea en repoussant vivement les couvertures, sans fausse pudeur pour sa simple chemise de nuit.

Elle se dirigea vers la petite pièce attenante à sa chambre.

— Mon boudoir n'a pas d'autre issue, ajouta-t-elle, et je vous garantis que je n'ai aucune envie de mettre fin à mes jours.

Seneca réprima un sourire. La nouvelle duchesse de Seth allait en faire voir de toutes les couleurs à Sinjin, sans aucun doute. Pour la première fois depuis l'enlèvement de son ami, il se détendit imperceptiblement. Il ignorait quels étaient les projets du comte de Dumfries, mais, au moins, sa fille ne les partageait pas. C'était une jeune femme indépendante et volontaire, ce qui la différenciait agréablement de toutes les beautés superficielles et mondaines que fréquentait habituellement Sinjin.

Quelques minutes plus tard, Chelsea reparaissait, bottée et vêtue pour une longue chevauchée, une petite sacoche de cuir en bandoulière.

— Je ne reviendrai pas ici, expliqua-t-elle, et si Sinjin ne veut pas de sa femme à ses côtés, ce que je pressens, ajouta-t-elle en souriant, eh bien, j'aurai au moins de quoi survivre...

Seneca doutait que le duc de Seth eût l'intention d'abandonner son épouse dans la misère, mais compte tenu des circonstances pour le moins étranges de cette union, il préférait réserver son jugement tant qu'il n'aurait pas parlé avec son ami. Après tout...

Chelsea les conduisit vers l'escalier de service qui donnait sur la terrasse, puis ils traversèrent le jardin potager et arrivèrent à l'écurie. Seneca et ses hommes la menèrent ensuite jusqu'à leurs vigoureux barbes. Sans un mot, ils galopèrent vers la route.

Chelsea les suivait sans effort, le galop était pour elle une allure familière. De temps à autre, elle touchait sa sacoche de cuir, heureuse d'avoir conservé mille livres sur l'argent de Sinjin en cas d'urgence. Or c'était bel et bien un cas d'urgence. Pour elle et son bébé. Pour la première fois, elle pensait à son enfant avec plaisir.

Elle avait retrouvé son indépendance. Du moins, elle l'aurait retrouvée lorsqu'ils auraient délivré Sinjin et qu'il serait retourné à Londres. Ni l'un ni l'autre ne voulait de ce mariage, toute cette histoire était absurde. Sinjin s'accommoderait sans doute qu'elle ne vive pas sous le même toit que lui et, puisqu'il avait déjà un fils, il ne devait guère se soucier de l'enfant qu'elle portait.

Je t'apprendrai à monter, promit-elle silencieusement. *Et tu m'apprendras tout sur les bébés*, se dit-elle avec un sourire. Elle trouverait un petit cottage dans les environs de Newmarket, car elle avait la ferme intention de continuer à faire ce qu'elle aimait plus que tout au monde, élever des chevaux de course.

26

Deux jours plus tard, ils atteignaient la côte désolée de Rattray Head. Ils se cachèrent dans la cahute déserte d'un petit fermier, sur cette corniche isolée de la mer du Nord. Seneca et Sahar partirent en reconnaissance vers la prison de Sinjin.

Sur une colline traversée par la rivière Dean, se dressait une petite maison construite en pierre du pays dont le toit en ardoise luisait, poli par un siècle d'intempéries. L'endroit était solitaire et austère.

Ils étaient arrivés peu de temps auparavant, constata Seneca, car les provisions étaient encore empilées dans les écuries construites sous le vent de la colline. Les éclaireurs de Seneca restèrent à faire le guet en permanence, surveillant les activités, détaillant les rondes des gardiens, cherchant des preuves de l'endroit où était reclus Sinjin.

Le comte vint voir son prisonnier au petit matin, comme tous les jours depuis leur arrivée, avec le contrat de mariage rédigé par son avoué. Chacun des quatre précédents matins, il avait ordonné : « Signez ceci », et quatre fois, Sinjin avait refusé. L'hostilité était à peine cachée entre les deux hommes.

— Si vous ne signez pas, déclara sèchement Fergus Fergusson, je vous laisserai pourrir sur cette plage désolée, je vous en donne ma parole.

— Eh bien, je pourrirai, car votre famille n'obtiendra pas un penny de plus qu'il n'est prescrit par la loi. Je vous en donne *ma* parole, Fergusson !

Sinjin était ligoté sur une chaise, car, la veille, il s'était jeté à la gorge de son beau-père.

— Et votre fille a intérêt à ce que son enfant me ressemble, sinon vous n'aurez même pas droit à cela.

Le comte frappa Sinjin au visage de toute sa force.

— Attention à ce que vous dites sur ma fille, gronda-t-il, sans quoi elle risque de ne pas vous reconnaître lorsqu'elle vous reverra.

— Espérons que ce ne sera pas de sitôt, dit doucement Sinjin. Je ne crois pas que je pourrai me le permettre. Elle m'a déjà coûté quatre-vingt mille livres pour couvrir vos dettes, ajouta-t-il avec insolence en suçant le sang qui coulait de sa lèvre fendue.

— Vous mentez, grogna le comte. Elle a gagné cet argent aux courses d'York.

— Elle l'a gagné dans mon pavillon de chasse d'Oakham, comme cela se pratique...

Dans les conditions où il se trouvait, son honneur de gentilhomme n'existait plus. Et si Fergusson avait l'intention de le faire signer sous la contrainte, il valait mieux qu'il soit au courant de la « coopération » de sa fille en ce qui concernait sa grossesse.

— Pour satisfaire vos créanciers, si je ne m'abuse... ajouta-t-il d'un ton coupant.

Sa blessure à l'épaule lui faisait plus mal que les jours précédents, et les élancements s'étendaient jusqu'à sa main. Ses poignets étaient presque en sang sous les cordes, et il se moquait bien que le comte s'étranglât à la nouvelle qu'il venait d'apprendre.

Dumfries avança lentement vers Sinjin, une fureur meurtrière dans les yeux. Mais il ne le frappa pas. Il pencha légèrement la tête en avant jusqu'à ce que son visage soit tout près de celui de son prisonnier, puis il le saisit délibérément par les épaules et chuchota d'une voix à peine audible :

— Si vous dites la vérité, c'est *vous* qui êtes coupable d'avoir séduit ma fille, et si vous mentez, alors je vous rouerai de coups comme un malpropre pour avoir sali son nom. Je vous déteste d'avoir engendré un enfant dans le corps de ma fille, et vous me le paierez, St. John. Avec ce contrat, avec votre peau, avec votre tranquillité d'esprit.

Pâlissant sous la poigne du comte, Sinjin serra les dents, refusant de lui faire le plaisir de s'évanouir. Les yeux rivés à ceux du duc, il proféra d'une voix faible :

— Allez au diable !

Le comte resserra son étreinte. Un bourdonnement retentit dans les oreilles de Sinjin, et sa vision fut troublée. Seuls ses nerfs d'acier lui permirent de ne pas sombrer dans l'inconscience. Des gouttes de transpiration perlèrent sur sa lèvre supérieure. Un sourire sinistre se dessina sur son visage, tandis que ses doigts se crispaient.

— Ne pourrions-nous pas laisser tous ces détails à nos avoués ? murmura-t-il. J'ai du mal à me concentrer...

— Tout est un jeu, avec vous, n'est-ce pas ? gronda le comte. Y compris la séduction de ma fille.

Rendu fou par le désastre qui s'abattait sur sa

famille et par l'insolence éhontée de son gendre, même dans ces circonstances, il eut soudain l'envie incontrôlable de tuer le dévergondé qui avait détruit l'honneur de sa petite Chelsea.

Il pourrait l'écraser, exprimer son dernier souffle hors de lui, débarrasser le monde de ses innombrables corruptions. Il accentua la pression de ses doigts et un sentiment de plaisir inonda le cerveau du comte tandis que la douleur de Sinjin s'intensifiait.

Aucun bruit ne brisait le silence, hormis le râle de Sinjin.

— Que Dieu me vienne en aide ! s'écria Fergusson en relâchant brusquement les épaules de Sinjin. Je ne peux pas...

Il se redressa, furieux. Il était incapable de tuer un homme qui avait les mains liées.

Il s'écoula un moment avant que le cerveau de Sinjin ne réagisse, et un autre avant que le message de survie ne soit enregistré par ses centres nerveux. Il desserra les dents, les doigts, et réussit à inspirer assez d'air pour dire avec une insolence exaltée :

— Si c'est un jeu, Fergusson, quand viendra mon tour de jouer ?

— Peut-être après la naissance de votre enfant, rétorqua sèchement le comte. Et vous me direz quelles seront vos armes.

— Pourquoi un tel accès de galanterie, Dumfries ? Pourquoi ne pas me fouetter jusqu'à ce que mort s'ensuive ? Au point où nous en sommes...

La voix de Sinjin était affaiblie, malgré sa colère.

En vérité, le comte était extrêmement perturbé par les révélations de Sinjin. Il se trouvait obligé d'envisager la culpabilité de Chelsea. Et la sienne, si cette histoire d'argent était également vraie. Son esprit refusait d'ordonner le chaos qui s'était emparé de ses pensées.

— Ne me poussez pas à bout, St. John, fit-il avant de quitter brusquement la pièce.

Il aurait certaines questions à poser à sa fille.

Le comte et ses fils repartirent le matin du quatrième jour et, lorsque Seneca apprit la nouvelle, il s'écria :
— Enfin !

Il n'avait pas voulu affronter la famille de Chelsea en la présence de la jeune femme, et avait espéré qu'ils regagneraient rapidement leur propriété. Ces quatre journées d'attente avaient été interminables.

27

Une troupe de troubadours ambulants avançait lentement à travers le paysage gris et rocailleux, accompagnée par les cris des mouettes. Des bannières de couleurs vives étaient nouées autour de la voiture fermée, tirée par deux magnifiques bais. Quatre cavaliers au visage sombre, enveloppés d'amples capes noires, suivaient la charrette.

Le cocher était lui aussi exotique, dans un autre registre, avec son costume de cuir frangé, des plumes dans ses cheveux et des perles autour du cou. A côté de lui, se tenait un cinquième homme vêtu d'une cape noire, qui jouait d'une flûte étrange sculptée dans l'ivoire; les notes aiguës s'égrenaient dans la brise humide de la mer du Nord.

Lorsqu'ils approchèrent de la maison de granit gris, des Écossais en armes apparurent, et les membres de la troupe notèrent mentalement leurs positions.

Un grand homme aux cheveux sombres, qu'ils avaient déjà reconnu comme l'un des chefs du clan, les arrêta à une centaine de mètres de la grille. Flanqué de deux lieutenants, il considéra silencieusement l'étrange caravane pendant quelques instants avant de dire:

— Que désirez-vous?

— Nous voyageons à travers la haute Écosse pour distraire le bon peuple, monseigneur, répondit Seneca en portant un doigt courtois à sa tête coiffée de plumes.

— En faisant quoi? demanda l'Écossais, d'une voix moins bourrue depuis qu'on l'avait promu « monseigneur ».

— Nous présentons les spectacles exceptionnels du pacha du Maghreb, Excellence. Acrobates et jongleurs, charmeurs de serpents, exploits de cavaliers, pour vous stupéfier et vous ravir...

L'homme hésita, mais le devoir prévalait.

— Je regrette, nous n'avons pas le temps pour de tels divertissements.

— Nous possédons les liqueurs parfumées des fruits du Sahara, Votre Grâce, qui apportent le paradis à l'esprit et au corps de qui goûte leur nectar.

Les lieutenants manifestèrent un intérêt immédiat, et l'un d'eux se tourna avec excitation vers son supérieur.

— J'ai entendu parler de cette fameuse liqueur,

Dougal. Par McTavish. Il a connu un homme qui revenait de ce pays. Il paraît que c'est encore meilleur que notre whisky écossais.

— Nous ne sommes pas ici pour nous amuser, lui rappela son supérieur sans grande conviction.

— Nous avons aussi un trésor venu tout droit du harem du pacha, intervint rapidement Seneca. La ravissante Leila a dansé pour Son Altesse en personne... et en privé, ajouta-t-il dans un murmure sans équivoque.

— Où est-elle ?

— La sublime Leila se repose dans la charrette, monseigneur, car elle a captivé son auditoire jusqu'à épuisement la nuit dernière à Peterhead.

— Qu'on la voie.

— Elle ne danse qu'au clair de lune, Excellence, protesta Seneca, et se repose pendant la journée afin de préserver... (il marqua une pause chargée d'insinuations)... l'énergie nécessaire pour ses nuits.

Une promesse pareille ne pouvait que briser le sens du devoir le plus strict et l'Écossais, après avoir jeté un coup d'œil à ses deux compagnons, dont les yeux brillaient d'anticipation, déclara en indiquant le pré devant l'écurie :

— Vous pouvez vous installer là. Mais pour votre bien, j'espère que votre danseuse sera disponible au coucher du soleil, sinon je vous chasse.

— Vous ne serez pas déçu, Votre Grâce. La princesse Leila danse comme Bethsabée elle-même.

Merci beaucoup, songea Chelsea avec nervosité à l'intérieur du fourgon, consciente, hélas ! de ses capacités fort restreintes en termes de danse du ventre. Et les musulmans de la troupe qui lui avaient enseigné quelques rudiments sommaires étaient presque aussi ignorants qu'elle.

Les hommes passèrent la journée à préparer un semblant de scène pour leur représentation. Leur tâche requérant une grande variété de matériaux, la construction leur offrit une chance inespérée d'observer de près la maison et ses environs. A la fin de l'après-midi, leur plan quasiment au point, Seneca et les Bédouins s'autorisèrent à se détendre. Guerriers de profession, ils envisageaient l'intervention à venir avec une froide assurance. Seule Chelsea était en proie à la panique.

La veille, Seneca était allé à Peterhead acheter des matériaux pour le costume de la princesse Leila : de nombreux foulards de soie seraient attachés à sa chemise comme autant de pétales de fleur. Son visage serait dissimulé par un voile attaché sous ses yeux. Elle passa la journée à confectionner son déguisement. Heureusement, il ferait nuit, car un examen attentif aurait eu raison de ses talents limités.

L'humeur des hommes de Sinjin se modifia subitement lorsque l'un des gardiens, qui revenait de son tour de garde chez Sinjin, mentionna devant eux que le prisonnier souffrait énormément de sa blessure.

— Nous rentrerons peut-être chez nous plus tôt que prévu, ajouta-t-il gaiement, si la gangrène le gagne.

Seneca ne parla de rien à Chelsea pour ne pas l'inquiéter. Le temps pressait. Il faudrait agir vite, emmener Sinjin le soir même, quoi qu'il arrive.

Cette nuit-là, la lune brillait d'un éclat tout particulier. Le flûtiste passa en premier, charmant un reptile local avec ses chants venus d'ailleurs. Le serpent sembla hypnotisé par la musique et se recroquevilla dans un panier d'osier.

Quatre cavaliers arabes vêtus de culottes bouffantes, de tuniques et de bottes rouges éblouirent ensuite l'assistance par leurs acrobaties.

Les hommes du clan les acclamèrent, heureux de cette diversion inespérée. Pendant la représentation, Seneca passa parmi eux pour leur offrir son nectar du désert. En fait de breuvage exotique, il s'agissait d'un whisky écossais généreusement additionné de liqueur de datte et d'opium. Le dosage avait été minutieux : si Seneca voulait neutraliser les gardiens, il ne pouvait pas les endormir complètement, car les quelques hommes assignés à la surveillance de Sinjin, eux, n'auraient rien bu et comprendraient qu'ils étaient tombés dans un piège.

Tout dépendait de Chelsea.

Elle connaissait son rôle dans la tentative d'évasion.

Il était presque neuf heures lorsque les rideaux de fortune de la charrette s'écartèrent et que la princesse Leila apparut sur scène. Un silence absolu se fit dans le public, tandis que les hommes la contemplaient, bouche bée. Puis les acclamations fusèrent.

Les cheveux dorés de Chelsea retombaient en cascade sur son dos. Ses yeux étaient noircis de khôl au-dessus du voile qui lui cachait le visage. Ses épaules et ses bras étaient nus, luisant sous la lune, et ses seins ronds et pleins apparaissaient dans l'échancrure de la chemise améliorée. Elle portait des anneaux dorée aux chevilles et des bagues aux orteils.

Une apparition des lointains harems, dont tous ces hommes avaient rêvé un jour ou l'autre, là, en chair et en os, à quelques mètres d'eux.

Elle prit une profonde inspiration, leva gracieusement les bras au-dessus de sa tête et attendit les premières notes de la flûte en priant le ciel pour que Seneca et Sahar accomplissent leur mission.

Lorsque la musique commença, les clochettes à ses chevilles tintèrent dans la quiétude de la nuit estivale, suggestion délicate de femmes exotiques soumises et de plaisirs charnels. L'attention générale était rivée sur elle tandis qu'elle ondulait lentement au rythme des notes perlées, un sourire enchanteur aux lèvres. Elle battait des paupières avec séduction et, derrière les têtes des hommes, elle vit Seneca et Sahar se glisser par l'entrée de service.

Elle dansait, pieds nus, souple et gracieuse, sa chair pâle et délicieuse à peine cachée par les voiles arachnéens, irrésistible invitation à l'amour... L'Indien rouge leur avait offert le paradis avec son nectar, et il avait tenu sa promesse : la princesse resplendissante d'un pacha dansait pour eux, faisait pâlir la lune par sa radieuse beauté.

Laissant trois gardiens inconscients cachés dans un cagibi près de la cuisine, Seneca et Sahar étaient montés et avaient frappé à la porte de Sinjin.

— Venez voir la danseuse à votre tour, cria Seneca avec le meilleur accent écossais qu'il put prendre.

La porte s'ouvrit, comme s'il s'y attendait, car les fenêtres de Sinjin donnaient sur la scène où se mouvait Chelsea.

Avant même que le garde ne fût assommé par un puissant coup de crosse, Sahar était déjà au milieu de la pièce en train d'attaquer le second, qui s'écroula bientôt sans un cri.

Sinjin leva des yeux fiévreux, essayant de se concentrer. En reconnaissant la voix de Seneca, il força son esprit réticent à fonctionner et secoua désespérément la tête. Sahar ! Un lent sourire se dessina sur son visage. Il souleva la tête, et l'effort lui arracha un gémissement inconscient. Il serra les dents et réussit à dire avec son ironie habituelle :

— Quelle parfaite coordination. Un jour de plus, et il aurait peut-être été trop tard.

— Peux-tu marcher ? demanda rapidement Seneca.

— S'il le faut, je marcherai.

La voix de Sinjin tremblait légèrement, mais il était résolu.

— Nous t'aiderons. Si tu peux te tenir debout cinq minutes, le temps de sortir d'ici.

— Pour sortir d'ici, grogna Sinjin sans souffle, je signerais un pacte avec le diable.

Son bras gauche était taché de sang sur toute la longueur, et très enflé. Le pus suintait par le bandage.

Seneca délia ses liens aussi délicatement que possible, et la sueur perla au front de Sinjin, l'infime mouvement lui causant une douleur insoutenable. Il réprima un hurlement lorsque Seneca et Sahar le mirent debout. Ces derniers échangèrent un coup d'œil rapide. Le salut de leur ami était une question de minutes.

— Tu as trop bu, dit rapidement Seneca, et nous t'emmenons dans le fourgon pour cuver ton whisky... si quelqu'un pose des questions.

— Donnez-moi... une arme, grinça Sinjin entre ses dents. Je ne remettrai pas les pieds ici.

Seneca se demanda comment il trouverait la force de l'utiliser, mais il lui glissa dans la main droite un petit poignard. Les doigts de Sinjin se refermèrent dessus avec satisfaction. Ils le cachèrent sous un large burnous noir dont ils abaissèrent la capuche. L'ombre bleutée de sa barbe naissante lui donnait l'allure sombre d'un Bédouin.

Chaque pas était pour Sinjin une torture. Ils durent s'arrêter un moment sur le palier devant l'escalier pour qu'il se repose. Puis il ordonna à son corps d'avancer... une marche, une autre, se disait-il avec une volonté de fer. Enfin, les trois hommes furent en bas.

— Nous allons passer par l'entrée de service, l'encouragea Seneca. Le fourgon est juste devant l'écurie. Plus que cinquante mètres et c'est fini.

Sahar ouvrit la porte.

Liberté chérie, songea Sinjin en poussant un soupir. Soudain, il vit les Écossais, là, devant lui. Puis il enregistra la musique, comme si une porte venait de s'ouvrir aussi dans son inconscient. Son esprit s'éclaircit, et il distingua une danseuse voilée qui ondulait sur une scène, sous la lueur argentée de la lune.

Chelsea ! Malgré la stupeur dans laquelle le plongeait la fièvre, il la reconnut immédiatement sous son ridicule accoutrement et le voile qui lui masquait la face. Ces bras nus, ces seins opulents, cette chair blanche et douce, cette mince silhouette avaient marqué de leur sceau sa mémoire. Il s'était arrêté, et il lui fallut un moment pour comprendre que Seneca et Sahar le pressaient d'avancer.

Sans chercher à élucider le pourquoi du comment, il éprouvait une joie mêlée de haine à la vue de la jeune femme, une sensation de plaisir et de trahison, ajoutées à une colère brûlante, aussi vive que la douleur qui lui irradiait le corps.

Ils marchaient vers la voiture, située dans l'ombre du mur de l'écurie, lorsque le chef des Écossais cria :

— Hé là !

Ils s'immobilisèrent, tendus.

— Je veux encore du nectar ! réclama l'homme en tendant sa tasse.

— Mon ami en a abusé, Votre Excellence. Laissez-moi le conduire vers sa couche et je reviens immédiatement avec notre nectar.

— Non, tout de suite.

Si Seneca le lâchait, Sinjin s'effondrerait, trop lourd pour être soutenu du seul Sahar. Et s'il tombait...

— J'ai dit maintenant, bon Dieu, espèce de sauvage à la peau rouge ! grogna l'Écossais avec agressivité.

Chelsea s'était interrompue sur l'estrade, regardant le trio, comme les autres. De toute évidence, Sinjin était sérieusement malade. Elle devinait ses épaules affaissées sous le volumineux burnous, sa tête penchée.

Le cœur battant, les paumes moites, elle cessa presque de respirer. Il souffrait sûrement d'une grave blessure. Allait-il mourir, à présent, à cause d'elle ?

Elle eut alors une réaction instinctive, primaire. Ses doigts semblèrent se poser presque malgré elle sur le nœud qui fermait le col de sa chemise. Elle pouvait peut-être sauver Sinjin, du moins gagner du temps.

— Le grand moment est venu, proclama-t-elle d'une voix chargée de séduction, et les regards de l'assistance retournèrent irrésistiblement vers elle, vers le ruban rose qu'elle tenait entre les mains. Voyez ce qu'adorait le pacha du Maghreb ! Voyez quelle plante a cultivée et nourrie le harem du Sultan !

Elle tira d'un coup sec sur le cordon, et l'audience retint son souffle. Le nœud s'ouvrit, une dizaine de centimètres de sa chemise s'écartèrent et tous les yeux masculins furent rivés aux courbes généreuses miraculeusement offertes.

Le chef des Écossais oublia instantanément sa soif et les trois hommes purent couvrir la courte distance qui les séparait du fourgon sans se faire remarquer. Mais Sinjin usa ses dernières forces en y grimpant et, avec un gémissement, il perdit sa bataille contre les griffes noires du néant.

Seneca et Sahar décidèrent que ce dernier resterait à son chevet afin de lui administrer l'opium nécessaire pour le calmer et soulager sa douleur ; Seneca retournerait dispenser sa liqueur, cette fois généreusement arrosée d'opium. Il pressentait que l'audience captivée par le spectacle ne se contenterait pas de regarder passivement Chelsea se dévêtir. Lorsque la ravissante duchesse de Seth serait nue, à bout de ressources, le tumulte risquerait de s'emparer de ces hommes !

Sachant qu'ils allaient essayer de droguer les gardiens, Chelsea se dévêtait aussi lentement que possible, inquiète des expressions affamées qu'elle lisait sur les visages extatiques. L'idée d'être nue devant tant de regards concupiscents, même pour quelqu'un d'aussi intrépide, était franchement déplaisante. Et elle avait si peu de vêtements à ôter qu'il ne lui resta bientôt plus qu'un seul foulard de soie.

Quand le premier homme s'endormit, elle poussa intérieurement un soupir de soulagement. Les autres suivirent rapidement et, bientôt, tout le public fut inconscient.

Le flûtiste interrompit immédiatement son numéro et offrit avec respect son burnous à Chelsea, avec un petit hochement de tête propre aux Arabes.

— Toute notre gratitude, milady, pour avoir sauvé notre seigneur. Que fortune et bonheur vous accompagnent tout au long de votre existence. Et que Dieu vous protège de sa divine puissance.

Chelsea frissonna, pieds nus. Si on lui avait dit deux mois plus tôt qu'elle danserait dans le plus simple appareil devant une troupe d'hommes de son clan, elle ne l'aurait jamais cru. Sa rencontre avec le duc de Seth avait bouleversé son existence tout entière. Et maintenant, à cause d'elle, son mari allait peut-être mourir. Son mari...

Elle pria le ciel pour qu'il survive. Et, pendant un bref instant, elle éprouva une haine farouche pour son père et son maudit code de l'honneur.

Elle resta avec Sahar dans le fourgon tandis qu'ils redescendaient vers le sud, empruntant d'obscurs détours, ne voyageant que de nuit. Ils dormaient quand ils le pouvaient, se relayant au chevet de Sinjin, le forçant à absorber bouillons et liquides, changeant régulièrement le bandage de son affreuse blessure infectée.

L'opium atténuait la douleur de Sinjin et le maintenait dans un état de semi-torpeur. Seneca et Sahar ne se prononçaient pas, mais jamais on n'avait vu s'en sortir quelqu'un atteint d'une si vilaine plaie.

Seule Chelsea restait optimiste. Sinjin était trop fort pour succomber à l'infection. Il y avait en lui trop de vitalité. Pendant ces journées cahotiques, elle ne songeait même pas à leur enfant.

Sinjin errait au cœur d'un univers torride. Des visages familiers se penchaient au-dessus de lui à travers le brouillard, ils lui semblaient lointains, si lointains... Sa bouche était sèche, ses lèvres parcheminées, son corps enfiévré, comme si le soleil du désert avait décidé de le tuer. Mais il ne voulait pas mourir. Car il nourrissait en son sein une vengeance qu'il lui faudrait assouvir un jour. Il en voulait à tous les Fergusson, à sa femme, même, de l'avoir mis ainsi entre les vivants et les morts.

28

Ils parvinrent à échapper aux poursuites des Fergusson, non pas par leur vitesse, mais grâce aux chemins détournés qu'ils empruntèrent. Et ils arrivèrent au pavillon de chasse de Sinjin, à Hatton, le matin du septième jour. Des Bédouins furent déployés tout autour de la petite propriété vingt-quatre heures sur vingt-quatre.

La semaine suivante se passa à soigner la blessure

infectée de Sinjin. Ils lui appliquèrent de l'essence de thym, des cataplasmes d'huile de camomille, de jus d'ail, de feuilles de sauge et d'achillée, et le forcèrent à avaler des breuvages nourrissants. Au moyen de ce traitement, son état se stabilisa.

Le soir du huitième jour, Sinjin ouvrit des yeux lucides pour la première fois et parla à Seneca.

— Je crois que le pire est passé, dit-il doucement.

Son sourire était mal assuré, mais on y retrouvait la trace de son impudence familière. Ses yeux, bien que voilés par les effets de l'opium, ne brillaient plus sous l'effet de la fièvre, mais de la bonne humeur.

— Et tu es bien placé pour le savoir, répondit gaiement son ami en lui touchant le front.

Il allait mieux, bien que la fièvre fût loin d'être tombée.

— J'ai faim, grimaça Sinjin. Les femmes attendront...

— Cette fois, plus de doute, tu es sur la voie de la guérison, constata Seneca avec un large sourire. Mais ne précipitons rien.

— Que faisons-nous à Hatton ? interrogea Sinjin en reconnaissant la chambre.

— Nous veillons sur toi, mon cher. Et ta convalescence.

Le sourire de Sinjin disparut.

— J'avais oublié la raison de tout cela, fit-il d'une voix soudain refroidie tandis qu'il essayait de soulever son bras gauche. Combien de temps s'est-il écoulé ? demanda-t-il en réprimant une grimace.

— Deux semaines. Dont une sur les routes.

— Chelsea était-elle à Rattray ou ai-je rêvé ?

— C'est elle qui nous y a conduits.

— Je suppose que je devrais l'en remercier, commenta froidement Sinjin.

— Tu pourrais la remercier pour cela, et pour nous avoir sauvé la vie au moment où nous sortions de la maison.

Elle méritait au moins cela, estimait Seneca. Le reste ne le regardait pas.

— Je le ferai quand je la reverrai, dit Sinjin à contrecœur.

— Elle est en bas.

Sinjin ferma les yeux, troublé par cette idée, pas encore prêt à songer aux complications de leurs relations.

— Je ne veux pas la voir, murmura-t-il. Elle a failli me tuer.

— C'est son père qui a failli te tuer.

— Quelle différence ! fit-il avec amertume. C'est tout de même ma chère *femme* qui m'a mis dans cette position, non ? Je me retrouve enchaîné à vie. A moins qu'elle ne se mette à vendre ses charmes sur Piccadilly ou Parliament, auquel cas uniquement j'aurai droit à un divorce. Mais elle n'est pas si sotte, elle garde en vue l'étendue de ma fortune.

Seneca ne souligna pas qu'il l'avait mis en garde contre l'attirance qu'exerçait sur lui la jeune lady Chelsea. Ce n'était pas le moment de le lui rappeler.

Quand Seneca annonça à Chelsea que Sinjin ne voulait pas la voir, elle répondit doucement :

— Je comprends. Mais... dites-lui lorsqu'il ira mieux que j'aimerais un bref entretien avec lui pour, hem, pour éclaircir certaines... certains points. Dites-lui que je peux empêcher ma famille de le harceler. Dites-le-lui.

Et pendant la semaine qui suivit, elle veilla à se tenir éloignée de la chambre de Sinjin. Elle restait avec les palefreniers, car son amour naturel pour les chevaux la conduisait aux écuries, et son expérience dans un domaine habituellement réservé aux hommes intriguait les Bédouins.

Mais leur courtoisie envers Chelsea était alimentée avant tout par l'extraordinaire courage dont elle avait fait preuve cette fameuse nuit à Rattray. La culture arabe louait le courage, or la jeune duchesse avait prouvé le sien. Sa présence d'esprit et son audace les avaient tous sauvés d'un affrontement sanglant.

Pendant les longues heures qu'elle passa dans les écuries, elle apprit tout sur la race des Haymours et écouta les hommes discuter de l'entraînement qu'ils prodiguaient aux chevaux. L'entraînement arabe différait de celui des Anglais ou des Écossais. Chelsea les impressionna également par ses talents de cavalière, et lorsqu'ils firent une course impromptue un matin à travers champs, ce fut elle qui la remporta. Après leur stupeur initiale, car ils considéraient les femmes comme des êtres inférieurs, les hommes décidèrent d'oublier qu'elle était du sexe faible. Elle avait de nouveau forcé leur respect.

Cette existence était en vérité parfaitement naturelle pour Chelsea, qui avait été élevée dans une maisonnée masculine, vivant dans le monde des courses, quasi exclusivement masculin. Elle s'inscrivit donc spontanément dans la routine des Arabes. Elle montait leurs Haymours et les aidait dans leur travail, les accompagnant fréquemment lors de leurs courses matinales.

Plusieurs jours plus tard, Seneca lui dit que Sinjin la verrait l'après-midi dans le petit salon.

Chelsea arriva en avance au rendez-vous, nerveuse et anxieuse. Elle avait essayé de dompter son appréhension, se rappelant qu'elle n'avait à s'excuser de rien, sinon de la première nuit à Six-Mile-Bottom, or le zèle amoureux et les assiduités de Sinjin l'avaient largement dépassée par la suite en termes de culpabilité.

Elle fit volte-face au son de ses pas.

La beauté de Chelsea le surprenait toujours, songea Sinjin une fois de plus. Même vêtue d'une simple robe de mousseline, elle éclipsait toutes les dames de Londres. Et il fondit immédiatement... Réaction pour laquelle il se maudit furieusement. C'était à cause de cela, parce qu'il n'avait pas pu résister à ses charmes, qu'il se retrouvait dans une telle situation.

— Seneca m'a appris que vous désiriez me voir, fit-il froidement en restant sur le seuil de la pièce.

Il était fort amaigri, et la considérait d'un œil glacial.

— J'ai dit à Seneca que je pouvais empêcher ma famille de vous tourmenter, et je peux le faire.

— Comment ?

— J'écrirai à mon père que, s'il vous tue, je me donnerai la mort.

— C'est inutile, je suis assez grand pour m'occuper de moi. Y a-t-il autre chose ? ajouta-t-il sèchement.

— L'enfant.

— Eh bien ?

— Je me demandais si vous vouliez me le prendre.

Elle savait que les femmes avaient peu de droits envers leur descendance. Sinjin hésita. Parler d'un bébé dont il n'était même pas certain d'être le père lui semblait prématuré.

— Nous verrons cela lorsqu'il sera né.

— Merci, répondit poliment Chelsea, cachant son soulagement. Je suis heureuse de vous voir en meilleure santé.

Deux étrangers, songeait-elle avec amertume.

Il s'apprêtait à partir, lorsqu'il se retourna pour demander :

— Où irez-vous ?

— Quelle importance ?

— Où irez-vous ? insista-t-il en haussant le ton.

— Je n'en sais rien encore, répondit prudemment Chelsea.

— Vous devrez rester en Angleterre.

Et, mû par une étrange impulsion, il ajouta :

— Vous êtes mon épouse, et de ce fait sous mes ordres.

Ces mots cinglèrent Chelsea comme un coup en pleine figure.

— Non, dit-elle simplement. Jamais, et si vous essayez de m'ordonner quoi que ce soit, vous le regretterez.

Elle aurait dû faire semblant d'accepter, être plus raisonnable. La mâchoire de Sinjin se crispa.

Peut-être, se dit-il, ce désir étrange de la retenir était-il une forme de vengeance. Peut-être voulait-il la garder prisonnière à son tour.

— Votre charmante famille m'a déjà fait éminemment « regretter » un certain nombre de choses. Pouvez-vous vous montrer plus odieuse encore ?

— Veuillez m'excuser pour cet accès de colère,

s'empressa-t-elle de dire, comprenant son erreur. Mais ma famille m'a entraînée de force, moi aussi. Je préférerais simplement la liberté de vivre tranquillement là où je le choisirai.

— Après réflexion, déclara subitement Sinjin, votre présence ici pourrait dissuader les vôtres de mener une guerre sainte. Considérez-vous comme mon hôte jusqu'à ce que je retourne à Londres.

Elle aurait voulu hurler son désaccord, mais l'expression de Sinjin l'en dissuada.

— Oui, Votre Grâce, répondit-elle avec une ombre d'insolence.

Que le diable l'emporte! songeait-elle. Elle s'enfuirait à la première occasion.

— Vous êtes confinée à l'intérieur de la maison, précisa-t-il d'un ton sec. J'ai entendu dire que vous montiez Jahir. Ce n'est pas prudent dans votre état. Vous devriez songer à votre enfant.

— *Mon* enfant? s'insurgea-t-elle. C'est *notre* enfant que je porte. Je vous rappelle que vous êtes le père, et mon époux.

Il tressaillit.

— Cela reste à voir.

— Vous côtoyez trop de prostituées, monsieur. Cela altère votre jugement.

— Si je ne m'abuse, vous avez appris leurs pratiques en un temps record. Avec votre inclination naturelle pour les aventures amoureuses, permettez mes réserves quant à ma paternité. Deux mois se sont écoulés avant que votre père ne songe à m'informer de votre état. Deux mois, c'est long.

— Assez long pour connaître les faveurs d'une centaine de femmes, en ce qui vous concerne, je n'en doute pas, monsieur. Nous autres, filles de la campagne, possédons un tout petit peu plus de pudeur et d'honneur.

— Ne me dites pas que vous n'avez pas connu d'hommes pendant ces deux mois.

— Je leur préfère mes chevaux, rétorqua-t-elle avec chaleur.

Il éclata de rire, amusé par sa réplique ambiguë.

— Eh bien, dans ce cas, votre vertu sera reconnue le moment venu. D'ici là, vous êtes ici et vous y resterez.

Il la quitta sans ajouter un mot, et il fallut de longues minutes à Chelsea pour calmer sa respiration haletante et réprimer la violence de ses émotions. Puis elle s'approcha de la fenêtre et plongea son regard à l'horizon, vers la liberté.

Comment allait-elle réussir à s'enfuir de Hatton ?

Quelque temps plus tard, Seneca trouva Sinjin en train de s'entraîner à manier l'épée.

— Quelle folie ! s'exclama-t-il. Tu vas rouvrir ta blessure.

— Si les Fergusson arrivent, je veux en tuer quelques-uns de mes propres mains.

— Ils seront arrêtés avant par les Bédouins, tu le sais aussi bien que moi. D'ailleurs, avec ta femme en otage, tu ne risques rien.

Ce qui était probablement la raison pour laquelle il avait insisté pour qu'elle reste, se persuada Sinjin. Cela n'avait rien à voir avec ses yeux violets, ni ses lèvres rouges et charnues, ni sa silhouette exquise. Non, il la voulait chez lui parce qu'elle faisait partie de la dette qu'il entendait bien régler.

29

Trois nuits plus tard, Chelsea se glissa hors de sa chambre, en tenue de cavalier, ses bottes à la main. Elle traversa silencieusement le couloir de l'étage, se fondant dans les ombres du mur, et prit l'escalier de service. Sinjin était descendu dîner pour la première fois ce soir-là, et il était resté à boire du porto avec Seneca. Elle avait écouté de sa chambre le murmure de leur conversation et, en entendant leurs rires, elle s'était dit que Sinjin dormirait profondément cette nuit-là.

Elle parcourut la courte distance qui séparait la maison du pré. Elle escalada la barrière et s'approcha des quatre juments qui paissaient. Par la chaleur printanière, les animaux préféraient les champs à l'écurie.

Safy leva la tête en l'entendant et hennit doucement. C'était elle qu'avait montée le plus souvent Chelsea, et la jeune jument la reconnaissait bien. Impeccablement entraînée, elle ne bougea pas lorsque Chelsea glissa dans sa bouche le mors qu'elle avait dérobé et fit passer la bride de cuir par-dessus ses oreilles.

Elle grimpa en selle en murmurant des mots apaisants à la belle jument baie.

— Je te renverrai, ma douce, c'est promis, dès que je serai à Newmarket... En route, maintenant.

L'animal se lança au galop et franchit gracieusement la barrière.

Libre ! La jument poursuivit sa course sur le sol tendre et Chelsea exulta.

— Merci, créature ailée du désert, dit-elle en se

penchant sur l'encolure de Safy. Merci, oh, merci...

Un sifflement perça l'obscurité et Safy s'arrêta net. Avant même que Chelsea eût pu reprendre son assise, la créature ailée faisait volte-face et revenait sur ses pas, sautant sans hésitation la barrière. Quelques instants plus tard, elle gobait gaiement un morceau de sucre dans la paume de Sinjin.

— Hazan va vous raccompagner à la maison, dit Sinjin avec désinvolture, en caressant les naseaux de son cheval.

Le mince palefrenier arabe était là, prêt à aider Chelsea à mettre pied à terre.

— Et si je refuse ? gronda-t-elle.

— Vous n'avez pas le choix, fit-il en lui jetant un rapide coup d'œil, un sourire au coin des lèvres.

Mais il prit soin de détourner rapidement le regard.

— J'ai du moins celui d'effacer ce sourire arrogant de votre visage, rétorqua la jeune femme.

D'un mouvement vif, elle lança son bras dans sa direction, mais Sinjin esquiva aisément son coup.

— Descends-la, ordonna-t-il brusquement à Hazan.

— Vous n'êtes donc pas capable de vous débrouiller vous-même ? cracha Chelsea avec mépris tandis que l'homme hésitait brièvement.

— Je risquerais de vous faire mal, répondit Sinjin d'une voix dure. Désormais, vous serez confinée dans votre chambre.

Il la regarda enfin. Elle était radieuse, dans toute la flamme de sa colère, et Sinjin recula inconsciemment d'un pas.

Chelsea descendit de cheval toute seule, refusant de s'humilier devant Sinjin et de plonger dans l'embarras ses nouveaux amis les Arabes. Hazan la raccompagna jusqu'à sa chambre avec gentillesse, mais, lorsqu'elle entendit tourner la clef dans la lourde porte, elle réalisa qu'elle n'en était pas moins prisonnière.

Quelle ironie, songea-t-elle quelques instants plus tard en voyant les deux gardiens stationnés sous sa fenêtre. D'abord victime de son père, puis de son propre époux, simplement parce qu'elle avait eu l'impudence de vouloir décider de son sort et de son existence.

N'y avait-il pas moyen de convaincre Sinjin par une conversation rationnelle ? Il ne lui fallut qu'un moment pour décider d'une méthode efficace qui lui permettrait de capter l'attention de son mari. Et un lent sourire satisfait se dessina sur son visage.

Seneca et Sinjin venaient de s'installer dans la bibliothèque pour boire un dernier cognac lorsque le fracas venant du premier étage perturba la nuit tranquille.

— Les femmes... murmura Sinjin avec écœurement.

— Lui as-tu parlé ? voulut savoir Seneca.

— De quoi ? De son père qui a failli me tuer ? A cette seule évocation, je serais capable de tordre son joli cou.

— Combien de temps comptes-tu la retenir ici ?

— Jusqu'à ce que sa famille soit neutralisée.

— Cela peut durer indéfiniment.

— Dès que j'aurai repris mes forces, je les défierai et je leur réglerai leur compte une bonne fois pour toutes.

— Duncan était ton ami.

— Était.

La destruction se poursuivait dans la chambre de Chelsea : les bruits de verre brisé, de poterie fracassée et de bois écrasé se répercutaient dans toute la maison. Le majordome vint s'enquérir auprès de Sinjin des mesures qu'il désirait prendre.

— Vous nettoierez tout cela demain matin, répondit-il plaisamment, quand la colère de la dame sera retombée. Envoyez les domestiques se coucher, nous ne pouvons rien faire pour l'instant.

Mais dix minutes plus tard, lorsque la coiffeuse s'écrasa un étage plus bas dans le jardin, ratant de peu l'un des deux gardiens, Sinjin poussa un soupir et dit à Seneca :

— J'ai comme l'impression qu'elle n'a pas l'intention d'attendre jusqu'au matin.

Il remplit son verre, avala d'une traite le liquide ambré, reposa l'objet et se leva en émettant un grognement théâtral.

— Si je ne reviens pas, déclara-t-il avec un sourire, envoie la garde !

30

Sinjin entra dans la chambre de Chelsea et la contempla un moment avant de refermer la porte, comme si sa seule présence devait pouvoir la calmer. Les boutons en perle de son gilet à rayures vertes étincelaient à la lueur des bougies. Son pantalon de daim avait la douceur du velours, et sa chemise blanche était éclatante. Les bottes fermement campées sur le tapis, il semblait trouver tout naturel d'être là en train de l'étudier silencieusement.

Face à une placidité aussi irritante, elle lui jeta le dernier vase qu'elle tenait à la main. Il ne cilla même pas lorsqu'un éclat de cristal se ficha dans son menton et qu'une goutte de sang y perla.

Le silence qui suivit s'apesantit.

— Je suis désolée, murmura enfin Chelsea.

— Il y a largement de quoi, répondit-il doucement en mesurant l'étendue des dégâts.

— Je ne savais pas comment attirer votre attention. Et même ainsi, vous avez mis du temps à réagir. Vous devez être habitué aux coups d'éclat féminins.

— Eh bien, je vous écoute, à présent.

— Pouvons-nous parler comme des gens raisonnables de notre... situation ?

— De notre mariage, vous voulez dire.

Il avait lâché le mot haï sans ciller.

— Oui.

Il évalua la distance qui le séparait de cette mince créature encore vêtue de sa tenue masculine. Jamais il n'avait levé la main sur une femme sous l'effet de la colère, et il se défendit de s'approcher d'elle.

— De quoi voulez-vous parler ? demanda-t-il avec calme en cherchant des yeux une chaise.

Mais ce qui n'était pas détruit était jonché de débris de porcelaine, aussi resta-t-il debout.

— D'abord, combien de temps comptez-vous me retenir ici ?

— Je n'en suis pas certain. Probablement jusqu'à ce que ma santé me permette de me venger de votre père.

— Que voulez-vous de lui ? Peut-être puis-je intercéder en votre faveur ?

— Je veux ma liberté, mais je ne crois pas que vous puissiez y faire grand-chose.

— Je suis donc votre otage.

— Quelque chose dans ce goût-là, oui.

Si l'enfant ne lui ressemblait pas, une annulation serait alors possible. Il avait assez d'argent pour l'acheter au Vatican.

— Peut-être jusqu'à la naissance du bébé, ajouta-t-il.

Chelsea se sentit soudain faiblir ; sa grossesse la rendait vulnérable aux émotions fortes. Et la pensée de rester captive pendant tant de mois la désespérait.

— Avez-vous une nausée ? demanda-t-il devant sa pâleur.

— Non, un simple étourdissement, répondit-elle en s'asseyant sur le rebord de la fenêtre.

Un moment plus tard, elle ajouta :

— Si j'avais su, je n'aurais pas détruit cette chambre. Je pensais pouvoir vous convaincre de me laisser partir.

— C'est impossible, je regrette. Vous êtes mon unique garantie contre les représailles de votre famille. Ce ne sera pas si long que cela.

— Plus de six mois...

Elle le regarda et s'étonna de son calme détachement.

— Vous ne croyez pas que le bébé soit de vous, n'est-ce pas ?

— Dans ma position, répondit-il, je désire en être aussi certain que possible. Cet enfant pourrait être l'héritier de mon duché.

— Pourrait être ?
— S'il est de moi. Autrement, je divorcerai.

Sa réponse était si dénuée de sentiment qu'elle lui en voulut. Elle savait, hélas ! que les hommes assumaient rarement la responsabilité de leurs ébats amoureux. Certains le faisaient, occasionnellement, mais leur effort vis-à-vis de leur maîtresse n'allait jamais jusqu'au mariage. Et les seules femmes qui pouvaient exiger quelque chose de leurs amants avaient de quoi négocier : soit une immense fortune, soit une beauté exceptionnelle. Et encore fallait-il que l'amant eût besoin de l'une ou de l'autre. Ce qui ne s'appliquait nullement à Sinjin. Il se savait intouchable.

— Serai-je libre de partir après la naissance du bébé ?
— Bien sûr.
— Même si l'enfant est votre héritier ducal ?

Il n'avait jamais évoqué le fait qu'il eût déjà un fils. Sans doute supposait-il qu'elle était au courant, puisqu'il ne le cachait pas.

— Naturellement.
— Et l'enfant ?

Ils étaient revenus à la question cruciale, qu'il refusait d'envisager.

— Je n'en sais rien, répondit-il en toute honnêteté.

Il fut déconcerté de voir Chelsea fondre en larmes.

— Pardonnez-moi... renifla-t-elle quelques instants plus tard. On dirait que... je pleure si facilement...

— Au moins, vous n'êtes pas malade, remarqua gentiment Sinjin.

— Cela semble... être passé, hoqueta Chelsea en essayant de ravaler ses sanglots.

Elle était si fragile et si pathétique, soudain, assise au bord de la fenêtre, balançant ses bottes comme une enfant, le visage strié de larmes. Son innocence le toucha.

— Pleurez-vous donc souvent ?

— Je suis une vraie fontaine, en ce moment, hélas.

Il ne put réprimer un sourire devant son ton désolé.

— Je *déteste* pleurer. Je ne cherche pas à attirer la compassion.

— Je serais d'ailleurs la dernière personne à vous en offrir, répondit-il.

Mais son regard avait perdu sa froideur, et il ajouta brusquement :

— Vous ne pouvez pas rester dormir ici.

Son esprit sembla cesser de fonctionner l'espace d'un instant et, dans ce blanc, une pensée s'imposa à lui, aussi forte qu'évidente.

Elle pouvait dormir *avec lui*.

Son cerveau reprit son cours normal, alors, mais cette pensée l'obsédait. *Pourquoi pas ?* se dit-il. Elle était sa femme, non ?

Et il n'y avait aucun risque d'une nouvelle grossesse.

Et il était seul dans son exil.

— Il vous faut une chambre décente pour dormir, affirma-t-il.

— Je vais dégager le lit. Je m'endors n'importe où, en ce moment.

Il avait oublié combien elle était candide. Il s'écarta enfin de la porte et s'approcha d'elle, tout à sa soudaine révélation.

— Êtes-vous encore en colère ? demanda-t-elle avec appréhension.
— Pour ce ravage ?
— Oui.

Il secoua la tête et sourit.

— Votre éclat donnera un sujet de conversation aux domestiques pendant quelques jours. Est-ce que cela vous plairait de redécorer la pièce vous-même ?
— Pourquoi êtes-vous si indulgent ?

Il haussa les épaules. Ses sentiments étaient trop confus pour que la réponse vienne spontanément. Il plongea son regard dans les deux lacs de ses yeux. Son enfant aurait-il les mêmes profondeurs veloutées ? se demanda-t-il, frappé pour la première fois par la réalité de cette nouvelle vie qu'elle portait en elle.

— Comment vous sentez-vous ? demanda-t-il.
— Fatiguée, fit-elle avec un petit sourire. Comme d'habitude.

Si Sinjin semblait disposé à faire une trêve, elle aussi.

— Je vais vous trouver une chambre plus agréable, dit-il en lui touchant l'épaule avec douceur, comme pour ne pas l'effrayer.

Puis, glissant son bras sous ses jambes, il la souleva et lui dit :

— Vous ne semblez pas plus lourde.

Cette référence à leur passé la toucha.

— Oh, non, pas encore. J'ai simplement envie de dormir toute la journée... et... je suis désolée, ajouta-t-elle doucement. Je voudrais pouvoir vous rembourser tous ces dégâts.

— Inutile de vous excuser. J'aurais dû être moins autoritaire. Avez-vous besoin de quoi que ce soit ?

— Ma brosse, s'il vous plaît.

Il la porta jusqu'au petit bureau sur lequel il ne restait plus qu'une brosse et un miroir.

— Seriez-vous superstitieuse ?

Elle leva les yeux et eut un petit sourire espiègle. Il remarqua alors que tous les miroirs de la pièce étaient intacts. Lorsqu'il reposa les yeux sur elle, ils étaient chaleureux de nouveau, comme dans le souvenir qu'elle gardait de lui.

— Nous trouverons des arrangements demain, promit-il.

— Les fées du vallon ont dû m'entendre, déclara-t-elle en souriant. Et, j'ai tout de même failli réussir à m'enfuir.

Sinjin n'eut pas le courage d'effacer son sourire en la contredisant. Et, tandis qu'il la portait vers sa chambre à coucher, il se trouva étrangement heureux, pour une multitude de raisons, que sa fuite eût été un échec.

Une fois dans sa chambre, il avança vers le petit divan devant la cheminée et s'assit.

— Je dois être une charge pour vous, remarqua Chelsea.

Non, un simple bouleversement de ma vie entière, songea-t-il, amusé.

— Pas encore trop encombrante, répondit-il en souriant avec un coup d'œil sur son ventre.

Le silence régna soudain sur la pièce, un silence lourd de tous les problèmes encore sans réponse qui les séparaient. Malgré tout ce qui s'était passé, Sinjin ne pouvait s'empêcher de la désirer. Chelsea, elle, se sentait parfaitement en sécurité, assise sur ses genoux, entourée des bras puissants de cet homme qui était son mari. Et le silence s'épaissit,

comme s'ils hésitaient tous deux à dire quelque chose, craignant de réveiller leur animosité.
— Je meurs de faim, déclara soudain Chelsea.
« Faim de quoi ? » faillit-il répondre, incapable qu'il était de détacher son esprit de la jeune femme qu'il tenait entre ses bras, de la chaleur du corps qui réchauffait ses cuisses. Mais il se reprit à temps.
— Bien sûr, nous allons appeler le chef.
Et ce fut là, devant le pique-nique improvisé qu'ils dévorèrent au milieu du simple lit de bois, que se renoua leur amitié.
Lorsque Chelsea acheva l'orange qui concluait un repas pantagruélique, Sinjin la contempla, médusé.
— Cet enfant va peser au moins six ou sept kilos, ma chère épouse, si vous continuez à faire preuve d'un tel appétit.
— C'est terrible, n'est-ce pas, répondit-elle, confuse. C'est plus fort que moi, j'ai tout le temps faim.
Et devant son sourire, elle s'enhardit et ajouta :
— Vous n'êtes plus fâché contre moi ? Vous ne me détestez pas ?
Elle regretta immédiatement sa question. Elle avait appris très jeune que les hommes n'aiment pas être interrogés sur leurs sentiments.
— Puis-je retirer ce que je viens de dire ?
— Avec joie.
Puis Sinjin poussa un soupir, s'appuya sur la tête de lit et déclara :
— Je ne sais pas exactement ce que je ressens. Mais je suis heureux que vous ne pleuriez pas, et je suis bien en votre compagnie.
— Et moi je me réjouis que votre bras aille mieux. Et maintenant que nous avons échangé ces exquises civilités, me laisserez-vous nettoyer ce

sang sur votre menton ? Vous venez de rouvrir la coupure.

Il éclata de rire.

— Je ne m'ennuie pas, avec vous.

— Est-ce inhabituel ?

— Extrêmement.

— Dans ce cas, je veillerai à ne pas changer mes manières.

— L'auriez-vous fait ?

— J'aurais pu l'envisager s'il l'avait fallu, mais je crains qu'il n'y ait trop de pain sur la planche après tant d'années passées à être un garçon manqué.

— Est-ce la raison pour laquelle vous me plaisez ?

— Je n'en sais rien. Et si je puis me permettre, milord, vous vous demandez ce qui vous attire en moi parce que, jusqu'alors, vous n'aviez jamais aimé qu'une seule chose, chez les femmes.

— Voilà une remarque extraordinairement perspicace de la part d'une jeune fille d'à peine dix-huit ans.

— C'est ma famille, Votre Grâce... on en apprend beaucoup sur l'existence à ne vivre qu'entourée d'hommes.

— Sinjin, corrigea-t-il.

— Je n'osais pas...

— Osez, osez tout ce que vous voudrez.

Comment résister à un tel appel ? Chelsea s'approcha de lui, tout près, se pencha, appuya ses mains sur ses épaules et essuya la goutte de sang du bout de sa langue.

Ils dormirent très peu cette nuit-là, et le séjour à Hatton prit un jour glorieusement nouveau.

31

Les pluies printanières verdirent les collines et les vallées et épanouirent feuilles et boutons, apportant dans leur sillage un clair et chaud soleil. Deux semaines s'écoulèrent à Hatton dans le plaisir et le bonheur, durant lesquelles Sinjin et Chelsea, réconciliés et amoureux, ignorèrent le reste du monde. Ils riaient, parlaient, faisaient l'amour, mangeaient et se lisaient leurs auteurs favoris et s'aimaient, se promenaient dans la luxuriante campagne et s'aimaient encore, bref, ils étaient au paradis.

Seneca était retourné à Londres, mais il restait assez de gardiens pour contrer l'éventualité d'un assaut des Fergusson. L'épaule de Sinjin cicatrisait, son bras blessé retrouvait ses forces et l'enfant de Chelsea grandissait en elle. Elle s'épanouissait en subtiles transformations que son mari observait avec un intérêt grandissant.

— As-tu songé à un nom pour le bébé ? lui demanda-t-il un après-midi où ils paressaient sous un pommier.

Les abeilles bourdonnaient agréablement dans le verger. Chelsea inclina légèrement la tête vers celle de Sinjin, posée sur ses cuisses.

— Non.

— Cela signifie-t-il que j'ai carte blanche ?

Le bleu intense des yeux de Sinjin rayonnait.

— Où trouves-tu l'énergie de parler ? fit-elle en souriant. Et ma réponse est non.

— Je n'abrite pas un bébé en mon sein, ma chérie. Toi, tu as l'autorisation de ne rien faire... enfin, ajouta-t-il avec un large sourire, presque rien. Et j'aime particulièrement Alfred.

Il roula sur le côté avant qu'elle eût le temps de lui donner une tape et, allongé dans l'herbe à distance de son poing, il demanda :

— Ça ne te plaît pas, Alfred ?
— Ce sera une fille.
— Merveilleux, fit Sinjin avec un soupir d'aise. Peut-on savoir sur quoi tu fondes ta conviction ?

Il aimait la taquiner, il aimait la regarder, l'admirer, la tenir dans ses bras... Il commençait même à se réjouir à l'idée de cet enfant.

— Je le sais.

Une curieuse assurance animait Chelsea. Elle reposa sa tête contre l'écorce de l'arbre et dit doucement :

— Nous l'appellerons Flora, comme ma mère.
— Flora était ton sobriquet cette fameuse nuit à Six-Mile-Bottom.

Malgré le tumulte de leur rencontre passionnée, il se souvenait du nom et eut un pincement de nostalgie en songeant qu'il avait bien failli ne jamais la connaître.

— Flora ? Vraiment ? J'ai dit cela ?

Chez Chelsea, les souvenirs étaient estompés, seuls demeuraient les baisers, le désir presque douloureux, et l'abandon.

— Je m'en souviens parfaitement, dit-il d'une voix basse en tendant une main pour caresser délicatement la mince courbe de sa cheville.

Il fut soudain submergé par l'image de la fleur qui s'était offerte à lui, parfumée, fraîche comme la rosée, magnifique, et un flot d'émotion l'envahit.

Il était trop séduisant, songeait Chelsea en contemplant l'homme qui avait ravi son cœur. Changeant comme le soleil, mystérieux derrière son charme, capricieux comme le vent, il lui offrait un plaisir fugitif sans lendemain. Et elle l'aimait plus qu'elle ne l'aurait dû, plus que de raison. Le monde se réduisait à ses sens lorsqu'il plongeait ses yeux dans les siens, comme maintenant, et elle eut le besoin impérieux d'exprimer sa passion par des mots. Mais il ne parlait jamais d'amour, il prenait soin des paroles affectueuses qu'il prononçait, soin de garder toujours une touche d'humour ou d'ironie. Aussi se retenait-elle de tout gâcher, et elle dit avec un imperceptible sourire :

— Si vous êtes très très gentil avec moi, Votre Grâce, je vous permettrai de choisir l'un des autres prénoms de Flora.

L'insinuation dans son ton suggérait un degré de gentillesse sur lequel un homme tel que Sinjin ne pouvait se tromper.

— Dans ce cas, ce sera Alfreda si c'est une fille, car nul ne sait mieux que moi être gentil avec toi. Ou bien Parthenia, ou peut-être Zilpha.

Il l'attira lentement vers lui et murmura, sa bouche collée à son genou :

— Dis-moi quand tu auras ton content de « gentillesse ».

Il effleura de sa langue le duvet sur ses cuisses et ajouta :

— Et si alors tu n'as pas envie de longs discours... un signe de tête suffira.

— Et si je ne peux même pas hocher la tête ? murmura Chelsea, déjà enivrée par la douceur de sa caresse, sa voix, ses yeux magiques, la chaleur de son corps.

— Dans ce cas, c'est moi qui déciderai, dit-il en faisant doucement remonter ses doigts le long de ses jambes.

Elle était si désespérément amoureuse de lui qu'elle lui en voulait de l'avoir ainsi aliénée. Ces attaches invisibles la retenaient plus sûrement que l'exercice de la force. Pourtant, il répondait avec une telle perfection au besoin qu'avait Chelsea de lui qu'elle ne pouvait lui résister.

De son côté, Sinjin trouvait la vie à Hatton absolument paradisiaque. Il était béat de bonheur, vivait dans la passion et la tendresse, le rire et la joie.

Chelsea savait et admettait que le sentiment qu'elle éprouvait n'était autre que l'amour. Sinjin, lui, ignorait ce qu'était l'amour.

Mais lorsque leurs lèvres se rencontrèrent pour un tendre baiser, une émotion troublante possédait également leurs deux cœurs.

32

Il plut ensuite pendant trois jours et trois nuits, mais l'idylle se poursuivit dans le même état de grâce. Le quatrième matin, voyant que le temps ne s'améliorait pas, Chelsea s'étira paresseusement et demanda :

— Est-ce qu'il pleut souvent ainsi sans discontinuer, à Hatton ?

Encore à demi endormi, Sinjin répondit sans ouvrir les yeux :

— Je n'ai jamais été ici au printemps.

Chelsea se redressa, repoussa ses cheveux dorés de son visage. Comme la vie était agréable, malgré la pluie ! Quel bonheur de se reposer. Elle avait l'impression d'être en vacances. Elle jeta un coup d'œil vers le corps bronzé et inerte de son mari, dont les bras étaient repliés sur un oreiller qu'il plaquait contre son visage.

— Faisons des caramels, aujourd'hui, déclara-t-elle.

Un grognement indistinct émergea de l'oreiller.

— Je meurs de faim, ajouta-t-elle.

Une autre réponse, encore moins claire, lui parvint.

— Sinjin !

A la place de l'oreiller, un corps doux, lisse et chaud se planta au-dessus du sien.

— Sais-tu au moins comment on confectionne des caramels ? demanda-t-il en souriant. Parce que je te préviens, je n'en ai aucune idée.

— Je sais comment on les découpe, affirma Chelsea avec confiance, comme si les étapes préliminaires étaient sans importance.

— Notre ignorance commune des caramels semblant quasi absolue, pourquoi ne pas en commander au cuisinier et dormir jusqu'à ce qu'il nous les apporte ?

— On fait *toujours* des caramels, quand il pleut...

Il ouvrit les paupières, surpris, avant de les refermer avec une ironie paresseuse.

— Et puis j'ai très, très faim, reprit Chelsea.

Elle était d'une gaieté extraordinaire pour une heure aussi indue. Ayant pour sa part avalé deux bouteilles de vin rouge la veille, il se sentait nettement moins dynamique. Mais il la considéra d'un œil attendri et décida qu'en hommage au vaste plaisir qu'elle lui procurait, il pouvait bien participer à un exercice aussi extravagant que la confection de caramels.

— Eh bien, soupira-t-il, si ton estomac crie famine et que le réclame la tradition familiale, soit, faisons des caramels.

— Maintenant ? demanda-t-elle avec excitation.

— Maintenant, grogna-t-il avec un sourire affable, heureux de capituler.

Elle bondit à bas du lit avec une énergie extraordinaire, ramassa sa robe de chambre sur un fauteuil et l'enfila en tournoyant sur elle-même.

A demi levé sur les coudes, Sinjin sourit de sa bonne humeur, qui arrivait même à lui faire oublier les nuages. Elle s'affairait avec effervescence du fauteuil à la coiffeuse, de la coiffeuse au bureau, se brossant les cheveux jusqu'à ce qu'ils crépitent.

— Tu remues trop vite, ce matin, ma chérie, grommela Sinjin en retombant sur l'oreiller. Viens t'asseoir une minute.

— Tiens, tu t'es coupé la jambe ? s'étonna-t-elle en s'approchant du lit.

Elle se pencha pour examiner le sang sur la cuisse de Sinjin. Celui-ci s'était redressé, se demandant avec perplexité comment on pouvait se blesser en dormant sur un matelas de plumes.

— Je vais nettoyer cela, déclara Chelsea en se retournant pour aller chercher un linge.

Sans l'attendre, Sinjin prit un coin du drap et essuya le sang. Sa peau était intacte, nulle trace de coupure.

Les implications de ce fait le frappèrent instantanément, en un mélange chaotique de soulagement pervers, d'inquiétude et de trouble. Et surtout d'ignorance.

— Je crois que c'est toi qui saignes, dit-il prudemment quand Chelsea revint.

Elle lâcha son linge humide comme s'il lui brûlait les doigts, porta une main à sa bouche et resta immobile au milieu de la chambre, frappée de terreur.

— Tu devrais vérifier, suggéra Sinjin avec calme.

Il descendit du lit avec des mouvements soigneusement contrôlés; le silence semblait exiger une action circonspecte. Et lorsque Chelsea vit, quelques instants plus tard, sa serviette blanche maculée de rouge, son visage prit la couleur de la cendre.

Instinctivement, dans un réflexe inconscient, elle serra les cuisses, pour endiguer l'inexorable flux. *Je vais le perdre*, se dit-elle immédiatement. *Lui et notre enfant*. Elle déglutit et ferma les yeux, luttant contre la pression des larmes.

Je n'ai jamais voulu l'aimer, songea-t-elle à travers sa douleur.

Elle avait lutté contre cet amour depuis le début. Mais avec son charme facile, Sinjin était capable de vous faire croire à l'amour. Ces derniers jours, à l'entendre parler du bébé, elle avait timidement osé échafauder de modestes rêves. A présent, son enfant était en danger, et une terreur abjecte l'empêchait de ressentir autre chose qu'une immense et oppressante tristesse.

Les larmes coulèrent.

Sinjin la prenait déjà dans ses bras rassurants.

— C'est peut-être normal, murmura-t-il d'une voix réconfortante. Ne pleure pas.

Les sanglots de Chelsea étaient assourdis contre son cou.

— Nous allons appeler une sage-femme, un médecin. Ils sauront. Ne pleure pas ! Si cela se trouve, ce n'est rien du tout.

Il parlait machinalement, tout en songeant à ce que signifiait l'événement. L'attrait de la liberté l'hypnotisa soudain, telles les visions de saint Antoine dans le désert. Brutal et égoïste, puissant comme une drogue dans son cerveau, le mot « annulation » envahit sa conscience.

Mais de pair avec son intérêt personnel, il existait néanmoins en lui une passion, une réelle affection à l'égard de sa femme, et il se sentait profondément désolé pour leur enfant... peut-être trop fragile pour supporter les dures réalités de l'existence. Comme leur vulnérable relation, se dit-il.

Au milieu de la confusion qui régnait dans son cerveau, prédominait une sincère compassion pour Chelsea. C'était elle qui comptait.

— Je vais aller chercher une sage-femme, dit-il en la berçant doucement dans ses bras. Tu vas rester allongée un moment sur le lit...

— Non, gémit-elle.

— Ma chérie, je t'en prie...

— Est-ce nécessaire ? demanda-t-elle d'une voix tremblante.

Elle avait besoin de réconfort, d'espoir, des bras de Sinjin.

— Par précaution, ma douce.

— Reste avec moi.

Il devinait son désarroi. Sans la lâcher, il réussit à enfiler sa robe de chambre. Il lui baisa doucement le front et ouvrit la porte de la chambre. Il porta Chelsea dans le couloir, jusqu'en haut des escaliers, et cria :

— Mrs Barnes ! Forester, Ned... Jim, Frank !

Ses domestiques accoururent, car jamais le duc n'élevait la voix. En voyant lady St. John dans ses bras, ils comprirent qu'il se passait quelque chose.

— Je veux un médecin, plusieurs, même. Des sages-femmes. Faites-les venir ici immédiatement, ordonna-t-il. Envoyez autant d'hommes qu'il le faudra. Envoyez les Bédouins, aussi. Que Sahar vienne me voir. Et qu'on monte le petit déjeuner de mon épouse, tout de suite.

La cadence de ses ordres dispersa son personnel comme une volée de moineaux.

Et l'attente commença pour Sinjin et Chelsea.

Lorsqu'on apporta le petit déjeuner, Sinjin insista pour qu'elle mange quelque chose.

— Il le faut, dit-il, il faut que tu gardes tes forces. Prends une fraise, ou du chocolat. Un morceau de gâteau...

Il la nourrit en continuant son monologue pour la distraire.

— Les routes sont mauvaises avec toute cette pluie qui est tombée. Les hommes ne reviendront pas avant un moment. Alors il faut manger, ma chérie, tiens, une bouchée de crème d'amandes, tu adores cela. Et que dirais-tu d'accrocher ton nouveau tableau de Mameluke dans la salle à manger ? Nous pousserons un peu le buffet pour qu'il soit bien mis en valeur...

Son murmure apaisait Chelsea pendant de brefs intervalles, mais elle était obsédée par le sang qui s'écoulait de son corps. Si elle ne remuait pas, si elle mangeait, si elle priait, l'hémorragie cesserait-elle ? Était-il déjà trop tard pour sauver le bébé, ou bien une grossesse pouvait-elle survivre à ce saignement ? *Ô mon Dieu, faites que cela s'arrête, je vous en supplie.* Est-ce que cela arrivait à d'autres femmes ? *Je ne veux pas perdre mon bébé, je ne veux pas le perdre.* Son enfant avait déjà un sexe et un nom, elle lui parlait déjà.

Mais les dieux ne l'écoutaient pas, et le sang coulait, de plus en plus abondant. Sinjin l'aida à l'étancher avec une autre serviette.

— Ma chérie, dit-il après s'être débarrassé de la première, je vais t'allonger quelques minutes pendant que je descends parler à Mrs Barnes. Il te faut un médecin, je ne peux rien faire. Je t'en prie, ma chérie, je reviens tout de suite.

Sans attendre de réponse, il se leva, déterminé à lui amener de l'aide malgré ses protestations. Il était hors de question qu'il reste là à regarder Chelsea mourir. Et une telle hémorragie le terrifiait.

Il la déposa sur le lit, la couvrit d'un édredon et enfila rapidement un pantalon et une chemise. Pieds nus, il courut à la porte, dévala les marches et fit irruption dans l'office, où il assaillit son personnel de questions. Pourquoi aucun médecin n'était-il encore arrivé ? Et la sage-femme ? Que faisaient ses hommes ?

Frank avait dû rebrousser chemin, lui apprit-on, car le pont de Glendale avait été emporté par une crue. Le Dr Gregory était absent pour la semaine. Ned n'était pas revenu mais le pont Ickely était impraticable lorsqu'il pleuvait, et l'on n'avait pas encore de nouvelles de James. Arpentant la pièce comme un fauve en cage, Sinjin poussait des jurons à chaque mauvaise nouvelle.

Quarante minutes s'étaient écoulées, et toujours aucun secours. Il se surprit à se demander froidement combien de temps Chelsea pourrait survivre en perdant tant de sang... Il rejeta l'impensable conclusion, cherchant désespérément une solution. Et toutes les histoires que l'on racontait sur les fausses couches et les drames de grossesses interrompues s'imposèrent à son esprit. Toutes ces jeunes femmes dans la fleur de l'âge, qui avaient péri en l'espace de quelques heures ou de quelques jours. Il n'avait jamais prêté une oreille attentive aux récits de ces incidents.

Et maintenant...

Sinjin avait toujours obtenu ce qu'il voulait en claquant des doigts ; l'implacable et glaciale réalité de la mort le frappait pour la première fois. Il était impuissant.

Enfin, il déclara :

— Prévenez-moi si vous apprenez quoi que ce soit de Ned ou de James. Je veux être immédiatement tenu au courant. Compris ?

Les têtes se courbèrent, mais nul n'osa prononcer une parole, jusqu'à ce que Mrs Barnes parvienne à articuler :

— Oui, monsieur le duc.

— Que l'on fasse seller Mameluke.

Il ressortit à grandes enjambées. Si personne n'était arrivé dans dix minutes, décida-t-il en remontant l'escalier, il irait chercher une sage-femme lui-même. Le village de Dedham Close était de l'autre côté de la rivière.

Chelsea s'était assoupie pendant son absence. Il acheva de s'habiller avec une discrétion infinie pour ne pas la réveiller, et choisit des vêtements légers, s'attendant à devoir traverser la rivière en crue.

Assis à son chevet, il contemplait alternativement Chelsea et la pendule. Il s'était accordé dix minutes. Et lorsque les aiguilles indiquèrent la fin de son purgatoire, il se leva, regarda une dernière fois sa femme, l'estomac noué par la peur. Elle était blême, perdue dans l'immense lit à baldaquin.

Il quitta la pièce précipitamment. Il devrait partir seul, tous ses hommes étant déjà sur les routes. Mais il connaissait par cœur le chemin et Mameluke, sentant sa hâte, avançait aussi vite que les conditions le lui permettaient.

Les routes étaient lentes, les ornières traîtresses et boueuses. Le solide cheval glissa à plusieurs reprises. Lorsqu'ils arrivèrent à la ferme de Villar, Sinjin était trempé, couvert de boue, et Mameluke écumait. Dans le silence de la campagne que venait briser le martèlement de la pluie, Sinjin avait l'impression d'être seul au monde. Même les animaux ne s'aventuraient plus dehors après quatre jours de pluie continue. Il plissa les yeux à travers l'épais rideau de brume et aperçut la borne indiquant Dedham Close. Plus qu'un demi-mile jusqu'au gué.

Il les entendit avant de les voir... les cris des hommes venant jusqu'à lui, les hennissements des chevaux. Et quand il sortit du sous-bois, il aperçut James et Jonathan qui essayaient de forcer leurs montures à traverser le courant. Mrs Hobbs, la sage-femme, attendait sur la rive opposée, assise sur un vieux canasson qui n'avait manifestement aucune intention de s'aventurer dans les eaux tourbillonnantes. Plusieurs villageois l'entouraient, mais nul ne pouvait rien contre les forces de la nature. Le gué était englouti sous un bouillonnement d'eaux boueuses.

Sinjin espéra que Mrs Hobbs n'attendait pas sous la pluie depuis trop longtemps. Il avait grandement besoin de toutes ses compétences.

Il avança jusqu'à ses hommes et cria :

— Je vais traverser avec Mameluke. Aidez Mrs Hobbs à regagner la terre ferme quand nous reviendrons.

Sans perdre plus de temps en conversation, il fit volter son pur-sang et s'engagea dans les eaux en crue.

Mameluke s'immergea avec le même flegme que celui dont il faisait preuve sur les champs de courses, comprenant ce que l'on attendait de lui, prêt à relever le défi. Glissant de la selle dès que l'animal se fut lancé de la rive, Sinjin nagea à côté de l'immense cheval, une rêne enroulée autour de la main.

Ils furent emportés en aval, et seule la force d'un Mameluke parvint à les faire progresser pouce par pouce vers la rive opposée. Enfin, ses pattes touchèrent de nouveau le fond et il réussit à remonter sur le sol boueux. Sinjin reprit un instant son souffle.

Mais le temps était précieux, aussi rejoignit-il rapidement le groupe de villageois.

— Merci infiniment, souffla-t-il à Mrs Hobbs, de bien vouloir sortir de chez vous par un temps pareil. Vous allez traverser sur Mameluke. Il est absolument fiable.

— Il a l'air robuste, en effet, approuva-t-elle en descendant de sa monture.

Quelques secondes plus tard, Mrs Hobbs était à califourchon sur Mameluke, sa sacoche en toile huilée attachée aux épaules.

— Accrochez-vous bien au pommeau, lui recommanda Sinjin.

Sur ce, ils replongèrent dans les eaux turbulentes, nageant quand ils le pouvaient, emportés parfois par le courant, l'homme et sa fidèle monture faisant l'impossible pour transporter Mrs Hobbs de l'autre côté du Kinnbeck. Enfin, James et Jonathan les aidèrent à remonter sur la terre ferme, sous les acclamations des villageois. Sinjin leur adressa des signes en retour, exalté d'avoir réussi à ramener la sage-femme, et dit à cette dernière en repoussant une mèche trempée :

— Toutes mes excuses, Mrs Hobbs, pour cette douche. Nous veillerons à ce que vous soyez bientôt au chaud à Hatton, ajouta-t-il gracieusement.

— J'ai connu pire, monsieur le duc, dit la petite femme. Cela fait trente ans que je mets des bébés au monde. Où en est le travail de la duchesse ?

Le sourire de Sinjin s'évanouit et il fut envahi d'une immense lassitude.

— Ce n'est pas le travail, hélas. A trois mois de grossesse, elle souffre d'une grave hémorragie.

— Depuis combien de temps ?

— Depuis ce matin. Hâtons-nous, si vous le voulez bien. Restez avec moi sur Mameluke.

La peur le saisit au ventre. Il s'était absenté bien trop longtemps à son goût.

Mrs Barnes les attendait avec des vêtements secs, du thé chaud et une bonne nouvelle : la duchesse dormait encore. Sinjin se changea rapidement pour ne pas inquiéter Chelsea par son aspect. Mrs Hobbs le rejoignit rapidement dans la chambre, dans des vêtements secs et de confortables pantoufles. A partir de là, elle prit les choses en main et Sinjin poussa un soupir de soulagement.

Suivant ses instructions, il fit monter du linge et de l'eau chaude tandis que la sage-femme disposait le contenu de sa sacoche sur une table. Quand tout fut prêt, Sinjin se pencha au-dessus de Chelsea et chuchota :

— Réveille-toi, ma chérie. Mrs Hobbs est là pour s'occuper de toi.

En ouvrant les yeux, Chelsea crut qu'il sortait du bain et oublia un instant pourquoi elle était couchée et avait besoin d'aide. Lorsqu'elle s'en souvint, la douleur assombrit ses yeux.

— Elle va te soigner, murmura Sinjin en lui baisant tendrement la main. Ne pleure pas, ma douce, ajouta-t-il.

Il avait lui-même la gorge nouée en lisant tant de détresse dans ses yeux. Et les paroles d'encouragement lui semblaient si vaines... Si le bonheur avait pu s'acheter, avec quel plaisir il l'aurait déposé à ses pieds. Mais ni la fortune, ni le pouvoir, ni son titre ne changeraient rien, et il ne pouvait que partager sa peine.

Mrs Hobbs était une femme douce et calme, mais son diagnostic fut sans grand espoir. L'hémorragie signifiait bel et bien la fin de la grossesse.

— Vous êtes jeune et bien portante, madame la

duchesse, dit-elle d'une voix apaisante. Vous aurez d'autres bébés.

Mrs Hobbs ne pouvait pas savoir, bien sûr, ce que signifiait celui-ci pour Chelsea. *Je divorcerai*, avait dit Sinjin quelques semaines plus tôt, *si l'enfant n'est pas de moi*. Et à présent, il n'y avait plus d'enfant.

La sage-femme suggéra alors un abortif pour nettoyer convenablement la matrice et éviter que la fièvre ne vienne aggraver l'état de la duchesse. Sans ce médicament, le risque d'infection était accru et le rétablissement serait plus lent.

Rétablissement n'était pas le mot pour expliquer l'indélébile sensation de deuil qui marquait Chelsea. Elle refusait d'admettre la perte de son enfant.

— Non ! protesta-t-elle.

— Comme tu voudras, dit doucement Sinjin. Je vais accompagner Mrs Hobbs en bas, je reviens tout de suite.

Dans le couloir, il assaillit la sage-femme de questions auxquelles elle répondit chaque fois avec franchise.

— L'enfant est perdu, soupira-t-elle enfin. Je suis désolée.

Avec un frisson d'hésitation, Sinjin déclara :

— Je comprends. Je vais parler à la duchesse. Pouvez-vous rester auprès de ma femme jusqu'à ce qu'elle soit tout à fait remise ?

— Je resterai aussi longtemps que possible, répondit Mrs Hobbs. Pardonnez-moi, Votre Grâce, mais Mrs Densmore arrive bientôt à terme, ainsi que Mrs Howard. C'est son septième, et ces bébés tardifs sont toujours les plus pressés.

Pendant un moment, Sinjin jalousa les deux fem-

mes qui allaient accoucher alors que son bébé était mort. Mais la raison l'emporta, et il conclut :
— Je vous remercie, Mrs Hobbs.

Il cessa de pleuvoir vers minuit, et le calme surprit Sinjin après ces journées de déluge ininterrompu. Il ouvrit les fenêtres et recouvrit Chelsea d'une couverture supplémentaire avant d'aller plonger son regard dans les profondeurs de la nuit.

A cet instant, elle remua et l'appela. Il revint rapidement à son chevet.

— Je suis là, ma chérie, dit-il en lui prenant la main. Comment te sens-tu ?

Il resta toute la nuit à côté d'elle, assis dans un fauteuil, mal rasé, las et triste, en proie à toutes sortes d'émotions. La seule chose dont il était sûr dans ce malheur, c'était que Chelsea aurait besoin de lui.

Au matin, le soleil darda ses rayons dorés dans la chambre et, en ouvrant les yeux, Chelsea murmura :

— La pluie s'est arrêtée. Cela pourrait-il être un signe ?

Sa voix revêtait un espoir si pathétique que Sinjin aurait donné père et mère pour abonder dans son sens, mais lorsque Mrs Hobbs revint changer les linges, il vit immédiatement que l'hémorragie se poursuivait.

— Je ne veux pas que tu attrapes une infection, ma chérie, dit-il avec calme en lui serrant la main. Il faut suivre les conseils de Mrs Hobbs. Le bébé n'a pas survécu, ajouta-t-il doucement.

— Oh, ne dis pas cela !

Deux mois plus tôt, un mois plus tôt, cette fausse

couche aurait représenté pour Sinjin une solution idéale à ce mariage non désiré. Mais en l'espace des quelques semaines passées avec Chelsea, ses sentiments avaient évolué et il s'était plu à les imaginer tous les trois. La petite fille était devenue une réalité, *sa* petite fille, et lui aussi se désolait du verdict de la sage-femme.

— Ma chérie, Mrs Hobbs a trente ans d'expérience, il faut l'écouter.

Les yeux de Chelsea s'assombrirent.

— Non.

Elle semblait très jeune dans sa chemise de nuit aux manches retroussées, ses mains délicates émergeant du vêtement trop grand, ses larges yeux dévorant la pâleur de son visage. Soudain, Sinjin se sentit investi d'une immense responsabilité, notion nouvelle et stupéfiante pour un homme tel que lui. L'état de santé de Chelsea supprimant toute considération d'ordre personnel, il dit :

— Fais ce que propose Mrs Hobbs, ma douce, et dès que tu te sentiras mieux, nous irons finir la saison à Londres. Personne ne t'a encore vue. Permets-moi, ajouta-t-il avec l'ombre de son sourire moqueur, de t'exhiber fièrement.

Il lui offrait une consolation, une reconnaissance officielle et éblouissante devant le monde... une place à ses côtés, la place d'une épouse légitime.

— Je ne sais pas si j'ai très envie de voir du monde, dit-elle d'une toute petite voix.

Mais elle comprenait toute la signification de son offre.

— Les gens veulent te rencontrer, argumenta Sinjin. Et puis, tu pourras faire connaissance avec ma famille.

Jamais Sinjin St. John ne s'était étendu sur les siens ; comme s'ils n'existaient pas dans le même monde.

— Je ne serai peut-être pas à la hauteur de tout cela, répondit Chelsea avec candeur, impressionnée à l'idée de tant d'obligations sociales.

— Je te soutiendrai. Et tu me le rendras bien, sourit Sinjin, car, pour supporter les mondanités, il me faut parfois absorber une bonne dose d'alcool.

Elle lui sourit pour la première fois depuis deux jours, et il s'en félicita.

— Maintenant, sois gentille et écoute Mrs Hobbs.

— C'est vraiment terminé ? murmura-t-elle dans un soupir étouffé.

— Oui, répondit-il enfin. Je suis désolé.

Et la bouche de Chelsea trembla avant que les larmes ne coulent. Il avait dit qu'il était désolé, mais sans doute machinalement, par politesse ; la blessure n'était pas la même pour lui et sa rapide résignation la blessait. Il la serra dans ses bras et l'y tint en silence, impuissant.

— Appelle Mrs Hobbs, dit-elle enfin.

Lorsque la sage-femme eut vu Chelsea, Sinjin la suivit dans la cuisine, où elle prépara une décoction d'herbe aux coqs, de rue, de souci, de camomille et de houblon, qu'elle sucra avec du miel et additionna d'un doigt de brandy.

— Cela fera disparaître l'enfant mort et provoquera le retour de couches, expliqua-t-elle à Sinjin. Veillez à ce que madame la duchesse se lève quatre fois par jour afin que le sang s'écoule bien. Et maintenez-la au chaud.

— D'ici combien de temps sera-t-elle en état de voyager ?

— Cela dépend de sa constitution.
— Elle est robuste.
— Dans ce cas, une semaine... une dizaine de jours, mais ne roulez pas trop vite, ne la secouez pas.

Chelsea but l'infusion ce matin-là. Deux jours plus tard, quand on vint chercher Mrs Hobbs, celle-ci l'examina une dernière fois avant de s'en aller et la trouva en bonne voie de guérison. Si sa mélancolie persistait, sa santé s'améliorait avec la vitesse de la jeunesse. Sinjin suivait à la lettre les recommandations de la sage-femme et veillait en personne à la préparation des bouillons prescrits.

— Si on m'avait dit que je le verrais un jour se lever avant midi ! s'émerveillait la vieille cuisinière.
— Qui eût cru voir le duc remuer lui-même un bouillon en cuisine ? renchérissait Mrs Barnes. C'est sûr, le mariage l'a bien changé.
— C'est madame la duchesse qui l'a changé, précisait la cuisinière.

Mais Sinjin fut appelé à Londres le lendemain matin pour une entrevue urgente avec son intendant de Tunis, Ali Ahmed. Le bey menaçait de nouveau toutes les manufactures européennes, y compris celles de Sinjin. Ahmed avait l'intention de rentrer en Afrique du Nord par le prochain bateau.

Bien que la visite d'Ali Ahmed à Londres eût été prévue depuis longtemps, avec le mariage inattendu de Sinjin, sa captivité et sa convalescence, ils ne s'étaient pas encore rencontrés. A présent, le temps pressait.

Assis avec Chelsea sur la terrasse, Sinjin aborda le sujet de son départ.

— Si je veux voir Ahmed, il faut que je me mette en route demain. Je serai absent cinq jours, six tout au plus. Je n'irais pas si Ahmed ne devait pas repartir bientôt. Le pacha se livre régulièrement à des exactions contre les infidèles quand cela l'arrange. Apparemment, de nouvelles hostilités envers une ingérence étrangère s'annoncent. Pourras-tu te débrouiller seule ici ?

— Tout ira bien. Je suis quasiment rétablie.

Elle souriait plus souvent et ses joues avaient repris des couleurs.

— Quand je reviendrai, tu seras entièrement remise sur pied et nous pourrons partir à Londres.

— Je voudrais d'abord voir père.

— Pourquoi ? fit Sinjin en fronçant immédiatement les sourcils.

— Pour nous ménager une trêve.

— Je n'ai pas besoin de ta protection, grogna-t-il. Que le diable emporte ton père !

Chelsea n'insista pas, peu désireuse d'entamer une discussion.

— Très bien, répondit-elle.

Mais elle n'en pensait pas moins. Les guerres se terminaient sur des armistices. Sûrement, les hommes qu'elle aimait pouvaient aboutir à un pacte de coexistence satisfaisant.

— Je ne veux rien avoir à faire avec ta famille, dit brusquement Sinjin.

— Et moi, puis-je la voir ?

— Je ne peux tout de même pas t'en empêcher, grommela-t-il à contrecœur.

— J'irai peut-être pendant ton séjour à Londres, alors. L'Ayrshire n'est qu'à une journée de route.

— Hmmm. Ne reste pas trop longtemps.
— Si j'y vais, je serai revenue dans trois jours.

Cependant, dix heures de route sur des chemins défoncés la fatiguèrent terriblement. Une fois dans l'Ayrshire, elle écrivit à Sinjin en lui expliquant qu'elle restait quelques jours de plus pour se reposer.

« Je te rejoindrai à Londres dans dix jours », annonça-t-elle. « Je me sens mieux, il fait un temps splendide, les chevaux gagnent, papa te transmet sa considération. »

Sinjin était en train de récapituler avec Seneca les listes des cargaisons à expédier à Tunis quand on lui apporta la lettre dans la bibliothèque. Il ouvrit l'enveloppe avec anxiété. Lorsque les premières phrases l'eurent rassuré, il parcourut la suite avec moins d'intérêt, grommelant un « humph » à l'évocation de son beau-père. Puis il tendit le papier à Seneca.

— Elle sera donc bientôt revenue, conclut celui-ci.
— Si ces maudits sauvages la laissent partir... grogna Sinjin.
— Pourquoi pas ?
— Ces Écossais, je renonce à les comprendre. Ce sont tous des bandits et des hors-la-loi.
— Y compris ta femme ? s'enquit Seneca en souriant malicieusement.

Sinjin lui rendit son sourire.

— Dans un sens, oui. C'est tout de même elle qui s'est jetée à ma tête. Mais... ajouta-t-il gaiement, je ne m'en plains pas.

— Dois-je voir là une touche de complaisance en ce qui concerne ta situation matrimoniale ?

Le sourire de Sinjin s'effaça.

— Je ne sais pas, murmura-t-il enfin. Je ne suis pas sûr des sentiments que j'éprouve. Le mariage est une chose tellement... définitive. Et Dieu sait si celui de mes parents a laissé des cicatrices. Sans parler de la *charmante* épouse de Damien, qui me terrifie continuellement de ses assiduités aussi déplacées qu'indiscrètes. Connais-tu un seul mariage dans la société qui ne soit pas une catastrophe ?

Il secoua la tête. Il ne connaissait que les plaisirs éphémères, n'avait aucune expérience de stabilité ni d'amour.

— Nous verrons, dit-il avec emphase.

Sans enfant, l'annulation était possible. Il avait le temps de se décider avant l'arrivée de Chelsea. Mais il lui avait promis le reste de la saison, et il tiendrait parole.

34

Chelsea arriva à Londres un jour plus tôt que prévu, un mardi à seize heures trente. Le moment était mal choisi.

La duchesse de Buchan venait d'arriver à Seth House pour prendre le thé. Et lorsque Chelsea pénétra dans le salon du premier étage, elle se trouva face à une petite assemblée dont deux personnes de sexe féminin la considérèrent avec déplaisir.

Chelsea resta sur le seuil de la pièce, dans sa robe paysanne en toile imprimée, son chapeau de paille dans le dos, retenu par des cordons, sa glorieuse chevelure blonde en désordre, comme à l'accoutumée, un sourire hésitant aux lèvres.

La beauté de sa femme frappait toujours Sinjin, dont les souvenirs étaient incapables de lui en restituer une image aussi radieuse dans sa simplicité. Il se leva immédiatement pour l'accueillir et vit son sourire s'élargir à sa vue, ce qui lui procura un plaisir inattendu. Elle attendit que Sinjin vienne à elle, vaguement intimidée de le voir si élégant, et ne put s'empêcher de se jeter dans ses bras, toute à la joie de le retrouver.

— J'arrive comme un cheveu sur la soupe, murmura-t-elle, confuse.

— Absolument pas, répondit Sinjin en souriant, heureux de la serrer de nouveau contre lui. C'est Vivian qui a organisé ce thé et je suis ravi que tu viennes me sauver de l'ennui.

— A l'occasion, je peux montrer un véritable don en la matière, répondit-elle avec espièglerie, et il éclata de rire.

Ils se sourirent, oublieux soudain des autres.

— Amenez-nous votre jeune mariée écossaise, Sinjin, interrompit impoliment la duchesse de Buchan, pour que nous l'accueillions à Londres.

L'invitation maussade de la duchesse brisa le charme du moment comme des griffes de chat déchirant de la soie, et Sinjin se demanda l'espace d'un instant s'il devait installer Chelsea à côté de Cassandra ou de la femme de Damien.

— Devrais-je être armée ? demanda plaisamment Chelsea.

Sinjin fit une grimace avant de sourire.

— Viens, ma chérie, pour ton baptême des mondanités londoniennes.

Il l'accompagna vers le groupe et ajouta doucement :

— Mais ne te laisse pas marcher sur les pieds. Sors tes griffes, toi aussi, sinon elles se jetteront voracement sur ta jugulaire.

— Charmant conseil, murmura Chelsea en ébauchant un sourire timide.

— Il a le mérite d'être utile si l'on veut survivre en société, répondit doucement Sinjin avant d'ajouter en haussant le ton : Mère, j'aimerais vous présenter ma femme.

A quarante-six ans, la mère de Sinjin, Maria, la duchesse douairière, figurait encore parmi les beautés de la capitale. Elle tendit à Chelsea une main gracieuse et chaleureuse. Damien, qui ne ressemblait en rien à son frère, hormis sa taille, sembla sincèrement heureux de la rencontrer. Sa femme, Vivian, regarda Sinjin avec plus qu'une affection fraternelle, ce que Chelsea ne manqua pas de remarquer, et commenta lorsqu'on les présenta :

— Des bottes de cheval ? Comme c'est curieux.

Elle toisa sa belle-sœur avec nonchalance, des pieds à la tête.

— J'ai parcouru une partie du chemin à cheval car je me morfondais dans la voiture, expliqua Chelsea.

Elle n'avait même pas songé à se changer et le regretta amèrement.

— Et votre robe doit être écossaise. Vous l'avez cousue vous-même ?

— Bien sûr, et j'ai également tissé moi-même

l'étoffe, mentit gaiement Chelsea devant la moue supérieure de sa belle-sœur. Sinjin apprécie beaucoup mes talents domestiques, n'est-ce pas, mon chéri ? ajouta-t-elle avec entrain en levant les yeux vers son mari, qui faisait de son mieux pour réprimer un sourire.

— En effet, elle est capable d'exploits étonnants, déclara-t-il, confirmant l'avantage de sa femme.

— Je suis Cassandra, intervint la duchesse de Buchan sans laisser à Sinjin le temps de la présenter lui-même.

Son ton suggérait qu'elle était bien plus que cela pour Sinjin, et Chelsea s'émerveilla un instant de la subtile finesse requise pour se proclamer en trois mots la maîtresse de votre mari. C'était son expression, peut-être, son assurance, une confiance innée en sa beauté et sa position dans le monde. Certes, elle était extrêmement belle, constata Chelsea avec un léger pincement à l'estomac. Une peau de porcelaine, un teint de pêche, des cheveux noirs étincelants, des yeux d'un bleu azur et une bouche vermillon qui vous hypnotisait. Le cœur de Chelsea se serra brièvement à la pensée que son corps aux formes parfaites avait connu intimement celui de Sinjin, et elle eut du mal à soutenir son sourire.

— Comptez-vous rester longtemps ? interrogea Cassandra.

Elle n'aurait pu poser question plus indélicate, compte tenu des relations entre Sinjin et Chelsea, et celle-ci se dit immédiatement que la duchesse jouissait des confidences de Sinjin. Furieuse, mais déterminée à soutenir ses positions, elle répondit d'une voix mielleuse :

— Je suis venue me distraire. Sinjin voulait me

montrer au Tout-Londres, n'est-ce pas, mon chéri ?

Elle passa un doigt sur la joue de son mari.

— Absolument, répondit-il rapidement. Veux-tu du thé, ma douce ? demanda-t-il. Ou peut-être préfères-tu un brandy ? Personnellement, je vais m'en servir un. Damien ? demanda-t-il à son frère en accompagnant Chelsea vers un fauteuil près de sa mère.

Sur un signe de tête de Damien, il alla vers la console voisine, déboucha un flacon, se servit une généreuse rasade de brandy et l'avala immédiatement pour se donner des forces devant l'épreuve qui s'annonçait. Puis il remplit de nouveau son verre, celui de Damien, et revint à sa place en gardant la bouteille près de lui.

— Vous vous doutez, naturellement, que tout le monde meurt d'impatience à l'idée de vous rencontrer, ma chère, disait la mère de Sinjin en tendant une tasse de thé à Chelsea. Nous devons organiser immédiatement un bal pour vous souhaiter la bienvenue. Ne penses-tu pas qu'une robe rose lui irait à merveille, Sinjin, avec son teint radieux ? Sinjin vous emmènera dès demain chez madame DuBay pour arranger tout cela.

— Vous savez, mère, dit Sinjin en souriant, Chelsea préférera peut-être s'habiller à son goût. Si elle voulait du fuchsia ?

— Ô mon Dieu, non, n'est-ce pas, chère enfant ? Le fuchsia... c'est pour, enfin...

— Mère essaie de dire que le fuchsia est réservé aux femmes d'une certaine profession, murmura Sinjin, amusé. Ne craignez rien, mère, car madame DuBay est parfaitement consciente de ces subtilités.

Sans aucun doute, se dit Chelsea, avec le nombre

de maîtresses amenées par des clients masculins.

— Je croyais que vous aimiez le fuchsia, Sinjin, intervint Vivian. La femme qui était à votre bras au concert l'autre soir avait une robe fuchsia.

— Elle était au bras de Seneca, pas au mien, Vivian. Quoi qu'il en soit, je sais que ma femme ne porterait pas cette teinte particulière. A présent, à moins que cette conversation ne prenne un autre tour, il vous faudra m'excuser, car j'ai horreur de discuter chiffons.

— Je me demandais, dit Cassandra en observant minutieusement Chelsea, si vous attendiez bientôt un héritier ? Pardonnez ma curiosité, ajouta-t-elle d'un air faussement affable, mais avec l'enlèvement brutal de Sinjin à mon domicile, voici quelques semaines, par votre père et sa troupe d'Écossais, je supposais qu'un heureux événement avait précipité ce départ soudain.

Chelsea rougit et Sinjin répondit d'un ton désinvolte, mais avec promptitude :

— Vous seriez la première prévenue, Cassandra, mais la duchesse n'ayant que dix-sept ans...

— Dix-huit, corrigea Chelsea comme si cela comptait.

— Dix-huit ? s'étonna-t-il. Nous avons raté ton anniversaire, alors ?

Chelsea hocha la tête et il émit un large sourire, oublieux de son irritation devant Cassandra. Cette enfant ingénue et charmante qui était sa femme ne lui avait même pas réclamé de présent pour son anniversaire.

— Quand était-ce ? lui demanda-t-il comme s'ils étaient seuls dans la pièce.

— Il y a trois jours.

Elle l'adorait quand il lui souriait avec cette sensualité mise à nue dans le regard. Pendant un instant, elle oublia tout et son cœur s'enfla d'amour.

— Nous organiserons donc un bal en l'honneur de cet événement, déclara Sinjin, réfléchissant déjà à un cadeau approprié pour sa jeune épouse. Et tu seras en blanc, bien sûr, pour ton dix-huitième anniversaire. Mère, où sont ces perles que portent les duchesses de Seth ? A moins que tu ne préfères des diamants, ajouta-t-il rapidement en se tournant de nouveau vers Chelsea.

Il se sentait soudain envahi d'une animation joyeuse.

Décidée à briser l'harmonie qui régnait manifestement entre ces deux-là, et irritée par l'allusion aux bijoux qu'elle avait fini par considérer comme siens, Vivian commenta :

— Nul doute que Chelsea ne préfère la danse à la maternité.

En cet instant, Sinjin couvait littéralement sa femme des yeux. Mais alors que son désir allait l'emporter sur la raison qu'il avait soigneusement cultivée en l'absence de Chelsea, la porte du salon s'ouvrit à toute volée et trois enfants firent irruption dans la pièce.

— P'pa, il faut absolument que tu viennes voir ce cheval magnifique qui est arrivé dans nos écuries ! s'écria Beau en accourant vers lui. Il est roux comme les tignasses de nos cousins irlandais, et immense...

— Et il frappe du pied en hennissant sans laisser personne l'approcher, intervint son cousin Ben.

— Sauf qu'il a laissé Jed lui donner des pommes, ajouta le plus petit des trois, hors d'haleine.

— Ce ne peut être que Thune, je le crains, dit Chelsea. Je pensais que, si Jed lui donnait des pommes, il serait d'humeur plus placide, mais il n'aime pas la ville.

— C'est *votre* cheval, mademoiselle ? demanda Beau, incrédule.

Aucune des dames qu'il connaissait n'était capable de guider une bête comme celle-là.

— Madame la duchesse, Beau, corrigea Sinjin. Je vous présente Chelsea, dit-il aux trois garçons, je vous ai déjà parlé d'elle. Et elle monte Thune comme le meilleur de mes jockeys. Elle nous a même battus plusieurs fois, Mameluke et moi.

— C'est vrai ? souffla Beau, stupéfait.

Chelsea remarqua qu'il n'avait dit ni « femme » ni « belle-mère » en la présentant à son fils et à ses neveux. Elle comprenait qu'il souhaitait protéger les émotions du jeune garçon en cas de divorce rapide et, paradoxalement, elle trouvait Sinjin étonnamment chaleureux et charmant avec elle.

— Thune et moi avons pris ton père et Mameluke sur la ligne droite à côté de la rivière, à Oakham, expliqua Chelsea. C'est facile de piquer un bon galop, là-bas, quand le terrain est sec.

On fronça plus d'un sourcil parmi le groupe d'adultes, à l'évocation d'Oakham. Tous étaient intrigués par la discrétion dont avait fait preuve Sinjin vis-à-vis de sa femme, lui qui d'ordinaire n'hésitait pas à afficher ses amours.

— Et Mameluke a boudé pendant des jours, ajouta Chelsea avec un sourire gentiment moqueur vers Sinjin.

— C'est parce qu'il ne perd *jamais*, prononça Beau, encore sous le choc.

— Nous t'emmènerons à cheval avec nous, bientôt, proposa Sinjin, et Chelsea te montrera son style de cavalière. Elle est excellente.

De toute évidence, malgré son indifférence à l'égard du mariage, Sinjin était fasciné par sa femme, constata la duchesse douairière avec satisfaction. A son retour de Hatton, il avait brièvement raconté son enlèvement et son mariage en restant dans des termes vagues, concluant sur la promesse faite à sa jeune épouse de la présenter à la société londonienne. Il n'avait parlé ni de divorce ni d'annulation, mais elle avait deviné à sa réserve un détachement qui pouvait laisser supposer une telle éventualité.

— Comme c'est charmant de voir un jockey dans la famille, fit Cassandra d'une voix onctueuse. Gagne-t-on beaucoup d'argent dans votre *profession* ?

— Je n'ai pas à me plaindre, répondit Chelsea avec un large sourire, adressant à Sinjin un coup d'œil complice chargé d'une telle intimité que même Beau le remarqua.

— Qu'est-ce que ça veut dire, p'pa ? demanda-t-il carrément.

— J'ai remporté un pari, répondit son père, énigmatique et, quand tu seras plus grand, je t'expliquerai toutes les subtilités des paris. Et maintenant, embrassez votre grand-mère et retournez donc dehors.

Les garçonnets coururent vers la mère de Sinjin, tandis que Vivian pinçait les lèvres avec dégoût.

— On autorise réellement les femmes à monter lors des courses ? interrogea-t-elle. C'est tellement... masculin.

— Dans les petites courses de campagne, répondit aimablement Chelsea. Et à vrai dire, j'éprouve une grande satisfaction à triompher face à des hommes.

Pour la première fois, Cassandra considéra la jeune épouse de Sinjin avec plus qu'un haussement d'épaules pour son éclatante beauté. Cette Fergusson offrait un défi à Sinjin et, connaissant l'instinct de ce dernier pour la compétition, Cassandra jugea sa rivale avec un certain respect.

— L'emportez-vous souvent... sur des hommes ? demanda-t-elle doucement.

— Relativement souvent, oui, répondit Chelsea avec calme. Et je n'ai pas dit mon dernier mot...

C'était un petit avertissement, peut-être inconscient, mais la phrase anodine plana un moment dans l'air avant que Sinjin ne se lève et déclare :

— Je crois que ces garçons vont mourir d'excitation si nous n'allons pas leur montrer Thune. Veuillez nous excuser.

Il préférait ne pas tenter le sort ni le tempérament légendaire de Cassandra, et le prétexte était idéal pour s'esquiver. Il tendit une main à Chelsea et l'aida à se lever. Les trois enfants sautillaient autour d'eux comme de jeunes chiots, parlant tous en même temps, tirant sur les mains de Sinjin et de Chelsea pour les emmener plus vite dehors.

— As-tu besoin d'un habit de cheval ? demanda Sinjin à Chelsea.

— Ils peuvent s'habituer à Thune aujourd'hui, et faire tous connaissance. Je les emmènerai demain matin, quand il y aura moins d'effervescence dans la ville.

Comme c'était agréable, se disait Sinjin en la

regardant, de voir Chelsea si facilement acceptée par son fils, et avec un tel enthousiasme.

Comme c'était agréable, songeait Chelsea, de faire partie de la petite famille de Sinjin et de retrouver sur ses lèvres ce sourire enjôleur.

— Après tout ce que j'ai entendu, déclara Damien en posant son verre, il va falloir que je vienne voir cette admirable bête.

— Si tu savais, papa, s'exclama son plus jeune fils en prenant la main de son père, c'est le plus grand cheval que tu aies jamais vu. Tu crois que tante Chel me laissera m'asseoir sur son dos ?

« Tante Chel » décida gaiement qu'elle adorait s'entendre appeler ainsi. Sinjin lui adressa un large sourire.

— J'ai l'impression que tu as fait sensation dans la famille St. John, dit-il en attardant son œil sur elle. Bienvenue à Londres.

On sortit Thune dans la cour pour que les garçons puissent s'asseoir à califourchon chacun son tour, mais il était agité. Cependant, lorsque Chelsea annonça : « Thune, voici le fils de Sinjin, il faut être sage », tandis que l'on hissait Beau sur son dos, l'immense rouan se calma instantanément. Beau ouvrit deux yeux éblouis.

— Il comprend, p'pa ! Regarde, regarde ! Ça ne l'ennuie pas que je sois assis sur son dos !

— Il t'aime bien, c'est évident, approuva Sinjin, qui ajouta en se tournant vers Chelsea : Tu vois, Beau est fou de chevaux.

Comme son père, songea-t-elle.

Comme Chelsea, remarqua Sinjin.

— Tu aimerais lui faire faire le tour de la cour ?

demanda Chelsea, étrangement émue par le fils de Sinjin.

Il était la réplique de son père, et elle imaginait Sinjin à son âge, armé du même enthousiasme.

— Oh oui, oui ! Je peux tenir les rênes tout seul ? C'est vrai, je crois qu'il m'aime bien !

Beau se pencha vers son père et chuchota d'une voix si forte que tout le monde l'entendit :

— P'pa, si toutes les femmes que tu vois sont aussi gentilles et intelligentes que Chelsea, je comprends maintenant pourquoi tu passes tant de temps avec elles.

Il se redressa en selle, rayonnant de plaisir et donna un léger coup de talon dans les flancs de Thune, qui partit au pas autour de la cour.

— Malgré une certaine absence de tact, c'était un compliment, fit Sinjin en souriant. Tu l'as totalement charmé, tu sais ; il n'y a pas si longtemps, il n'éprouvait que mépris pour le sexe opposé.

Ce que son fils ne pouvait savoir, se dit Sinjin, c'était que Chelsea était extrêmement et fort agréablement différente des autres femmes... dépourvue de vanité et de futilité — c'était encore en habit de cheval qu'il la préférait —, d'une spontanéité rafraîchissante, gaie et enjouée, dotée d'une beauté naturelle qui n'avait nul besoin d'artifice.

Et son fils était déjà conquis.

— Yahou ! s'écriait Beau. Regardez comme il caracole !

— Ce Thune, murmura Chelsea, il ne peut pas s'empêcher de faire de l'épate. Je lui ai enseigné quelques notions de discipline et de dressage, et il a adoré. Beau, cria-t-elle en levant les mains, soulève les rênes comme cela, et il fera quelques pas en arrière comme s'il dansait un menuet.

— J'ai rarement vu cela de la part d'une bête de course, remarqua Sinjin, impressionné par la grâce du cheval. Il connaît d'autres tours ?

— Il sait compter. Mais seulement jusqu'à vingt ! dit-elle en souriant.

— Quand as-tu trouvé le temps de le dresser si bien ? Cela a dû te coûter des efforts énormes.

— Qu'y a-t-il d'autre à faire dans l'Ayrshire, je te le demande ! répondit-elle avec un sourire moqueur.

— Que dis-tu de cela, Damien ? J'ai trouvé non seulement une épouse, mais un entraîneur pour mon écurie de course.

— Je dis que tu as décroché le gros lot, répondit gaiement son frère. Et que Beau est aussi de cet avis, ajouta-t-il avec gravité.

— Il est merveilleux, murmura Chelsea en regardant le petit garçon. Et si gai... Tu as de la chance.

Bien qu'occupé à regarder son fils, Sinjin perçut le petit pincement dans la voix de Chelsea et il l'enveloppa d'un bras protecteur pour l'attirer contre lui.

— Tu lui as plu. J'en suis très heureux.

Il ne pouvait pas en dire davantage. Il ne pouvait pas dire : « Nous aurons un autre enfant. » Il aurait aimé en être capable.

— Et je me réjouis de te voir ici, ajouta-t-il doucement.

Il s'étonnait du plaisir qu'il prenait à la présence de Chelsea chez lui.

— Puisque tu as commis l'imprudence de m'inviter, j'ai la ferme intention de te tourmenter de ma compagnie, plaisanta la jeune femme.

— J'y compte bien, répondit-il en souriant, avec un clin d'œil qui fit fondre le cœur de Chelsea.

Pendant que Thune était le centre d'admiration dans la cour, Vivian et Cassandra, seules dans le salon, débattaient de la longévité du mariage de Sinjin. La duchesse douairière s'était excusée peu après les autres, et les deux femmes avaient décidé de remplacer leur thé par du sherry.
A la pointe de la mode, elles étaient vêtues de robes du dernier cri, parées d'une profusion de dentelles et de rubans.

— Je leur donne six mois, déclara Vivian en caressant le contour de son verre.

— Elle est peut-être enceinte, auquel cas... il ne sera pas libre de sitôt. Ou bien elle pourrait le devenir. J'oubliais.

— Comment avez-vous pu négliger ce facteur pourtant pertinent, alors que votre mari est si attaché au titre ?

— Sinjin est opposé au mariage depuis si longtemps, et tellement fou de Beau... je suppose que j'ai enterré l'idée d'un héritier, soupira Cassandra en haussant une épaule délicate. Beau héritera une grande partie de sa fortune quoi qu'il arrive. Qu'a-t-il à faire d'un prétendant à son titre ? Vous savez aussi bien que moi le peu d'importance qu'il lui accorde.

— Mais ne croyez-vous pas que sa jeune épouse puisse avoir ses propres idées en la matière ? Un titre ducal pour un enfant présente un certain attrait, il faut bien le reconnaître.

— Les appétits charnels de Sinjin étant ce qu'ils sont, je suppose que Ben et Harry seront bientôt loin derrière dans la lignée, fit Cassandra d'une voix douce.

— Il est vrai que vous êtes bien placée pour le savoir, commenta sèchement Vivian.

— En effet, ronronna la duchesse avec plaisir. Quel dommage pour vous que Sinjin ait des scrupules à cause de son frère.

— Êtes-vous en train de suggérer...

— Allons, Vivian, vous n'êtes plus vous-même quand il est à vos côtés. Le seul à ne pas s'en rendre compte est Damien.

— Cassandra, votre allusion me choque, protesta Vivian.

— Ma chérie, poursuivit l'autre sans se démonter, ce qui vous froisse réellement, c'est de n'avoir jamais pu attirer Sinjin dans votre lit. Je vous en plains, du reste, c'est une expérience à ne pas manquer.

— Comme vous êtes vulgaire, Cassandra, répliqua Vivian en se redressant sur le divan de brocart bordeaux, les pommettes rougies.

— Disons plutôt que je suis franche, Vivian chérie, mais assez parlé de cela. Nous sommes donc d'accord pour dire que la jeune épouse de Sinjin pourrait avoir des enfants, déclara Cassandra.

— Mais restera-t-il marié ? fit Vivian, encore boudeuse. Il est foncièrement infidèle.

— Comme tous les maris, non ?

— Damien ne l'est pas, riposta Vivian avec satisfaction.

— Quelle chance ! roucoula Cassandra en avalant une petite gorgée de sherry. Mais il est vrai que les femmes ne l'intéressent guère, n'est-ce pas ?... Je voulais dire, les *autres* femmes, ajouta-t-elle après une pause délibérée.

Ce n'était un secret pour personne, Damien préférait ses livres à son épouse, c'était un érudit totalement absorbé par ses études, et sa collection d'objets d'art était unique dans le royaume.

— D'autre part, Sinjin, j'en suis certaine, ne saura se passer de plaisirs adultères, compte tenu des prouesses par lesquelles il se distingue depuis dix ans. Nous en revenons donc à la question initiale : va-t-il divorcer ? Ou plus exactement, *quand* va-t-il divorcer ? A moins que, à l'instar de tant de ses pairs, il n'oublie tout bonnement qu'il est marié.

— Prenons un petit pari sur le divorce, proposa Vivian. Sinjin a été marié contre son gré. Cela ne peut pas durer longtemps.

— Vous pourriez perdre, murmura Cassandra, songeuse.

Elle avait trouvé les manières de Sinjin envers sa femme inhabituellement intimes et bienveillantes. On aurait dit une sorte de gardien amusé. Et il ne l'avait pas quittée des yeux.

— Toutefois, poursuivit-elle à voix haute, nous ignorons combien de temps son épouse saura entretenir son intérêt.

— Jamais aucune femme n'est parvenue à captiver à elle seule toute son attention, déclara Vivian avec brusquerie, comme pour se venger de son invitée.

Habituée aux mesquineries fielleuses de femmes inférieures comme Vivian, Cassandra reprit sans s'émouvoir :

— Je ne sais pas... Bien que cela ne soit pas dans mon intérêt, je crois que je vais miser sur cette petite Écossaise. C'est un drôle de brin de fille, et cela pourrait bien suffire à Sinjin. J'espère me tromper. Je vous parie cinq cents livres que vous n'accéderez jamais au titre de Sinjin et que la fille continuera à l'intéresser au-delà de leur lune de miel.

Vivian eut un sourire de féline.

— Comment pouvez-vous être aveugle à ce point ? Va pour les cinq cents, et cinq cents autres pour gager que le mariage ne tiendra pas jusqu'à l'automne. Le prochain séjour de Sinjin à Hatton pour la chasse à la grouse se fera en célibataire.

Cassandra hésita. Un pari de mille livres sur la fidélité de Sinjin était très risqué. Mais après tout, c'était l'argent de Buchan, pas le sien, et elle décida de s'amuser un peu.

— Marché conclu, dit-elle. Je viendrai chercher mon argent cet automne.

— Est-ce donc terminé entre vous ? s'étonna Vivian.

— J'espère bien que non, répliqua gaiement Cassandra. Quoi qu'il en soit, conclut-elle en levant son verre, dans tous les cas je suis gagnante.

35

Ce soir-là, le dîner se déroula en famille. Vivian et la duchesse douairière étaient absentes ; l'une se reposait avant de sortir jouer aux cartes à Blake House et l'autre dînait dehors. Assise entre Beau et Harry autour d'une petite table éclairée de lanternes chinoises, Chelsea se sentait comme chez elle au sein de cette assemblée masculine. Damien et Ben étaient assis face à elle, tandis que Sinjin trônait en bout de table.

La nourriture, préparée par les deux chefs français de Sinjin, était délicieuse, bien qu'assez simple pour plaire aux goûts des enfants. Sinjin but plus qu'il ne mangea, mais Chelsea connaissait ses habitudes. La conversation tourna autour des chevaux et, s'il répondit à de nombreuses questions, il s'en remit fréquemment au jugement de Chelsea.

Damien et Sinjin avaient tous deux appris à monter à l'âge de deux ans dans la demeure ancestrale de leur mère, en Irlande, puis ils avaient poursuivi leur entraînement lors d'excursions estivales.

— En as-tu assez de toutes ces conversations sur les chevaux et des questions de ces petits garçons ? lui demanda Sinjin au milieu du brouhaha de la conversation.

— Je n'ai jamais connu de petites filles. Ni de grandes, d'ailleurs, répondit Chelsea avec un sourire. Je ne suis donc pas dépaysée, et cela ne m'ennuie pas le moins du monde. Au contraire, je ne pourrais rêver plus agréable discussion.

— Il faudra que nous te trouvions des sujets de conversation corrects pour Almacks, j'en ai l'impression, sans quoi, les dames patronnesses vont te juger bien peu féminine.

Son sourire contredisait ses dires, de même que son regard, qui s'attardait précisément sur les parties très féminines de son anatomie.

— Recevrai-je leur bénédiction ? demanda Chelsea sur le ton de la plaisanterie.

— Sans aucun problème, murmura Sinjin en levant son verre pour rendre hommage à sa beauté. Le Tout-Londres va tomber à tes pieds.

— Ma chère, intervint galamment Damien, tous les hommes se prosterneront devant vous.

— Vont-ils me combler de fleurs et de cadeaux ? Et recevrai-je dans mon boudoir comme toutes les dames à la mode ?

— Seigneur, non ! s'écria Sinjin.

Il fut lui-même surpris par la véhémence de sa réaction. Chelsea affecta une moue désolée.

— On va me juger très province, si je ne le fais pas. Tous les commérages de la journée transpirent dans le boudoir d'une dame.

— Comment diable sais-tu cela ? fit Sinjin en fronçant les sourcils.

— Par Duncan, répondit-elle. Je crois que vous avez de nombreuses amies en commun.

Sinjin lui jeta un regard perplexe. Elle était ravissante et, même dans sa robe rustique, elle éclipserait toutes les belles d'Almacks. Son rôle de chaperon serait plus difficile qu'il ne l'avait prévu.

— Nous reparlerons de tout cela demain, grogna-t-il.

— Oui, Votre Grâce, fit Chelsea, docile.

— J'ai comme l'impression que tu vas chambouler ma vie entière, soupira Sinjin. Je vais devoir jouer les duègnes.

— Ne t'inquiète pas pour mes activités, répondit Chelsea. Je me débrouillerai très bien toute seule.

Tout en parlant aux garçons, Damien écoutait d'une demi-oreille la fascinante duchesse de Seth tenir tête à son frère. Cette jeune femme avait su briser avec dextérité le détachement qu'affichait habituellement Sinjin, et les dernières semaines de la saison s'annonçaient passionnantes.

Peu après, les garçons montèrent se coucher ; on

échangea des promesses de chevauchées pour le lendemain et des baisers, et les adultes regagnèrent leurs chambres. Sinjin accompagna Chelsea dans ses appartements et lui indiqua la porte de communication :

— Ma chambre est là, dit-il.
— C'est donc ainsi que vivent les gens à la mode.
— Oui, répondit-il brièvement. Il va falloir sans tarder te monter une garde-robe, conclut-il avec un soupir qui ne s'appliquait pas uniquement à ce problème vestimentaire.

Depuis son apparition dans le salon cet après-midi-là, Sinjin luttait contre son désir incontrôlable pour sa femme. Il croyait pourtant s'être suffisamment raisonné pour avoir maîtrisé ses pulsions. Irrité, il s'assit sur une chaise, croisa ses jambes tendues et, les bras sur sa poitrine, il déclara :

— Je suis désolé, mais aucun de tes vêtements n'est mettable.
— Un bref examen t'a donc suffi ? s'étonna Chelsea.
— Nous irons chez madame DuBay demain à onze heures. Cela te convient-il ?
— C'est parfait, dit-elle en souriant, mais je te préviens, j'ai très peu de patience pour les séances d'habillage.
— Nous te trouverons des diversions, pour t'amuser, répondit-il, ayant réussi à dominer temporairement son impulsion.

C'est toi que je veux pour me distraire, faillit répondre Chelsea. Mais dans ce monde énigmatique nouveau pour elle, où personne ne disait vraiment ce qu'il pensait, où les maris ne couchaient pas avec leur femme mais avec celles d'autres hommes, où les maîtresses prenaient tranquillement le thé avec la famille, elle se força à dire :

— Je suis sûre que madame DuBay sera charmante, et je te promets de bien me comporter.

— Ce n'est pas une telle corvée, j'espère, fit-il avec un sourire.

— Pour moi, si.

— Quelle drôle d'enfant tu es, murmura-t-il.

— C'est que je ne suis plus une enfant, Sinjin, dit-elle doucement.

Comme si j'avais besoin que tu me le rappelles. Il se leva brusquement.

— Je regrette, j'avais pris des engagements pour ce soir avant ton arrivée. Pardonne-moi. Je serai à ta disposition dès demain matin.

Et il s'apprêta à sortir.

— Vas-tu voir la duchesse de Buchan ? ne put s'empêcher de demander Chelsea.

Sinjin se retourna, une main sur la poignée de la porte, et demeura immobile un moment avant de répondre :

— Non. Le mardi soir, c'est la réunion de la Société Sublime. Dors bien. Tu dois être fatiguée par ce long voyage.

Poli, aimable... et réservé. Le ton était donné.

Elle entendit Sinjin rentrer le lendemain matin. Des ordres furent donnés, des portes ouvertes et refermées, des bruits de pas signifièrent la hâte de ses valets à le satisfaire, et l'on fit couler de l'eau dans sa salle de bains. Seth House, construite par le père de Sinjin, possédait son système de tuyauterie interne.

Où avait-il passé la nuit ? se demanda-t-elle, et avec qui ? Comment faisait-on pour prétendre ne pas remarquer les absences nocturnes de son mari ? Apprenait-on la nonchalance et l'indifférence face à une infidélité aussi flagrante ?

Mais à cet instant, on frappa à la porte de Chelsea pour lui apporter son petit déjeuner. Elle était déjà presque habillée, car elle avait promis aux garçons de les emmener en promenade à sept heures trente afin d'éviter l'affluence dans les parcs.

— Je vais appeler votre camériste, milady, dit la bonne rapidement en entrant dans la pièce. Vous n'avez pas à vous préparer seule.

— J'ai presque terminé, répondit Chelsea en enfilant la veste de son vieil habit de serge brun. Mais je vous remercie.

La jeune servante posa le plateau sur la table.

— Comme vous voudrez, milady, répondit-elle avec un imperceptible froncement de sourcils devant l'étrange conduite de la femme de son maître. Monsieur le duc sera prêt en bas dans vingt minutes. Il vous souhaite le bonjour.

Comme c'était étrange, songea Chelsea, de s'entendre saluer par une servante de la part de son propre époux. Mais elle afficha l'assurance d'une duchesse rompue à ces pratiques et sourit à la jeune fille.

— Merci, veuillez lui retourner mes salutations.

Assise seule dans l'immense chambre ornée de dorures, elle contempla son magnifique plateau en se demandant si elle parviendrait un jour à se sentir à l'aise dans ce rôle insolite. Le protocole et les affectations lui pesaient déjà. Toutefois, le bourdonnement de la ville l'intriguait, et elle se réjouissait à l'idée de se promener avec Thune, Beau, Ben et Harry, qui eux étaient dépourvus de prétention.

Quant à Sinjin... Eh bien, soupira-t-elle, il faudrait qu'elle s'habitue aux mœurs de la société londonienne. Ou bien, songea-t-elle avec un petit sourire, qu'elle apporte quelques modifications de son cru aux projets de son mari.

Elle y réfléchirait.

Et sur cette note optimiste, elle trempa un biscuit dans son chocolat au lait et le dévora avec délices.

La chevauchée conforta sa nouvelle amitié avec Beau ; lorsqu'ils eurent dépassé les quelques cavaliers qui se promenaient dans le parc, elle le prit en croupe sur Thune et ils firent la course avec Sinjin et Mameluke jusqu'à Knightsbridge.

Ils l'emportèrent, ou peut-être Sinjin les laissa-t-il gagner, mais Beau s'amusait comme un fou, se moquant de son père, lui promettant une revanche le lendemain. Sinjin semblait fatigué derrière son sourire enjoué habituel, et elle se demanda avec une pointe de jalousie si une femme l'avait tenu éveillé toute la nuit. A cette pensée, sa bonne humeur disparut instantanément.

— Chel, dites à papa qu'on l'a battu de trois longueurs au moins ! s'écria Beau en se retournant sur la selle. Il n'était même pas sur nos talons, n'est-ce pas ? Nous sommes des champions !

Chelsea se reprit et répondit en souriant, d'une voix presque normale :

— J'espère que Mameluke ne nous en voudra pas trop de l'avoir éclipsé.

Damien et ses fils les rejoignirent alors et l'on échangea des opinions sur les mérites des deux chevaux tout en revenant paisiblement à Seth House.

— Tu voudras peut-être te changer avant d'aller

chez madame DuBay, remarqua Sinjin tandis qu'ils prenaient tous un café autour de la grande table de la salle à manger.

Il était l'image même de l'élégance décontractée, avec son pantalon de daim, son gilet et sa veste vert bouteille coupée sur mesure. Chelsea réprima une réplique acerbe ; depuis le matin, elle ne pouvait s'empêcher de songer avec ressentiment aux mœurs dissolues qui autorisaient de telles libertés aux hommes, et elle était envahie par la colère.

— Cette robe est aussi bien qu'une autre, répondit-elle simplement.

Sinjin n'ajouta rien, dissuadé par le pli sévère de la mâchoire de Chelsea. Il sourit en haussant les épaules.

— Ou auras-tu à rougir de ma tenue ? ajouta-t-elle.

Sinjin savait reconnaître la colère au ton d'une femme. Damien aussi, qui jeta un rapide coup d'œil à Chelsea, puis à son frère, avant de dire avec diplomatie :

— Venez, les garçons, le professeur Beckett vous attend pour votre leçon de latin à onze heures.

Un chœur de grognements accueillit sa déclaration, mais les enfants se levèrent et suivirent Damien hors de la salle à manger.

— Voilà un homme qui a du tact, remarqua Chelsea lorsqu'ils furent sortis. Et qui passe ses nuits chez lui.

— Tel est donc l'objet de cette irritabilité.

— Je n'aime pas les doubles vies.

Et si elle ne tenait pas tant à lui, se disait-elle avec une irritation accrue, elle ne serait même pas en colère. Mais Sinjin lui-même ne serait-il pas furieux si sa femme découchait ?

— J'ai passé la plus grande partie de la nuit à Brookes.
— Jusqu'à six heures et demie ?
— Tu m'espionnes ?
— Appelle cela comme tu voudras.

Il ne savait que dire, de crainte de se montrer discourtois. Il avait vécu trop longtemps sans avoir de comptes à rendre.

— Je n'étais pas avec une femme. Est-ce suffisant ?

C'était une énorme concession de sa part, et si différente de ses habitudes que ses amis auraient été stupéfaits de l'entendre.

— Je n'en sais rien.
— Et moi je me demande pourquoi je dois me justifier à tes yeux.

Tous deux étaient sous l'effet d'émotions difficilement maîtrisables.

— Ne ferais-je pas mieux de repartir ? demanda Chelsea avec lassitude. C'est le plus simple, non ? Je visiterai Londres une autre fois.

Elle n'aimait pas les Vivian et les Cassandra de la société mondaine et, si Sinjin avait l'intention d'obtenir un divorce ou une annulation, à quoi bon se lier d'amitié avec les membres de sa famille ?

Il garda le silence pendant si longtemps qu'elle se leva de sa chaise, lorsqu'il dit doucement :

— Non.

Et le soulagement qu'elle éprouva lui fit presque peur.

Sur ces entrefaites, un auguste majordome vint interrompre la conversation.

— La voiture attend, monsieur le duc.

— Hem. Merci, Edmund, dit-il distraitement. La duchesse a besoin de son chapeau.

Et Sinjin adressa un sourire radieux à Chelsea, comme si leur discussion n'avait jamais eu lieu.

— Madame DuBay est un véritable tyran, déclara-t-il, mais il te suffira de lui dire non avec fermeté pour quelle se souvienne que tu es sa cliente.

— Bien sûr... Tu n'ignores rien de ses habitudes.

— Je vivais déjà avant de te rencontrer, ma chérie, répondit-il avec désinvolture en se levant. Mais les femmes exigent toujours l'exclusivité de votre âme.

— Et les hommes n'ont aucune exigence ? souligna-t-elle avec sarcasme.

— Le problème est donc double. Pouvons-nous faire une trêve ? Je déteste les querelles en public.

— Ou en privé, rétorqua Chelsea.

— En effet.

Eh bien, voilà qui était clair, songea-t-elle.

— Que dirais-tu si je t'annonçais que j'ai l'intention de faire des folies avec ton argent ?

Enfin une réponse familière de la part de sa femme, unique et directe.

— Madame DuBay va te trouver charmante.

— J'espère bien qu'elle me trouvera irrésistible, répliqua-t-elle, irritée par son sourire narquois.

— Dans ce cas, le Tout-Londres va être ébloui par ma jeune épouse écossaise.

— Je ne t'appartiens pas.

Sa réplique, quoique puérile, chatouilla un nerf

masculin en Sinjin, un rappel de l'époque des cavernes.

— C'est ce que nous verrons, rétorqua-t-il sans réfléchir.

36

— Monsieur le duc, s'écria madame DuBay avec chaleur lorsque Sinjin et Chelsea entrèrent dans sa boutique. Quel plaisir de vous voir.

Elle examina rapidement Chelsea de ses yeux gris, et celle-ci eut l'impression d'être classée parmi une certaine catégorie de ses clientes. Élégamment vêtue d'une robe de soie anthracite ornée de dentelle, la couturière la plus en vue de tout Londres était plus jeune que ne s'y attendait Chelsea. Petite, soignée, les cheveux châtain clair, elle n'avait pas plus de trente-cinq ans.

— Je vous présente la duchesse, dit Sinjin. Nous sommes venus vous commander tout d'abord une robe pour le bal que je compte donner à l'occasion de son anniversaire. Du blanc, je pense.

— En fait, je préférerais du vert émeraude, « je pense », intervint Chelsea, parodiant la phrase de son mari avec un sourire radieux. Pourriez-vous me montrer quelques-uns de vos tissus ?

Sachant qui réglait la note, madame DuBay jeta un rapide coup d'œil vers Sinjin, quêtant son approbation.

— Inutile de consulter le duc, car ce n'est pas lui qui portera la robe, dit Chelsea avec le même sourire légèrement forcé, or il se trouve que le vert est ma couleur préférée.

Un hochement de tête imperceptible de la part de Sinjin résolut le dilemme de la couturière.

— Certainement, madame la duchesse, il en sera fait selon vos désirs.

Elle réajusta immédiatemment le rang de Chelsea dans sa hiérarchie personnelle. La spectaculaire beauté de cette jeune femme blonde n'était pas la seule chose qui attirait le duc, décida-t-elle. Cette fois, il avait trouvé quelqu'un qui possédait du répondant.

— Veuillez me suivre, Votre Grâce. Je vais vous montrer nos verts les plus beaux.

Bientôt, plusieurs assistants apportèrent les rouleaux d'étoffes de toutes nuances et de toutes textures, plus soyeuses les unes que les autres. Au bout d'un quart d'heure de cette parade verdoyante, Sinjin s'impatienta :

— Je crois que nous en avons vu suffisamment. Y a-t-il quelque chose qui te plaise ? demanda-t-il en se tournant vers Chelsea, assise sur un divan de satin gris tourterelle. Ou préfères-tu laisser madame DuBay choisir à ta place ?

Avec un sourire poli pour la couturière, Chelsea décida :

— Celui-ci et celui-là, la Charmeuse, et ces deux foulards brodés.

— Nous pouvons donc en venir aux gravures de mode pour le choix des modèles, fit Sinjin qui connaissait bien le déroulement des opérations.

Madame DuBay tapa dans ses mains, éleva légèrement la voix et donna ses ordres, accompagnant les assistants dans l'arrière-boutique.

— Je croyais qu'elle était tyrannique, remarqua Chelsea lorsqu'ils furent seuls.

— Tu dois lui plaire, répondit Sinjin.

Il avait remarqué que sa femme n'avait choisi aucune étoffe ni aucun accessoire prétentieux, et que la couturière l'avait traitée avec la considération qui s'imposait.

— Suis-je plus *plaisante* que les autres ? insinua Chelsea.

Optant une fois de plus pour une réponse évasive, Sinjin hocha la tête.

— Apparemment. Tous mes compliments.

A cet instant, madame DuBay revint dans un nuage de parfum, suivie d'un essaim de modistes portant de lourds cahiers, qu'elles placèrent sur la table devant le canapé. Les jeunes filles s'adressaient à Sinjin avec une aisance informelle, et il accueillait cette adulation avec son détachement familier, échangeant de brefs commentaires avec plusieurs d'entre elles.

Chelsea songea avec un pincement au cœur que ces jolies apprenties le connaissaient décidément un peu trop bien à son goût. Sans se rendre compte de l'humeur orageuse de sa femme, Sinjin prit l'un des volumes et le tendit à Chelsea.

— Choisis le modèle de robe que tu préfères, dit-il, et n'oublie pas de faire des folies.

— J'en ai bien l'intention, répliqua Chelsea.

Elle était ennuyée de le voir sourire avec tant d'insouciance et gênée par la présence de témoins qui avaient sans doute connu le duc dans son intimité. Faisant un geste en direction des jeunes modites, elle murmura à l'intention de Sinjin :

— S'il te plaît ?

— Merci infiniment pour votre aide, dit immédiatement Sinjin en inclinant courtoisement la tête.

Madame DuBay rassembla rapidement son troupeau et tout ce petit monde quitta le magasin.

— Est-ce mieux ? demanda Sinjin d'une voix basse.

— Non... Oui... Oh, je ne sais pas. Sacrebleu, laisse-moi trouver là-dedans de quoi tenir occupées ces jolies demoiselles pendant un mois afin qu'elles n'aient pas le temps de papillonner autour de toi.

— Serais-tu jalouse ?

Sa question amusée irrita Chelsea davantage encore.

— Ce serait gaspiller ses sentiments, avec un homme tel que toi. Quelle importance si je l'étais ?

Lui qui avait passé sa vie à éviter ce genre de discussion se trouva curieusement satisfait que sa femme, si impétueuse et indépendante fût-elle, puisse éprouver un tel sentiment.

— Tout ce qui te touche est important, répondit-il galamment.

Chelsea lui tira vivement la langue pour le punir d'avoir encore éludé sa question, et Sinjin éclata de rire. Elle décida alors qu'il était temps d'agir. Sinjin St. John était resté trop longtemps la coqueluche de ces dames londoniennes, et jamais quiconque ne s'était aventuré à lui rendre la pareille. Et si elle trouvait un moyen de susciter sa jalousie ? Certainement les occasions ne manqueraient pas, ici. Ou bien accepterait-il tranquillement de la voir flirter avec d'autres ? Le remarquerait-il seulement ?

Pour déterminer s'il était vulnérable, il faudrait à Chelsea une somptueuse garde-robe. Et à partir de cet instant, elle se pencha avec un intérêt renouvelé sur les gravures. Elle avait toujours considéré les vêtements comme des accessoires utiles et fonctionnels, sans jamais vraiment s'arrêter sur leur élégance. Eh bien, elle allait devenir un oiseau de paradis, et il verrait bien ce qu'il verrait !

Sinjin consultait également les gravures, en mettait plusieurs de côté.

— Qu'en penses-tu ? voulut savoir Chelsea.

— Je trouve que quelques-unes de ces tenues t'iraient à merveille, dit-il sans paraître remarquer son ironie. Et si tu décidais un jour de me faire plaisir, tu pourrais les porter.

— Pourquoi diable voudrais-je te faire plaisir ?

Alors qu'il passait plus de temps hors de chez lui qu'un capitaine au long cours ?

— Pour changer de ton émancipation sans réserve, murmura-t-il avec nonchalance.

Et il ajouta en se tournant vers madame DuBay qui revenait :

— Veuillez me faire celle-ci en blanc. Et nous aurons besoin d'un minimum de robes, celle du bal y comprise, avant la fin de la semaine.

Habituée à l'impatience de Sinjin et à la promptitude avec laquelle ses trésoriers la réglaient, elle répondit sans ciller :

— Comme vous voudrez, bien sûr, monsieur le duc.

— Il nous faut aussi un nouvel habit de cheval pour l'été, immédiatement. As-tu terminé ta sélection ? demanda-t-il à sa femme.

La mode était si éloignée de ses habituels soucis domestiques que Chelsea était totalement désemparée. Devant sa jeunesse, madame DuBay vint à son secours avec un tact infini, proposant certaines coupes, des chapeaux et des chaussures.

— Puis-je suggérer, madame la duchesse, dit-elle enfin, qu'une robe lilas mettrait admirablement en valeur vos yeux extraordinaires ?

— Du pastel ? Oh, non, par pitié, intervint Sinjin en faisant une grimace.

Ils étaient au moins d'accord sur un point, se dit Chelsea avec satisfaction. Mais était-ce suffisant pour construire un mariage ?

— Je pensais à une teinte particulière de mauve, précisa la couturière.

— Peut-être... Qu'en penses-tu ? demanda Sinjin à Chelsea.

— Qu'aimerais-tu m'entendre répondre ? murmura-t-elle doucement, soudain amusée.

Comme il était ridicule de se disputer sur des sujets aussi futiles, dont elle se moquait éperdument !

— J'aimerais que tu dises exactement ce que tu penses, répondit-il avec calme.

— Eh bien, dans ce cas, dit-elle très doucement, je dirais que j'ai immensément apprécié ta compagnie à Oakham.

Il se figea, si immobile que madame DuBay se demanda ce qu'avait pu lui chuchoter sa femme, mais il sourit.

— C'est également l'un de mes plus agréables souvenirs, dit-il d'une voix basse.

— L'un d'eux ? fit-elle mi-figue, mi-raisin.

— Le plus agréable, si tu veux tout savoir, déclara-t-il avec une galanterie charmante et une sincérité absolue.

— Dans ce cas, je t'autorise à choisir la nuance de mauve qu'il te plaira, répondit-elle, facétieuse.

Il éclata de rire, puis gronda doucement :

— Que vais-je faire de toi ?

— M'emmener à cheval tous les jours afin que je n'oublie pas la campagne.

Et les souvenirs des jours heureux qu'ils avaient partagés...

— Accordé, dit-il avec bonne humeur.

Mais peu après, madame DuBay pria Chelsea de se dévêtir pour prendre ses mensurations. Lorsqu'elle fut en chemise, tous les mauvais génies de Sinjin refirent surface avec ardeur. Il regarda la couturière appliquer son mètre des hanches de Chelsea à sa taille fine, nerveux et impatient, attendant le mouvement suivant. Dans une seconde, le ruban se poserait sur les seins épanouis de Chelsea qu'il avait caressés, tenus dans ses mains, pressés contre lui...

Il serrait les poings comme pour se retenir de lui sauter dessus, et se demanda brièvement comment réagirait madame DuBay s'il lui demandait de quitter la pièce. Il ne pouvait pas continuer à regarder, impassible, sa femme en chemise. Et s'il la renvoyait dans l'Ayrshire ? Il trouverait une excuse pour sauver l'honneur de Chelsea, protéger son nom de la rumeur, faire taire les commérages. Victime d'un désir qui le dépassait, il se débattait contre ses pulsions. Un simple pas et il la toucherait, sentirait le parfum de sa peau, la chaleur de son corps. Trouverait-il la force de la renvoyer chez elle ? Ou celle de la garder sans la toucher ?

— Chéri, que dirais-tu de plumes sur ma tête avec la robe d'anniversaire ? demanda Chelsea en soulevant les bras au-dessus de sa tête en un geste séducteur.

— J'ai horreur des plumes, répliqua-t-il d'un ton brusque.

Un muscle tressaillit à sa mâchoire et Chelsea lut le désir charnel dans ses yeux bleus. Puis, soudain, le regard de Sinjin parut vide de toute expression.

— Jed te raccompagnera. J'ai rendez-vous chez Brookes. A tout à l'heure. Au revoir, madame DuBay.

Et il quitta le magasin d'un pas vif.

Il aurait dû la renvoyer chez elle, songeait-il sur le chemin du retour. Sa ravissante épouse le bouleversait, bouleversait sa vie entière. Tout le monde s'attendait que leur mariage fût un échec, nul ne s'étonnerait de leur séparation. Dans les livres de paris de chez Brookes et Whites, on échangeait des pronostics sur la durée de leur union avec un esprit pratique dénué de tout sentiment. Il n'avait qu'à la renvoyer et retrouver son existence antérieure.

Mais il n'en fit rien.

Et madame DuBay, malgré une discrétion de mise dans sa profession, ayant lu sur le visage de Sinjin l'ampleur du désir qu'il éprouvait pour sa femme, laissa peut-être échapper un mot ou deux sur le pouvoir de séduction de la duchesse.

De tels potins se répandaient comme une traînée de poudre dans les petits cercles mondains de la ville, et peut-être les paris commencèrent-ils à évoluer, ce jour-là, dans les clubs masculins de Pall Mall.

Les chevauchées matinales devinrent le meilleur moment de la journée pour Chelsea, un moment d'harmonie et d'agréable compagnonnage, sans querelles ni discorde, avec Beau et les garçons.

Lorsque les robes furent livrées, Sinjin sortit chaque soir avec sa femme, restant quelque temps à ses côtés avant de finir ses nuits dans les salons de jeu. Le bal donné en l'honneur de son anniversaire fut le clou de la saison. Même le prince de Galles resta la moitié de la nuit pour le plaisir de danser avec la ravissante femme de son hôte. Sinjin continuait cependant à se distraire de son côté, dans une agitation incessante, allant de club en salon. La proximité de Chelsea le troublait de plus en plus, mais la crainte d'une nouvelle grossesse suffisait à l'éloigner d'elle... il n'avait toujours pas décidé s'il était capable de se soumettre à l'éternité d'un mariage.

Les jours passaient sans lui apporter de réponse.

— Il est d'une humeur, ces temps-ci, commenta son ami Bucky Leeds à un autre invité lors du bal de la duchesse de Manchester, tandis qu'ils regardaient Sinjin s'appuyer sombrement à un pilier devant la piste de danse et observer sa femme entourée d'une cour d'admirateurs.

— Drôlement susceptible, répondit l'autre.

— Je le trouve un peu plus cynique que d'habitude. Il doit piaffer d'avoir la bague au doigt.

— Et pourtant, il joue le mari dévoué.

— Ou jaloux.

— Tu crois ? Il ne rentre pas chez lui, le soir. On le voit tout le temps chez Brookes, où il gagne des fortunes, d'ailleurs.

— Le connaissant, cela ne lui plaît nullement d'être marié.

— Il paraît que les Fergusson ont failli le tuer.

— Ce qui n'est pas pour renforcer les tendres liens matrimoniaux.

— Sinjin ignore ce que c'est que l'amour.

— Hmmm, fit le plus mûr des deux jeunes gens. Mais il est peut-être en train de l'apprendre. Personnellement, je lui trouve l'air d'un homme jaloux. Rude révélation pour le Saint.

— Et la ravissante duchesse n'a même pas l'air de s'en rendre compte.

Geoffrey Cordel plissa les yeux pour mieux regarder Chelsea danser au bras d'un colonel.

— Ou alors, fit-il, pensif, elle s'en rend parfaitement compte. Tu ne trouves pas que Sinjin boit plus que de coutume ?

— Tu plaisantes ? Il a beau boire, il reste toujours parfaitement sobre.

— Tout ce que je sais, répondit l'autre, c'est que je ferai le dos rond ce soir devant lui, de crainte de me retrouver à l'aube face au canon de son Manton.

L'évêque de Hatfield, lui, n'eut pas cette prudence. Quelque temps plus tard, il vint voir Sinjin dans le petit salon où se tenaient les messieurs.

— Y a-t-il une place pour un autre joueur ? demanda-t-il, son monocle à la main.

Sinjin le considéra un instant avec insolence avant de désigner du menton la seule chaise libre autour de la table.

— Si vous vous sentez en veine, ce soir, Rutledge, fit-il sèchement. Les enjeux sont élevés.

— Mais la chance finira bien par tourner, St. John, murmura doucement l'évêque en prenant place.

— Il ne s'agit pas de chance, Hatfield. Mes cousins irlandais m'ont appris à jouer dès l'âge de quatre ans.

— Ah, ces Irlandais... Heureusement que la

beauté de votre mère a su faire oublier jusqu'à ces liens du sang.

Chacun retint sa respiration à la table, tandis que les yeux brillants de Sinjin se levaient de ses cartes. Tout le monde savait qu'il adorait sa mère autant qu'il avait haï son père.

— Je vous demande pardon ? fit-il d'une voix à peine audible.

— Je vous complimentais pour la radieuse beauté de madame votre mère.

L'espace d'un battement de paupières, le regard perçant de Sinjin se riva à celui de George Prine, puis il décida de sourire.

— Je lui transmettrai votre compliment. Nous jouons à cinq *cents* le point, sans plafond.

La partie se poursuivit donc avec Hatfield, Sinjin continua à gagner et les jetons à s'empiler devant lui.

L'un des joueurs s'excusa, puis un autre :

— Je me retire aussi, Sinjin, déclara le comte de Lester. Bien qu'aujourd'hui, tu ne m'aies pas pris grand-chose. Je dois faire des progrès.

— Pour un homme qui m'a coûté une petite fortune au fil des années, je te trouve bien modeste, répondit aimablement Sinjin, mais je me soumets à ta volonté. Nous nous retrouverons tout à l'heure, chez Brookes.

Les deux meilleurs joueurs d'Angleterre étaient également de très bons amis.

— Ta femme préférera peut-être ta compagnie.

Nul autre que Simon de Lester n'aurait pu prononcer une telle remarque.

— Je le lui demanderai quand je la verrai, répondit Sinjin d'une voix égale. Qui reste-t-il ? Devons-nous hausser les enchères pour rendre la partie plus intéressante ?

— Dans ce cas, je t'attends, nous irons chez Brookes ensemble, murmura le comte en faisant signe à un valet. Crois-tu que la vieille lady Manchester possède un brandy digne de mon palais ?

— Je t'ai vu ingurgiter des breuvages pour lesquels ton palais n'a pas fait le difficile, Simon. Fais-moi apporter une bouteille aussi, s'il te plaît.

— Est-ce bien raisonnable ? demanda Simon en voyant l'étincelle luire dans l'œil de son ami.

— Tu n'es pas ma mère, que je sache ? répliqua Sinjin avec une pointe d'amusement mêlée d'irritation.

Le comte de Lester haussa les épaules.

— Et quand bien même le serais-je, m'écouterais-tu ?

— Probablement pas, répliqua Sinjin en souriant.

— Puisque chacun sait que vous êtes rarement chez vous, St. John, votre femme est-elle disponible, maintenant qu'elle est mariée ?

La question de l'évêque de Hatfield, prononcée d'une voix douce, retomba dans le silence avec une clarté assourdissante. Sinjin posa les mains sur la table et leva un regard glacial vers l'homme qui était assis en face de lui.

— Vous connaissez les règles aussi bien que moi, répondit-il sèchement.

La femme d'un autre n'était « disponible » que lorsqu'elle avait mis au monde un héritier.

— Et dans mon cas, Hatfield, ajouta Sinjin, la duchesse restera à jamais protégée par mon honneur.

— Elle semble s'être habituée extrêmement vite

au rythme de notre monde, commenta Hatfield. Je pensais que peut-être elle n'aurait rien contre des amitiés extérieures.

Tout le monde connaissait les bizarreries de l'évêque de Hatfield, mais, jusque-là, nul ne l'avait jamais considéré comme quelqu'un d'idiot. Pourtant, pour continuer ainsi à provoquer Sinjin, il devait avoir perdu la raison.

Sinjin battit les cartes, les reposa sur le tapis, puis il ajusta ses manches de dentelle avec une méticulosité superflue. Il se pencha en avant et croisa les mains sur la table. Plongeant son regard dans celui, énigmatique, de son adversaire, il lui dit doucement :

— Vous pouvez essayer de gagner l'amitié de ma femme, George, mais je vous conseille auparavant de régler certains papiers concernant vos biens et votre succession.

— Est-ce un défi, St. John ?

— Absolument.

— Vous pourriez mourir, songez alors à la pauvre duchesse, toute seule.

— Votre sens de l'humour est admirable, Rutledge, et si je n'étais pas si saoul, je l'apprécierais peut-être.

— Quelle arrogance, St. John. Vous ne pourrez pas toujours compter sur votre chance.

— Quelle stupidité de croire qu'il s'agit de chance. Je peux vous tirer dans l'œil à cent pas.

— Votre femme ne se laissera sans doute pas dépérir de langueur, avez-vous songé à cela ?

— Elle n'en aura pas l'occasion.

— Dieu sera peut-être de mon côté.

— Ne comptez pas sur Lui. L'influence des Rutledge a peut-être pu vous faire obtenir un évêché, mais je vous garantis que ce n'est pas avec la bénédiction de Dieu.

— J'ignorais que vous étiez si proche de Dieu vous-même.

— Je ne le suis pas, c'est pourquoi je sais faire la part des choses. Nommez votre arme, Rutledge, ou n'approchez pas de ma femme. Elle n'est disponible ni pour vous ni pour personne. Ce message devrait être suffisamment clair même pour votre esprit retors. Si vous lui parlez, si vous l'approchez seulement, vous mourrez.

Un léger sourire découvrait ses dents, et chacun contemplait les deux protagonistes, le souffle coupé. Hatfield souriait, lui aussi.

— Je réfléchirai, dit-il avec calme.

— Je vous le conseille, fit Sinjin. Et à présent, veuillez m'excuser.

Il laissa ses gains sur la table, se leva et s'éloigna. Attiré irrésistiblement par la salle de bal, il avança d'un pas assuré et la foule s'écarta devant lui.

Les commentaires de Hatfield avaient mis le feu aux poudres. Depuis quinze jours, Sinjin regardait sa femme faire la belle et flirter avec tous les hommes que comptait Londres. Elle avait ébloui tout le monde. Mais, désormais, décida-t-il avec fureur, cette beauté ne serait plus que pour lui.

Le cavalier de Chelsea remarqua Sinjin qui marchait vers eux d'un pas ferme, et s'immobilisa instantanément. Les musiciens cessèrent de jouer à la vue de Sinjin et de son expression, et reculèrent contre le mur au cas où des objets voleraient dans la pièce. Les colères du duc de Seth étaient légendaires. Il se planta devant Chelsea et son cavalier.

— Je suis soudain très fatigué, dit-il, les dents serrées. Nous rentrons à la maison.

— Tu fais une scène, commenta Chelsea d'une voix basse.

— Ce n'est rien à côté de ce qui se passera si tu ne me prends pas immédiatement le bras pour sortir.

— Ai-je le choix ?

— Non.

La salle entière les observait. Devant son expression, Chelsea décida de ne pas insister et se tourna vers le jeune homme avec lequel elle dansait. Elle mesura alors l'autorité que possédait son mari en voyant l'autre se rapetisser sous le regard de Sinjin.

— Je vous remercie, Allen, pour votre compagnie. Dites à votre sœur que je la verrai demain chez Jeffrey.

Prenant la main de sa femme, Sinjin dit doucement :

— Merci, Bosford, d'avoir distrait mon épouse.

Mais ces paroles anodines revêtaient une menace implicite.

— Tout cela est ridicule, chuchota Chelsea tandis qu'ils s'éloignaient sous les regards de l'assemblée.

— Cela vaut mieux que d'avoir le sang de George Prine sur les mains.

— Que s'est-il passé ? s'inquiéta Chelsea.

— Hatfield se demandait si tu étais disponible. Je lui ai dit que non.

Ils étaient au pied de l'escalier, et Sinjin la tirait presque derrière lui, lorsqu'elle trébucha dans un frou-frou de jupons soyeux. Il la rattrapa au vol et la porta dans ses bras.

— Tu es ivre ! s'exclama-t-elle.

— Pas trop, ma chérie, murmura-t-il.

Il la reposa sur ses pieds lorsqu'ils furent devant la porte.

— Vous voilà saine et sauve, madame.

Puis il lui reprit la main, claqua des doigts et ordonna que l'on approche sa voiture.

— Ma cape... protesta Chelsea.

— Laisse-la.

Lorsque la voiture arriva, Sinjin referma brutalement la portière derrière eux et s'effondra sur le siège en poussant un soupir exaspéré.

— Que le diable t'emporte, ma chère et tendre épouse, tu as bel et bien chamboulé mon existence entière.

— Et en plus, je t'aime, lâcha-t-elle.

La phrase était saugrenue, mais elle lui avait échappé.

— Quant à moi, j'ai failli tuer Rutledge à cause de toi. Je dois avoir perdu la tête.

Ce n'était pas exactement une déclaration d'amour avec violons et guirlandes de roses, mais ces mots frappèrent Chelsea.

— Je t'en prie, ne tue personne pour moi, le supplia-t-elle. C'est trop barbare.

— Ou insensé. Je ne me bats jamais pour des femmes.

Certes, il était encore loin d'une profession de foi enflammée, mais c'était un début, songea le jeune cœur de Chelsea, transporté par ces remarques. Elle poussa un petit soupir d'aise et se carra sur son siège.

— As-tu fait peur à Hatfield ?

Elle se demandait comment les hommes réglaient ce genre d'affaire.

— L'esprit de George Prine est trop dément. On dirait qu'il vous considère d'une autre dimension. Mais je l'aurais tué, tu peux me croire.

Elle l'observa attentivement à la faible lueur de la lanterne.

— Est-ce un jeu ?
— Pas exactement.
— De quoi s'agit-il, alors, exactement ?
— J'ai trop bu pour être précis, ma chère, répondit-il. Pose-moi la question demain matin.

L'objet du débat était la possession d'un être, émotion difficile à expliquer, et dont il préférait ne pas parler.

— Seras-tu sobre, alors ?

Il sourit.

— Comment le savoir ?

Lorsqu'ils se retrouvaient le matin, il était souvent encore sous l'effet de l'alcool, mais il se montrait toujours aimable et charmant.

Quand la voiture s'arrêta devant Seth House, il l'accompagna à la porte.

— Bonne nuit, ma chérie, dit-il. Je te retrouve à huit heures pour notre promenade quotidienne.

Et sans attendre de réponse, il descendit les quelques marches et remonta dans la voiture. Elle l'entendit dire « Chez Brookes », et la berline disparut dans la nuit.

37

— Puis-je entrer ? demanda la mère de Sinjin quelques instants plus tard, apparaissant à la porte de Chelsea alors que celle-ci allait se mettre au lit.

Encore vêtue d'une robe de bal, Maria St. John s'excusa de son intrusion.

— J'ai entendu parler chez Hetty Montclair des frasques de Sinjin, expliqua-t-elle, et je suis venue immédiatement. Comment vous sentez-vous ?

— Très bien, répondit Chelsea, stupéfaite de l'allure à laquelle se répandaient les rumeurs. Sinjin est parti chez Brookes. Entrez, je vous en prie, mais il ne fallait pas vous inquiéter, sa colère s'adressait à Hatfield, pas à moi.

Vêtue d'une robe de mousseline rose, les cheveux légèrement poudrés et ornés de fleurs dans le style simple propre à sa génération, un rang de perles autour de son cou délicat, la mère de Sinjin était capable d'éclipser des femmes qui avaient la moitié de son âge. Elle pénétra dans la pièce avec majesté, en dame habituée aux hommages et à l'admiration. Comme son fils, songea Chelsea. Mais comme son fils aussi, Maria St. John possédait un charisme extraordinaire, et son sourire en cet instant était empli de chaleur et d'inquiétude.

— Je m'en doutais, mais je connais le tempérament de Sinjin et je me faisais du souci pour vous.

Elle prit place dans un fauteuil en tapisserie.

— Aimeriez-vous une limonade ou un sherry ? demanda-t-elle à Chelsea, qui se tenait au pied du lit dans l'un des luxueux peignoirs de madame DuBay.

— Non, je vous remercie. J'ai bu et mangé plus que je n'aurais dû à Manchester House. Les messieurs passent leur temps à vous proposer des douceurs, et je me sens toujours coupable de refuser.

— Vous êtes beaucoup trop gentille, ma chère, fit Maria en souriant. Bien qu'à mon avis, ce soit l'une des raisons pour lesquelles Sinjin est amoureux de vous.

— Croyez-vous ? demanda Chelsea avec espoir.

Elle se rapprocha, comme si elle devait « sentir » les paroles de la duchesse douairière, et non seulement les entendre.

— Peut-être n'en est-il pas encore conscient, mais moi j'en suis certaine.

Assise en face de la mère de Sinjin, Chelsea referma les mains autour de ses genoux. Elle se pencha en avant.

— Pour la première fois ce soir... je m'aperçois que je peux... commencer à nourrir un certain espoir. Dites-moi que ce n'est pas une folie de ma part. Vous le connaissez tellement mieux que moi.

— Mon cher fils lutte contre lui-même depuis votre arrivée... peut-être même avant, d'ailleurs. Je crois qu'il est en train de comprendre l'ampleur de ses sentiments. Ce qui est nouveau et désagréable, pour lui, je suppose.

La mère de Sinjin posa son éventail sur la table et poursuivit après un infime silence :

— Vous ne pouvez pas le savoir, bien sûr, mais... depuis Beau, la vie de Sinjin a considérablement changé.

— Mais les circonstances dans lesquelles nous nous sommes mariés auraient repoussé le plus ardent des amoureux, hélas. Et, en toute honnêteté, je ne souhaitais pas ce mariage non plus. Nous étions bien d'accord sur ce point. Jusqu'à Hatton, ajouta-t-elle d'une voix différente. J'ai perdu à Hatton le bébé que je portais, fit-elle dans un murmure. Je ne sais pas si Sinjin vous en a parlé, mais cette visite à Londres est destinée à me distraire de ce malheur.

Maria se pencha en avant et caressa gentiment la main de Chelsea.

— Je suis désolée... Je l'ignorais. Sinjin parle rarement de sa vie privée. Comme c'est terrible pour vous.

Et la duchesse douairière comprit immédiatement pourquoi Sinjin ne dormait pas dans la chambre de sa femme. Elle songea à Catherine. Sinjin avait été contraint au mariage et, maintenant, il envisageait de regagner sa liberté. Comment expliquer cela à sa jeune épouse sans la heurter, alors que de toute évidence, elle l'aimait éperdument ?

— Il faut que vous sachiez quelque chose pour mieux comprendre les réticences de Sinjin, décida Maria d'une voix calme. Bien qu'il refuse de l'admettre pour l'instant, il tient à vous. Par où commencer...

Elle hésita un moment. Seule, elle, Sinjin et son père avaient connu Catherine, et Sinjin n'avait jamais révélé à quiconque son existence. Pourtant, il était juste que Chelsea fût mise au courant.

— Après Catherine, Sinjin a toujours refusé l'idée d'un engagement matrimonial, déclara-t-elle en rentrant dans le vif du sujet. Si vous comprenez ce qui est arrivé à Sinjin voici quelques années, peut-être cela éclaircira-t-il quelque peu le combat personnel qu'il est en train de se livrer.

— Catherine était la mère de Beau ?

Maria hocha la tête.

— Sinjin avait presque dix-huit ans, Catherine dix-sept, lorsqu'elle s'est trouvée enceinte. Sinjin était très amoureux et a voulu l'épouser immédiatement, mais son père a refusé parce que Catherine Canning n'était pas la fille d'un lord, et qu'il voulait pour son héritier un mariage plus prestigieux. Il fit donc envoyer la jeune fille à la campagne. Sa famille, outrée par la disgrâce qu'elle avait apportée à leur nom, mais généreusement payée par William, a accepté cet arrangement. N'ayant pas atteint sa majorité, Sinjin était impuissant face à la volonté de son père et, lorsqu'il a voulu s'enfuir pour retrouver Catherine, William l'a fait emprisonner à Kingsway. Peu après il l'a envoyé sur un navire pour les colonies, où il a été enrôlé de force dans le régiment de lord Burghley. S'il avait déserté en temps de guerre sans le consentement de son supérieur, il risquait la cour martiale. Il n'avait pas le choix, et Burghley obéissait aux instructions de William.

Maria baissa un instant les yeux, puis les releva, empreints de tristesse.

— Catherine s'est donné la mort peu après la naissance de son fils. William a écrit à Sinjin que l'enfant était mort aussi. La honte m'envahit chaque fois que j'y pense. Je vous envie votre indépendance, votre force de caractère, votre talent de cavalière ; vous êtes capable de vous mesurer à Sinjin sur son propre terrain, d'égale à égal. J'avais tout juste dix-sept ans quand je me suis mariée, et jamais je ne me suis sentie assez forte pour m'opposer à la volonté de William. C'était un être froid et insensible, notre mariage fut un mariage de raison, et nous avons toujours vécu des existences séparées.

Elle poussa un long soupir.

— Pardonnez-moi cette digression. William est mort cet hiver-là d'une apoplexie, et Sinjin a pu revenir à la maison. Mais avant d'accepter officiellement ses titres, ou même de parler à ses hommes de loi, il est parti chercher la tombe de Catherine. Une semaine plus tard, il découvrait que son fils n'était pas mort. Seneca était revenu en Angleterre avec Sinjin, et ils montèrent à Manchester, en plein cœur de l'hiver, jusqu'à la maison du médecin où vivait Beau. L'enfant avait huit mois et était grièvement malade. Sinjin a battu le médecin sans merci lorsqu'il a vu de quels sévices son fils avait été victime. La pauvre petite chose était presque morte lorsque je l'ai vue, d'une maigreur effroyable. Beau n'aurait pas survécu longtemps si Sinjin n'était arrivé.

Ses yeux étaient embués de larmes à cette évocation.

— Ce fut un cauchemar que je n'oublierai jamais, murmura la mère de Sinjin. Vous comprenez quel amour il peut éprouver pour son fils. Et, malgré sa réputation, il s'applique à ne fréquenter que des femmes sophistiquées qui ne veulent pas d'enfants. Vous avez dû lui tourner la tête, mon petit. Jamais auparavant il n'avait failli à sa règle.

Le sourire de Maria rappela à Chelsea ceux que Sinjin était capable de lui adresser.

— Il a essayé de... de prendre des précautions, bredouilla Chelsea, très gênée. Mais...

— Pas suffisamment, compléta la duchesse avec légèreté. Et le voilà face à un nouveau dilemme. Beau était l'amour de sa vie, obsessionnel et exclusif, depuis dix ans, et, pardonnez-moi, mais je crois que hélas ! le souvenir de Catherine est encore vivace dans le cœur de Sinjin. Dans un sens, elle incarne toute sa jeunesse idéalisée, magnifiée par le deuil, parfaite et inviolable dans sa cristalline pureté.

Chelsea aurait préféré une rivale moins intimidante.

— Sinjin a quitté l'Angleterre, poursuivit Maria, dès que la santé de Beau le lui a permis, fuyant avant tout ses souvenirs. Il a emmené son fils à Florence pendant un an, mais le deuil de Catherine l'a poursuivi. Beau est devenu sa vie, son salut. Sinjin avait vingt et un ans lorsqu'il a décidé de revenir. Ce n'était plus le même. Il était devenu plus réservé, cynique...

Chelsea était bouleversée par la douleur qu'avaient dû éprouver Sinjin, Catherine et leur enfant, et, soudain, elle fut curieusement transportée en se rappelant les paroles de Sinjin. Malgré la profonde compassion qu'elle éprouvait pour le passé malheureux de son mari, ces révélations lui expliquaient bien des choses.

— Beau m'aime bien, dit-elle avec calme.

— Il vous adore, ce que Sinjin admet presque avec inquiétude. Il est extrêmement attaché à son fils et se trouve confronté à l'éventualité de devoir le partager. Vous êtes entrée dans sa vie avec une force dynamique qu'il ne sait trop comment contenir, ajouta-t-elle en souriant.

Chelsea garda un moment le silence, puis dit gravement :

— Je vous remercie de m'avoir confié cette triste histoire. Sinjin parle-t-il à Beau de sa mère ?

— Non. Il lui a seulement dit qu'elle était morte

peu après sa naissance. A l'âge de Beau, on n'est pas encore trop curieux. Il a fort à faire à la maison et est rarement livré à lui-même. Sinjin lui-même, malgré ses habitudes de célibataire, passe autant de temps que possible avec lui.

— Croyez-vous que Sinjin verrait d'un mauvais œil un nouvel héritier venir détrôner Beau ?

— C'est un point délicat. Je pense que lui-même n'en connaît pas la réponse. Et, jusqu'à présent, la question ne s'était pas posée.

— Jusqu'à ce que mon père décide de le mener pieds et poings liés devant l'autel.

— Oui. Mais vous lui aviez d'abord tourné la tête, ne l'oubliez pas, ajouta Maria en souriant, sans quoi votre père n'aurait jamais eu à prendre de si draconiennes mesures. La responsabilité incombe donc largement à Sinjin, une autre vérité qu'il a dû reconnaître.

— Je crois à présent que je vais tout faire pour garder votre fils. Est-ce que cela vous déplaît ?

— Bien au contraire. Il mérite le bonheur que vous lui avez apporté. Vous avez ma bénédiction. Puis-je vous y aider ?

Chelsea eut un large sourire empli d'optimisme.

— Je vous remercie mais... non. Je me débrouillerai seule.

38

Chelsea avait l'intention d'aller trouver Sinjin avec une proposition raisonnable et ouverte, qu'il ne pourrait décliner.

S'il ne voulait pas d'enfants, elle le comprenait. Tout ce qu'elle demandait c'était qu'il lui consacre deux semaines de son temps. Si après cet intervalle il préférait toujours dissoudre leur mariage, elle s'en irait.

Comment pouvait-il lui refuser deux brèves semaines ?

Il n'avait rien à perdre.

Quant à Chelsea, c'était sa vie qu'elle jouait, mais le détachement avec lequel Sinjin la considérait depuis son arrivée à Londres lui procurait plus de douleur que de bonheur. Jamais il n'allait plus loin qu'une amicale courtoisie. Ils auraient aussi bien pu être frère et sœur. Or elle ne supportait plus cette comédie. Elle préférait tout risquer.

Cependant, Chelsea n'eut pas l'occasion de présenter son offre. Ce matin-là, tandis qu'ils chevauchaient dans Hyde Park, Sinjin leur apprit, à Beau et à elle, qu'il partait pour Tunis le lendemain.

Il avait pris sa décision le matin même, en regardant le soleil se lever, une bouteille de brandy vide à ses côtés, la tête douloureuse non seulement à cause de l'alcool mais de ce besoin irrationnel qu'il avait de sa femme et qui l'abrutissait.

L'éloignement lui permettrait de déterminer si le désir charnel qu'il éprouvait pour Chelsea était une raison suffisante pour s'enchaîner à vie. En outre, Ali Ahmed l'avait intrigué en lui parlant d'une race exceptionnelle de coureurs élevés dans le désert, au sud de Tozeur. C'était l'occasion d'apaiser sa conscience tout en se faisant plaisir et en acquérant de nouveaux chevaux de course.

Son yacht était toujours prêt. Il lèverait l'ancre le lendemain.

Incapable de parler devant Beau, Chelsea accueillit la nouvelle avec une remarque polie.

— Tu resteras naturellement à Seth House, lui dit Sinjin, si toutefois tu le désires. Ou si tu préfères, tu peux t'installer à Kingsway, Oakham ou ailleurs, toutes mes propriétés te sont ouvertes. A toi de choisir.

— Oh, papa, emmène-moi au yacht ! s'écria Beau avec excitation. Laisse-moi venir avec toi pour les préparatifs, je t'en prie ! Et tu m'as promis un barbe noir cette fois, hein[1] ?

— S'il y a un barbe noir dans le désert, je te promets de te le ramener, Beau. Et si tu m'aides à préparer le yacht, je te dispense de tes leçons avec le professeur Beckett.

— Youpi ! Je travaillerai comme une bête, p'pa. C'est bien plus amusant de t'aider que de conjuguer des verbes latins.

Le reste de la promenade se passa à discuter des fournitures nécessaires pour le voyage. De retour à Seth House, Sinjin s'excusa auprès de Chelsea :

— Mon administrateur est à ton entière disposition, lui dit-il en remontant en selle tandis que Beau l'attendait dans la cour. N'hésite pas à faire appel à lui.

Et il disparut avec un signe de la main.

Chelsea regagna sa chambre et fondit en larmes.

---

1. Observations de l'émir Abd-el-Kader sur les couleurs des chevaux : le plus prisé est le noir qui est marqué à la tête d'une étoile blanche, et qui a les pattes blanches. Le plus fougueux est le noir. Le noir porte bonheur (N.d.A.).

Le message était clair : « Fais ce que tu veux, va où tu veux, vis comme tu l'entends. » Elle ne l'intéressait pas.

Chelsea se sentit incapable de rassembler l'énergie nécessaire pour sourire ce jour-là, aussi déclina-t-elle la proposition de Damien et Maria qui désiraient l'emmener à l'Opéra. Elle prétendit une migraine et resta dans sa chambre toute la journée. Elle était lasse de Londres et de ses futilités. Tous ses efforts avaient été vains, son mari partait. Et elle n'avait qu'une envie, pleurer toutes les larmes de son corps.

Mais le soir venu, le bon sens qui la caractérisait l'emporta. Peut-être Sinjin était-il réellement obligé de partir, et ne s'était-il pas uniquement décidé par aversion pour elle... Elle poussa un long soupir et décida de ne pas se laisser abattre.

Sinjin n'avait pas remis les pieds à Seth House de toute la journée et elle avait entendu son valet préparer sa malle. Seule dans sa chambre devant son dîner, elle réfléchit. Elle avait espéré qu'il reviendrait au moins pour lui dire au revoir. Eh bien, qu'il rentre ou non, elle décida de passer la nuit dans le lit de son mari. Elle s'était raisonnée, certes, mais de là à cesser de l'aimer d'une minute à l'autre, c'était une autre affaire.

Au pire, songea-t-elle, il lui ordonnerait de quitter sa chambre et, s'il ne rentrait pas dormir, elle aurait au moins imaginé sa présence et passé quelques heures dans son univers.

Car, après le départ de Sinjin, elle n'avait aucune intention de s'attarder à Londres. Elle repartirait dans l'Ayrshire et reprendrait le cours de son ancienne existence. En décidant de dormir dans le lit de Sinjin, elle n'avait aucune stratégie particulière en tête. Elle ne cherchait qu'une maigre consolation dans le chaos d'émotions et de déceptions qui l'engourdissait.

Elle s'assit devant la fenêtre du jardin pour regarder la nuit tomber, se laissant envahir par un flot de souvenirs... et peu à peu, une nouvelle détermination s'ancra en elle. Ils ne pouvaient pas se quitter ainsi. Elle voulait qu'il lui fasse l'amour une dernière fois avant de partir, elle était trop triste, trop jeune, trop seule, trop amoureuse. Il n'avait pas besoin de l'aimer ni de lui dire qu'il l'aimait, elle lui demanderait seulement de la serrer contre lui, car il allait la quitter... peut-être pour toujours.

Les expéditions dans ces contrées infestées de brigands et de pirates n'étaient pas sans risques. L'Afrique du Nord sous le joug de dynasties militaires présentait d'autres dangers encore. Et l'achat de chevaux n'était pas vu d'un bon œil par les autorités de Tunis. En fait, c'était même interdit aux étrangers.

Elle jouerait sa dernière carte, ce soir, décidat-elle, armée d'une résolution nouvelle. Mais comment faire pour attirer son attention, à supposer qu'il rentre ? Elle sourit, repoussa son plateau et alla dans son petit boudoir. Sûrement, un homme qui aimait à ce point les femmes ne devrait pas être trop difficile à séduire.

Elle en avait assez appris au temple de la mode londonienne pour le faire succomber. Elle se plongea dans un bain chaud et parfumé, puis poudra son corps avec un talc qui rendit sa peau douce comme le satin. Ainsi poudrée, parfumée et magnifiquement nue, elle entra dans la chambre de Sinjin, telle une courtisane, et prit une dernière précaution au cas où ces artifices seraient insuffisants : elle versa une dose de poudre de cantharide dans le flacon de cognac. « En amour comme à la guerre, tous les coups sont permis », se dit-elle en dissolvant l'aphrodisiaque dans la bouteille. Puis elle plaça un verre à côté, recula d'un pas pour juger de l'effet et retourna dans sa chambre pour trouver le déshabillé idéal. Elle en choisit un qu'avait sélectionné Sinjin lui-même lors de leur visite chez madame DuBay et, en se regardant dans le miroir, elle se jugea parfaite.

Elle s'installa alors en une pose gracieuse et confortable sur les oreillers de son mari.

Pendant ce temps, Sinjin St. John avait fait la dernière tournée de ses clubs. Ses adieux terminés, il se trouvait dans le boudoir de Harriet, contemplant d'un air morose le fond de son verre de brandy.

— Tu n'as pas regardé une seule autre femme, Sinjin, depuis ton retour à Londres. Elle doit bien signifier quelque chose pour toi. Va donc lui dire au revoir.

Sinjin leva les yeux et contempla la glorieuse rouquine qui était restée son amie et sa maîtresse au fil des années.

— Depuis combien de temps est-ce que je viens ici ? demanda-t-il.

— Depuis que tu as seize ans, mon chéri. Je me souviendrai toujours de notre première rencontre, lorsque ton père t'a présenté à moi. Tu étais le jeune homme le plus séduisant que j'avais jamais vu... et considérablement plus accompli que ne le croyait ton papa.

Le septième duc de Seth avait emmené son fils dans la maison close la plus chic de la ville pour lui enseigner *l'amour*. Et Harriet, la maîtresse des lieux, avait pris en charge personnellement cette éducation, fascinée par la beauté du garçon. Ils étaient immédiatement devenus les meilleurs amis du monde.

— Ai-je changé mon mode de vie, pendant toutes ces années... excepté pour Catherine ?

— Non, mon chéri, murmura Harriet, qui avait à l'époque partagé son malheur. Mais peut-être ta ravissante épouse est-elle en train de te transformer.

— Qui dit que j'en ai envie ?

— Qui dit que tu as le choix ? fit-elle d'une voix très douce.

Elle avait remarqué, comme toutes les autres, que Sinjin n'était plus le même. Pas une seule n'avait réussi à obtenir ses faveurs.

— On a toujours le choix, répliqua-t-il sèchement.

— Mais à quel prix ? Manifestement, tu ne nages pas dans un bonheur insouciant, depuis ton retour.

— Je n'ai pas envie d'être marié, grogna-t-il. Et je trouve mon mariage infiniment plus difficile à oublier que celui des autres.

— Tu tiens à elle... sans quoi tu bondirais impunément par-dessus les liens conjugaux, répondit Harriet.

Elle allait peut-être perdre son amant, mais elle souhaitait voir Sinjin heureux. Aucune femme n'avait conquis son cœur depuis Catherine.

— Enfer et damnation ! s'écria Sinjin en se servant un nouveau verre de brandy. Pauvre Harriet, tu as été ma confidente pendant ces interminables semaines...

— Deux seulement, corrigea la jeune femme en souriant. Rentre chez toi avant de partir pour Tunis, Sinjin, mon chéri.
— Désapprouves-tu ma fuite ?
Elle haussa les épaules.
— Disons que j'en désapprouve peut-être les raisons : le mariage de tes parents, cet égoïsme typiquement masculin, ta peur d'avoir à partager Beau, ta culpabilité au souvenir de Catherine... C'est pourquoi tu devrais justement rester, pour une raison plus importante... Parce que tu aimes ta femme.
Le sourire de Sinjin s'était élargi.
— T'ai-je donc ennuyé avec tout cela ? murmura-t-il, soudain espiègle. Il faudra m'envoyer votre note, docteur.
— Tu m'as assez payé pendant toutes ces années pour faire de moi une femme riche, mon chéri, répondit Harriet avec un sourire chaleureux.
— A mon retour, j'espère avoir exorcisé mes démons, soupira Sinjin.
— Fais-moi une dernière faveur, demanda-t-elle. Dis au moins adieu à ta femme. Elle est si jeune...
— Le faut-il vraiment ?
— Est-ce si difficile que cela ? Dis-lui simplement au revoir. Ne pars pas sans un mot.
— Dans ce cas, soupira-t-il en jetant un coup d'œil sur la pendule, il faut que j'y aille.
— Embrasse-la pour moi, fit Harriet avec un sourire.
— L'embrasser ? Qui parle de l'embrasser, elle n'est que ma femme, après tout, répondit Sinjin d'un ton léger. Depuis quand un homme embrasse-t-il sa femme ?

Il était quatre heures lorsque Sinjin rentra à Seth House. Il marqua une pause sur le seuil de sa chambre, la main sur la poignée, déconcerté. Sa femme était dans son lit, endormie comme une enfant. Mais le négligé qu'elle portait n'était pas celui d'une enfant. On aurait dit un joli petit paquet érotique offert à lui.

Les bougies plongeaient la pièce dans une pénombre singulière.

Il demeura un instant à contempler Chelsea, rose et dorée à la lueur des flammes. L'image lui brûlait la rétine. Une envie puissante le tenaillait de dénouer les petits nœuds de dentelle sur ses épaules, de soulever le voile qui lui couvrait les cuisses et de toucher la chaleur de son corps. Elle sentait la rose et le lilas, allongée dans son lit, telle Eve dans le Jardin d'Éden. Depuis combien de temps n'avait-il pas été avec une femme ? Avec elle ?

Il hésita. Quel mal pouvait-il y avoir à céder, une fois, une seule fois ? Mais une petite voix lui soufflait que la mise en scène de Chelsea comportait un prix trop élevé pour lui. Il était là, indécis, quand son regard fut attiré par le flacon de cognac. Il referma doucement la porte, traversa la pièce, s'assit sur le fauteuil doré et capitonné au pied du lit et se servit un verre. La boisson l'aiderait à attendre l'aube, quand Beau viendrait et lui apporterait, avec sa présence, la sécurité.

La vision de sa femme ainsi offerte était un véritable supplice et, bientôt, il avalait son deuxième verre. Il le reposa maladroitement sur la table de

nuit et l'objet se brisa sur le sol, réveillant Chelsea.
— Rendors-toi, lui dit-il. Je ressors dans quelques minutes.
Elle se redressa, repoussa ses cheveux de son visage et murmura d'une voix endormie :
— Depuis combien de temps es-tu là ?
— Un quart d'heure. Le déshabillé de madame Du-Bay te va à ravir, commenta-t-il de sa voix habituelle.
Elle sourit timidement.
— Merci. J'espère que tu n'es pas fâché que je me sois installée dans ton lit, mais tu partais demain matin et... enfin, Tunis est si loin...
— Aucune importance, répondit-il avec brusquerie. A présent, si tu veux bien m'excuser, fit-il en se levant, je vais me changer.
Il avait de plus en plus de mal à regarder sa femme sans imaginer ces petits nœuds dénoués.

Dès qu'il eut disparu dans le cabinet de toilette, Chelsea se leva, courut vers la porte du couloir et la ferma à clef. Elle fit de même avec celle qui communiquait avec sa chambre et cacha la clef avant de reprendre sa place dans le lit. Puis elle attendit, le cœur battant la chamade.

Sinjin sortit bientôt, dans ses vêtements de jour, ses cheveux brossés.
— Je te retrouverai à huit heures dans la salle à manger pour le petit déjeuner, dit-il en passant devant le lit. Nous discuterons de ce dont tu pourras avoir besoin en mon absence.

Il s'appliqua à ne pas s'arrêter devant elle et, bientôt, Chelsea l'entendit pousser un juron tandis que la porte résistait sous sa pression. Il fit volte-face, les sourcils froncés.

— Ne fais pas l'enfant.

— Tu me manques, déclara Chelsea d'une voix calme. Je le regrette, mais c'est ainsi. J'espérais, ajouta-t-elle presque avec humiliation, que tu me ferais l'amour avant de partir.

— Donne-moi la clef.

— Viens la chercher, répondit doucement Chelsea.

— Bon sang, je ne suis pas d'humeur à badiner. Où est-elle ?

Chelsea s'appuya contre les oreillers et souleva lentement le déshabillé transparent, entrouvrant les cuisses, afin que Sinjin puisse contempler cette partie de son corps qui précisément l'obsédait depuis qu'il était entré dans la chambre.

Il aurait dû s'en douter.

— Très amusant, fit-il sèchement.

Mais son œil s'attarda sur l'endroit que dévoilait Chelsea avec une telle impudence, et le désir, plus vif que jamais, lui déchira les entrailles. Il serra les poings.

— Non, murmura-t-il. Non ! Je ne veux pas courir le risque d'avoir un bébé.

Les moyens de contraception n'étaient pas infaillibles. Malgré cette rebuffade discourtoise, le visage de Chelsea s'illumina d'un large sourire. Il ne la détestait donc pas. Il cherchait uniquement à préserver son indépendance, ce qu'elle comprenait parfaitement.

— Je n'essaye pas de te piéger, dit-elle. C'est une simple requête, et tu n'as pas à t'inquiéter, car j'ai pris la précaution d'utiliser une éponge grecque. Vois comme je suis obligeante.

Il sembla réfléchir un instant, puis secoua la tête.

— Je pars dans quelques heures. Nous reparlerons de cela à mon retour.

— Non.

Il fronça les sourcils, surpris, peu habitué aux femmes volontaires. Puis il retourna s'asseoir sur le fauteuil.

— J'attendrai le réveil des domestiques, dit-il en saisissant le flacon de cognac. Tu n'iras pas jusqu'à faire une scène devant toute la maisonnée, je suppose.

Chelsea était déterminée à obtenir ce qu'elle voulait, et elle le vit avec satisfaction boire une longue gorgée de cognac à même la bouteille. Elle connaissait ses élans et sa fougue. Les yeux ronds, Sinjin regarda Chelsea quitter le lit et s'approcher du miroir, pieds nus. Elle fit une pause devant la psyché et lui sourit. Sinjin se mordit la lèvre. Elle était trop proche, trop lascive, trop femme...

Tandis qu'elle dénouait avec une insupportable lenteur les nœuds sur sa poitrine, son image se reflétait dans le miroir et elle tournait vers lui son dos souple. Ses seins, encore partiellement cachés par les rubans de dentelle, étaient deux globes magnifiques. Sinjin la contemplait, fasciné. Enfin, elle dénoua les derniers nœuds sur ses épaules.

Lorsque le vêtement de soie glissa à ses pieds, Sinjin eut l'impression que le bruit était assourdissant.

— Tu perds ton temps, fit-il d'un ton bourru, réprimant l'irrésistible envie qu'il avait de bondir pour la toucher.

— Mais il m'en reste encore assez avant le lever des domestiques, répondit Chelsea avec un sourire.

Elle se tourna vers lui, offrant ses mamelons dressés et le triangle d'or entre ses cuisses, et se réjouit de l'intérêt qu'il ne parvenait pas à masquer.

— Mais avec ces lumières tamisées, murmura-t-elle avec désinvolture, je distingue mal si ton corps réagit autant que le mien.

Son commentaire eut l'effet souhaité, comme si elle avait caressé de ses mains le membre de Sinjin.

— Ça ne marche pas, grommela Sinjin.

— T'ai-je dit que j'avais mis de la poudre de cantharide dans le cognac ?

Il pâlit.

— Petite garce ! s'écria-t-il avec fureur.

Elle avança délibérément vers lui et alluma plusieurs bougies supplémentaires. La courbe de ses hanches et de ses cuisses n'était qu'à quelques centimètres de son mari, son parfum l'enivrait. Il n'avait qu'à tendre la main pour effleurer ces merveilles offertes.

— Voilà, commenta Chelsea en se redressant.

Rongé par un désir primitif, Sinjin en éprouvait une souffrance insoutenable. Et il était captif dans cet antre de la tentation.

— Je pourrais te battre, gronda-t-il d'une voix dépourvue de la moindre menace.

— Plus tard, peut-être, répondit Chelsea en allant placer les bougies ivoire dans les chandeliers. Cette clef me caresse partout à chacun de mes mouvements, murmura-t-elle. Je dois reconnaître que ce n'est pas désagréable... bien qu'incomparable... avec toi, termina-t-elle dans un ronronnement.

Sinjin serra les poings autour du fauteuil et ses articulations blanchirent. La lumière illuminait le corps radieux de Chelsea, augmentant encore la soif qu'il avait d'elle. La clef de sa liberté n'était qu'à quelques centimètres, s'il osait la prendre. S'il pouvait se maîtriser...

Viendrait-il chercher la clef ? se demanda Chelsea en se hissant sur la pointe des pieds pour placer la dernière bougie dans une niche, à côté du lit.

Son corps mince et souple ainsi tendu, ses seins lourds dressés bien droits tandis qu'elle levait les bras au-dessus de sa tête, la parfaite beauté de ses chevilles, ses mollets, ses cuisses... c'en était trop pour Sinjin. La poudre de cantharide eut raison des derniers vestiges de sa volonté. En trois enjambées, il fut devant elle, la souleva comme une plume et la porta sur le lit.

— Tu savais que je ne pouvais pas te résister, n'est-ce pas ? murmura-t-il en roulant au-dessus d'elle sur le lit. Que le diable t'emporte !

Il continua à jurer en la couvrant de baisers.

— Je ne m'en doutais pas... mais... j'avais trop envie de toi, même si ce doit être la dernière fois, haleta Chelsea, les yeux fermés, la tête de Sinjin entre ses mains.

Il alla alors chercher la clef, ce symbole de son salut, mais la rejeta immédiatement pour pénétrer Chelsea avec une avidité qui n'avait d'égale que celle de la jeune femme. Il n'était certain que d'une chose, il aurait donné sa vie, en cet instant, pour serrer Chelsea contre lui.

Il poussa un gémissement, le corps en feu, sauvé par la douceur et le miel de celle qui lui avait imposé une tentation aussi cruelle. Elle s'accrochait à lui avec ardeur, avec la passion inconditionnelle d'une jeune fille, avec l'intensité sauvage d'une femme, avec amour et espoir et des larmes de bonheur.

Ce fut terminé en quelques secondes, leur célibat des dernières semaines les poussant à un rythme impétueux et à une gratification immédiate. Après leur zénith précipité, une sorte de paix les envahit. Leurs cœurs battaient avec force, à l'unisson, et Chelsea crut qu'elle allait mourir de béatitude.

Bientôt, Sinjin quitta la chaleur de Chelsea, se leva et ôta presque avec rage ce qui restait de ses vêtements.

— Tu vas peut-être regretter d'avoir drogué mon cognac, grogna-t-il en revenant rapidement dans le lit, les yeux animés par le désir.

Une soif presque aussi puissante que celle de Sinjin irradiait Chelsea.

— Je ne regretterai rien, milord, si cela doit vous faire partager ma couche, répondit-elle. Laissez-moi, je vous en prie, répondre à vos désirs...

— Avec plaisir, milady, car j'éprouve justement le besoin impérieux d'une femme consentante, fit-il en lui écartant les jambes.

L'esprit momentanément distrait de sa colère, il ferma les yeux, oublieux de tout hormis l'exquise sensation lorsqu'il plongea dans le cœur palpitant de sa femme, et son cerveau s'abîma dans ce sanctuaire d'extase sensuelle. Chelsea comprenait sa colère mais peu lui importait, du moment qu'il était là, en elle, qu'il la voulait, et elle se fondit en lui avec reconnaissance.

Les premières fois, il lui fit l'amour presque brutalement, tant son désir était incontrôlable. Et elle l'accueillit avec une passion qui les stupéfia tous deux.

Plusieurs heures plus tard, tandis que le soleil teintait l'horizon, ils gisaient sur le lit, enlacés, satisfaits, béats. Soudain, Sinjin entendit un infime reniflement. Il souleva la tête de l'oreiller et vit couler les larmes de Chelsea.

— Ne pleure pas, murmura-t-il. Je t'en prie, ne pleure pas...

— Je ne suis pas triste, répondit-elle avec un sourire radieux sous ses larmes.

— Tu en es sûre ? fit-il, perplexe.

Elle hocha la tête et répondit dans un hoquet :

— Maintenant, j'en suis certaine.

Ils ne parlaient pas de la même chose, songea-t-il immédiatement, et il fronça un sourcil.

— Il fallait que je sache, continua Chelsea d'une voix assourdie par l'émotion. Il *fallait* absolument que je sache... Même si... la réponse devait me crucifier. Je ne pouvais pas te laisser partir ainsi, termina-t-elle dans un murmure.

Elle se frotta les yeux du poing, comme une enfant.

Le soupir de Sinjin résonna étrangement dans le silence.

— Ces derniers temps, commença-t-il, je n'ai fait que m'asseoir chez Brookes, Boodles ou Whites pour jouer, boire et penser à toi...

Il parlait d'une voix sans timbre, stupéfait lui-même de son aveu.

— Alors emmène-moi avec toi ! Je t'en prie... Je ne veux pas rester toute seule !

Elle se redressa brusquement, tout au glorieux bonheur de sa confession, et lui prit les mains.

— Il *faut* que tu m'emmènes, répéta-t-elle avec ferveur.

Le sourire que lui adressa alors Sinjin fut si merveilleux que les larmes montèrent aux yeux de Chelsea.

— Il le faut ?

— Oh, oui. Il le faut, insista-t-elle à bout de souffle avant de se mettre vivement à genoux et de jeter ses bras autour de son cou. J'utiliserai des éponges grecques, poursuivit-elle avec animation. J'en prendrai des boîtes entières. Tu n'auras pas le sentiment d'avoir la corde au cou, je ne te demanderai rien, je veillerai à ce que tu te nourrisses bien, je laverai ton linge. Tu verras comme je sais me rendre utile. Infiniment...

— Tout cela est fort obligeant de ta part, remarqua-t-il en souriant.

— Tu verras. Je serai tellement, mais tellement obligeante que tu te croiras chez Harriet.

Sinjin écarquilla les yeux.

— Allons, mon chéri, toute la ville sait quel beau couple vous faites, dit Chelsea avec un petit sourire.

— Nous faisions, corrigea-t-il.

Ces simples mots ajoutèrent encore à la joie de la jeune femme.

— Alors emmène-moi ! s'écria-t-elle.

Il y eut un petit silence, qui se prolongea désagréablement aux oreilles de Chelsea. Lorsque enfin elle crut que tout espoir était perdu, Sinjin dit d'une voix très douce :

— Seulement jusqu'à Naples.

Elle poussa un petit cri et le couvrit de sa chaleur, de ses baisers, de remerciements épanouis et de sourires radieux.

— Tu ne le regretteras pas, je te le promets, tu ne le regretteras pas.

La portion rationnelle du cerveau de Sinjin le regrettait déjà, mais le reste de son esprit et la totalité de son corps s'en réjouissait énormément.

— Nous partons à dix heures, lui annonça-t-il, cela ne te donne pas beaucoup de temps pour te préparer.

— Je vais me dépêcher. Je serai prête. Ne bouge pas, je reviens tout de suite.

Mais quand elle revint quelques instants plus tard, après avoir sonné sa camériste et donné ses instructions pour que l'on prépare ses bagages, elle trouva Sinjin endormi, étendu en travers du lit.

Il lui parut plus mince, ses pommettes plus saillantes, le relief de ses côtes presque visible sous les muscles puissants de son torse, les ombres sous ses yeux trahissant trop de nuits sans sommeil. Chelsea le couvrit et s'aperçut que les tentatives de son mari pour lui échapper ne le lui faisaient qu'aimer davantage. Et ce qui renforçait encore son amour pour lui, si cela était possible, songea-t-elle avec un petit sourire, c'était le fait qu'il eût perdu sa propre bataille.

40

Sinjin loua une villa pour Chelsea à Sorrento, où la vue de la baie était spectaculaire, la plage magnifique et les écuries adéquates pour recevoir les chevaux qu'il avait l'intention d'acheter à Tunis. Il passa une semaine à présenter sa femme à l'étrange mélange de nationalités qui composait la société napolitaine.

L'ambassadeur de Grande-Bretagne, sir William Hamilton, se montra fort empressé envers eux, notamment après qu'ils eurent invité à dîner sa bonne amie Emma Hart.

Sinjin emmena Chelsea admirer les lumières du Vésuve dans le ciel nocturne, avec ses impressionnantes fontaines de feu liquide. Ils firent un jour une excursion en bateau jusqu'à Capri. Ils se promenèrent dans la Villa royale, côtoyant tous les notables à la mode.

Enfin, il partit pour Tunis.

— Fie-toi aux conseils de lady Chester pour toutes les questions touchant le protocole, suggéra Sinjin le matin de son départ. Et évite les chefs d'orchestre napolitains, ajouta-t-il avec un sourire espiègle.

— Même s'ils sont très vieux ? plaisanta Chelsea. J'ai justement rencontré un musicien merveilleux, et je l'ai déjà engagé pour qu'il me donne des leçons de luth. J'aimerais perfectionner mon jeu.

— Qu'entends-tu par « vieux » ? interrogea Sinjin avec un coup d'œil en coin, possessif malgré lui.

— Je ne saurais pas te dire son âge exactement, répondit Chelsea, mi-figue, mi-raisin.

— Je veux le voir, fit Sinjin plus sérieusement qu'il ne l'aurait voulu, la jalousie étant un sentiment nouveau pour lui.

Maestro Minetti s'avéra être suffisamment âgé selon les critères de Sinjin. Et lorsque celui-ci embrassa Chelsea avant de pénétrer dans la voiture qui l'emmenait au port, il murmura :

— Je ne serai pas absent longtemps. Deux semaines, trois tout au plus.

Il devait se hâter pour tout faire en si peu de

temps, mais il s'aperçut qu'il n'avait pas envie de laisser sa ravissante épouse seule à Naples.

— Tu me manqueras... Reviens vite, murmura Chelsea.

— Si nous arrivons à triompher des guerres tribales et des tempêtes de sable, déclara Sinjin en souriant, nous voyagerons droit jusqu'à Tozeur. Et à mon retour, je compte bien trouver une virtuose du luth.

— Sois prudent, fit Chelsea, inquiète malgré la sérénité de Sinjin.

La côte Barbare était une terre de violence, hostile aux étrangers, où il n'était pas rare qu'on enlevât des Européens en échange d'une rançon.

— Je suis toujours prudent, répondit Sinjin avec assurance. Ne te fais pas de souci, ma chérie. Je reviendrai sain et sauf avant que tu ne te sois lassée des bavardages de lady Chester.

Et Chelsea sourit, pour lui faire plaisir.

— Pense à moi, murmura-t-il avec douceur.

— A chaque instant, répondit-elle en ravalant ses larmes.

— Ma douce, j'ai déjà fait cela des douzaines de fois, dit Sinjin en lui prenant les mains. Je connais le pays. Tu n'as pas à t'inquiéter.

Quand la voiture eut tourné au bout de l'allée, la jeune femme se rendit dans le petit pavillon donnant sur la baie pour regarder le navire disparaître à l'horizon, luttant contre le chagrin et l'inquiétude.

Les jours suivants, tandis que Chelsea répétait des caprices et des airs médiévaux sous l'enseignement de Maestro Minetti, dînait avec la colonie britannique, explorait Pompéi et se baignait dans la mer d'azur, Sinjin traversait la Méditerranée en direction de l'ouest, accompagné de Sahar et de ses Bédouins. Ils voyagèrent de nuit pour éviter les chaleurs de la journée, qui pouvaient atteindre 43° C, et franchirent enfin les terres d'alluvions et les dunes entre le chott et la mer, jusqu'à Kebili. Ils traversèrent l'immense lac salé du chott el-Djerid, où la caravane risquait de s'enliser dans la dangereuse dépression si elle s'écartait de la route étroite, et atteignirent l'oasis de Kriz le cinquième jour. Tozeur et Nefta, à la limite du Sahara, étaient des places commerciales depuis le quatrième millénaire des dynasties d'Égypte.

A huit miles l'un de l'autre, les deux sites étaient des centres de culture de dattiers. Plus de soixante-dix variétés de dattes poussaient dans ce somptueux paradis vert. Dès 1068, le géographe al-Bekri écrivait que, chaque jour, mille chameaux quittaient Tozeur avec leur cargaison de dattes. D'autres marchandises venues d'Afrique centrale transitaient également par Tozeur et Nefta. Des esclaves noirs s'y vendaient pour deux ou trois quintaux de dattes.

Pêches, abricots, bananes, prunes et amandes poussaient à l'ombre des hauts palmiers, ainsi que des orchidées et une somptueuse flore exotique.

Sur les treize mille habitants de Tozeur et les treize mille autres de Nefta, aucun n'était Européen, et s'il n'avait été accompagné de Sahar et de ses hommes du désert, on n'aurait pas traité Sinjin avec la même hospitalité. Mais le sultan de Tozeur et le caïd de Nefta acceptèrent ses cadeaux, lui offrirent la généreuse hospitalité de leurs palais et, après quelques jours de badinage, en vinrent à parler des chevaux. Tout fut réglé en moins d'une semaine et Sinjin acquit deux douzaines de coureurs du désert.

Les barbes furent embarqués sur son vaisseau à Gabès sous la garde de Seneca, tandis que Sinjin faisait un détour avec Sahar et ses Bédouins pour effectuer un raid dans l'un des arsenaux du bey. Une récente cargaison d'armes venait d'arriver au fort près de Mareth et les hommes de Sahar, en bons guerriers qu'ils étaient, considéraient les munitions comme revenant de droit à celui qui aurait l'audace de se les approprier.

Le fort de Mareth se dressait sur une colline de sable aride et brûlant, à vingt miles seulement de Gabès et à trente de la limite du Sahara, où les hommes de Sahar pourraient aisément disparaître.

D'après la rumeur, seule une petite compagnie armée du bey défendait le fort dans la chaleur de l'été, le plus gros des troupes habituelles étant en congé. Le pillage ne prendrait pas longtemps.

Tout se passa comme prévu. Ces raids étaient une pure routine pour les guerriers du désert : on envoya des éclaireurs qui écartèrent les quelques sentinelles et ouvrirent la voie aux hommes. Les soldats du bey tenaient à leur vie et quand ils eurent compris que les envahisseurs étaient en nombre supérieur, ils rendirent les armes sans résistance. On les enferma dans une petite pièce pour piller tranquillement le fort.

Leur sac terminé, les guerriers quittèrent les lieux, gais et triomphants, chargés de munitions. Et si le capitaine du fort n'était pas rentré inopinément de Gabès à cet instant, le raid aurait été couronné de succès. Mais le soldat dressa une rapide embuscade. Au premier coup de feu, les hommes de Sahar se dispersèrent dans les dunes. Plusieurs furent touchés et deux chevaux furent abattus, dont celui de Sahar. L'effet de surprise avait fonctionné.

Les Bédouins revinrent chercher les blessés, et Sinjin rejoignit Sahar au moment même où il dégageait son pied de l'étrier. Sinjin se pencha sur sa selle au galop et, sans ralentir l'allure, saisit son ami qui attendait, accroupi devant sa monture abattue.

— Vers la côte! cria Sahar, sachant qu'on les poursuivrait en direction du sud.

— C'est loin? demanda Sinjin en plissant les yeux à travers les vapeurs de chaleur qui s'élevaient devant eux dans la nuit.

— Deux lieues, peut-être trois...

Mais quand le barbe commença à boiter, blessé par une balle, les deux hommes durent mettre pied à terre et finir le chemin en courant.

L'*Aurora* était mouillé à Gabès. S'ils pouvaient atteindre le quai avant l'aube, ils seraient sauvés.

Tout était calme lorsqu'ils approchèrent de la douane. Mais, soudain, une silhouette se détacha dans l'ombre.

— Nous vous attendions, *ferenghi*. Mon maître le caïd de Gabès vous souhaite la bienvenue.

Sinjin pivota sur ses talons pour s'enfuir, mais ses jambes se dérobèrent au moment où une balle l'atteignait à la tempe. La douleur explosa dans son crâne et le sang l'aveugla avant même qu'il ne tombe face contre terre. Il eut une vision de Chelsea, et s'enlisa dans le néant.

Lorsque Sinjin se réveilla, deux jours plus tard, il était transporté par une caravane de chameaux, ligoté sur une litière. La douleur était intolérable. Il ouvrit les paupières. Des lumières rouges dansaient devant ses yeux, et il s'évanouit de nouveau.

Le caïd de Gabès s'apprêtait à offrir le seigneur *ferenghi* au bey en tant que présent personnel. On l'emmenait au nord avec un médecin pour le soigner et des domestiques pour veiller sur lui. Le bey se souviendrait du cadeau de son loyal serviteur de Gabès.

Moins important aux yeux du caïd, Sahar fut vendu la semaine suivante sur le marché aux esclaves. Quand il arriva dans la petite villa de la Kasbah et entra dans la cour, un homme de stature imposante, au visage sombre, se leva de son fauteuil. Il remercia l'agent dans un arabe approximatif mais éloquent et lui remit une bourse d'or en lui disant :

— Pour vos excellents renseignements.

Puis, lorsque l'agent fut parti, Seneca, car c'était lui, se tourna vers Sahar :

— Est-ce que tu te sens bien ?
— Oui. Rien de cassé. Je peux monter à cheval.

Ils savaient tous deux ce qu'il voulait dire.

— Tant mieux. Nous partons ce soir même. Ils ont emmené Sinjin à Tunis. En guise de cadeau pour le bey.

41

Peu après la capture de Sinjin, Seneca fit envoyer à Naples les chevaux récemment achetés, avec un message pour Chelsea. Il ne parla pas de Sinjin, soucieux de ne pas alarmer la jeune femme.

Mais Chelsea apprit la captivité de Sinjin par hasard, lors d'une réception chez l'ambassadeur de Grande-Bretagne. Elle était sortie prendre l'air sur une terrasse quand des voix d'hommes lui parvinrent derrière les azalées. En entendant le nom du bey de Tunis, elle espionna leur conversation sans la moindre honte.

— Il a de nouveau capturé un Anglais, m'a-t-on dit. Et, pour l'instant, pas la moindre demande de rançon.

— Le scélérat! s'exclama l'autre avec irritation. Il n'a donc aucune parole! Nous le payons pour que cessent ces enlèvements!

— Cette fois, le prisonnier est un homme qui possède un titre, m'a dit l'informateur de mon cousin.

— Le consulat britannique a-t-il été mis au courant?

— Le bey nie avoir l'homme.

— Connaît-on son nom?

— La rumeur dit que le duc de Seth était récemment ici, à Naples. Ses chevaux sont revenus sans lui l'autre jour.

Chelsea avait cessé de respirer depuis longtemps. Elle se tenait, très droite, les mains accrochées à la rambarde, sa robe de mousseline blanche la faisant ressembler à un fantôme.

Enfin, elle parvint à rassembler ses forces et, déjà, tandis que les deux hommes continuaient leur promenade sur le chemin fleuri, elle échafaudait des plans. Elle rentrerait immédiatement à Sorrento. Dès le lendemain matin, elle se mettrait en route pour Tunis. Par temps clair, il fallait compter une trentaine d'heures, avait dit Sinjin. Elle prendrait le navire le plus rapide de la baie, mais il lui fallait d'abord des lettres d'introduction du consul général... Seigneur, comment s'appelait l'intendant de Sinjin, déjà ? Impossible de se le rappeler.

Et il ne lui suffisait pas d'arriver à Tunis. Il faudrait qu'elle apporte une rançon suffisante aux yeux du bey. Elle devrait donc d'abord parler à sir William, l'ambassadeur, qui, heureusement, les tenait en haute estime, Sinjin et elle. Devrait-elle lui dire la vérité ? Il lui fallait également de l'or, et trouver un navire sûr. Ensuite, elle n'aurait plus qu'à prier pour que la chance l'accompagne. Les corsaires étaient légion sur la Méditerranée.

Elle trouva sir William dans le salon de jeu et ne lui posa que des questions d'ordre général, disant qu'elle envisageait une brève croisière autour des îles au large de Naples. S'il connaissait ses projets, il se sentirait obligé de la dissuader de pénétrer dans les domaines du bey. Elle quitta l'ambassadeur avec les noms des consuls britannique et napolitain, des suggestions de capitaines, et une lettre d'introduction pour qui de droit pour le cas où elle déciderait de visiter l'une des îles.

Elle ne précisa pas que l'île sur laquelle elle comptait se rendre était à quelque trente heures de route.

Tôt le matin suivant, Chelsea envoya une lettre destinée à être remise à sa famille au cas où elle ne reviendrait pas, passé un délai raisonnable. Elle laissa des consignes détaillées au palefrenier italien quant aux soins à prodiguer aux chevaux en son absence, puis envoya chercher le banquier de Sinjin.

Signor Vivani pâlit lorsqu'elle lui énonça la somme requise, mais il lui promit que l'argent serait sur les quais dans moins d'une heure. Il avait compris vers quelle destination elle se rendait ; tout se savait dans certains milieux. Il lui proposa même de négocier son navire. La duchesse voyagerait seule ? Impossible ! Il lui recommanda d'emmener au moins quelques gardes du corps.

— Bien que les Anglaises soient réputées pour leur excentricité, déclara-t-il avec diplomatie, le bey reconnaît la richesse plus aisément que l'émancipation. L'indépendance ne figure pas parmi les valeurs de la culture tunisienne, ce qui explique pourquoi les Bédouins, qui en ont besoin, vivent dans le désert du Sahara. Emmenez au moins une dizaine de gardes en uniforme, ainsi qu'une duègne.

— Je ne veux ni duègne, ni gardes du corps, ni personne pour me ralentir, protesta Chelsea.

Mais Emilio Vivani souligna qu'à moins qu'elle n'ait l'intention de nager à terre au milieu de la nuit, son arrivée à Tunis ne passerait pas inaperçue. Plus son équipage serait formel et sa bourse fournie, plus ses enquêtes seraient efficaces une fois sur place.

Chelsea céda avec une grimace et un soupir.

— Je suppose que vous connaissez tout cela mieux que moi.

— Avez-vous l'intention de partir aujourd'hui ?

— Dès que possible. Mes bagages sont faits.

— Parfait. Je vous retrouverai au port dans une heure. Tout sera prêt.

Il se leva, s'inclina avec tout le charme d'un gentilhomme napolitain et quitta la villa. Déployant l'efficacité grâce à laquelle il avait fait bénéficier sa banque de considérables profits, Emilio fut sur les quais à l'heure dite avec l'argent, une duègne, les gardes du corps promis et un capitaine sobre et de confiance.

Il souhaita à Chelsea un bon voyage et lui tendit plusieurs lettres de recommandation à l'attention des responsables de sa succursale de Tunis.

— Ils vous seront plus utiles que tous les appuis diplomatiques. Notre banque connaît bien les rouages du pays et peut se montrer beaucoup plus compétente. Et si vous avez besoin de davantage d'or, ajouta-t-il, ils sauront vous conseiller quant à la personne à soudoyer. Dans les pays arabes, les gouvernements ne fonctionnent qu'à coups de pots-de-vins, c'est un mode de négociation parfaitement officiel, là-bas.

Forte de ces précieux conseils, Chelsea pénétra dans le port de Tunis, Foum-el-Qued, l'après-midi suivant. En traversant le lac de Tunis, elle eut le sentiment de franchir la porte de l'Orient.

Une agréable température de 25° C régnait sur la ville, blanche et étincelante sous le soleil doré de l'été, qui dressait devant elle ses collines occidentales. Cinquante mosquées et cinquante minarets étaient autant d'atouts décoratifs semés sur ce paysage. Un parfum de rose et de jasmin embaumait l'air.

Sur les quais, toutes nations et toutes races se croisaient. Arabes, Berbères, Noirs, Européens, riches et pauvres, hommes d'affaires, portefaix, marins... Tous s'interrompirent lorsque Chelsea posa le pied sur la terre ferme. Une femme seule, même escortée de gardes du corps, était un spectacle inhabituel sous la Régence du bey.

Refusant de se laisser intimider par des regards masculins, Chelsea accueillit poliment les saluts des

Européens mais ne s'arrêta pas, emmenant sa duègne et ses gardes droit vers Dar el-Bey, où le chef de Tunis tenait sa cour en ville.

Elle fut admise dans la première chambre d'audience, où le chambellan l'informa que le bey était indisposé. Il l'écouta d'une oreille distraite avant de lui déclarer d'une voix onctueuse qu'il regrettait de ne pouvoir accéder à sa demande d'audience. Quant à son mari disparu, il lui assura en haussant les épaules que nul n'enlèverait jamais un citoyen britannique. Une impolitesse à peine masquée transparaissait dans son ton, et il mit fin à la conversation avec un infime salut de la tête.

Frustrée, Chelsea se rendit alors au consulat britannique, où on lui promit de renouveler la demande d'audience et de se renseigner sur son mari.

— Le bey ignore, hélas! les règles de la civilité et de la bienséance. Mais soyez sûre, madame la duchesse, que nous ferons tout ce qui est en notre pouvoir pour vous venir en aide.

En revanche, l'oncle et les cousins d'Emilio Vivani au Banco di Napoli purent lui offrir plus que leur sympathie. Ils lui dressèrent une liste des responsables susceptibles au moins de lui confirmer si Sinjin était ou non en résidence à Tunis.

Et pendant que Chelsea discutait avec eux des moyens de pression les plus efficaces, Hamouda, le bey de Tunis, fumait son narguilé sous l'œil déférent de son chambellan.

— Qui est cette femme aux cheveux dorés qui a demandé à me voir ? interrogea-t-il, intrigué par ce qu'il avait vu de Chelsea à travers le judas.

Les femmes blanches, si rares en Afrique, finissaient généralement dans son harem. Il envisageait déjà d'y mettre cette ravissante créature.

— J'ai oublié son nom, répondit l'autre. Une Anglaise.

— L'avez-vous fait suivre ?

— Naturellement, Votre Excellence.

— Sera-t-elle là d'ici ce soir ? J'éprouve une fascination pour les cheveux dorés...

— Si cela est possible, monseigneur. Elle a des gardes du corps.

Le bey plissa les yeux.

— Employez l'armée, murmura-t-il.

— Oui, Votre Excellence.

On ne contredisait pas le bey, mais le chambellan songea en son for intérieur qu'il aurait préféré quelque chose de plus discret qu'un enlèvement.

Peu avant neuf heures, ce soir-là, Chelsea partit dîner au consulat britannique, accompagnée de sa garde, d'une autre que lui avait envoyée le consul et d'une escorte des Vivani. La lune était pleine, mais elle éclairait à peine les ruelles étroites et encombrées, et des porteurs de torches traçaient le chemin.

Le chambellan n'aurait pu espérer scénario plus favorable.

Chelsea fut enlevée entre le café Hamma et le Bab Menara, alors qu'une rixe bruyante éclatait entre plusieurs hommes à la porte du café, venant perturber la formation qui gardait la jeune femme.

En l'espace d'un clin d'œil, elle avait disparu.

Un moment plus tard, lorsque la mêlée se calma, Giacomo Vivani bouscula frénétiquement les gardes du corps pour retrouver la jeune femme. En vain. Il lâcha une bordée d'injures dirigées vers le bey, avant de pousser un long soupir de rage. Comment allait-il parvenir à sauver la jeune Anglaise des griffes du bey ?

Au moment même où l'on emmenait Chelsea, ligotée et bâillonnée, à travers les rues de Tunis, Sinjin, pieds et poings liés dans sa cellule, était entre les mains du bourreau du bey, qui se livrait sur lui à de délicates tortures.
La crapaudine, sur laquelle on laissait la victime dans la chaleur de l'été sans rien à boire ni à manger, était habituellement une méthode efficace pour enseigner la soumission aux prisonniers insubordonnés.

42

Allait-on le laisser mourir ? se demandait Sinjin dans les brumes de l'inconscience. Était-ce la deuxième ou la troisième nuit qu'il passait attaché à ce mur ? Son esprit ne répondait pas. Ses pieds étaient ensanglantés, des cent coups de fouet qu'on lui avait administrés, et il avait l'étrange sensation de ne pas éprouver de douleur dans les jambes... uniquement dans le cerveau.
Sa langue enflée l'étouffait. Sa peau le brûlait. Sa vision, d'abord floue, avait fini par s'éteindre et il ne voyait plus que le néant lorsqu'il ouvrait les paupières.

Et dans ce cauchemar, une vision l'empêchait de céder totalement à la folie... le paradis... Chelsea chevauchant gaiement dans un paysage verdoyant, un petit ruisseau serpentant à travers la campagne. Son sourire radieux. Il croassait son nom à travers ses lèvres parcheminées.

— Il n'est pas mort, commenta le gardien avec indifférence en détachant ses liens.
— Peut-être le chambellan va-t-il nous récompenser, espéra le bourreau. Mais Mahmoud avait bien dit trois jours.
— Les *ferenghis* à la peau blanche ne résistent jamais trois jours. Mahmoud aurait dû réfléchir un peu plus.
— Peut-être voulait-il qu'il meure ? remarqua l'immense Turc, Imir.

Leurs vies à tous reposaient, précaires, entre les mains du bey et de ses ministres.

— Qu'on l'emmène à l'infirmerie pendant que je vais voir ce que désire le bey. Il sera toujours temps de l'achever là-bas si nécessaire.

Non seulement le chambellan voulait voir vivre Sinjin, mais il devint clair, à mesure que passaient les journées, qu'il avait l'intention de lui assurer une existence des plus agréables. Son corps meurtri fut soigné par une myriade de jeunes esclaves. Sa nourriture était digne du bey lui-même et on lui avait octroyé des appartements somptueux.

Le premier soir de son séjour à l'infirmerie, alors que l'intensité de sa douleur ne lui accordait que de rares moments de lucidité, on était venu lui demander si la crapaudine l'avait rendu plus docile, s'il avait changé d'avis. Il lui suffisait de dire oui ou non.

Trois lettres pour décider de sa vie ou de sa mort, avait compris Sinjin, et il avait répondu oui. Il était très jeune, amoureux de sa femme, et un singulier espoir en l'avenir habitait son cœur.

Oui, avait-il murmuré en songeant non...

Oui, avait-il dit dans l'espoir de regagner sa liberté...

Oui, avait-il répondu avec le désir poignant de revoir sa femme...

Le bey Hamouda vint fréquemment s'enquérir de la santé de son prisonnier dans le courant de la semaine qui suivit. En effet, il venait d'apprendre que son frère Hamet avait été vu récemment à Kairouan. L'ancienne capitale de la Tunisie, Kairouan, était encore le centre religieux de la Régence, et Hamet y était venu sans aucun doute pour consolider sa position en tant qu'héritier au trône de Hamouda. Le Coran stipulait que l'héritage était destiné en principe à l'aîné des frères. Cependant, de nombreuses exceptions à cette règle étaient survenues dans le monde musulman au cours des deux derniers siècles, et Hamouda préférait voir lui succéder son fils plutôt que son frère, qui voulait sa mort depuis une bonne dizaine d'années. Mais il n'avait pas de fils...

Or, le seigneur *ferenghi* lui était arrivé tel un don d'Allah pour déjouer les plans de Hamet. Bien que l'homme fût doté d'une grande force physique, Allah avait trouvé un moyen de le rendre aveugle le jour de son arrivée.

Quel meilleur signe de la part d'Allah pour indiquer que le plan de Hamouda avait la bénédiction du Tout-Puissant ?

Le seigneur *ferenghi* lui servirait à féconder son harem... Grâce à sa cécité, il ne violerait pas la loi selon laquelle aucun autre homme que le bey n'était autorisé à voir ses femmes. Le seigneur *ferenghi* lui procurerait un héritier et lui assurerait le trône contre son frère. Il lui avait été envoyé par Allah.

Certes, l'aide d'Allah n'aurait pas été nécessaire au bey Hamouda si sa virilité n'avait été endommagée par la consommation abusive d'opium, mais il écarta cette pensée de son esprit dissolu.

Nul ne répondit aux questions de Chelsea. Nul ne répondit à sa colère, ni les femmes du harem, qui connaissaient l'inutilité de sa rage, ni les eunuques, indifférents à ses sentiments. Les femmes étaient là pour satisfaire les hommes, point final. En attendant, les eunuques la droguèrent pour la calmer, et Chelsea passa les quinze jours suivants dans la léthargie d'un demi-sommeil.

Captive du sérail, on pouvait le rester à vie, car nul officier de la force publique n'était autorisé à en briser les portes. Les Vivani et le conseil britannique entamèrent de délicates négociations de rançon.

Sahar et Seneca reconnurent les environs du Bardo avec l'aide d'Ali Ahmed et découvrirent que Sinjin était toujours en vie. Ils envoyèrent un messager au sud afin de rassembler les hommes nécessaires pour balayer la garde du bey. Et, tandis qu'ils attendaient, ils mirent au point leur entreprise d'évasion.

Mais le jour vint — tandis que les hommes du désert étaient encore en train de se rassembler à Djeneien — où Sinjin fut suffisamment remis pour servir les desseins du bey. Lors du premier jour de sa servitude, il entra dans une colère diabolique. On aurait dit un dieu païen enragé. Sa sauvagerie ne fit qu'exciter le bey.

Sinjin St. John, l'étalon dont la semence serait si précieuse à Hamouda, S.A. le bey, devint une diversion nocturne d'un intérêt fabuleux pour l'impuissant maître du royaume de Tunis.

43

La porte se referma doucement derrière Sinjin et il serra les poings, en proie comme chaque fois à la même rage impuissante. L'étendue de son assujettissement blessait son amour-propre, et chaque nuit qu'il passait dans le harem du bey le faisait maudire davantage encore sa captivité et ses ravisseurs.

Sa colère se traduisait par une agitation fiévreuse dont tirait avantage le bey. Et le pacha Hamouda encourageait chez son étalon cette violence contenue : grâce à cela, il remplissait son devoir avec une puissance farouche qui ne pouvait que profiter aux concubines du bey. Leurs fils seraient forts.

Chelsea entendit la porte s'ouvrir et se refermer. Menacée de mort, elle avait capitulé. Elle était allongée sur le divan de soie du bey, un objet, une offrande. On lui avait recommandé de ne pas parler.

Le bey ne tolérait aucune conversation de la part des houris, qui ne servaient qu'à recevoir la semence.

Elle avait entendu chuchoter, dans le harem, qu'il y avait un seigneur *ferenghi* à l'intérieur des murs, un taureau de proportions mythologiques dont chaque concubine anticipait les prouesses sexuelles avec ravissement. Mais lorsqu'elle avait interrogé les odalisques, elles avaient souri ou pouffé en guise de réponse. Chelsea n'avait donc pas ajouté foi à ces folles rumeurs. Ce soir-là, c'était elle l'élue. Le bey était déterminé à avoir un héritier et, au cours du dernier mois, il avait fait appel systématiquement à toutes ses concubines, en particulier les plus récentes et les plus jeunes.

On avait passé la journée entière à préparer la femme choisie pour le plaisir du bey ce soir-là. Chelsea avait été baignée, frottée, massée, huilée, parfumée, épilée des pieds à la tête, jusqu'à l'intérieur de ses narines. On l'avait ensuite maquillée, et l'on avait tissé dans sa chevelure des nattes de perles et de rubans.

Puis elle avait dû se reposer et se nourrir de friandises exquises, de sorbet délicat et de melon. Enfin, on lui avait fait boire un élixir destiné à s'assurer de sa fertilité. L'heure du sacrifice était venue.

La femme est un champ, la propriété du mari qui peut en user ou en abuser comme il le juge bon, disait le Coran.

Sinjin avança vers le divan. Ses sens étaient plus affinés depuis qu'il avait perdu la vue et, sous la puissante odeur de jasmin, de musc et de patchouli, il devina l'odeur d'une peau nouvelle, qu'il n'avait jamais sentie encore dans le harem.

Il laissa tomber son peignoir à terre et attendit patiemment la manipulation qui le préparerait à exécuter les ordres du bey. Son dos portait les marques d'une rébellion occasionnelle, et les paroles du bey se rappelaient fréquemment à sa mémoire.

— Je ne suis pas pressé, mon cher seigneur anglais, et mon bourreau aime son travail. Quand vous serez prêt à faire ce que j'attends de vous, prévenez mon chambellan.

Il avait résisté une semaine.

Habituellement, la femme qu'il devait ensemencer le préparait avec une expérience charnelle acquise au harem, mais, cette fois, il n'y avait aucun mouvement sur le lit. Ce soir-là, une autre femme était agenouillée devant lui. Il sentit d'abord sa main autour de son pénis, puis sa bouche. Il ferma les yeux devant la trahison de son corps.

— Vous êtes prêt, seigneur, dit une voix féminine en arabe.

D'une main douce, elle le tourna vers le lit, et il s'agenouilla sur le divan, attendant de sentir les mains de l'élue l'accueillir et le guider en elle. Les femmes du bey recevaient toujours ses services avec une impatience aiguisée par leur longue abstinence sexuelle.

Cette fois, il dut tendre la main pour reconnaître la position de la première odalisque avec laquelle il devait s'accoupler. Tandis que ses doigts effleuraient les délicates épaules de la femme, il se rendit compte qu'elle était allongée, raide et tendue, les bras collés au corps. Puis il constata avec surprise qu'elle était ligotée. Une houri réticente. Comme c'était extraordinaire ! Elle devait être très jeune et nouvelle. Mais il n'osa parler pour l'apaiser, de crainte du fouet et de la crapaudine.

Les yeux bandés, comme toutes les autres, afin de préserver intacte la fiction de la présence du bey, Chelsea respirait à peine tandis que la main de l'homme glissait le long de son bras. Un léger gémissement troubla le silence, échappant à Chelsea quand elle imagina le corps massif du pacha Hamouda, ses yeux froids et sombres. Comment pourrait-elle supporter son contact sans hurler ? Comment les autres pouvaient-elles sourire lorsqu'elles revenaient de leurs unions conjugales avec le bey ? Quelle humiliation d'être l'esclave d'un vieil homme et de ses caprices lubriques !

Sinjin effleura son visage d'une main légère. Une telle douceur stupéfia Chelsea. Le bey n'était pas un être délicat. Hamouda semblait incapable de tendresse. Sinjin eut soudain un effluve d'un parfum familier, et il pencha la tête, comme un animal, pour que l'odeur prenne possession de ses narines.

Était-ce possible... ?

Mais non, bien sûr. Sa femme était à des centaines de miles de là, à Naples. Il avait trop pensé à elle, ces derniers temps. Son esprit lui jouait des tours. Maintenant qu'il était trop tard, il s'était rendu compte à quel point il aimait Chelsea. C'était une révélation stupéfiante et malheureuse compte tenu des circonstances, mais un fol espoir l'empêchait de commettre une imprudence.

Allons, il avait un devoir à accomplir.

Hamouda l'observait de son poste habituel, derrière le moucharabieh délicatement ouvragé. Sinjin savait qu'il était là, car le bey commentait ses performances, ensuite. Il dénoua les liens qui retenaient la jeune femme.

Un léger mouvement lui indiqua qu'elle avait remué. Lorsqu'il s'assit sur le mince divan un instant plus tard, il constata qu'elle était recroquevillée contre le mur. Hamouda devait être pressé, il n'avait pas pris le temps d'éduquer la jeune femme afin qu'elle remplisse son rôle.

Pourtant, Sinjin devait jouer le sien ; deux autres femmes attendaient ses attentions, comme chaque soir. Il tendit donc la main pour l'attirer contre lui. Il aurait voulu la réconforter, mais ils savaient tous deux que parler était interdit. Le bey n'aimait pas que ses distractions soient perturbées par d'autres sons que ceux de l'amour.

Seigneur, il lui fallait amener cette femme non consentante à un degré d'intimité suffisant pour la pénétrer sans la violer... Combien de temps avait-il devant lui ? se demandait Sinjin. Damnation ! Le bey s'attendait-il à une scène de violence ? Pauvre petite chose. Comment la séduire ?

Il encadra le visage de la jeune fille de ses mains et pencha la tête pour l'embrasser. Il pouvait au moins prétendre à un semblant de tendresse pour ne pas l'effrayer. Elle voulut se retirer, mais il la maintenait entre ses paumes. Il sentit le goût de la vanille sur ses lèvres et reconnut le parfum de l'élixir.

Elle frissonna de terreur sous ses lèvres. *Chut, je ne vous ferai pas de mal*, aurait-il voulu dire, mais c'était impossible, et il ne put que l'embrasser doucement pour la réconforter. Il caressa ses lèvres de sa langue, très délicatement, léger comme un papillon. En effleurant ses cheveux, il fut frappé une fois de plus par l'image d'une sensation familière. Les femmes du harem avaient des chevelures épaisses et lourdes, celle-ci était aérienne... Mais il se força à rejeter ses folles pensées et souleva la jeune odalisque pour mieux la caresser.

Elle s'écarta vivement lorsque ses hanches frôlèrent son érection, et Sinjin se demanda si elle n'était encore qu'une enfant. Si c'était le cas, il refusait de la déflorer. Il glissa les mains vers ses seins, les soupesa et constata qu'elle était dotée d'attributs résolument féminins. Voluptueuse, ferme, soyeuse, c'était une femme dans toute sa splendeur.

A qui appartenaient ces mains ? se demandait soudain Chelsea. Leur douceur lui était familière. Et ces cuisses puissantes ? Le bey était petit et vieux. Se pouvait-il que les rumeurs qui circulaient fussent vraies ? Hamouda se faisait-il réellement remplacer par un seigneur *ferenghi* ? Un soulagement spontané lui traversa l'esprit. N'importe qui était préférable au bey, songea-t-elle. Et armée de cette maigre consolation, elle décida de se détendre afin que l'acte fût moins douloureux.

La curiosité envahit Chelsea de manière inattendue et, si elle n'avait pas tant redouté le cruel bourreau du bey, elle aurait arraché le bandeau qui lui cachait les yeux. Sinjin fut surpris de sentir les doigts de la dame sur son visage. Il la laissa l'explorer et, quand elle sentit son sourire, elle passa doucement l'index sur la lèvre supérieure. Il leva à son tour sa main vers la bouche de la jeune femme et y trouva en réponse le plus timide des sourires. Habituellement insensible à ces rituels nocturnes, il s'étonna de l'agréable sensation qu'il éprouvait, et lorsqu'il couvrit de la sienne la bouche de l'odalisque, elle n'offrit aucune résistance.

Cette mince victoire le ravit, et il oublia un instant qu'ils n'étaient que deux animaux s'accouplant pour le plaisir d'un voyeur impuissant. Elle était merveilleusement différente des autres.

La respiration de Chelsea se modifia imperceptiblement, et ses épaules sous ses mains perdirent de leur rigidité. Lorsqu'il pressa doucement le mamelon de la houri qui paraissait maintenant accueillir ses caresses avec plaisir, le petit gémissement d'aise qu'elle poussa envoya un long frisson le long de l'échine de Sinjin.

Comment puis-je éprouver de telles sensations ? se demandait Chelsea avec horreur. Cette chaleur dans son corps, ce désir, causés par un homme qu'elle ne connaissait pas... Était-elle en train de devenir obsédée par l'érotisme, comme ces femmes du harem qui passaient leurs journées à rêver d'amour ? Mais cette bouche chaude et ferme sur son sein ? Elle ignorait que le sorbet qu'elle avait avalé renfermait un aphrodisiaque, ce qui la rendait particulièrement réceptive aux caresses.

Lorsque les cuisses puissantes de l'homme touchèrent les siennes, elle sentit la chaleur du désir monter du plus profond de son être et voulut s'écarter, mais il refusa de la lâcher. Et quand il embrassa son sexe, elle laissa échapper un cri de bonheur.

Eût-elle poussé ce cri au milieu d'un chœur que Sinjin l'eût reconnu entre tous, car c'était ce même cri de passion qu'il avait entendu à Oakham, à Hatton, à Londres et à Naples. Il parcourut fébrilement son corps de ses mains, incrédule, et sentit son cœur cesser de battre.

Elle était venue à lui. Et s'il n'avait pas été sûr, jusqu'alors, de l'aimer, cela ne faisait plus aucun doute désormais dans son esprit. Sa femme était là, à ses côtés, songea-t-il avec un éclair de bonheur avant d'être submergé par l'horrible énormité du péril qui la menaçait.

Et une terreur comme il n'en avait jamais ressenti irradia son cerveau à la pensée de Chelsea victime d'une captivité aussi capricieuse. Le bey faisait tuer ses concubines si elles ne le satisfaisaient pas, et chaque instant dans son sérail était un danger nouveau.

— Je suis impatient, murmura doucement le bey.

Chelsea se raidit et frissonna.

Position numéro onze d'après *Le Jardin Parfumé*[1], songea Sinjin, à qui le bey avait donné, comme chaque jour, ses instructions. Et il n'avait pas agi assez rapidement au gré de son maître blasé. Le commentaire du bey laissait entendre soit qu'il avait abusé de l'opium, soit qu'il était extrêmement ennuyé, ce qui augurait mal, dans un cas comme dans l'autre. Tandis que l'esprit de Sinjin était encore sous le choc de sa découverte, il prit machinalement l'un des gros coussins à la tête du lit. Il était temps d'en venir à la position onze.

Sinjin embrassa Chelsea avec une passion farouche qui exprimait le tumulte de ses sentiments, comprenant cependant qu'il ne pouvait révéler ses

---

1. *Le Jardin Parfumé* est un manuel de pratiques sexuelles arabes soigneusement compilées, répertoriées et détaillées, datant du seizième siècle. C'est également un recueil, non dénué d'un certain humour, de délices sensuelles et d'expressions de plaisir charnel, exprimé comme un panégyrique de l'amour et une glorification du désir *(N.d.A.)*.

émotions. Elle répondit à son baiser. Alors, il passa à l'acte pour le plaisir du bey... et pour ne pas mettre en danger l'existence de Chelsea et la sienne.

Allongé sur le drap de soie, il lui souleva le postérieur pour glisser dessous le coussin de satin, et écarta les cuisses de Chelsea. Il se plaça entre ses jambes et caressa ses seins généreux, puis sa main remonta vers la gorge douce et il embrassa ses lèvres entrouvertes.

Elle se cambra sous son sexe rigide, consumée du désir procuré par l'aphrodisiaque, et voulut le guider en elle, mais Sinjin s'écarta délibérément. Le bey aimait voir les femmes implorer le mâle, seules paroles qu'il autorisât. Il se plaisait à voir l'homme subjuguer totalement la femelle de son autorité.

Les préliminaires n'intéressaient pas le bey, mais une femme en position de supplique gratifiait ses instincts bestiaux. Sinjin devait donc se refréner « pour leur enseigner la discipline ». Le plus souvent, l'odalisque atteignait le sommet du plaisir avant même qu'il ne fût en elle, aussi son orgasme était-il incomplet et moins satisfaisant, et elle le suppliait alors de la combler, pour la plus grande satisfaction du pacha.

Si elle obéissait aux directives de Sinjin rapidement, docilement, avec une soumission absolue, elle serait récompensée.

Longtemps auparavant, alors qu'il était tout jeune homme, Sinjin avait appris l'art de retarder l'orgasme masculin. Il était donc capable de se retenir et pouvait rester vigoureux aussi longtemps que l'exigeaient les besoins du mélodrame imposé par le maître de Tunis.

Mais, ce soir-là, le scénario habituel lui parut

d'une cruauté insupportable et il murmura avec tristesse :

— Pardonne-moi.

— Sinjin ! souffla Chelsea avec exaltation.

Son corps, ses sens avaient compris depuis longtemps.

Sa chair avait reconnu la caresse de l'homme qu'elle aimait. Elle accrocha son bras autour de son cou et le serra contre elle, muette, émerveillée.

Mais ils ne pouvaient se trahir. Si le bey savait qu'ils étaient mari et femme, il les tuerait.

Au bord même de l'abîme, Sinjin tenait le paradis entre ses bras.

— Il faut que tu me supplies, murmura-t-il contre son oreille en guise d'avertissement.

Et elle le supplia, sans effort, car son corps brûlait à présent d'une insatiable passion.

— Je vous en prie, seigneur de mon désir, entrez en moi, l'implora-t-elle.

Mais il recula encore et l'embrassa avec douceur.

— Je veux que tu sois humble, fit-il assez fort pour que leur auditeur les entende.

— Mortifiez-moi, mon seigneur et maître, et je vous obéirai quoi que vous demandiez. Je suis un fruit mûr, offert pour que vous me goûtiez...

— Si tu n'es pas assez douce et enflée, gronda gentiment Sinjin, comment puis-je te goûter ?

Il se mit à genoux, passa son doigt sur le sexe humide de Chelsea. Elle ferma les yeux sous l'extase de son toucher et murmura, oubliant tout hormis le lancinant désir :

— Prenez-moi, mon seigneur... voyez... je suis prête, je vous attends, je me meurs de vous...

La main de Sinjin pénétra dans le cœur brûlant et palpitant.

— Tu sembles prête, en effet, dit-il d'une voix tremblante tandis qu'elle soulevait les hanches en lâchant un gémissement.

Sous ses caresses expertes, Chelsea poussa un cri qui résonna dans toute la pièce, perça le cerveau fatigué et drogué du bey, lui assurant une attention nouvelle.

Sinjin se positionna alors entre les jambes de sa femme, mais elle essaya momentanément de l'en empêcher; son corps n'était pas encore prêt à accepter l'intensité d'un nouvel orgasme.

— Non, pas encore, je vous en prie...

— Répète ce que tu viens de dire, demanda Sinjin.

— Je vous en supplie, seigneur de mon corps, accordez-moi quelques instants...

— Tu dois céder, femme, fit-il d'une voix basse.

— Non, protesta-t-elle encore, mais déjà, elle poussait un soupir de ravissement en sentant le membre dur de Sinjin entrer en elle.

— La femme doit se rendre à l'homme, proféra-t-il comme s'il récitait une phrase du Coran.

— Je me rends à vous, mon maître tout-puissant, haleta Chelsea, le corps en feu.

Il remua alors, contrôlé, efficace, et la danse charnelle commença, tandis que le rythme de leur désir se retrouvait; leurs émotions étaient si fiévreuses et si violentes que tous deux oublièrent un temps les hideuses circonstances de leur emprisonnement.

Quand ce fut fini, Chelsea versa des larmes de joie et d'extase, des larmes qui venaient du plus profond de son cœur, des larmes causées par la hantise de perdre à nouveau l'amant qu'elle venait de retrouver vivant.

Son poignant émoi brisa le cœur de son mari, qui la serra contre lui comme si son corps et son amour pouvaient l'entourer de leur protection et de leur réconfort. Et il envisagea l'espace d'un instant d'aller trouver le bey derrière son paravent et de l'étrangler.

Mais la vie était trop précieuse, maintenant, trop précaire aussi. Il tenait sa femme, son amour, dans ses bras, pour quelques moments volés. Ses rêves les plus fous s'étaient réalisés.

— Merveilleux. Exquis. Que les dieux soient remerciés d'avoir placé le plus grand plaisir de l'homme dans le corps de la femme, commenta le bey, ému comme rarement un tel spectacle l'avait ému. Demain, vous me divertirez de nouveau.

Et il se leva de son siège, pesamment, embrumé par la drogue. Au bruit qu'il fit, Sinjin se retira de Chelsea, inquiet, la redressa et la couvrit du drap. Pourquoi le bey se levait-il ?

— La femme *ferenghi* a des cheveux glorieux, déclara le seigneur de Tunis en rejoignant ses prisonniers. Comme le soleil du matin. Sont-ils chauds sous la main ?

A l'idée que le bey puisse toucher Chelsea, Sinjin se leva vivement et se plaça devant elle, formant un rempart de son corps. Le pacha Hamouda sourit, mis de bonne humeur par la qualité du spectacle auquel il venait d'assister. Les deux esclaves s'étaient accouplés avec une attraction quasiment magnétique, tels un satyre et une nymphe.

— Voyez l'étalon qui protège sa jument,

s'esclaffa-t-il. Pour votre récompense, admirez, ma fleur dorée, votre amant aveugle.

Aveugle ! Chelsea arracha son bandeau et regarda Sinjin, qui se dressait entre elle et le bey. Il était aveugle ! Elle avait cru au début qu'il feignait l'ignorance pour la protéger, ou que peut-être la pièce était plongée dans l'obscurité. Elle se força à ne manifester aucun émoi.

— Vous plaît-il ? demanda le bey, encore tout sourires.

— Si cela vous agrée, mon seigneur.

— Cela m'agrée, grogna-t-il.

— Dans ce cas, seigneur, il me plaît aussi.

— Demain soir, tu me montreras à quel point il te plaît. Quant à toi, mon bel étalon, poursuivit-il avec une petite caresse sur le bras de Sinjin, nourris-toi bien car j'ai besoin de ton sperme. Garde ! cria-t-il. Qu'on les emmène.

Et lorsqu'on fit sortir Chelsea, elle avait de nouvelles larmes aux yeux.

44

Au cours des jours suivants, ils devinrent la diversion indispensable du bey, son plaisir, son obsession. Les autres femmes du harem se languissaient, car Hamouda réservait désormais son étalon *ferenghi* à la seule femme aux cheveux dorés. Quelle passion renouvelée chaque nuit, quelle perfection dans l'accouplement... Il lui fallait un enfant d'eux ! La pâle beauté serait enceinte dans le mois, et il les regardait faire l'amour chaque soir.

Quant aux acteurs de cette tragédie, ils étaient en proie à une obsession terrible. C'était le paradis et l'enfer. C'était merveilleux et atroce, une agonie et un bonheur quotidiens. Le souffle nécessaire à la vie et ce qui les poussait chaque jour davantage à vouloir s'enfuir.

Sinjin était hanté par l'évasion mais le sérail était un labyrinthe bien gardé, et jamais il ne parviendrait vivant jusqu'à Chelsea. Il avait commencé à recouvrer la vue et, chaque jour qui passait, il voyait mieux. Toute sa hargne lui était revenue. Incapable de se calmer, il arpentait ses appartements toute la journée, comme si cette activité pouvait le calmer. Il comptait mentalement les gardes, mémorisait le chemin qu'on lui faisait prendre chaque soir pour retrouver Chelsea. Il formait des projets, notait les habitudes du harem, songeait à Seneca et à Sahar. Il savait que ses amis chercheraient à venir le délivrer. Mais pourraient-ils briser le bastion du bey ? Sauraient-ils trouver leur chemin à travers les cinq cents pièces de son palais ? Puis trouver aussi Chelsea...

A ce stade de ses réflexions, la frustration l'emportait car la taille même du Bardo constituait la plus sûre protection du bey.

Et le temps pressait, aussi, bien sûr. Dès que le bey serait assuré d'avoir des héritiers, il n'aurait plus besoin de Sinjin. Mais jamais ce dernier n'avouait son désespoir à Chelsea.

— Nous nous en sortirons, murmurait-il lorsqu'il sentait les larmes salées mouiller ses lèvres. Sois courageuse.

Son amour pour sa femme l'empêchait de commettre un acte qu'il regretterait ensuite. Il priait pour la première fois de sa vie, priait pour avoir la patience, le stoïcisme dont il n'avait jamais eu besoin. Il possédait le courage et la persévérance, mais redoutait son imprudence.

Le consul britannique présenta Seneca et Sahar aux Vivani. Bédouins et Napolitains combinèrent leurs efforts, tous prodigues en pots-de-vin, méthode la plus efficace pour infiltrer le Bardo. Une fois à l'intérieur, tout dépendrait de leur rapidité à manier la lame.

L'offensive était prévue pour le vendredi suivant, jour consacré à Dieu pour les musulmans. Plus attachés aux croyances guerrières, les Bédouins considéraient la religion moins sérieusement que les Arabes. En outre, le vendredi serait une nuit sans lune.

Seneca et les Bédouins agirent au cœur de la nuit, laissant derrière eux un sillage de morts, jusqu'au couloir dans lequel se trouvait la chambre de Sinjin. Ils ne s'arrêtaient que pour trancher des gorges. Ils pénétrèrent enfin chez leur ami.

— Le portail ouest restera ouvert pendant encore cinq minutes, annonça brièvement Seneca.

C'était là que les attendaient les Vivani, mais des patrouilles de routine circulaient tous les quarts d'heure à travers le palais. Dix minutes s'étaient déjà écoulées.

— Il faut trouver Chelsea, annonça Sinjin en jetant une djellaba sur ses épaules.

— Elle est donc vivante, commenta Seneca avec soulagement. En combien de temps peux-tu la localiser ?

— Au plus vite, en trois minutes, fit Sinjin, qui

avait mille fois calculé la distance. S'il y a des gardes... Je ne peux pas encore me fier totalement à ma vue.

— Je serai avec toi, dit Seneca avec calme.

— Et mon couteau aussi, ajouta Sahar tandis que les deux hommes encadraient Sinjin.

Ils partirent sans attendre davantage. Les hommes du désert agissaient par instinct. Les vingt guerriers filèrent dans les corridors du sérail sans poser de questions, leurs bottes souples silencieuses sur le marbre.

Les portes du harem s'ouvrirent avec violence. Vingt hommes firent irruption dans la grande cour autour de laquelle se trouvaient les chambres individuelles, et Sinjin cria :

— Chelsea !

Le son de sa voix opéra un miracle. Oubliant son angoisse, elle repoussa ses couvertures et sauta à bas du lit.

— Je suis là !

Son mari criait son nom. Finis les murmures, les précautions. L'énergie puissante de Sinjin se répercutait sur les murs de mosaïque. Un instant plus tard, il était devant elle, galvanisé par la force, comme s'il pouvait la libérer par sa seule volonté. Elle lui prit la main et se sentit gagnée à son tour par sa puissance.

— Reste près de moi, dit-il. Tu es en sûreté, ajouta-t-il fermement. Mais prépare-toi à voir du sang versé.

Lorsqu'ils ressortirent dans la cour, les eunuques s'étaient dispersés. Toutes les femmes du harem, terrifiées, se réfugièrent dans leur chambre, à l'exception d'une jeune Grecque qui avait été capturée l'été précédent et qui déclara platement en français :

— Je viens avec vous.

— Seneca, appela Sinjin, désemparé.

Il ne pouvait protéger que Chelsea.

— Il va falloir courir comme le vent, déclara Seneca à la jeune fille, dans une langue colorée par le patois des Canadiens français amis de son peuple depuis tant de siècles.

Il lui prit la main et ajouta :

— Ne criez pas, quoi que vous puissiez voir.

— Tuez-les tous, répliqua-t-elle. A commencer par le bey. Donnez-moi un couteau et je vous aiderai.

Et lorsqu'il obéit, elle saisit l'objet avec la sûreté de quelqu'un qui a l'expérience des armes et affirma :

— Passez devant, je suivrai...

Un moment plus tard, comme s'ils étaient dans un salon et non en train de courir pour sauver leur peau, Seneca lui demanda :

— Comment vous appelez-vous ?

— Cressidia, répondit-elle avec un sourire éblouissant. Et je peux courir plus vite que vous.

Comme il était étrange, songea Seneca, qu'au moment même où il risquait sa vie, dans les entrailles du palais d'un tyran, il se trouvât étrangement affecté par une femme pour la première fois depuis la mort de la sienne.

— Vous êtes fascinante, répondit-il. Quant à me dépasser, cela m'étonnerait, ajouta-t-il avec un large sourire, en songeant qu'il était bien incongru de flirter avec une jeune beauté sortie d'un harem alors qu'ils pouvaient tous mourir d'un instant à l'autre.

Puis une trompette sonna l'alarme et, en un clin d'œil, le palais fut rempli de soldats. Les fugitifs se frayèrent un chemin vers le portail ouest, luttant pour leur vie dans un véritable carnage. La troupe des Vivani vint leur prêter main-forte vaillamment, et tous coururent bientôt jusqu'aux chevaux que l'un des hommes des Vivani tenait prêts pour eux.

La liberté leur donnait des ailes et ils se jetèrent en selle. Chelsea adressa un sourire radieux à Sinjin, qui chevauchait un étalon noir derrière elle. Elle avait confiance, confiance en lui, en la vie, en l'avenir. Leur avenir. Ils s'en sortiraient.

— Quelle distance nous sépare de la mer ? criat-elle.

— Deux miles... Nous passerons par la ville, ils ne s'y attendent pas.

— Et les gardes du palais ne savent pas monter, pas aussi bien que les Bédouins...

La chevauchée fut difficile à travers les ruelles étroites, les échoppes, les descentes abruptes sur les pavés, et Seneca y vit une raison de plus d'être charmé par la ravissante Cressidia, qui montait avec une remarquable aisance.

Lorsqu'ils atteignirent le port, les cavaliers continuèrent leur course sur le sable. L'*Aurora* attendait plus loin, par-delà les hauts-fonds. Il restait encore la côte nord du port à parcourir avant la liberté. Sinjin fouetta sa monture, suivi de Chelsea et du reste de la troupe.

La vue du navire, toutes voiles dehors dans la nuit, leur redonna du cœur.

Les femmes étaient en train de monter dans le

premier canot lorsque les gardes du pacha apparurent au loin.

Sinjin hésita un moment, de l'eau jusqu'aux genoux, Chelsea dans ses bras. Rapidement, il prit une décision. Il embrassa sa femme, la serra contre lui et murmura :

— Tu es ma vie... mon bonheur. Je t'aime de tout mon cœur, dit-il, regrettant de ne pas avoir le temps d'en dire davantage.

Et il l'installa sur le banc du canot. Les paroles de Sinjin lui glacèrent les sangs.

— Tu viens aussi, bredouilla-t-elle. Ne parle pas comme cela... Monte à côté de moi. Ô mon Dieu, s'écria-t-elle en lisant dans ses yeux qu'il ne monterait pas.

— Je te suis, promit-il.

Il l'embrassa une dernière fois, le cœur brisé à l'idée de la quitter, et Seneca lui toucha le bras avant de courir rejoindre les autres.

— Au revoir, dit Sinjin.

Puis il se retourna, sans un regard, calculant le temps qu'il leur restait avant l'assaut. Les casques argentés luisaient dans la nuit.

— Emmenez les femmes sur l'*Aurora* et partez ! ordonna Sinjin aux marins, aidant à pousser le canot à la mer. N'attendez pas, levez l'ancre immédiatement. Nous vous retrouverons à Naples.

— Sinjin ! cria Chelsea. Nous avons le temps de monter tous !

— Partez ! ordonna Sinjin en s'éloignant déjà du bateau.

— Sinjin, non !

Le cri de Chelsea mourut dans sa poitrine et un

marin dut la retenir pour qu'elle ne se jette pas par-dessus bord.

— Les soldats ne vont sans doute pas tous se défendre, commenta Cressidia en plissant les yeux pour mieux observer la scène. Ce n'est pas l'amour du bey qui les motivera pour se battre...

— Ils sont si nombreux, murmura Chelsea.

Elle se tordit les mains, songeant avec désespoir qu'elle ne reverrait sans doute jamais plus Sinjin.

Ce dernier regagna le rivage en courant. Il retira sa djellaba, effleura les poignards glissés dans sa ceinture, jeta un coup d'œil alentour et vit Seneca et Sahar face à la multitude d'hommes et de chevaux. Il jugea rapidement la situation et bondit en selle, son fusil en bandoulière. Il sourit en voyant ses deux fidèles amis à ses côtés.

— Prêts ? demanda-t-il, et lorsqu'ils firent signe que oui, il éperonna sa monture et fonça en avant.

Ils avançaient droit sur les gardiens du palais, le cri de guerre des Bédouins flottant dans le vent, leur charge intrépide caractéristique des guerriers du désert, où la bravoure faisait un combattant.

Des coups de feu retentirent tandis que chaque Bédouin visait un lancier. Sans prendre le temps de recharger, ils tirèrent leurs poignards au tranchant effilé et l'acier s'entrechoqua tandis que les hommes s'affrontaient. Les chevaux hennirent et se cabrèrent. Des cris percèrent l'air de la nuit.

La scène était trop distante pour être vue de la mer. Une rage impuissante animait Chelsea alors que le navire levait l'ancre. Si proches du salut... et elle ne pouvait que se lamenter. Maudit soit Sinjin. Pourquoi fallait-il qu'il joue les héros ? Ils auraient tous pu prendre le bateau !

Sinjin s'autorisa un bref regard en arrière et constata avec soulagement que les voiles blanches de l'*Aurora* s'éloignaient sur les flots. Chelsea était sauvée, sauvée du bey, de sa cruauté, sauvée d'un pays qui enfermait les femmes dans des cages comme des animaux. Il était resté pour la protéger, parce que cette arrière-garde permettrait au navire de gagner un temps précieux.

Il fit volter son cheval, leva son poignard haut dans le ciel et galopa vers la mêlée, ses muscles puissants luisant de sueur, ses longs cheveux noirs volant dans le vent, son cri de vengeance inhumain, comme si le diable en personne chevauchait au milieu du carnage.

45

Dressée contre le bastingage, Chelsea regarda s'éloigner la côte tunisienne à travers un voile de larmes. Elle pleurait l'homme qu'elle aimait. Elle pleurait sa tristesse et son désespoir, sa frustration et sa colère.

Comment pourrais-je vivre sans toi ? se lamentait-elle. *Ne me quitte pas...*

Et à travers son angoisse, cherchant un fragment auquel se raccrocher dans ce monde qui volait en éclats, elle commença à élaborer des projets pour reprendre espoir. Elle engagerait des soldats à Naples. Des troupes autrichiennes et espagnoles, des soldats allemands des duchés du Nord, des recrues italiennes. Sûrement elle trouverait des mercenaires volontaires pour retourner avec elle à Tunis.

S'il n'était pas trop tard.

Quand Cressidia vint se tenir à côté d'elle, apportant une cape de laine pour la protéger de l'air frais de la mer, Chelsea lui annonça d'une voix résolue :

— Je retournerai les chercher. Dès que nous serons à Naples. Sinjin possède assez d'argent pour embaucher l'armée de Ferdinand au complet.

— Mon père nous aidera, répondit Cressidia avec son calme coutumier. La banque Deopolis possède une succursale à Naples.

— Te voilà presque rentrée chez toi, alors.

Cressidia sourit.

— Presque... mais c'est Alexandrie ma patrie. Je vous dois à tous une dette impossible à rembourser, déclara-t-elle avec émotion.

— Avais-tu renoncé ?

Au harem, on finissait toujours par baisser les bras, l'existence y était si recluse, si isolée du monde et de la réalité.

— J'ai perdu mon nom en entrant au sérail, dit simplement Cressidia, je savais donc que mon père ne pourrait me retrouver. Ton mari m'a rendu la vie. La fortune de ma famille est à votre disposition. Et personnellement, ajouta-t-elle avec un sourire sinistre, j'aimerais voir Hamouda agoniser d'une mort lente et atroce...

— Je me contente d'espérer le retour de Sinjin et de ses amis, murmura doucement Chelsea, laissant la vengeance à d'autres. J'espère... qu'il est vivant.

Elle passa la nuit debout, incapable de dormir, en proie à une terreur qui lui étreignait le ventre. En gardant les yeux ouverts, elle avait la sensation de veiller sur la vie de Sinjin et des autres. Si les dieux voulaient bien le lui rendre, elle était prête à renoncer au sommeil jusqu'à la fin de ses jours.

Les voiles noires du bâtiment musulman se profilèrent à l'horizon au moment même où naissaient les premières lueurs de l'aube. Chelsea donna immédiatement l'alerte. Le capitaine accourut et ordonna rapidement que l'on hisse la voilure au grand complet. Devant le danger, chacun s'affaira et, bientôt, l'*Aurora* filait sur Naples, toutes voiles déployées. Mais la frégate musulmane les suivait comme une ombre malgré sa taille, se rapprochant lentement de sa proie. Vers la fin de la matinée, leurs poursuivants étaient assez proches pour ouvrir le feu; ils n'en firent rien, cependant. Ils n'arboraient aucun pavillon.

Puis ils hissèrent un drapeau blanc au grand mât.

— Ne jamais faire confiance à un corsaire, annonça sentencieusement Cressidia. C'est une tactique courante chez eux pour se lancer à l'abordage. Quelle raison auraient-ils de se rendre ? Nous avons dix fois moins d'armes qu'eux. Je ne retournerai pas là-bas, grinça-t-elle d'une voix glaciale.

Face à la perspective d'une nouvelle captivité, Chelsea frissonna et déclara gravement :

— De toutes les manières, il nous faut un pistolet. Sinjin en a deux dans sa cabine.

Mais Cressidia revint, quelques instants plus tard, et annonça sombrement :

— Le capitaine nous ordonne de rester dans les cabines. Il va peut-être lancer l'offensive.

— As-tu trouvé les pistolets ?

A l'âge de dix-huit ans, la mort, trop lointaine,

avait toujours paru impossible à Chelsea. Pourtant, la jeune femme venait de prendre une brusque décision. Si Sinjin avait péri dans le combat, ce qui était fort possible, la sauvagerie du bey étant tristement célèbre, à quoi bon mourir à petit feu entre les mains d'un corsaire ou celles d'un sultan ? Un harem signifiait l'incarcération à vie, la mort vivante. Pourquoi prolonger l'agonie ? Elle se demanda si elle trouverait le courage de se tuer.

Au bout de vingt minutes passées dans la cabine de Sinjin, Chelsea trouva l'attente encore plus insupportable que la perspective d'affronter son destin.

— Reste si tu veux, moi je retourne sur le pont. Je veux voir pour quoi je meurs.

— Je viens avec toi, fit Cressidia avec un large sourire. Peut-être pourrai-je emmener un ou deux brigands avec moi jusqu'en enfer.

— Personnellement, je me vois plutôt dans un quelconque jardin d'Éden... commenta Chelsea, d'étrangement bonne humeur.

Peut-être acquérait-on une certaine béatitude mystique à l'approche de la mort ? se demanda-t-elle.

— ... bien que mon estime pour les corsaires barbares, ajouta-t-elle, Hamouda inclus, pourrait me conduire à régler quelques comptes, moi aussi, avant de pousser mon dernier soupir... Ce pistolet est-il bien chargé ?

— Le second les a chargés. Mais qui sait s'il est compétent ? Enfin... soupira Cressidia. Après toi, dit-elle en s'inclinant légèrement.

Chelsea ouvrit la porte de la cabine et monta prudemment sur le pont. Dans l'agitation générale, les deux femmes passèrent inaperçues et se cachèrent derrière les barriques d'eau.

Plusieurs drapeaux blancs flottaient à présent sur les mâts du navire musulman. Le capitaine, connaissant le subterfuge, préférait ne pas s'y fier. Il espérait pouvoir atteindre la mer Tyrrhénienne avant d'être rattrapé par le bâtiment noir, qui avait gagné deux cents mètres au cours des vingt dernières minutes.

A cet instant, un homme aux cheveux noirs, son corps mince et bronzé vêtu seulement d'un pantalon turc, grimpa sur le gréement du mât, armé de deux nouveaux drapeaux blancs hâtivement confectionnés.

A cette vue, le sang de Chelsea ne fit qu'un tour. Cette silhouette athlétique, ces bras et ces cuisses puissants, ces épaules larges, ce corps qu'elle connaissait mieux que tout autre... Elle courut vers le garde-corps arrière et hurla si fort qu'on l'aurait entendue jusqu'aux côtes africaines :

— *Sinjin !*

En l'entendant, il lâcha ses drapeaux, faillit tomber et se retint d'une main au gréement, flottant entre le bleu de la mer et celui du ciel avec la grâce d'un dieu vivant. Puis il agita les bras avant de se laisser retomber à terre en criant des ordres, le glorieux dieu vivant se transformant en son merveilleux Sinjin.

Le capitaine de l'*Aurora* affala immédiatement toutes ses voiles et, lorsque la frégate les rejoignit quelques minutes plus tard, Chelsea était au bastingage, extatique, transportée, trop heureuse pour tenir en place, souriant et pleurant en même temps. Quand il sauta à bord, elle se jeta au cou de Sinjin avec une force qui les stupéfia tous deux.

Ils s'étreignirent comme des amants revenus vivants d'un abîme sans nom, éperdus de gratitude. Après de longues minutes muettes, Chelsea leva enfin les yeux, le menton reposant sur la poitrine de Sinjin, et prononça les paroles bénies :
— Tu es vivant...
Son sourire était inondé de larmes.
— Bien vivant, fit doucement Sinjin. Peut-être parce que je le mérite, ajouta-t-il avec un petit sourire presque timide.
— Je ne te laisserai jamais plus repartir.
Sinjin adressa un sourire radieux à sa femme, tous les démons s'évanouissant face à sa lumineuse beauté.
— C'est moi qui ne te laisserai plus partir...
— Promets-moi que plus rien ne nous séparera, murmura-t-elle d'une voix tremblante, hésitant encore à croire à son bonheur, à leur chance.
— Je te le promets, fit-il gravement. Et maintenant, ajouta-t-il, dis-moi que tu m'aimes. Puis je crois que j'aurai bien besoin de repos. Nous devons être à une vingtaine d'heures de Naples. Cela devrait suffire.
— Pour dormir ?
La question amusée de Chelsea répondit au message familier qu'elle avait reconnu dans sa voix.
— Pas exactement...
Sinjin était revenu !
Elle tenait contre son cœur sa force et sa puissance, et elle eut le sentiment qu'elle était redevable d'une dette éternelle envers quelqu'un. Mais elle songerait à ses dettes plus tard, se dit-elle avec égoïsme. Elle leva les yeux, vit Seneca en train de parler à Cressidia et poussa un long soupir d'aise.

— Il faut vraiment que tu te reposes, mon bien-aimé, dit-elle, consciente des blessures de Sinjin, de son torse entaillé et de son dos meurtri.

— J'ai cru t'avoir perdue à jamais, dit-il avec calme. Le repos ne figure pas au premier plan de ma liste de priorités. Nous en reparlerons dans un mois ou deux.

Le duc et la duchesse de Seth restèrent dans leur cabine jusqu'à Naples.

Quelques jours plus tard, Sinjin et Chelsea admiraient les nouveaux barbes que Seneca avait fait expédier de Gabès à la villa de Sorrento. Sinjin avait un bras passé autour des épaules de Chelsea et les amoureux vivaient un véritable conte de fées.

Ils discutaient de la meilleure route à emprunter pour envoyer les chevaux à Londres, et décidèrent de ne pas tenter deux fois les corsaires : les barbes gagneraient l'Angleterre par la terre.

— Quant à nous, nous pourrions partir d'ici une quinzaine de jours, proposa Sinjin.

— Je vais peut-être rester ici quelque temps, dit Chelsea avec calme. Cela ne t'ennuie pas ?

Sinjin fronça un sourcil.

— Si, cela m'ennuie. Il faut que nos chevaux soient revenus en Angleterre pour les courses de l'automne.

Et sans elle, il n'avait plus de goût à rien.

— Il y a un problème...

— Quel genre de problème ?

Il se tourna vers elle et scruta son visage.

— Si ta famille... commença-t-il.

— Non, non, il ne s'agit pas du tout de cela. Mais j'aimerais passer l'hiver à Naples.

— L'hiver ! Dieu du ciel, mais cela signifie des mois ! Oh, non, c'est trop long.

— Il le faut.

— Bien sûr que non. Tu es ma femme, il n'y a pas de « il le faut » qui tienne.

— Si tu savais de quoi il s'agit, tu serais sûrement de mon avis.

— Mais de quoi diable parles-tu ? Explique-toi franchement, ajouta-t-il en se penchant en avant. Je ne vais pas te manger toute crue.

— Peut-être que si, dit Chelsea d'une voix à peine audible.

— Parole d'honneur, déclara-t-il, stupéfait d'une telle appréhension. Et maintenant, explique-moi quel est ce grand mystère, je ne comprends rien à cette conversation.

— Il n'y avait pas d'éponges grecques au harem...

Bien sûr... Comment n'y avait-il pas songé plus tôt ? Et le pacha Hamouda avait tout fait pour encourager la venue d'un descendant. Après un bref silence, Sinjin posa la question qui lui brûlait les lèvres :

— Est-il de moi ?

Il n'aurait pas dû être si égoïste, et il se demanda l'espace d'un instant s'il serait capable d'accepter l'enfant du bey comme étant le prochain duc de Seth.

— Nous n'allons pas recommencer, déclara Chelsea avec amertume. Et c'est la raison pour laquelle je tiens à rester ici.

Le bey ne l'avait pas touchée, mais elle aussi avait ses démons à combattre. Ici, à Naples, tout allait bien mais, à Londres, la situation ne serait peut-être pas si paradisiaque. La bonne société britannique pouvait être vicieuse, à plus forte raison si Sinjin exprimait des réserves quant à sa paternité. On jaserait lorsqu'on apprendrait qu'elle avait été captive dans un harem.

— Si je te disais que cela n'a pas d'importance, rentrerais-tu avec moi ?

— Si je reviens avec toi, et que cet enfant est un garçon, sera-t-il le prochain duc de Seth ?

Il fallait qu'il comprenne les conditions sous lesquelles elle était prête à rentrer. Le retour en Angleterre signifiait le retour vers tous leurs vieux problèmes : leurs familles respectives, les amis de Sinjin, tout ce qui différenciait leurs existences, la réticence de son mari à la perspective d'un nouvel enfant. Elle pouvait fort bien rester tranquillement à Naples. De nombreux expatriés vivaient loin de l'Angleterre.

— Si tu ne fais pas de fausse couche...

Ce n'était pas une réponse, encore une fuite.

— Je ne galoperai pas tous les jours dans la campagne, répondit-elle fermement. A toi de décider.

Elle aimait Sinjin de tout son être, mais elle tenait également à son honneur, et elle n'avait aucune envie de reprendre leur ancienne vie londonienne. Pendant la pause qui suivit, elle pria pour une intervention divine, demandant aux dieux des choses impossibles, l'amour d'un homme qui ignorait ce que c'était que l'amour...

Sinjin ne répondit pas tout de suite. Puis il dit doucement :

— Je veux que tu reviennes.
— Et l'enfant ?
— L'enfant sera le mien, dit-il simplement.
— Tu en es certain ?

Il sourit.

— Pour t'avoir à mes côtés, je suis prêt à reconnaître l'enfant de Gengis Khan.

— Le bey ne m'a jamais touchée, annonça-t-elle alors. Ni même effleurée.

Il fronça imperceptiblement les sourcils.

— C'était donc un test ?

— Cette fois, je voulais que tu sois sûr de toi.

— Eh bien, moi aussi j'ai une épreuve pour toi, fit-il avec son sourire malicieux.

Là. Elle le savait. Un sourire sans réserve illumina le visage de Chelsea.

— Je n'ai pas peur.

— A tort, peut-être. Je suis parfois très exigeant.

Il était également la source de son bonheur.

— Interroge-moi, je te répondrai.

— M'aimes-tu plus que tout au monde ? Plus que tes chevaux ?

— Plus que Thune, aussi ? le taquina-t-elle.

— Surtout Thune.

— Oui, répondit-elle. Et toi, m'aimes-tu ? demanda-t-elle avec une infinie douceur.

Jamais, jusqu'à tout récemment, il n'avait prononcé de paroles aussi décisives. Maintenant qu'il avait retrouvé sa liberté et que la société allait de nouveau s'arracher ses faveurs, peut-être sa femme ne compterait-elle plus autant dans son cœur. Quelle que soit la réponse, il fallait qu'elle sache.

— Je te l'ai déjà dit.

— J'ai besoin de l'entendre encore.

— C'est une chose que je trouve difficile à exprimer.

Et elle se demanda s'il essayait d'éluder la question, une fois de plus.

— Réponds-moi, le pressa-t-elle.

— Chelsea Amity Fergusson St. John, je vous aime, déclara-t-il avec un large sourire. Comment m'en suis-je tiré ?

— Bien, répondit-elle, radieuse.

— Je connais aussi d'autres manières de t'exprimer mon amour...

— Sont-elles efficaces ? ronronna-t-elle.

— Cela peut prendre beaucoup plus de temps.

— Toute une journée ?

— Une semaine, peut-être, murmura-t-il en la dévorant des yeux.

— Ou deux ?

— Je ne demande pas mieux. Cela ne dépend que de ta vigueur, ma chère.

— Veux-tu me le montrer ?

— Avec plaisir.

Et il fut fidèle à sa parole.

ÉPILOGUE

Les démonstrations d'amour de Sinjin durèrent finalement plus de deux semaines, ce qui reporta leur voyage au mois d'octobre. Le duc et la duchesse de Seth arrivèrent en Angleterre à temps pour les dernières courses de Newmarket.

— Nous sommes-nous seulement rencontrés au début du printemps ? s'étonna Chelsea, frappée par la similitude des circonstances.

— Oui, répondit Sinjin avec un large sourire. Et, compte tenu de ton admirable fertilité, il me semble que nous devrions envisager d'acheter une plus vaste maison dans la région.

— Je croyais que tu ne voulais pas d'autres enfants.

— En effet, répondit-il. Jusqu'à ce que je te rencontre.

— Dans ce cas, il faudra rester à la maison et renoncer à ta vie de débauché. Je n'ai pas l'intention d'élever une famille toute seule.

— Vraiment ? fit-il en haussant un sourcil amusé.

Ils étaient installés dans la même voiture que celle dans laquelle ils s'étaient connus, ce fameux jour. Chelsea se pencha en avant.

— Je ferai de mon mieux pour vous distraire, mon cher, répondit-elle, confiante désormais en l'amour de son mari.

Depuis leur retour, la conduite de Sinjin avait été si radicalement différente de sa vie antérieure que les clubs prenaient des paris sur les dates de naissance de ses enfants plutôt que sur ses aventures amoureuses. Et, s'appuyant confortablement au dossier de satin, Chelsea murmura :

— J'aime cette berline.

— Tu es aussi sensuelle que le premier jour, murmura Sinjin. Et délicieusement plus mûre, ma chérie... ajouta-t-il, débordant de tendresse. Vas-tu me donner un garçon ou une fille ?

— Je te le dirai si tu me promets de ne pas retourner en Tunisie.

Intrigué par son assurance, il promit tout ce que l'on voulait.

— Comment peux-tu le savoir ? demanda-t-il avec un sourire curieux.

— Mrs Hobbs m'a expliqué qu'il suffit de savoir interpréter les battements du cœur, et ma vieille nounou prétend que l'on peut déposer une assiette pour les fées à minuit sur le rebord de la fenêtre, et que, selon ce qu'elles ont laissé, on connaîtra le sexe de l'enfant.

— Et Steely, elle, affirme que c'est un garçon parce qu'elle tricote une brassière de garçon, ajouta Sinjin en éclatant de rire. Puisque nous parlons de données si raisonnables...

— Je voudrais une fille.

— Dans ce cas, tu en auras une.

Et si cela avait été en son pouvoir, avec quel plaisir il lui aurait donné une fille... Car le bonheur de Chelsea faisait le sien, et cette certitude était si limpide et si simple qu'il se demanda pourquoi il ne l'avait pas compris plus tôt.

La plupart de leurs chevaux remportèrent les courses de Newmarket. Comme d'habitude, murmurait-on. Mais au moins, la duchesse ne montait pas, sans quoi l'écurie du duc de Seth aurait gagné *toutes* les épreuves. Et si Sinjin continuait à se montrer aussi diligent envers sa femme, on ne la reverrait manifestement pas sur un cheval avant longtemps, ce qui procurait aux autres concurrents une maigre consolation.

A la fin de la saison, Sinjin et Chelsea se retirèrent dans leur ermitage préféré, à Oakham, pour y passer Noël et attendre la naissance du bébé. Beau y vivait également. Lorsque l'enfant naquit, un beau jour de printemps, il s'avéra que Steely s'était trompée dans sa prédiction, ce dont Sinjin la récompensa généreusement.

Chelsea contemplait avec un bonheur sans mélange la petite fille qu'elle avait tant désirée.

— Nous aurons tout le temps d'avoir un fils, dit-elle à Sinjin. Si tu le souhaites, ajouta-t-elle, comprenant l'amour qu'il vouait à Beau.

Dans le courant des dix années suivantes, deux autres bébés naquirent, un garçon et une fille. Et le duc de Seth, béat, amoureux, immensément heureux, devint un modèle de paternité. Son charme continuait à soutirer à ces dames des soupirs langoureux et transis, mais il n'avait d'yeux que pour sa famille.

En l'espace de quelques brèves années, Beau succéda à son père au titre de noceur le plus fascinant de Londres. Revenu de Cambridge avec une bourse bien garnie, un comté, une beauté ténébreuse et sensuelle, et, peut-être plus important, une vitalité stupéfiante, il se traça un chemin de dissolution dans les salons et les boudoirs de la capitale. Beau St. Jules faisait des ravages et établissait de nouveaux records.

— Tel père, tel fils, remarquaient avec ironie les aristocrates qui connaissaient les deux.

Un autre Seth s'était imposé sur le marché, pour la plus grande satisfaction des dames, qui trouvaient chaque jour de nouveaux moyens de se faire remarquer du jeune et séduisant célibataire.

Quant à Chelsea et Sinjin, ils le regardaient s'épanouir avec une tendresse amusée.

Ils avaient confiance en Beau. Le jeune garçon savait ce qu'il faisait, et qui sait, peut-être suivrait-il jusqu'au bout les dignes traces de son père...

Aventures et Passions

Quand l'amour s'aventure très loin, il devient passion.
Quand les passions se libèrent, quand elles déchirent des êtres prêts à tout pour les vivre, au cœur d'aventures riches et multiples, elles sont dans la collection Aventures et Passions.

BLAKE Jennifer	Sérénade en Louisiane 3169/5
(voir ci-dessus)	Les chaînes de l'amour 3240/5
	Un éden sauvage 3347/5
	Le vengeur créole 3415/5
BRANDEWYNE Rebecca	La lande sauvage 3018/5
	Duel sur la lande 3055/4
	Pour l'amour d'un comanchero 3159/7
	La passion du conquistador 3285/5
	Les amants hors la loi 3397/6
BUSBEE Shirley	Le quiproquo de minuit 2930/5
	Au-delà du pardon 2957/5
	L'appel de la passion 3056/8
	Lady Vixen 3143/8
	Sous le sceau de l'amour 3287/7
COPELAND Lori	Hannah l'indomptable 3260/4
DAILEY Janet	Le solitaire 1580/4

DEVERAUX Jude

La saga des Montgomery :
- Les yeux de velours 2927/5
- Un teint de velours 3003/5
- Une mélodie de velours 3049/4
- Un ange de velours 3127/4

Les dames de Virginie :
- Kidnappée par erreur 3180/5
- La fiancée délaissée 3181/4
- Mariage forcé 3182/5
- Le pays enchanté 3372/5
- Duel de femmes 3447/4

FEATHER Jane	La favorite du sérail 3448/5
GARWOOD Julie	Sur ordre du roi 3019/5
	Un ange diabolique 3092/5
	Un cadeau empoisonné 3219/5
	Désir rebelle 3286/5
	La fiancée offerte 3346/5
	Le secret de Judith 3467/5
HAGAN Patricia	Violences et passions 3201/6
	Folies et passions 3272/5
	Gloires et passions 3326/6
	Fureurs et passions 3398/5
HENLEY Virginia	La colombe et le faucon 3259/5
	La fleur et le faucon 3416/6
JOYCE Brenda	Le fier conquérant 3222/5
	Des feux sombres 3371/5
LANDIS Jill Marie	L'héritage de Jade 3449/6
LINDSEY Johanna	Samantha 2533/3
	Esclave et châtelaine 2925/4

Aventures et Passions

	La révoltée du harem 2956/**6**
	La fiancée captive 3035/**4**
	Les feux du désir 3091/**5**
	La Viking insoumise 3115/**5**
	Un si doux orage 3200/**4**
	Un cœur si sauvage 3258/**4**
	Epouse ou maîtresse 3304/**3**
	Captifs du désir 3430/**4**
MATTHEWS Patricia	La maîtresse de Malvern 1056/**4**
	L'écume des passions 2116/**4**
	La promesse sauvage 2987/**5**
	Les trois amours de Rachel 3160/**6**
	Le déchaînement des passions 3348/**5**
McKINNEY Meagan	L'enchanteresse perverse 3239/**5**
	L'ange de la vengeance 3373/**5**
McNAUGHT Judith	Les machinations du destin 3399/**7**
O'BANYON Constance	L'amante masquée 3428/**6**
O'GREEN Jennifer	Prisonnière du roi 2981/**5**
POTTER Patricia	Le flambeur du Mississippi 3468/**6**
REDD Joanne	La fiancée du désert 2926/**4**
	Le rêve chimère 2980/**5**
	L'aventurière de Fort Alamo 3328/**5**
	Danse avec le feu 3429/**4**
ROBARDS Karen	Désirs fous 2928/**5**
	La lune voilée 2979/**5**
	Mississippi belle 3070/**4**
	Le brigand aux yeux d'or 3142/**5**
	Promise au bûcher 3221/**5**
	Esclave de personne 3327/**5**
	Les sortilèges de Ceylan 3466/**5**
ROGERS Rosemary	Le grand amour de Virginia 1457/**4**
	Le métis 2392/**5**
	Esclave du désir 2463/**5**
	Le désir et la haine 2577/**7**
RYAN Nan	Esclave de soie 2929/**5**
	Le prince aztèque 3071/**5**
	La légende de l'amour 3247/**5**
WEYRICH Becky Lee	Le vent brûlant de Bombay 3036/**5**
	Le chardon et la rose 3110/**6**
	La proie du pirate 3158/**5**
	Lune gitane 3202/**5**
	Le bal masqué de Géorgie 3303/**5**
WOODIWISS Kathleen E.	Cendres dans le vent 2421/**7**
	Qui es-tu, belle captive ? 2998/**6**

Amour et Destin

Quand l'amour donne aux femmes le choix de leur destin.

Les romans de la collection Amour et Destin présentent des femmes exceptionnelles qui découvrent dans l'amour le sens de leur vie. Elles vont jusqu'au bout de leur quête quel qu'en soit le prix et sont appelées à vivre de grands destins romanesques riches en émotions et en rebondissements.

BLAKE Jennifer	Les secrets du passé 3323/**6**
BRISKIN Jacqueline	C'est écrit dans le ciel 3139/**7**
	Cœurs trahis 3431/**7**
BROWN Sandra	Texas ! - Lucky 3282/**3**
	Texas ! - Rocky 3432/**3**
	French Silk 3472/**7**
COOKSON Catherine	Le bonheur secret d'Emma 3343/**5**
DEJONG Linda Renée	Illusions brisées 3395/**6**
DELINSKY Barbara	Une femme trahie 3396/**7**
	La quête de Chelsea Kane 3450/**6**
GOLDREICH Gloria	Rencontre 3471/**5**
JAGGER Brenda	L'amour revient toujours 3390/**5**
LAROSA Linda	Princesse Alexandra 3358/**7**
PEARSON Michael	Une femme d'argent 3359/**5**
SELINKO Annemarie	Désirée 3374/**5** & 3375/**5**
SIMPSON Pamela	Fortune's child 3451/**7**
THOMAS Rosie	Célébration 3357/**5**

Composition Eurotypo B-Embourg
Achevé d'imprimer en Europe (France)
par Brodard et Taupin à la Flèche (Sarthe)
le 15 septembre 1993. 6757H-5
Dépôt légal sept. 1993. ISBN 2-277-23542-3

**Éditions J'ai lu
27, rue Cassette, 75006 Paris**
Diffusion France et étranger : Flammarion